北岳风·中国原创长篇小说

刘山人／著

柳暗花明

山西出版传媒集团

北岳文艺出版社

BEIYUE LITERATURE AND ART PUBLISHING HOUSE

图书在版编目（CIP）数据

柳暗花明 / 刘山人著. —太原：北岳文艺出版社，2018.1
ISBN 978-7-5378-5045-2

Ⅰ.①柳… Ⅱ.①刘… Ⅲ.①长篇小说—中国—当代 Ⅳ.①I247.5

中国版本图书馆 CIP 数据核字(2017)第 003991 号

书　　名	柳暗花明	
著　　者	刘山人	
责任编辑	李向丽	
装帧设计	张永文	

出版发行　山西出版传媒集团·北岳文艺出版社
地　　址　山西省太原市并州南路 57 号
邮　　编　030012
电　　话　0351-5628696（发行部）
　　　　　0351-5628688（总编办）
传　　真　0351-5628680
网　　址　http://www.bywy.com
E－mail　bywycbs@163.com
经 销 商　新华书店
印刷装订　山西人民印刷有限责任公司

开　　本　710mm×1000mm　1/16
字　　数　285 千字
印　　张　19.5
版　　次　2018 年 1 月第 1 版
印　　次　2018 年 1 月山西第 1 次印刷
书　　号　ISBN 978-7-5378-5045-2
定　　价　42.00 元

《三晋百部长篇小说文库》组织机构

策划

杜学文　张明旺　王宇鸿　梁宝印

专家审读小组

主任:杨占平

副主任:续小强

成员:吕新　晋原平　张石山　王西兰

毛守仁　王春林　孟绍勇　王保忠

编辑出版办公室

主任:杨占平

副主任:续小强

成　员:古卫红　陈学清　闫珊珊　王保忠　潘培江

题材的选择与艺术的精神（代序）

——关于《北岳风·中国原创长篇小说》系列丛书

杨占平

　　由山西省委宣传部指导，山西省作家协会和山西出版传媒集团主持，北岳文艺出版社编辑出版的《三晋百部长篇小说文库》，是一项意义深远、里程碑式的文化德政工程，也是当代山西文学史上规模较大的一项文学基础建设工程，更是展示山西文化实力、文学魅力的自信工程。

　　山西长篇小说创作，在当代中国长篇小说格局中占有重要位置，是山西作为文化、文学大省的重要标志之一。以赵树理、马烽等为骨干的"山药蛋派"作家，在长篇小说创作上成绩显著，新时期以成一、李锐、柯云路等为主将的"晋军"作家，代表作也都是长篇小说。从张平的长篇小说《抉择》获"茅盾文学奖"为标志的山西第三次创作高潮，到以刘慈欣、葛水平、李骏虎等为代表的一批中青年作家频频摘得国内外文学大奖，都进一步巩固了山西长篇小说创作作为中国文学重镇的地位。近年来，一批充满朝气、富有理想、敢于探索的生机勃勃的80、90后作家，也都有长篇小说新作问世，表明山西长篇小说创作后继有人。

　　《三晋百部长篇小说文库》出版工程，坚持正确的方向，务实创新，去伪存真，从2014年启动，三年来具体实施，已经出版了赵树理、马烽、成一等作家的近三十部经典力作，唐晋、浦歌等中青年作家的原创作品近十部。可以说，这些作品比较全面、客观、真实地反映了近百年山西长篇小说创作轨迹，集中展示了山西长篇小说创作实力，在文学界和广大读者中产生了良好的影响。

在实际运作中，有一个环节是公开征集原创长篇小说，作家们出乎意料地踊跃，三年时间竟有一百多部作品应征，作者都是山西省内的老中青作家，显示出大家创作长篇小说的积极性。这么多作品经过专家组的认真审读，只能有十几部入选原创作品之中出版，还有不少作品质量已经达到正常出版水平，却离《三晋百部长篇小说文库》的原创要求有一些距离。为了尊重广大作家的创作热情和付出的努力，专家组经过充分讨论，提出可以将这些达到正常出版水平的作品，以《北岳风·中国原创长篇小说》系列丛书方式出版。省作协党组同意了这个建议，于是，第一批共十部长篇小说入选，经过规范化审读和编辑程序，现在，这套书将出版发行。

一

创作最能体现作家对某一个社会进程生活经历深刻思考和昭示作家艺术追求的长篇小说，是每一位踏上文学写作道路者的良好愿望；而文学史家、批评家和阅读界对某一位作家的成就和价值的评估，长篇小说无疑是重要的一个尺度和参照依据；后代人们评价某个历史时期的文学成就高低，也是要看那个时期是否有一批高质量的长篇小说。因此，近些年来，山西大多数在中、短篇创作上有过一定业绩的作家，都转入了长篇小说的构筑。据有关资料介绍，仅就进入新世纪以来的十多年，每年全国出版或发表的长篇小说大约有近千部，山西省也有几十部。从数量上看，是改革开放以来最为活跃和创纪录的时期；从作者队伍看，中年作家是主力，老作家中也有不少新贡献，青年作家则初露锋芒。

我认为，长篇小说创作出现这种繁荣现象，应该说是文学创作内部发展规律的必然走向。当然，读者对文学的热情逐渐减退和各种文娱形式的兴盛，也促使作家们不必再追赶阅读写短平快作品而沉下来做长篇大活。从创作内部发展规律分析，经过"文革"十多年的严重摧残，使得整个文艺创作园地一派凋零；进入新时期以后，随着社会政策的拨乱反正，作家们爆发出前所未有的热情，显示了十分旺盛的活力，大家多年积蓄的生活感受汹涌喷发，短篇小说自然首先得宠，成为作家们表现形式的最好选择。几年过去后，作家们似乎感觉到短篇小说难以将他们对人性的深层思考和对探索艺术的愿望全部承载，于是，中篇小说以从未有过的显赫登上文坛，为作家们纷飞的思绪和艺术创新的热情提供了最佳工具，也为读者逐步增长的阅读要求提供了机会。随着文学作品在文艺形式中一枝独秀的局面开始衰微，同时，作家们经过十来年的左冲右突，把过去的体验大都宣泄于尽，探索新的艺术表现方法的热情也告一段落，意识到认真地思考一些社会问题和确立自己艺术风格的时候到了，而这种"思考"和"确定"的结果，非长篇小说表现不行，所以，长篇小说创作开始走俏。从20世纪90年代至今，假如你碰到任何一位有过一段创作经历的小说作家，询问他的创作计划，无疑，都会以正在写长篇作答。

从外部条件分析，读者经过十几年的时间，对阅读文学作品的热情逐渐减弱，只当作一种业余生活的消遣方式。随着科技的发展和社会的进步，尤其是互联网横空出世后，娱乐形式越来越丰富多彩，人们的注意力被分散，阅读文学作品一家独大的局面不复存在。再加上现代生活节奏加快，市场经济冲击着一切领域，人们都在为了生计奔波，休闲或余暇时间只想轻松愉快一些，而阅读小说是很难做到这一点的，尤其是新潮小说中所追求的深沉、探索、寓含、意识流、时空交叉等等，让许多读者感觉不是在消遣娱乐而是增加疲惫。另一方面，随着人们观念的改变和与国际交流的加强，大多数人的主动参与意识不断增强，被动地接受作家的思想已经让他们不喜欢，他们也要参与创作，比如风靡一时的卡拉OK、网络小说，就是因为给人们提供了参与自娱的条件，所以倍受欢迎。这些外部条件虽然不是专门为对付文学作品而出现的，但是，它们对作家的自尊、清高、以我为中心等多年形成的意识，却是一个不小的打击，作家的崇高地位开始动摇，职业的优越性转向了危机感。如此，促使作家们开始冷静地思考文学的热情减退之后，创作应当采取什么对策，进而认识到应该从艺术的角度多表现些人生、历史的实在内容，让读者在为了消遣娱乐而阅读文学作品的同时，也不无某种生活的启示。长篇小说的基本属性契合了作家的意愿和社会发展的要求，因此，也就从中、短篇转到了长篇创作。

二

1. 题材丰富多彩

选择何种题材进行创作，是每一位长篇小说家进入写作前必须有的程序。近年来，一些作家和理论家对于题材理论有些异议，认为创作不必拘泥于题材的限制，可以完全凭着感觉和意识去驰骋，宣泄思想是不管题材的。我认为，这种看法对于某些情感型作家突发灵感后进行创作，有时是正确的；而且，也只有写短篇小说或个别中篇小说适合这种理论。相对而言，长篇小说的创作，如果不强调题材的作用，或者有意回避题材界限，那么，作者是很难驾驭整部作品和整个创作过程的，就我迄今阅读到的古今中外长篇小说而言，很少有难以确定题材归属的作品。我之所以特别强调题材这个问题，是因为宏观上研究某一段时期某个地域或者某个文学刊物或者某家出版社长篇小说的走向，首先应当从题材角度去审视，这样，才可能得出合理的结论。

纵观这次出版的《北岳风·中国原创长篇小说》系列丛书，从题材上看，可以说是丰富多彩，多点开花。传统的农村题材、城市题材自然还是占有重要位置，而历史题材、知识分子题材、风俗小说、爱情小说等等，都各具特点，自成体系，构成社会生活的各个方面，都有作品予以反映。无疑，题材的丰富和广泛是值得肯定的，这也是整个国内长篇小说创作在这三十年的一个特点。出现这种现象，最基本的原因是社会生活呈现为前所未有的活跃和多姿，置身于任何一个行业的人们，都有丰富的生活感受，有复杂的人生思考，有变化着的人际关系需要处理，有不断袭来的观念需要更新，这些都为长篇小说创作提供了非常厚实的内容，生活在任何一个职业中间的作家，都会获得他所希望得到的创作素材。

2. 农村题材为主导

在丰富多彩的题材中，农村题材一直占据着山西长篇小说的主导位置。这是因为，中国是一个农业大国，农民，包括工作在城市的农民工，占总人口的一多半，农村社会的变迁和农民思想的动荡，影响着整个国家的发展，标志着民族的文明程度，体现着进步与落后的水平。中国历史上的每一次重大变革，绝大多数是从农村发生、发展，然后才走向城市的。因此，作为社会生活和人类情感全面反映的长篇小说创作，绝对不能不以农村题材为主要选择对象。另外，我们都应当承认的一个事实，当今中国的众多小说作家，特别是山西作家，基本上是以农村为基础成长起来的。他们中的一部分是生在农村、长在农村，以后由于种种原因进了城，写起了小说，但无法抹杀农民的习惯、农民的心理，甚至农民的生活方式；也有一部分作家虽然生长在城市，可他们的父辈却是农民出身，他们跟农村有着千丝万缕的联系，骨子里流动的依然是农民的血液；还有一部分较为年轻的作家，从来没有离开过城市，可是我们都应当承认，中国的几百座城市中，属于真正意义上的城市只是有数的个别几座，大多数城市人的生活传统、思维习性，尤其是文化心理，仍然是农民式的。这几类作家由于上述特点，决定了他们写农村题材小说会感觉轻车熟路，非常顺手，而他们无疑是中国作家群体的主要组成部分。这套《北岳风·中国原创长篇小说》系列丛书中，像《肥田粉》《玉香》《柳暗花明》等，都是典型的农村题材。

3. 城市题材的典型性

与农村题材长篇小说占主导地位相比，这套书中城市题材长篇小说是偏少的，只有《天上有太阳》一部。面对三十年中国城市快速发展现状和内涵丰富的现代工业社会的形成过程，长篇小说创作的步履显得比较乏力。从全国范围看，也很难列举出一系列在读者中引发轰动效应，或者在文学圈子内引人注目的长篇小说的篇目。实际人口已经超过总人口一半的城市人，阅读不到多少真正反映他们丰富生活、复杂感情、追求希冀的长篇佳作。应当说，大多数市民是具有阅读能力和阅读要求的，他们的文化基础已经和他们的前辈不同，不必围在一起听别人读，阅读的选择性越来越明显。

我以为，城市题材长篇小说创作之所以不尽如人意，关键是众多作家对快速发展的城市生活有一种隔膜感，他们还停留在传统的、单调的老式城市生活认知层面，这样，自然难以激发出创作时具备的热烈情绪、流动意识、审美感受等等，人们在现代文明与传统观念发生撞击时爆发出的火花，负载到城市题材中，似乎还进入不了熟悉的境界。另一方面，我们也不排除一个事实：由于熟悉写作对象，作家们更乐于去农村或者历史生活中寻求较为捷径的创作素材，去相对于稳定的农民和古人心态中挖掘民族文化特色，而动荡不定的现代城市生活，让作家们在短时间内就思考出较为深刻的内容来，显然是勉为其难的。这种现象也反映到《北岳风·中国原创长篇小说》系列丛书作品中。

4. 历史题材的启示性

历史题材长篇小说的创作，一直是小说家投入较多的一个方面。这是因为，相对于现实生活的变幻莫测，历史题材更容易被作家们所把握，已经成为历史的人物或者事件，可以承载小说家的诸多艺术手段的尝试，承载小说家关于民族、关于社会、关于人生的多方思考。另一方面，读者对历史题材有着陌生感，求新、求奇的心理，驱使他们对历史题材小说不能不产生兴趣，这种阅读心理自然是作家熟悉的，也就要多在这个题材领域下点功夫。这一点也体现在了《北岳风·中国原创长篇小说》系列丛书作品中，从《中国丈夫》《中国劳工》等几部作品可以看出，作家们都是用新的历史观表现历史人物或历史事件，能够产生较强的启示现代的作用。

三

三十多年来，整个国内长篇小说创作，比较趋向一致的艺术主张，可以概括为：追求平实的叙事风格，直面社会，冷静表达，强调故事的感染力，注意可读性，让读者阅读之后能够获得某种对人生、对社会、对历史，甚至对未来的启示或联想。事实上，这也是山西长篇小说创作的基本艺术特色。

我理解，这种艺术现象表明了这一代长篇小说作家已经开始走向成熟；他们似乎要寻找一条既能充分显示自己关于人生、关于生活、关于艺术的探索，又能唤起读者的阅读兴趣的写作途径。这样的途径按说是不难寻找的，然而，几十年来的长篇小说创作总是把握得不够准确。由于20世纪50年代、60年代是被动地适应读者的阅读能力而忽视作家自己的理解，导致80年代、90年代则偏向重视作家个人主体意识的宣泄而忽视读者阅读要求的一端，造成创作与阅读的隔膜。长篇小说创作属于艺术生产的一种方式，存在着生产与消费的过程，如果处理不好生产与消费的关系，会影响到作品的传播力。可喜的是，经过一段时期的探索，长篇小说创作的艺术走向，越来越适应阅读的需求，找到了一条合理的道路。

从《北岳风·中国原创长篇小说》系列丛书作品中可以看出，这些年来作家们切入的角度，往往是凡人俗事较多，更接近普通老百姓的日常生活。我们在20世纪50年代、60年代长篇小说中常常读到的悲壮、英雄、理想主题和宏阔的大场面大冲突等等，已经很少出现在当今的作品中，让读者阅读到的主要是逼真的生活过程，逼真的细枝末节，逼真的人物心态，逼真的文化氛围。

由《北岳风·中国原创长篇小说》系列丛书艺术特点，我产生了一点关于长篇小说创作艺术精神的思考。近三十年来山西的长篇小说创作，数量是创纪录的，一些代表性作家在创作方法上的有益探索也是值得赞赏的。但是，如果我们站在文学史的位置上观照，就会明显地感觉到，真正可以称得上具有突破性意义的扛鼎之作还是少数，大多数作品属于探索之作。

为什么会出现这种乐观的数量与有待提高的质量共存的现象呢？我以为，简单地概括其直接原因，不外乎作家生活经历简单，人生体验不够深刻，感情投入不彻底，艺术积累不厚实等几个方面。实际上，这些直接原因的基本症结在于，作家缺乏一种博大精深的艺术精神。这种艺术精神决定着作家在理解人生、透视历史、叙述故事等过程中，能否具有不同于别人的独特风范。

不难确认，在大多数小说家的思维里，虽然不能说没有急功近利的意念，但是，他们总还是希望自己的作品能跳出平庸的圈子，用艺术的魅力感染读者。那种就事论事的思维方式，那种肤浅单一的生活判断，那种直奔主题的建构形态，都不可能是作家在创作长篇小说时愿意出现的景况。我不否认，由于整个国家的社会环境的冲击，例如随着经济体制改革的不断推进而强化了人们的务实精神，商品经济大潮的席卷使许多人转向了"向钱看"的实惠主义，国外各种思潮的渗透致使部分人的价值观出现了某些失落，等等，这些都会对作家产生一定的影响。但是，长篇小说创作毕竟是一种艺术精神的活动，不能让外界的干扰过多。所以，能否写出优秀作品，关键还是艺术精神本身的体现。

从明、清时期的《红楼梦》《三国演义》《水浒传》等经典大作，到"五四"以来茅盾、巴金、郁达夫、老舍、钱钟书等文学泰斗的长篇代表巨著，之所以能够成为传世之作，成为中国文学发展史上的一个个辉煌纪录，成为长篇小说创作永远的楷模，最根本的一点，就是这些作品有着一种悠远而充满了生命力的博大艺术精神的缘故。当代长篇小说作者，必须要在生活阅历、艺术修养、思想基础、情感投入等方面向经典作家学习，才能逐渐树立自己的艺术精神和品位，创作出优秀作品来。

2017 年 5 月

（杨占平，山西省作家协会副主席、《三晋百部长篇小说文库》专家组组长）

一　高考

日子过得说快快如流水，说慢慢如蜗牛，又是一年六月七日。

这是个既紧张又兴奋的日子，也是个让人揪心的日子。

高考的前一天，刘珍的感觉就进入了临"战"状态。说来可笑，女儿高考，母亲的神经绷得涨满。这源于小满的一句话，让她想起来头皮直发麻："今年考不上，我就不活了。"这也许是她对今年高考的一种决心或自信，可刘珍听来心里沉重得要命。

小满今年是复读。去年高考的结果让刘珍再不忍回首。所有的老师对小满的评价是肯定的——一本没问题。小满自己也很自信，刘珍就更没得说。想着小满平时的学习表现，还有一次次的模考成绩，刘珍更是心满意满，仿佛女儿的一只脚已经迈进了大学的门槛。刘珍是个低调的人，尽管对女儿胸有成竹，在别人面前还是谦虚地说女儿如何如何不行，自己心里如何如何担忧啦。但她的语气里还是有几分不用言传的自豪。她和全天下所有的母亲一样，可着劲地为女儿这两天的吃喝拉撒绞尽脑汁，费尽心思地安排，生怕有半点闪失。比如吃喝不当拉肚子，因上火感冒……总之，因这些原因误了考分不值当。

不管你感觉如何、心情怎样，还得用事实来说话，小满的分数只考了四百九十五分，离一本线还差五六分，离小满的理想差一大截，离刘珍的希望更是差得远。刘珍希望女儿能上一本,一本也是 A 类或十大名校。女儿哭得一塌糊涂,两天不肯吃饭。刘珍也像霜打了的茄子,软绵绵的没了精神。她还得想着法子安慰女儿,看着女儿那没精打采的样子,刘珍的希望也虚无得没了根基。

晚饭还没有收拾,学校的教导主任领着一对中年夫妇敲开刘珍家的门。这个时候的造访刘珍是极为反感的,她不想让女儿有任何干扰。在临考前营造出一个平静得像一潭清水的空间是必要的。但碍于是学校的老师,平时对女儿又很照顾,她勉强做出笑脸,把客人让进屋里。小满问了好,就站在一边。武福太难得在家,他忙着让烟倒茶。教导主任放下师尊,一脸笑意说:"我的同学。"他指着那男人说:"他们的儿子今年也高考,和武小满在一个考场。"

刘珍心不在焉地"啊"了一声。

弄清来意,武福太一阵得意,突然觉得女儿就像刚刚升起的太阳光芒四射,整个屋子因武小满亮得耀眼。他笑得牙龈都露了出来,放眼望着那对夫妇,他们的衣着和体态已经说明了生活的富足和高贵。此刻的武福太是不把他们放在眼里的,他们的富贵换不来武福太现在的骄傲。他便更加热情地说:"喝茶,喝茶,给,抽烟,抽烟。"他抽的是三块半钱一盒的"桂花"烟。

男人从上衣兜里掏出一盒"大中华"说:"抽我的,抽我的。"大家谦和地推让着。屋子里马上烟雾缭绕起来。

刘珍狠狠地瞅了武福太一眼。武福太从那对夫妇谦和恭敬的态度上找到了缩短穷富差距的平衡点,脸上泛着油光,唾沫星子乱飞,数说着女儿的以前,规划着孩子的未来:"……我这女儿是有前途的,上大学没得说,将来读研是肯定的,这种孩子是用钱买不来的……"

小满站在地上,脸红一阵儿青一阵儿,不知如何去打断父亲那些让人难堪的话。

刘珍脸上堆起笑容,不失礼貌地说:"你看,人家辛老师他们来家坐一会儿,光听你说话了。"说着把头转向教导主任。

教导主任笑着说:"武小满这次没问题的,你们就只管考虑上哪所大学吧。不过——"他停了一下又说:"这个,我知道你们的经济条件不是太好,只要武小满帮了这个忙,武小满一年的学费就不用你们操心了,我知道武小满有这个能力,举手之劳嘛!"

那男人讨好地对着小满说:"只要能帮他考上个好一点的专科就行啦。"

小满望着母亲。刘珍似乎没加考虑就说:"这恐怕不行,关系到孩子一生的前途,钱我们是不多,但不能拿孩子一生的前途做赌注呀?"

教导主任说:"没事的,你们尽管放心,我们都安排好了。"

刘珍斩钉截铁地说:"不行!不怕一万,就怕万一。"

武福太安静下来,刘珍的严肃让他觉出问题的严重性。

刘珍看看墙上的石英钟,时针指向九点钟。她以前其实是很尊敬学校里的老师的,尽管社会上对老师有些流言歪词,比如:学生要想换个座位,那得给老师送钱;不请老师吃个饭什么的,老师对你孩子冷淡,不给改作业这是很平常的事;更有说法是老师把班上每个学生家长的底摸个清楚,各有所用。家长们大都敢怒不敢言,还得免费殷勤效劳。以前她一直是这样认为的。

主任觉得无趣,男人看出刘珍油盐不进的态度,只好讪笑着说了些无关痛痒的话后告辞。

送走客人,刘珍很是气愤,气老师也气武福太。为人师表竟是这样做的,难怪有些学生比成年人还要世故。前年中考的时候,小安就向她要过二百块钱,说是学校要的。事后她才知道是用来买同考学生答案的,一道题二十元。她气武福太,大事面前装聋作哑,没有一点主见,不论什么场面,净说些没用的屁话。家里的大事小情都是她一个人顶着。

小满见母亲犯呆,问:"妈,你后悔啦?"

小安说:"傻子才不挣呢,先把钱压上,到时候胡乱给他发几道题,管他呢!"

刘珍惊讶地说:"小安,你这是人话吗?你像个学生吗?"

小安看母亲真生气了,瘪一下嘴,出院撒尿去了。

刘珍把语气放得尽量柔和一些,冲着小满说:"睡觉。"小满站在地上没动。刘珍上炕在武福太的背上蹬了一脚,武福太这才挪窝。地上的小满被母亲的动作逗笑了。

刚躺下没半个小时，小满挟着一床被子来到厨房的火炕上，滚到刘珍的怀里。刘珍拍一下小满浑圆的屁股说："你这孩子，出来干啥？"

小满说："没妈的鼾声我睡不着。"说着撅起屁股直往刘珍怀里拱。

早晨起来，刘珍觉得头昏沉沉的难受，她一夜没睡踏实。前半夜脑子里就像装了一架放映机，该想的不该想的都雨后春笋般冒了出来。她想起小满和小安小的时候就像一双孪生姐弟，两个孩子吃的一样，穿的也是不差分毫，可小安就像得了偏降雨，眨眼就比小满高出一头，惹得相识的人见面总要问哪个是大的？每当这时小满非常不满，总是用小眼睛盯着人家说："你不会看？"刘珍一想起来就想笑。小满眨眼工夫就成了大姑娘，要不是念着书早就该找对象了！刘珍觉得两个孩子好像是一夜之间长大的，这二十年没觉得有多长。倒是小安让刘珍操心不少，他调皮贪玩，学习总是跟不上去。今年要是再考不上高中怎么办？要是继续上，光赞助费就得交五六千，再加上小满上大学至少也得一万四五，刘珍长叹了一口气，急忙用被子掩住嘴，吵醒小满那可不得了。刘珍尽量让自己不去想这些犯愁的事，要想就想一些高兴的事来催眠。比如小满考上大学，将来能挣好多的钱，她沾着女儿的光，过上不愁吃穿、无忧无虑的好日子。至于武福太，刘珍想都懒得去想他，要不是为了两个孩子，鬼才愿意和他在一块儿生活呢……

凌晨三点多钟，刘珍好不容易有了睡意，可又不敢睡得太死，怕误了女儿高考，得起来给女儿做饭。就这样刘珍迷糊一阵儿醒一阵儿，一直熬到六点钟。

刘珍问小满想吃什么，小满说随便。她拿不定主意，吃的稀了怕小满考试期间尿尿，不喝稀饭又怕口渴。她愣了半天神，突然想起前天和自己一块摆摊子的赵姐说过，这高考的第一顿饭要吃两个鸡蛋一碗面，那寓意就是满分。刘珍不想给小满吃得太稀，那样既不顶饿，又惹尿，她把两个鸡蛋用电锅煮了，又在煤气灶上给小满煮面。汤不敢盛太多，调料也要拿捏得准确，不能像平时那样咸一顿淡一顿。香菜她洗了三次，葱花切得又细又碎，再淋上香油，一碗香喷喷的面，外加两个滚圆雪白的鸡蛋端到小满的面前。

小满看着那碗顶上开花似的面说："妈，你这反而让我压力更大了，你就不能随便点？"

刘珍怔怔地看着小满,心里一阵委屈,又不能发作。小安从被子里伸出头来,露出幸灾乐祸的笑。刘珍在心里赌气,不想再操心小满的事了,就收拾自己出摊子的行头——蓝大褂,线手套,装零钱的大兜……

小满吃完饭要出门,刘珍还是不放心,追着问:"笔拿齐了没?多拿几支。"小满说拿上啦。准考证呢?她又问。小满说拿上啦!出去先上趟厕所再进考场,小满笑了。刘珍还是有些不放心,把小满送出大门外。望着小满拐出巷口,她的心也随着小满出了巷口。

刘珍的菜摊在西大街的菜市场内,在原有的水泥台后面自己又用帆布搭了一个小棚子。棚子一个挨着一个,远远望去像一所难民营。就是这样的生计养活着刘珍一家老小。

刘珍把昨天刚接回来的新鲜蔬菜一样一样摆上水泥货台,黄瓜是顶花带刺的嫩,西红柿鲜亮欲滴的耀眼……刘珍就想着中午炒个西红柿鸡蛋,再来个凉拌黄瓜,猪肉不能硬吃,油大容易拉肚子,刘珍正想着……

"这黄瓜多少钱一斤?"

刘珍愣怔了,一时竟忘了黄瓜是多少钱。

"这黄瓜多少钱?"中年女人又问。

"一……一块五。"刘珍这才醒过神来。

"鲜是挺鲜,就是贵了点。"那女人拿起一条黄瓜又放下,准备离开。

刘珍忙笑着说:"你看你说的,一文价钱一文货嘛!有便宜的哩,你不怕孩子吃了拉肚子?放了平时还好说,这大高考的,在乎那三五毛钱?"

女人又折回来说:"这倒也是,来二斤吧!再称几个西红柿,来二斤蒜薹。"

刘珍心里暗喜,久住海边,一眼就能看出哪个要跳海,哪个要游泳。做了这十多年小买卖,她几乎能当心理专家了。不过她今天觉得眼前这个女人特别亲切,有一种志同道合的感觉。她专拣最好的货给女人,秤也特高。女人满意地离去。她的心也跟着回了家。今天,做饭是最重要的大事。

武福太嘴里叼着烟卷,斜着膀子晃过来。以往刘珍是视而不见的,今天像来了救世主,她一眼就望见了,喊:"福太,福太!"武福太有点新奇,这样的声音好久都没有听到了。尽管两个人的感情进入到负数,听到她这样喊,他心里还是显出了些许感动。他忙奔过去,用眼睛望着刘珍。

刘珍把斜挎着的钱兜交到武福太手上说:"你卖吧,我回去给小满做饭。"

武福太盯着刘珍,嘴角抽了抽说:"你放心?"

刘珍的心一下子像蜇了刺,她没有吭声,斜了武福太一眼,扭头就走。

武福太在外面养情人不是一年两年的事了,刘珍打也打过,闹也闹过,他没有半点回心转意的意思。刘珍也想过离婚算了,可一看到两个孩子主意就动摇了。她实在没能力一个人养活两个孩子。要是自己扔下两个孩子不管,跟着武福太不定恓惶成啥样呢!只要刘珍在,这个家就不散,这个家不散,他武福太就得或多或少地尽一份责任!武福太恶习俱全,吃喝嫖赌没有一样不嗜好,在外没胆量,在家里坑蒙拐骗,啥样的招数都使。刘珍恨不能睡觉都睁一只眼睛来盯着他。现在比起女儿的前程来,武福太就是把这个摊子全送了人,刘珍也觉得算不上个事,何况他也要指着这个摊子养活他那些恶习呢!

十点多钟了小安还在被窝里躺着,他不用上学正偷着乐。刘珍进门就喊:"小安,你太不像话了,你看看几点了?"

小安懒懒地坐起来,看见母亲大包小包地提着东西,心里的醋意又升上来,说:"妈,你说我是不是你捡来的?哪天我一定得去做个亲子鉴定。"

小安那鬼精相让刘珍不由得想笑,说:"那肯定是捡来的,不然怎一个娘胎里爬出来两种货色呢?"刘珍把东西放进厨房返出来催小安:"赶快起来收拾收拾去接你姐去,我看快考完了。"

小安边穿裤子边说:"我不去,不就考个试吗,用得着这么兴师动众?"

刘珍用央求的口气说:"这是你姐一辈子最关键的时刻,你不管谁管?听说去年有个好学生因为不给人家传题,一出考场就让人家给打了,反正人家是死猪不怕开水烫。"刘珍自己越说越害怕起来,一看小安没动静,就说:"你不去我去。"说着就准备出门。

小安忙说:"行啦,行啦,我去!怕你啦。"他下地用湿毛巾擦了把脸赶快出门去了。

刘珍这才松了口气。

小满中午回家来,还笑盈盈地带回来一个家在农村的同学。小满的气色让刘珍重新找回了去年高考前的自信,那颗焦躁的心踏实起来,话也就自然多了。问那同学:"你家在哪个乡?父母干什么的呀?这么大的事怎么不来照应一下?"她见那女孩子单单薄薄的,心里就疼惜起来,把桌上的饭菜一个劲儿地往她碗里夹。

女孩叫吴妍,她不好意思地说:"阿姨,我自己来。"她笑着看看小满,"我们家在大湾村,家里忙,再说来了也起不了啥作用。"

刘珍心里还是有点同情小姑娘,啥事能大过这种事?她说:"你就住姨家,小满也好有个伴,姨给你们好好做饭。"她又冲着小满,"你天天把她带家来。"

小满对着吴妍笑。

吴妍也被刘珍感动了,她笑着说:"阿姨,我姨在县城住呢,我住她家,不麻烦您了,再说我怕影响武小满考清华呢。"说完顽皮地对着小满笑。

小满胳膊肘推一下吴妍,笑说:"清华算个啥呢?我正准备出国呢……"

有吴妍在,小安倒拘谨了许多,吃饭也斯斯文文。刘珍在心里好笑,这小子也懂得在女孩子面前拿捏了?她用大海碗盛了饭,让小安给武福太送去。怕影响小满午睡还特意嘱咐小安送去饭就在摊子上玩一会儿,等小满她们走了再回来。

刘珍把碗筷收拾进锅里不敢洗刷,怕碗筷的叮当声吵了小满和吴妍,自己搬个小凳子坐在院子里的墙影下。她是不敢躺下的,大概是年龄的缘故,最近头一沾枕头鼾声就拉风箱似的响起来。她搓搓自己油津津隆起的肚皮,也纳闷,人家说常生气的人是吃不胖的,可自己天天和武福太怄气,再加上生意的忙乱,可算是心力交瘁,怎就胖起来了呢?

刘珍是一分一分地算着时间的。两点半考场开门,三点准时开考。两点准时叫醒小满,十分钟梳洗,十分钟上厕所,二十五分钟赶到考场,余下十五分钟调整情绪。一点五十五分,刘珍从小凳子上站起来走进屋里。她惊讶地看见小满和吴妍正啃西瓜,"怎么吃起西瓜来呢?吃了西瓜怎能再喝进红牛饮料呢?"

小满说:"热嘛!"

刘珍忙取出两罐红牛饮料说:"怎吃西瓜呢?人家说喝这种饮料提神哩。这吃了西瓜再喝饮料,拉肚子怎么办?"说着就把小满手上吃了一半的西瓜抢下来,又把吴妍的也拿下,气呼呼地扔进垃圾桶里,给每人手里塞了一罐红牛饮料:"这个拿进考场,热了就喝,能保持头脑清爽。"

小满和吴妍准备出门,刘珍想起什么似的问:"睡好了吗?"

吴妍很动情地说:"阿姨,我们睡不着。"

"一直没睡?"刘珍问。

"嗯,阿姨,连累你一中午也没睡成。"

"我没事,倒是你们……"说着,她的心又开始七上八下了。

小满摇摇头对着吴妍说:"也不知道累不累?"

吴妍拉拉小满的袖子,两个人手里拿着一罐饮料和笔袋走出家门。

下午刘珍是准备出摊子的,鬼使神差竟随了熙熙攘攘的人流晃到县第一中学大门前。

校门前拉着警戒线,有三两个警务人员在警戒线边沿转悠着。警戒线外蚂蚁似的黑压压的全是人群。三个一伙,五个一堆,人们不时展开手里的招生广告看着。人人的目光不时地向校园内看。西垂的太阳反射着刺目的光,显得燥热不安。刘珍望着这些兴奋又疲惫的父母们脸上那种热切又无奈的表情,心里觉得好笑。此刻她倒成了个局外人,像看戏一样可怜着天下所有的父母亲。看着他们带着一颗颗躁动不安的心,冒着满脸的油汗走来走去,心中别有一番滋味。

"你孩子也考哩?"

刘珍的目光落在一个中年男人的脸上。他冲着刘珍笑,一嘴整齐的牙齿在黝黑的脸上白得发亮。她呆了一下,突然一张调皮生动的脸在她的脑子里一闪,她"呀"了一声,有二十多年没见了。

"是你,胡亮?"

胡亮笑得更灿烂了。刘珍能认出他来,这让他感到兴奋。他早就注意到刘珍,只是不太敢确定。他端详着这位曾经漂亮有才的老同学:"你的孩子也都长大考大学了？"

刘珍望着胡亮眼角一条一条的皱纹，笑着说："都老成这样了，有啥奇怪的？我女儿今年都二十啦。"

"属牛的？"胡亮问。

"嗯！"刘珍点一下头。

胡亮的眼里突然升起许多年轮来。眼前这个微胖的女人，除了眼睛还有少女时期的影子外，其余的部件都注上了陈旧的标志。二十年前那个让无数男生暗恋的漂亮秀气的女孩儿，现在也是半老徐娘。他不无感慨地说："还记得咱们高考那时候吧？你看看现在的孩子，把家长整得都成了奴才。"说完一脸无奈。

刘珍一脸苦笑。她这一生最不愿意回忆的就是那一段历史，那是她一生中最揪心的痛。

她问："你家是男孩，还是女孩？"

"男孩，嘿！"

刘珍见胡亮一脸无奈，试着问："大概没问题吧？"

"嗨，整天泡网吧，眼看尿急了才想着挖茅坑，我都快让他给气死了。"说着，他看一眼刘珍欲言又止，但还是没忍住说："你，买题了吗？"

"买题？"刘珍不解。

"五百块钱一道大题，二百一道小题。"他的声音压得低低的。

刘珍吃惊地看着这位久违的老同学："你买啦？"看他点头，"你也信？高考题那也算得上国家机密了，你想有可能吗？万一假的那不更糟？"

"没办法，只好死马当活马医啦。"

刘珍惊讶得再说不出话来。她无法想象这么庄严的事情，背后竟有人干如此龌龊的勾当。她不由得把视线投向那一幢灰白的教学楼，那里就是考场，它究竟在考什么呢？——学生？家长？社会关系？

刘珍的眼睛望得有点酸涩，学校大门口开始骚动，人们呼啦一下齐刷刷都把目光放直。刘珍在众多学子中搜寻着小满的身影，竟忘了和胡亮再打声招呼。

在人头攒动中，她一眼就认出小满。看着小满脸红红的有要哭的表情，刘珍的心一下子灰了，有种绝望的感觉。小满的那句话又响在她耳边："今年要是考不上，我就不活了。"她慌得挤过人群拥向小满："小满，小满！"她喊着。

小满回过头，眼泪含在眼眶里。刘珍抓住小满一只手，把另一只手放在小满的后脑上。

小满说："妈，我看今年又没戏。"

刘珍做出满不在乎的样子说："还行吧？"

小满点点头。

"这一门再不行那也能打它个几十分吧？明天还有理综和英语呢，那都是你的强项，这一门说明不了问题，你说是吧？"

小满把头靠在刘珍的肩上，心里感觉踏实了许多。

刘珍一抬手叫住一辆绿色出租车。小满说："妈，就几步地。"刘珍拉开车门说妈也累了，天这么热，不就是三五块钱吗？

下午考试影响了小满的情绪，她焦躁不安，感到自己的前途渺茫。看着小满情绪低落，刘珍的心更是填了乱絮一般。可她表面还得表现得尽量轻松自如，她得为小满打气，用行动带动小满的情绪。她先给小满倒了一杯开水，放下，又觉得太热，又拿过几根香蕉，觉得还不够，又洗了几个西红柿。小满说："妈，你别晃啦，我觉得心烦！"

刘珍看着小满那无精打采的样子，心里窝火：如今的孩子们怎这样？经不起半点事，这以后怎在社会上立足呢？这还没到最后关头就这样，那要真是……刘珍不敢想了，小满的那句话又让她冒冷汗。她马上想晚饭，中午的剩菜不能给小满再吃了，吃西红柿炒鸡蛋面，既不油腻又润和。她拿定主意就走进厨房去。

吃过晚饭，小满的心情平和了一些。她说："今天下午考场可乱了，有个男生拿着试卷跑到前边的同学那里问答案，监考老师竟然视而不见。"小满竟然说起了脏话："他妈的，我今天……"说了一半，把话又咽了回去。

刘珍见小满怒得都咬牙切齿，有点担心问："怎的啦？"

小满说:"不说啦,怕你生气。"

刘珍赶着问:"到底怎的啦?你这半句话更让我难受。"

小满忍了半天,说:"我今天让人骗了,还老师呢!"

刘珍看着小满。

"今天有我们一中的老师正好监考我们,他让我给他抄几道选择题,他说过会儿给我传大题的答案,我一时头热就信啦,我把选择题都给他传啦,做大题时,我怕自己做得不准确,在他走过时悄悄问他,他竟然装没听见,再也不看我一眼。我当时越想越气,又后悔自己蠢,这题也不知是怎么做的,越做越昏头。"

听完小满的叙说,刘珍就像被咬伤崽子的母狼,眼睛通红,立刻就要找那人算账,这还有一点做老师的资格吗?刘珍说:"小满,你带妈去,他住哪儿?"

小满此刻倒平静了许多,她拉一下母亲,宽慰说:"我说不告诉你,你硬问,其实仔细想想自己也有错,苍蝇不叮无缝的蛋,是自己心态没放正。我是气这么熟识的老师也会骗人。"

刘珍气得牙根发痒,真想把一口黏稠的痰狠狠地啐在那个狗屁老师的脸上,这样也不解恨,最好把他五马分尸。

小满见母亲气得脸都变色了,安慰说:"妈,你别气啦,明天我好好考,几时也得靠真才实学,再不会想着钻营取巧啦,让小人得逞。"

小满的话让刘珍宽慰,有几个靠作弊能考上名牌大学的?小满说:"妈,小安和爸回来咱就别说了,惹得大家生气。"

刘珍从鼻孔里哼了一声:"你爸?他才不管你驴吃咸、马吃甜哩!"

说出来,小满心里倒舒服了许多,她说:"妈,我想看电视?"刘珍看看表才七点多一点,就说:"看就看吧,不过只看一个小时。"小满点点头。

八点多钟,小安一个人回来,说爸爸喝酒去了。刘珍在孩子们面前无话。给小安煮了一碗面吃完,也不等武福太回来就早早地睡下。

吃一堑长一智,有了昨天的遭遇,刘珍再不敢掉以轻心。她这一下连小安也不靠了,只有自己亲临"阵地"才觉安心。小满前脚一走,她后脚就跟出了门。

赶到校门口一看，刘珍不算太早，马路对面的铺檐下早已齐齐地站了一层人。望着那些望子成龙的父母们，嘴唇干裂着，恨不能生出第三只手，或有神光慧眼来为自己的孩子排忧解惑。此情此景在刘珍心里震撼，只有在这些不求回报只愿付出的群体中，才能深深地感受到人性最真实最可靠的那份情感，那是人类最无私最伟大的爱。

正午的阳光白亮亮的蒸烤着地面，使得街面燥热空虚。阳光有点刺痛，刘珍把思绪一点一点地拉回来。她突然想起小满说的那个事，心情又烦躁起来，眼睛就不由地朝着学校门口望。两扇铁大门森严地闭着，校园里偶尔有人在走动。她想着那个昨天欺骗自己女儿的人，要是让她碰着了，她会揪着他的衣领，让这满大街的家长们看清他这为人师表的嘴脸，让他再难以在学生面前受到尊重。刘珍想着，脸就黑了下来。

"你是闺女还是小子？"

刘珍忙收回视线，一位农村女人正笑盈盈地看着她。她忙应着："是闺女。"女人看样子要比自己老些，只有牙齿白得显眼，"您的是……"

"儿子！今年考三年啦，这次再不中，也就没得说了，回家安心种地吧，这也是命！"女人脸上没有什么表情，好像在说别人家的事。

刘珍唏嘘着："都三年啦，这次肯定能考上，要是考不上孩子会受不了的。"

女人露出一脸苦笑说："考不中也成，四年大学就得一个媳妇钱，不瞒你说，去年就有提亲的。"说到这里，女人脸上显出得意的笑容，"我和他老子都说别念啦，娶上个媳妇安安心心地过日子吧，那个犟驴，说不响，好像不念书天就塌啦。唉！"

刘珍不解地望着女人说："还是上大学有前途，早早地娶个媳妇干啥？"

"上大学把家里的钱挖空了，拿啥来娶媳妇呢？现在的粮食又那么便宜，你看看这天，旱得一滴雨都不下。"女人瞅着天空抱怨起来。

刘珍突然想起好久没有这样痛痛快快地下过一场雨了。她同情起女人来，望着她不知说什么好。她没想到时过二十多年，农村这种陈腐的观念还没有完全蜕尽，从女人身上，她又看到了自己父母的影子。

学校的铁大门哗啦啦响动,刘珍知道这一场考试要结束了。她一下子像虚脱了一样,眼睛望着校园内渐渐涌起的人潮,心空得难受,慌慌地像在害怕什么,又像在期待什么。她在用心地捕捉每一个学子的表情,尤其是小满的。你要知道这一场是至关重要的,理综是拿分的关键。

小满的脸渐渐地映入刘珍的视线,圆润得像一团满月,嘴角向上翘着,似有笑意,正和一个男生边走边说着什么。小满的表情给了刘珍一些安定,身子反而有些迟钝。走在热辣辣的日光中,汗不知什么时候已经湿透了衣服。她用一张招生广告纸使劲地扇着。

小满笑眯眯地和同学挥了一下手,随着人流走上马路。刘珍看见小满脸上有了细细的汗珠,她隔着人流伸直手想为小满扇凉。小满在闹嚷嚷的人群中发现了母亲。她停住脚步,见母亲被太阳晒得赤红着脸都走了形,嗔怪地说:"妈,这大热的天你跑来干啥?你来也增不了分数,这不是活受罪吗?"刘珍感到鼻子酸酸的,就扭头看别处。小满拉住刘珍的手说:"妈,热死啦,咱打个车吧。"说完没等刘珍表态就招手叫车。

英语是小满的强项,下午的考试刘珍不太操心了。她又想起一家大小赖以生存的菜摊子,武福太是不靠谱的。这头一轻松,那头又显得重要起来。这两天的高考,武小满安然无恙,倒把刘珍累得一塌糊涂。她本打算等小满走了就去菜市场,可头一沾炕就睡过去了。睡得迷迷糊糊直做梦,梦见自己的菜摊子被人抢了,武福太不知去向,她在心里直发怒,想着武福太又去和那女人鬼混去了,竟然连摊子都不顾,真不要脸!在愤怒中刘珍一下子醒来,索性不去摊子了,在家等小满,小满才是她的人生大事。

院子里有人影晃了一下,刘珍抬起头见是小安,他正要溜。刘珍突然想起这几天尽顾小满,竟忘了这小子。她忙喊:"小安,小安!"小安折回来走进屋里。刘珍盯着小安的眼睛问:"你去哪儿啦?怎一天没见人影?"

小安嬉笑着说:"在摊子上和爸卖菜呢,人可多了,爸一个人忙不过来。"

刘珍见小安说话时眼神有些飘忽不定,硬了声说:"你胡说,我刚从你爸那儿回来,他说一天没见你。"

小安一下子没话了，就涎着笑脸。

刘珍气得两眼冒火，骂小安："你像话吗？眼看就要中考了，就不能在家多看看书？网吧有啥好玩的，它能给你吃？能供你穿？今年要是再考不上高中，干脆别念啦！你也不看看我冬天冷个死，夏天热个死，我图个啥？不就是图你们有个出息吗？你……"刘珍越骂越觉得委屈，眼里竟泪光盈盈。

小安自知理亏，任由母亲数落。

刘珍问："你说，念书呀，还是去网吧呀？"见小安不作声，"你今天必须给我下决心，上网吧就干脆别上学，上学就再不能沾网吧的边，你说！"

小安乖乖地说："念书呀，再不去网吧了。还不行？"

"你说话算话，再别让我失望，再有一回我就打断你的腿。"

小安见母亲说话的语气有所缓和，知道今天这一关过了，然后哄母亲开心说："其实我今天上网是为了下载一些中考习题来做，不是都为了玩，你放心，我有分寸的。"

"鬼才相信你哩！"刘珍说。

小安吐一下舌头，赶快抓起一本书，做出一副要学习的样子。

见小安变乖，刘珍的气也消了一半，但她内心对儿子还是有些不满。真是一娘养九种，她只生了两个就有天壤之别。

晚上小满回来，一副如释重负的样子，她伸着懒腰说总算考完了。好像死过一回的人重获新生，尽情地享受着来之不易的生活，电视开得最响，香蕉、苹果一个接一个，这会儿她不用受母亲的监督，也不用担心拉什么肚子。

二　报志愿

生活一如既往,刘珍的菜摊子像遭了劫,芹菜横七竖八地散了满地,韭菜就像邋遢女人的头发又黄又烂。三大筐西红柿就剩下小半筐,五箱黄瓜倒是没剩下几根,油菜和菠菜混在一起腐烂着。刘珍边整理边计算着自己的损失。

高考这两天武福太只交给她五百元钱,看现在这样子,光西红柿和黄瓜卖出的钱也不止五百。她心里一阵难过,生活的压力让她喘不过气来,小满上大学已是定局,小安考不上高中就真的不让念书了吗?这都得用钱来说话。家里一分没存半分没攒,她愁得常常半夜睡不着觉。这都到了火烧眉毛的时候,他武福太还这样一如既往地不管不顾。其实这日子早就不应该继续过下去了。为了不影响小满考大学,她忍了四年,小满估计上大学没问题了,可小安又要上了。等小安高考结束,小满该找婆家了,名声也要顾着……她不知道还要忍到什么时候,她担心自己能不能忍到那个时候。

明知道武福太不靠谱,他和赵丽芳已经有五六年的关系了。武福太为了那个女人敢上天摘星星,入海擒鲨鱼。在小满高考期间,刘珍是做好思想准备的,可眼前的景象还是把她气得发蒙。没想到武福太竟无耻到这种地步。他怎么就一点也不顾惜自家的那点日子呢?那女人再好也是人家的,人家三间大正房崭新新亮堂堂地住着,有一根椽是他的吗?刘珍估摸着武福太这两天至少拿她七八百元钱,能有啥办法呢?小满要上大学,小安还得念高中呢。这生意不是一个人能干下的活,至少武福太还能帮她去货站接接货,比如今天。下次,下次硬关门也不能用他了。

中午刘珍坐在那里生闷气。辛大海端着一大碗烩菜两个肉包子放在她面前说:"都快一点了,也不知道饿?"

辛大海的问候,让刘珍反而更伤心,泪水像山洪一样一发不可收拾。刘珍的模样让辛大海心疼,他抬手轻轻为她擦泪。要不是在众目睽睽之下,她真想扑在他怀里痛哭一场。那里就是她舔舐伤口的温床,那个雄厚宽阔的胸膛曾无数次地给她温暖,为她疗伤。她嗔怪地一瞪眼,言不由衷地说:"你去吧,让人笑话。"

辛大海说:"你这样,我咋走?你赶快把饭吃了我就过去。"

辛大海就在刘珍的对面卖水果,五年前老婆得癌症去世了。武福太常天不照看摊子,他时常帮着刘珍搬箱抬菜,拿轻扛重的活什么都干,他的关怀让刘珍感动,渐渐地两人日久生情。武福太的无耻正好成全了这一对患难情侣。

刘珍自己擦一把眼泪,温顺地说:"好啦,我吃,你去吧。"说着拿起筷子。

下午五点钟,武福太从货栈接菜回来,他在刘珍面前的自豪不言而喻。他光着膀子从副驾驶下来,对刘珍炫耀说:"哎呀,累得不行了,卸货就别指望我啊!"交代完晃着膀子走进不远的一家小饭馆。

武福太给弄回这一车菜,足以让刘珍满足了,还指望什么呢?没办法,她只好雇了两个农民工,每人十元钱,自己也搭把手。

油汪汪、水灵灵的蔬菜整整齐齐地码了一地。菜棚子里一下子又有了生气,生活的信心又回到刘珍的脸上。

晚上回到家,小满已熬好稀饭,就等着刘珍回来配主食。母亲的辛苦小满看在眼里,她很想为母亲分担一些家务,可除了熬稀饭她什么也做不来。见母亲进门,高兴地叫了声:"妈!"脸上洋溢着不可抑制的笑容。

刘珍还没把手里的东西放下就迫不及待地问:"估了多少?"

小满说:"五百九十多,我怕不准,明天去学校让班主任和我一起估估。"

刘珍满意地笑了。她放下手里的油饼和钱袋，捧住小满的脸狠劲地捏了一把，兴奋得像个孩子，说："真是妈的好闺女，妈没白熬。"

武福太洗完手，点了支烟，得意地坐在沙发上感慨地说："谁能想到我武福太的闺女上大学哩？他们倒有钱哩，有钱能买得到这福吗？"

看着武福太那得意忘形的德行，刘珍的心里有些窝火，不冷不热地说："上大学也得钱呀！钱都拿到别人家，还给你留一分吗？"

"看你那调，谁想理你哩？"武福太觉得没趣，叼着烟去了厨房。

小满含着泪说："妈，你们俩老这样，这大学我也不上了。"说着也赌起气来。

刘珍后悔起来，这么喜庆的事，放到别人家还不得放一挂鞭炮。自己这是咋的啦？早就想好不再理会武福太，也不再为武福太生气闹心，可事到临头就是做不到。刘珍讨好小满说："吃饭，我买了油饼。"小满把油饼放到小炕桌上，为每人盛了一碗稀饭，一家人的气氛又融洽了些。

小满又忍不住说："也不知应该报哪所学校，就这点分数，不敢报得太高。"

刘珍也没主意，说："明天去学校看看同学再说。"

武福太怕刘珍再呛白，不再言语，埋着头吃饭，吃得满头是汗。

一夜无话，刘珍照常带着小满睡在厨房的小炕上。武福太依然和小安在大炕上睡。

早晨，太阳刚露出毛茸茸的笑脸，刘珍就起来打点生意。刚接回来的蔬菜正新鲜招人，生意就像涨了潮的海水，滔滔不绝，想挡也挡不住。武福太过秤，刘珍收钱，她腰里的钱袋子像吹气的皮球，不住地往大里涨。这生意越忙人越精神，刘珍恨不能伸出六只手来接待顾客。

白景山手里拿着个公文包，翘着半边嘴角似笑非笑地盯着刘珍的腰包看。白景山在市场里外号叫"白拿"。市场里的人老远见着他走过来就头痛。说起来白拿不止他一个人，别人还知道遮遮掩掩，他倒干脆不管你愿不愿意，拿着袋子自己装，装满意了也不客气嗨嗨哈哈拎着就走。县官不如现管，都是敢怒不敢言。白景山见刘珍夫妇只顾忙活，一脸不高兴。他把武福太刚刚提起来的秤用手按住说："嗨嗨！拿出营业证。"

武福太一愣怔，忙摆出一副笑脸说："呀，是老白？没看见。"他发现白景山今天一本正经，后面还跟着两个穿工商制服的人。

刘珍赶紧搬开几捆芹菜，从后面拿出一个发了黄的营业执照递过来。那个年轻一点的伸手接过来细看，对那个微胖一点的中年人说："都过期二年了。"说完咂咂嘴又摇摇头。

那个微胖的中年人皱皱眉头，说："都过期二年啦，咋没人管？"

白景山一脸严肃地对刘珍说："从现在开始你停止营业，办了执照再开门。"他又转过头来，一脸无奈地对那中年人说："这些生意人，脑子里只想着赚钱，素质低得很。"

刘珍一听马上就急了，这一关门，五六千块钱的菜还不得赔个精光？她还指望这些菜给小满挣学费呢。心里一急也就不管不顾了，气恼道："我们这些人怎啦？自力更生挣的是血汗钱，素质再低从来都不白拿人家一分钱的东西，不像有些人去年买的东西，发票都开了，至今连个子儿都不给。"刘珍这是替辛大海出气。去年工商所里开会，白景山从辛大海的水果摊子上买了一百块钱的水果，说好开了发票去报销，报销了才能给大海钱，发票当下就开了，钱至今不见。

白景山见刘珍恼怒，怕说出更难听的话来。街面上的这些女人，他是知道的，耍起泼来连皇帝老子都不放在眼里。他忙冲着刘珍使眼色，说："这是我们副局长，专门下来考察市场，你得配合我们工作。做生意你必须办合格的营业执照，你说那些没用的干啥？"

白景山的眼色，刘珍还得顾忌，闹得太僵对自己也没什么好处，人在屋檐下嘛！她立马做出一副可怜相说："这刚接回来的货，光本钱就五六千呢，我们一家人的性命都压在这本上啦，你不让卖，放不到三天就全坏了。这一家人的生活……"

白景山干笑着看副局长，副局长抬眼看看这满篷子的新鲜蔬菜，对刘珍说："不是不让你卖，是让你遵纪守法地去做生意，营业执照你尽快去办理，别让我们为难,行吗?"

这绵中带钢的话,让人听起来又有些暖意。向来不服软的刘珍在人家面前竟然有些惭愧。她在心里暗想:这局长就是局长,他白景山熬破天也只能是个跑腿的小卒。刘珍认真地点点头说:"行,我们明天就去办。"

白景山一帮人走后,刘珍的生意一下子就像鬼子扫荡过一样冷清。刘珍在心里抱怨,让恶鬼冲了旺头。

生意一冷清,刘珍的心思又跑到一边去了,想着小满报志愿的事,心里七上八下地不安起来。她回头瞅一眼武福太,武福太正嚼着一根黄瓜,泥胎似的坐在那里,想回家的念头一下子打消了,心生恨意,狠狠地剜了一眼武福太。武福太刚好看见,就说道:"看你那样,老子几时招你啦?"说完也不等刘珍回话悻悻地走出摊子,一晃就没了人影。

下午六点多钟,太阳还挂在楼角上,刘珍就把摊子收拾了。小满填报志愿的事一直放在她的心上。

小满见母亲回来,愁苦着脸问:"妈,咋这么早就回来啦?"

刘珍问:"报啦?"

小满看一眼炕上那本《填报志愿指南》说:"没呢,愁死了,也不知报哪个?"

刘珍顾不得一天的劳累,跨在炕沿上拿起填报指南来看。她翻到第一批理科院校,一个一个地用笔画圈圈,画了有十来个让小满看。小满看了就笑说:"妈,你倒会挑,清华、北大哪年的分数也不下六百二三,那不是找死吗?浙大那叫小清华,估计也没戏。"她又翻了翻直摇头,"那个也没戏。"

刘珍有些失望,生气地说:"哪个也没戏,你难道不报啦?"

小满说:"你以为报志愿那么随便?还得参考人家最近几年的录取分数线,还得考虑本省今年的报考情况,报得扎了堆也不行!"

刘珍傻眼了,她以为还是她们那个时代,分数上线就不愁了,没想到还有这么些烦事。她把书摊在炕上和小满一起慢慢地翻,细细地比较。小满说:"北理还能碰一下,前几年都在六百以下。"过了一阵又说不稳妥,又翻,刘珍说哈尔滨工业大学也挺好。小满考虑也没考虑就说:"那儿太冷,我不想去。"又翻,屋子里黑得看字都有些模糊,也顾不得做饭,拉开灯再继续看,继续琢磨,一直到九点钟总算虑出几个来:北京理工大学、南京大学、山西大学、西安交通大学、西安电子科技大学、山东大学……

这报专业更重要,它会影响一生的前途。学啥专业又成了问题,土木桥梁之类女孩子不适合,政法财务之类又不好找工作。现在最吃香最好就业的就数电子一类,可四年以后呢? 人人都瞅准了,四年以后不知有多少这类人才? 刘珍头都大了,原来这报志愿比考试还复杂。考试只是你出题我来答,答案只有一个,对与错只有两条。这报志愿,厚厚的一本书,一百几十所学校,上百种专业任你挑选,看似宽松得无边无疆,实则窄得连身都没法转,稍有不慎,那就意味着十几年的寒窗苦读前功尽弃。

第二天一早,刘珍催着小满赶快去学校,自己先去了菜市场。

刘珍像摆供品一样把最鲜嫩的菜一样一样地摆放在水泥柜台上。等刘珍收拾停当,武福太才大摇大摆地走过来,也不和刘珍答话,独自坐到一把木凳上,自从昨天和刘珍怄气出去这才露脸。刘珍也不去问,她心里明白,武福太若不是为了来摸几个钱,十天半月也见不着一面。两个人各怀心思,相对无言。

生意不错,心情就好,不到十点钟就卖出五百多元钱的货。刘珍从腰包里把大面值的钱数出来,装进贴身内衣里。就在刘珍兴奋得眉飞色舞的时候手机响了。她装个手机有时十天八天没人给打一个电话过来,她也很少往出打。这手机猛一响倒有点稀罕。刘珍想这是谁的电话呢? 掏出来一看是自己在广州工作的外甥。她按了接听键:"喂,志远?"

"姨,小满估了多少分?"

刘珍听见外甥关切的声音,眼睛有些潮,她有两年没见这个外甥了,他是大姐家第一个孩子,也是她们家的第一个外甥,当时全家人像宝贝一样地疼着爱着,所以刘珍对这个外甥的感情比其他几个深些。刘珍带着鼻音说:"她自己估了五百九,说不定还能高点。"

"准备报哪里?"

刘珍说:"我正愁呢。"

"今年是补习了,稳妥些比较好。"

"小满说报西安电子科技大学,你说怎样?"

"西安电子科大还行,也是 A 类吧?姨,念大学关键是选专业,看看什么专业有前途发展,同时也要看小满爱好什么专业?"

"我哪里知道?你说小满学啥合适?"

"现在就数电子一类的有前途,我昨天晚上在网上留意了一下,我想让小满选微电子学吧?"

"姨,你身体还好吧?小满上学钱不够你给我说一声。"

刘珍的眼泪唰地一下就下来了,关键时刻还是自己的亲人最贴心:"我挺好的,钱到时候再说吧,你在外边要当心,听说那地方尽骗人的。"

"姨!"那头笑了,"没事,你回去让小满给我打电话。"

"行,你好好工作。"

刘珍心里高兴,想不到这白眼狼(刘珍对所有外甥的昵称)她没有白疼,心里还想着她这个姨哩。刘珍对外甥们的那份亲不亚于小满小安。尤其是那两个大外甥,大姐家一个,二姐家一个,更是掏心掏肺的亲。自从孩子们长大成人,成家的成家,工作的工作,像小鸟一样飞出巢穴找寻各自的天空去了,想见一面都难。刘珍没事的时候就看相册,每当看到外甥们小时候那些淘气的小脸,鼻子就发酸。她一张一张地看,在心里就说:这些白眼狼,都把姨给忘了。可她想起自己的那几个外甥又有些自豪,个个都是大学生,工作又体面,姐姐们以后的日子不用发愁,心里像吃了蜜似的高兴。

挂了电话,刘珍的心里就像着了火,不知小满上午报了没有,报了个啥专业。志远的话肯定没错,人家是上过大学的,又在外面工作了这么多年,眼界也宽。她又责怪自己一大早催得小满太急了。

时近中午,她看一眼武福太说:"收摊!"

武福太不解地问:"收摊?现在买卖正旺哩。"正是下班时间,忙着回家做饭的女人们连价钱也顾不得讲。

刘珍有气没处撒,逮着机会就想发泄,她气恼道:"你咋就不关心一下你的亲闺女呢? 难道还不如别人家的亲吗? "

武福太对刘珍这些刻薄的话语大为恼火,但他没太发作,到底小满也是他的亲闺女。他用商量的口气说:"要不你回去,我卖? "

刘珍盯住武福太的眼睛说:"你别想好事啦,让你卖还不如扔大街上呢!扔了还不生气呢。"说完不等武福太回话,急火火地把菜往篷子里收拾。

这一下武福太完全被激怒了,恶狠狠地冷眼观看着。盯了有五六分钟,也不管刘珍怎样手忙脚乱地收拾,独自回家去了。

收拾好摊子,刘珍提了两根黄瓜,几个西红柿,又拿了一把豆角放到自行车上,拐过菜市场的大门角又买了两块钱的馒头。这才觉得太阳像火盆一样罩着,热得满脸满手都是汗。她赶忙跨上自行车回家。

回到家,小安还没放学,武福太若无其事地坐在炕上抽烟。见小满轻松悠闲地看电视,她顾不上把菜放下就问:"报了吗? "

小满长长出了一口气说:"总算报啦,第一志愿西安电子科大,老师帮报的。"

刘珍急忙问:"专业呢? "

"信息工程。"小满说。

刘珍把手里的菜往炕上一堆说:"坏啦,你大哥上午打电话来说,让你报——噢,对啦,微电子学。"说着把上午记下的那个纸条放在小满面前。

小满生气地说:"他早干啥去了? 人家报了他才说? "

"能改吗? "刘珍问。

"不能。"小满果断地说。她不能给母亲一点迂回的空隙,要不然又不知要生出什么事端。小满了解母亲,她把自己一生无法实现的愿望都寄托在她的身上,不希望有半点瑕疵。

小满的话让刘珍心里七上八下地难受,好像小满的前途就此中断了一样。她还是不甘心地试探着问:"咱找个人改改不行吗? "

"找谁也没用了,人家早送走了。"小满撒了个谎。她看见母亲一脸灰心丧气的神色,又心疼母亲这些天为自己操劳紧张,就安慰说:"妈,行行出状元呢,只要你学得好,啥专业都有用呢,要不然学校开那些专业干啥?"

小满的话虽然在理,但刘珍还是觉得不恰当,她还是认为志远的话没错。小满已经把话说死了,再真实可靠的话也无济于事了。

三 父亲

父亲今年七十二岁,看着父亲骨瘦如柴的身体,刘珍的眼泪总是不由自主地往出淌。她一年四季把精力都用在那点烂生意上,很少过问父亲的生活,从来没想过那么硬朗的父亲会得病,而且一病就是那么重。

前天,刘珍在菜市场遇见本村的赵三婶,她问刘珍:"你爹咋样了?"

刘珍奇怪地问:"啥咋样了?"

赵三婶很惊讶道:"你不知道?你爹病了好长时间了,我还是前十多天见的,人都瘦得只剩一把骨头了。"说完,赵三婶看着刘珍,露出满脸的失望。

刘珍还是正月里去了一趟娘家,那时父亲只是有点咳嗽,都说是感冒,能吃能喝,还能摸纸牌,她就没放在心上。母亲整天忙着一堆儿子、孙子,天塌下来也不算大事,只有儿孙的琐事才是母亲的重要事。父亲病成这样她也不晓得给她捎个话,或给父亲看看医生。

刘珍生起大哥和小弟的气来,父母把一生的心血都用在他们身上,甚至不惜牺牲她一生的幸福。现在父亲病成这样,他们竟然连个招呼都不打!刘珍明白他们那点心思,让他们掏钱给父亲治病,谁也不肯掏,向她们姐妹要钱又没那个脸。刘珍有两个姐姐,大姐离娘家近,在五里外的石湾村,儿子虽然在外边上班,娶媳妇买房子都得用钱,那点工资连他一个人都勉强,哪里有钱接济父母，日子也是过得紧巴巴的。二姐在煤矿上，日子还算好些，两个孩子大学刚毕业，也没有太多余头。刘珍犯了愁，父亲这病花个千八百，她还能应付，要是……

刘珍张罗着给父亲看医生，父亲软绵绵地说："都一把年纪了，死就死了吧，日子都紧巴巴的，我还添乱。"

父亲的话让刘珍心痛，父亲就像一匹卸辕的老马，他一生的载重都是超负荷的，再苦再累他都无怨无悔，为了让五个孩子能够多吃，吃饱，自己时常饿着肚子出工，父亲一生的辛酸苦辣历历在目。现在病成这样还想着他的孩子们，他从来没仔细想过，他的儿女们是否用心地牵挂过他？刘珍面对骨瘦如柴的父亲羞愧难当，她含着泪说："病成这样了都不看医生，要儿女干啥？再说死也得知道啥病吧！"

母亲不言语，她一向都是只要女儿们费力的事，从不干涉，不劳累儿子们就行，在她的世界里从来都是儿女有别。

背过父亲，刘珍对母亲说："我去和大哥小弟商量一下，爹都病成这样了！"

母亲一听这话着急道："商量啥哩，你爹岁数也大了，不看就不看吧！"言外之意是让父亲自生自灭。刘珍最见不得母亲这样不分青红皂白地护犊子，她不再想和母亲说话，也不想再去找他们兄弟了。

刘珍领着父亲去照 X 光片，父亲两条腿像干枯的树枝哆哆嗦嗦难以支撑身体，她就用手挽着，看着父亲刀削般的背心如刀绞。父亲从何时起老成这样了？重病缠身的父亲从来都没有想过要对子女们抱怨些什么，他纵容着子女们对他的不孝。刘珍一下子感觉到作为子女的残忍和无耻，在父亲顶天立地时，风吹不着，雨淋不着，衣食无忧，快乐幸福地活着。在父亲年迈的时候，你给了他什么？连陪着父亲好好说会儿话的时间都没有。

照完 X 光，父亲的身体像虚脱了。刘珍几乎是抱着父亲坐到走廊里的椅子上，她让父亲歇着自己去问大夫，大夫建议再做个 CT。

刘珍把大夫的意见和父亲说了，老人问："得多少钱？"

刘珍做出很轻松的样子说："您问这干啥？又花不了几个钱。"

父亲的目光有些暗淡，说："是不是灰病？"

刘珍的心像针扎了一下，别看父亲平时说死说得那么轻松，真要到了那一刻没有不怕死的。刘珍对父亲笑着说："人老就爱瞎琢磨，不检查人家怎给开方子？这也是咱们命贱，病了才来查，人家有钱人年年没病也来查个全身的。"

父亲说："我是怕瞎折腾钱。"

刘珍用柔和的目光看着父亲，见父亲气息平和了些，说咱们过去吧。父亲说想尿。刘珍就把老人搀扶到卫生间。她要替父亲解裤带，老人不让，说你出去吧。刘珍退后一步想护着父亲，老人把拐杖立在墙角，半靠在木板隔墙上，回头又说你出去吧。刘珍完全退出来，想父亲永远都是那么要强。

听得父亲尿完，刘珍进去把父亲搀扶出来。离 CT 室不到十五米，可父亲走得满头是汗，像翻过一座大山一样。

CT 室里一架灰白的大机器占了有半间屋子，中间有一个圆桶，父亲躺在一张窄窄的铁床上，那张铁床就带着父亲慢悠悠地往圆桶里送。旁边的桌子上有一台电脑显示屏，一位年轻大夫在那上面盯着看，看着看着就摇头，刘珍的心也跟着慌起来。她急忙也过去盯着屏幕看，她看到的只是些灰灰白白的点子，或是有些轮廓的灰蒙蒙的块状，还不时地有些红点或是绿点掺杂着。看了半天看不懂，她又看父亲，父亲闭着眼，——死！突然那个字就冒了出来。她的心慌慌地跳着。要是有那么一天，父亲就那么躺着，再也起不来。刘珍不知不觉汗就淌下来。

"行了，下吧，明天来拿片子。"中年大夫说。

刘珍光顾盯着干瘦的父亲发呆，连父亲慢慢地从那口圆桶里退出来都没觉察。父亲支着胳膊想独自坐起来，可手腕柔弱无力差点摔倒，刘珍这才慌了神去扶。

把父亲慢慢地扶起来，扶到走廊的木椅上。父亲嘴唇干裂着，刘珍心疼地问："渴吗？"老人点点头。这一番折腾累得父亲连说话的气力都没有了。

刘珍出去在医院大门口的超市里买了一瓶橘子罐头。她在罐底部拍了两把没拧开，又用劲拍了两把，谁知这瓶盖和她较上劲了，就是不挪窝。父亲有些迫不及待，就颤抖着手自己亲自拧。也许他还以为自己是当年敢和公牛较劲的时候呢，现在连拿这个不到半斤重的罐头都费力气，他失望地放下来。

刘珍拿着罐头去找大夫。对父亲的病她总有一种不祥的预感。大夫正在看一张灰灰的片子，她小心地问："我父亲的病是不是很严重？"

中年大夫看着刘珍的脸说："看样子情况不是太好，等明天片子出来了才能下结论。"

刘珍差点当着大夫的面哭出来。她用舌尖舔了一下嘴唇，把泪水咽到肚子里。大夫从抽屉里拿出一把医用器械帮刘珍打开罐头。这随手一帮竟让刘珍感动得泪眼模糊。

刘珍把父亲安顿到出租车上，看着风独残年的父亲像一堵摇摇欲坠的老墙。天大地大父母最大，在平时，这个理又是最容易被忽略的，一旦父母有个什么事，这份不经意的遗忘会变成终身的遗憾。刘珍怀着一份对父亲的愧疚，那些对父亲的怨恨，此刻都变成了不安和内疚。她总想着父亲得这一场病会真的离她而去，她还没有好好地孝敬过他呢。

父亲病着，刘珍连生意也没法打理。让武福太一个人去做，那只能是肉包子打狗，连个本钱也捞不回来。菜和别的商品不一样，过期就会腐烂。刘珍只能让小满到市场去照看着，她不放心地对小满仔细嘱咐说："你爸卖菜，你收钱，钱不能到他手里，听见没？"

小满对母亲的做法有些看法，她抽了一下鼻子说："妈！"

刘珍对小满的表情不以为然，她还是不放心地说："你知道个啥，记住啦？"

小满笑着说："记住啦！你放心吧！"

有小满看着，刘珍稍微放心些。下午她给父亲把衣服换下来，从里到外清洗干净，又帮父亲洗了头，整理了一下乱糟糟的胡须。清瘦的父亲一下子像换了个人，精神了许多。刘珍没注意父亲从什么时候蓄起了胡须，下巴颏的小山羊胡须有一手指长，上唇的胡须用剪刀剪成一字齐，刚好露出薄薄的两片唇来。父亲的牙齿几乎全部下岗,剩下的两三颗也是松松垮垮,吃起饭来帮倒忙。

刘珍削了一个梨,用刀切成细丝,放到父亲面前。老人用两根指头捏起两丝放在嘴里,扁着嘴用舌尖和上腭慢慢地咂。望着父亲难以下咽的痛苦,刘珍突然想起人民公社那会儿,父亲一口气能吃掉五个胡萝卜。

那个年代,一个人一天吃不到半斤粮。母亲一连串生出五个孩子,大的不大,小的更小,她家里地里都得照顾,到头来工分没挣多,孩子没带好,两头都是二百五。家里只有父亲是一个硬劳力,所以到年底工分挣不多,口粮也相对分得少。五个孩子像一窝饿急了的狼仔,不管饭稠饭稀,永远都是狼吞虎咽吃不够的相,父亲每顿饭只能吃个半饱。母亲不顾她的狼仔们吃着碗里的瞅着锅里的贪相,硬给父亲往碗里抢食。她倒不是因为恩爱才给父亲从孩子们嘴里掏吃食,她是为了孩子们能有下一顿饱饭,才不能让父亲的身体垮下来。父亲的胃里长年是空着的,所以在大队干活,割豆子的时候他生吃豆子,起萝卜时他偷吃萝卜,队长虽然长着三只眼,但社员们在地里生吃那也只能是干瞪眼没招,总不能给社员们戴个笼头吧?父亲还生吃过莜麦和小麦呢,记得有一次他得意地对母亲说:"我今天不饿,你还别说这生莜麦挺有嚼头呢!"

父亲吃了一点梨就不愿意再吃了,说嘴痛。刘珍又给父亲剥了一根香蕉说:"爹,吃这个吧,这个软和。"

老人拿起来只咬了一口就放下说:"你给我热热的倒口水吧。"

刘珍往杯子里放了一大撮红茶。她知道父亲爱喝酽酽的浓茶水,这是他从大草原上带回来的习惯,也只有这一点能证明他曾经在内蒙古大草原上风风光光地生活过。

父亲出生在一个没落的地主家庭,七岁时在县城上过学堂。那时日本人正占着云州城,父亲还学过几天日语。记得小时候父亲逗她们玩时还给她们学说几句半生不熟的日语。刘珍小的时候特别崇拜父亲,他不光能说几句日语,还会说蒙语,蒙语说得特别流利。

祖爷在城南开着一家车马大店,听说生意火得不得了,光莜面每天就吃掉一牛毛口袋,三十多间牛棚马圈没有一间是空着的。自从日本人来了,祖爷的生意就像招了蝗虫的庄稼,收成稀薄。过惯豪华生活的爷爷和三爷,照常花天酒地,挥金如土。只有大爷算得上称祖爷的心,所以祖爷临终前把只有一个空架子的家业交到大爷的手中。

城里的生意只当是祖业摆着,说不开也开着,开着又没生意。一家二十多口人的生活,就靠老家那一百多亩田地来维持。大爷当这个家的时候真是不容易,日本人缴粮找大户,顽固军纳税也瞅他,哪家也得罪不起。三爷整天赌场出来窑子里逛,爷爷玩鸟成了瘾,家里简直成了鸟的世界。大爷每当气恼时总嚷着:"分家,分家!"可一到三爷赌得连裤子都拉不起来的时候,还得去给三爷擦屎。爷爷也不省心,整天除了玩鸟还包着一个小寡妇。奶奶成天向大爷告爷爷的状,父亲就是从这时候开始记事的。

家败抽中梁,大爷不到四十岁就早逝了。他病重时把一份薄业一分为三。家道虽然衰落,可架子没倒。云州城要解放了,满城风雨,谣传共产党不光分田分产,还共产共妻,像爷爷这样有田亩有房产的地主富农是要全部杀头的,比日本人和顽固军还可怕。爷爷从小在蜜罐里长大,不经事,听了谣传,连夜带着奶奶和父亲,还有三叔(大爷的儿子),只背了一口风箱就逃出了云州城。就这样不明就里地背井离乡,来到内蒙古四子王旗。

父亲的童年是悲惨的。

爷爷过惯了舒服日子,就算是变成没毛的凤凰落架的鸡,那少爷脾气还是难改,干活没耐心,怕吃苦。一家人的生活重担就落到了九岁的父亲身上,就靠着父亲给人家做羊打伴过活;奶奶有时也给财主们做些零活补贴家用。

父亲睡熟了。刘珍看见父亲的嘴一鼓一鼓地吹着气,她想起老年人常说:要是老人们睡觉时往外吹气,那就是在往开吹土,证明离死不远了。刘珍相信这完全是没了牙的缘故。她想:爹还不到时候哩,他受了一辈子苦,还没享福呢!

父亲被一阵咳喘憋醒,他吐出一大口味道刺鼻的黏稠的黑糊状痰液。刘珍仔细端详,不像痰也不像血,好像商店里卖的黑芝麻糊,还有沙粒般的重黑点。一种不祥的预感袭上心头,她把父亲安抚好,忙出去给二姐打电话。

父亲咳了一夜,刘珍也一夜没有合眼,天刚微亮她就起来给父亲蒸了一碗鸡蛋羹。小安上学走得早,早餐都在学校吃。她又给武福太和小满煮了挂面,打发老小吃完,就匆匆地去了人民医院。

从医院出来,刘珍又给二姐打电话。她还没把话说完,那头已经泣不成声。刘珍挂了电话不敢回家面对父亲,她想找个没人的地方痛痛快快地大哭一场,为父亲也为自己。

风很凉,刘珍坐在坝沿上看着一波一波的绿得鲜亮的水草,以及夹杂着星星点点的小碎花。水库不大,一眼就能望到边际,但水里承接着一个太阳,水波显得生动活泼,金光闪闪,远处的树木枝繁叶茂。

眼前的世界是那么安静,那么青翠,那么美丽,它不会为一个人的伤心去改变;水的胸怀容川纳海,人的生老病死在它眼里如季节更替一般。

面对这一湾碧水,刘珍狂躁的心安静了许多。她开始想着回去怎样向父亲说,一想到瘦骨伶仃的父亲,她的眼泪又不由自主地流了出来。对父亲编一个怎样的谎言呢?医生应该是世界上最冷酷的法官,当医生把一份宣判死刑的判决书交到刘珍的手上时,虽然刘珍心里早有准备,但还是让她差点晕过去。

怎样才能让父亲在最后的日子里过得愉快安详?让父亲临终时无痛无悔?还有母亲,在父亲的担当和照耀下,她一心忙着她的儿孙们,没了父亲,她又能担当多少?刘珍的心又开始掰开揉碎般的痛。

四 亲情

回到家已是十一点钟。刘珍见父亲正睡着,不敢惊扰,悄悄地把 CT 片子放到电视柜上。

"医生咋说?"

刘珍吓了一跳,没想到父亲的耳朵这么灵敏。她转回身,做出一副轻松的样子说:"医生说是肺炎,没什么大病。"

"人家没说咋给治一下?"父亲慢慢地坐起来。

"……"刘珍转身给父亲倒水,拿着个杯子竟找不到水瓶,绕了半天,暖水瓶就在茶桌上。她倒了一杯水递到父亲面前,不敢看父亲的眼睛。

"哎!我下午回去吧,这输液又要花钱,挺一挺就过去了。"父亲柔弱地靠在被子上。

刘珍的眼泪差点掉下来,她知道父亲的心事。她安慰说:"医生说先吃点药,看看病情再说。"

父亲的癌细胞已经扩散到肝和胃上。医生说最多也就是一两个月的活头。以父亲现在的年纪和身体,化疗和手术没有什么意义了。医生和兜售商品的售货员没什么两样,明知没什么疗效,还是给开出一堆药品。刘珍拿着方子去药房买药,一一细看,都是些抗癌药、止痛药、消炎药……父亲是认识字的,她没法拿给他看,就悄悄地放在堂屋的柜子里。

小安快放学了,刘珍含着眼泪进厨房做饭。

"爹!"

刘珍把馒头刚上笼就听见外面有人说话,忙迎出来,见二姐手里拎着一大袋水果,汗水和泪水同时在脸上淌着。见着二姐,刘珍的泪水再一次纷纷扬扬地倾泻下来,心里的酸痛一股劲儿地往上涌。

父亲见着刘珠显得很高兴,瘦削的脸上有了按捺不住的笑意,眼里却蓄满了泪花,对两个女儿说:"哭啥哩,谁还不得个病?"

"爹!"刘珠放下水果抓住父亲的手,父亲的手消瘦得就像一把搂柴的爪子。刘珠说:"爹,都成这样了,怎也不告诉我们?"说着泪珠滴到老人干瘦的手背上。

父亲没牙的嘴也扁了,像个受委屈的孩子,他说:"你们都各有各的事,都忙。"

刘珍用毛巾为父亲擦掉脸上的泪水,父亲脸上又露出欢喜来,对刘珍说:"快给你二姐拿块西瓜出来,你看都热成啥样了?"

刘珍这才醒悟,冲二姐笑笑说:"爹还懂得心疼你哩。"

刘珠的心更痛了,她暗地里拉刘珍一把,两姐妹出堂屋说话。

背着父亲,两姐妹辛酸的泪水尽情地淌着。刘珠不住地抱怨自己没好好孝敬过父亲,她对刘珍说:"咱们凑钱,说啥也得给爹治病,总不能眼睁睁地看着他老人家……"

"医生说让回家养着,爹的身体已经经不起折腾了。"

"那就干等着?"刘珠问。

"用药养着吧!"刘珍说。

刘珠又难过地掉起眼泪来。

灶上的热气蒸腾着,本来就热的小屋更加闷热。

小安进门就嚷饿,连书都顾不得放下,直接进厨房抓起一个热馒头就往嘴里送。刘珍怪怨道:"这孩子,饿死鬼投胎,也不懂得问一声二姨?"

小安这才抬头,高兴地说:"二姨?"他又问:"姥爷的病好些了?"

刘珠怜爱地拍一下小安的头说："要考试了吧？"

刘珍把小方桌放在里屋的当炕，从鼻腔里"哼"了一声，又去端凉粉。

小安给二姨吐了一下舌头，酸溜溜地说："小满才是人家的宝哩。"

刘珠看着调皮的小安，和父亲一起笑了。她对小安说："那你做出成绩来让她看看，看她敢小瞧你？"

小安一时没话了，慢腾腾地说："谁不想哩？"

刘珍把饭端上来，自己没有胃口，让刘珠和小安吃。刘珠吃了半碗凉粉。刘珍催小安赶快吃，吃完好给小满和武福太送饭去。

提起小满，刘珠关切地问分数能查了吧？刘珍这几天几乎把小满给忘了，也把武福太那些破事给忘记了。她满心都是父亲，父亲的病。小满考完试有十几天了，刘珍想。她突然改变主意，要亲自给小满他们送饭去。一想起小满考大学的事，她又急躁起来。

几天没到菜市场，刘珍倒觉得有些生疏。正是中午时分，太阳像火盆，烤得小狗趴在地上直吐舌头，人们大都趴在货台后面像蔫了的菜，没精打采地望着白花花的街面。这时候顾客最少苍蝇最多，手脚勤快的人扇打扇打还少些，那些懒散的人只顾着打盹，台子上的苍蝇像散了一层黑豆子，让不习惯的人看了直起鸡皮疙瘩。

小满一个人在台子后面看书，见母亲过来忙把书放下问："姥爷的病咋样了？"

小满的问候让刘珍的眼睛又有些潮湿，说："你姥爷的病恐怕是好不了了，你爸呢？"

"我爸买鞋去了。"她接过刘珍手里的饭篮，"姥爷啥病？"

"癌症，肺癌。"

小满的脸顿住了，她看着母亲难过，心里也非常不好受，便安慰说："妈，你别太难过，这是没办法的事，国家总理得了都没招，何况咱们老百姓。"

刘珍觉得小满长大了，会安慰人了，心情不由得好起来。她又问："你爸拿了多少钱？"

"二百。"小满边吃饭边说。

刘珍咬了咬牙没再说什么，她最主要的目的不是武福太，她问："你查分数了吗？"

小满说："查它干啥？分数下来学校自会公布的，查一下得花十多块钱呢。"

刘珍急道："十多块就十多块，好早落个实信。"

小满笑母亲说："急也没用，查不查还不是一样。"

正说着，辛大海急匆匆地走进来，关切地问刘珍："你去哪儿了？咋连个招呼都不打？急死人啦。"

刘珍一时有些不安，她看一眼小满，故意淡淡地说："我爹病了。"她知道大海在关心她，心里顿觉温暖，就问："吃了吗？这儿饭菜挺多，小满一个人吃不了。"

辛大海问："福太呢？"

小满说："我爸买鞋去了。"

刘珍和大海心照不宣，刘珍只说："武福太早吃了，你吃吧。"

辛大海也不客气，拿个盘子拨了些菜，抓了两个馒头到对面的水果摊子上吃去了。

小满心疼辛大海拿去的饭菜，怕武福太回来没饭吃。她望了一眼炽热的街道说："爸咋还不回来，都两个多小时了。"

刘珍想起武福太拿走的两百块钱，恨上心来。在小满面前又无法发作，把一个坏了的西红柿狠狠地摔出老远。

刘珠侍候父亲躺下，见妹妹家乱得就像个杂货铺，洗碗布和擦脚布堆在一块儿，柜子顶上瓶瓶罐罐横七竖八地躺着，脏衣服炕上堆的，沙发上放的……刘珠整齐惯了，看见妹妹家像个狗窝，忍不住动手给收拾起来。把该洗的衣服放进洗衣机里，把柜子上的空酒瓶烂罐子该扔的扔，该放的放。放了两盆清水把刘珍一年顾及不到的地方都给清洗得一尘不染，灶台上都发出了洁净的光亮。刘珍过年也没收拾得这般干净。

刘珍一进屋，感觉像走错了门。她们家有好几年没这样干净过了。过去她还收拾收拾，虽然不是太干净，但勉强还能说得过去。自从和武福太日子过得三心二意，就再也没心思好好地收拾过屋子，家里整天乱七八糟像遭了贼。反正家里成天没人，刘珍一心只顾生意，武福太除了摊子上晃悠很少着家。小满小安更是早出晚归，这个家基本就是个供人住宿的客栈。

刘珍看见二姐脸上淌着汗珠，心里有些不忍，心疼地说："二姐，你歇歇吧！在家活干得还不够，出门了还这样自找苦吃。"

刘珠抱怨道："你这也叫家？人家狗窝都比你这儿强，从小就不整家，愣让妈把你惯坏了，都四十好几的人了，还这样？"她从小就看不惯这个丢三落四的妹妹。

刘珍和弟弟刘勇几乎是二姐一手带大的，那时候村里按工分吃粮，母亲为了多挣几个工分，整天顶着星星出工，披着月亮回家。家里的一切家务几乎全落在两个姐姐身上。又要喂猪做饭，又要上学哄孩子，没办法，两个姐姐只能每人每天上半天学，一个上午去学校一个下午去，学习成绩可想而知了。好在那个时候的学生不看重学习成绩，成天跟在大人们的屁股后头拾麦穗，打草积肥。

在二姐十二岁的时候，大姐十五岁，顶上一个整劳力。大姐参加了大队的铁姑娘队，在红旗招展的工地上农业学大寨去了。家里的重担就落在二姐一个人身上。弟弟刚学会走路，整天趴在二姐瘦削的背上；刘珍刚过五岁，常天扯着二姐的衣襟，走到哪儿跟到哪儿。二姐去喂猪，刘珍就踮着脚尖扒在猪圈墙上看，弟弟依然趴在她背上，像有胶带粘着一样，总掉不下来……儿时的记忆在刘珍的脑海里特别清晰，为了挣几个油烟钱，父亲从县城的鞋铺里揽回一大背布鞋底。纳一双只挣二分钱，你别小看这二分钱，家里过年的零用钱都出在这鞋底中。

昏暗的油灯下，母亲拉着很长很长的麻绳，在寂静的夜里发出咻啦咻啦的声响。二姐小屁股坐在窗台上，一手转着羊八吊，一手拉着细长的麻丝。两个人的影子在灰白的墙上像一幅迷人的剪影，又像在放幻灯片。那时刘珍觉得特有意思，她时常不去看母亲和姐姐，就只盯着那长长短短一晃一晃的影子看。

二姐也是十五岁上就参加了大队劳动,她家里地里两不误,就希望刘珍也能帮帮家务。刘珍从小就贪玩,整天野小子似的,和几个女生跟着男孩子们在野地里跑。跳墙蹿岸,掏家雀爬树上墙如履平地,每天眉清目秀出家门,回家时变得灰头土脸像个土地爷,恨得二姐常向母亲告状。即便如此,母亲也是最喜欢二姐,因为二姐干活有头有尾,条条是道,最能称母亲的心。大姐干活毛毛躁躁母亲瞧不上眼,刘珍野小子似的在母亲眼里永远长不大。有时二姐告状就不起多大作用,每当二姐气愤时,母亲只是笑笑说:还小嘛!有时二姐在家干活时心里也烦,烦了就冲着刘珍和弟弟发脾气。一看苗头不对刘珍就溜之大吉,不去招惹,刘珍在家里是最怕二姐的。现在想想,在母亲家里二姐是他们的小保姆,有二姐照护着,她的童年是最幸福的,每天欢天喜地地过着无忧无虑的日子。和她一起的几个玩伴就没她那么幸运,得先给家里喂完猪或收拾完屋子洗完锅碗,才能出门玩耍。

成人以后,刘珍才懂得心疼二姐,她觉得在母亲家里最亏欠的就是二姐。她没贪玩嬉戏的童年,没感受过意气风发的青年时代,仿佛一生下来就是个管事婆。

刘珍把二姐手上的水盆夺下来说:"这些用不着你干。"

刘珠甩甩手上的水珠说:"洗吧,坐着也没事,你忙你的去。"

刘珍硬把二姐拉到厨房,压低声音说:"爹和你说了些啥话?"

"爹说真是肺炎,输点液好得快些。爹想看就给爹看吧,别让爹心里难受。"刘珠说着又要流泪。

刘珍为难地说:"医生说像咱爹这种情况,花钱也是打水漂。去大地方治,恐怕连尸首也拿不回来。"

刘珠说:"爹这一辈子太苦了。"说着,眼泪就像断了线的珠子,一串一串地往下掉,引得刘珍也难过起来。刘珠哭着说:"要不问问医生,能用些啥药,爹想输液咱就输液,该花就花吧,咱们这一辈子也没为爹做过啥事。"

刘珍说:"医生给开了些药让回家养着,要不我再去让大夫给开些输的药?"

刘珠说:"爹要回家。"

刘珍说:"上午跟我说了,爹是个精明人,怕是有感觉了。"刘珍看看墙上的石英钟说:"我现在就去问问医生。"

晚上,刘珍又抱回两大纸箱药液,刘珠问:能输了? 刘珍点头说:"能,医生给开了方子,让交给村里的医生就行了。"她又不放心地说:"回去不能对妈说爹的病情。"刘珠点头。

第二天,刘珍和刘珠打了一辆出租车把父亲送回家。

母亲看到父亲上炕都得要人护着,老泪纵横。她这一生为父亲流泪的时候很少,也许她预感到了什么。第六感觉这种东西也许真的存在。

赵忠是村里的赤脚医生,在农村,赤脚医生是中西合璧的全能大夫。什么伤风感冒、腰酸腿疼、拉肚子、崴腕子、男人不孕、女人经期不调……不管什么病首先请他去治理,在赤脚医生"医治"无效后,才急着外出求医。刘珍去了一趟赵忠家,把父亲的病情仔细向他说明,一再嘱咐在父母面前只说是肺炎。

四十五六岁的赵忠长得五大三粗,一脸络腮胡须刮得青蓝一片,给人的印象倒像个杀猪的。他和刘珍是从小一块玩耍长大的,赵忠初中没毕业就被大队派到公社培训当了村里的赤脚医生,以前大家常开赵忠的玩笑。已经有二十多年不常在一块聚,现在见面显得有些生分。赵忠倒是非常热情,显出旧日的友谊。他听完刘珍的叙说,脸上露出一阵悲情,安慰说:"生老病死,人之常情,你也别太难过了,我去瞧瞧。"仿佛他才是医术高明的专家。

医生在人们眼里是能人,求医问药没有一家人能免。所以赵忠在村里很受人尊敬,就连长辈老人们见面都要笑脸相问,比大队支书都招人待见。村里现在有七八十户人家,赵忠光在本村行医卖药,小日子过得比村里所有人家都小康。刘珍母亲把赵忠当上宾待,又是倒茶又是递烟。赵忠念在和刘珍是过去要好的伙伴分上,身份去了棱角,随和地对刘珍母亲说:"婶,您别忙了,又不是外人,我先给富贵叔治病。"说着,他翻看刘珍带回来的药液,刘珍把大夫开的药方子递过来。

刘珍母亲不放心地说:"忠子,我看你叔这次病得不轻,你好好给看看。"

赵忠把液体挂在墙上的一个钉子上说:"没事,现在的药好,输些液就好了。"

"你说没事?"刘珍母亲又问。

"没事。"赵忠把液输好,坐下来喝茶闲聊。

刘珍母亲这才放心,对老头子说:"你看,我就说没事吧!"

赵忠看一眼刘珍姐妹笑笑,对刘珍开玩笑说:"做了十几年买卖,钱都没处放了吧?"

刘珍笑说:"哪像你,人们追着赶着给送钱,我们就像要饭的,见人就乞讨,连个尊严也没有,真有心不做,可孩子大人都要吃饭,没办法。"

赵忠也诉苦说:"你还眼红我哩?都是乡里乡亲的,那能硬要?能少尽量少,不给也不能要,村西的赵六奶奶,长年吃药看病我一分钱都不要,要也没钱,有病你说我能不给看?"

赵六奶奶二十九岁上就守寡,一个儿子死在小煤窑上,儿媳妇带着孙子改嫁到了外地。到现在九十多岁了,扭着一双小脚,还耳聪目明,活成了奇迹。说起赵六奶奶,刘珍就想起老人家的那双巧手,她问赵忠:"老人还能剪花吗?"

"能,去年大山儿子娶媳妇,还是老人家给剪的喜字呢。"

刘珍八九岁时,赵六奶奶就是一位小脚老人,现在刘珍都快成老太婆了,赵六奶奶还是一位老人。赵六奶奶年轻时是一位美女,光那一双三寸金莲就闻名十里八乡,那一双巧手裁龙剪凤,什么水中游的、天上飞的、地下跑的,样样剪得活灵活现。一堆乱纸几个鸡蛋壳,在别人眼里是废物,在赵六奶奶手里就变成形态各异的狮子、老虎、孔雀、鸡、狗……赵六奶奶糊出来的物件,不光孩子们爱玩,连大人们也是爱不释手。她成天被刘珍一般大的孩子们围着,一点也不烦心,整天裁呀、剪呀、糊呀,仿佛那就是她的工作。在那些整天围着锅头、炕头、地头转悠的大人们眼里,她就是一个孩子王,对赵六奶奶永远琢磨不透。没有人能理解赵六奶奶。在那个年代,仿佛只有孩子们才能懂她。

刘珍突然想去看看赵六奶奶。

人是一种怀旧动物,生活的压力越大,对已逝的岁月越加怀恋。赵忠也不例外,他在刘珍忘情的叙说中,重新捕捉到了童年时代的那份美好,激起了那被年轮磨损的所剩无几的童趣。他突然也很想去看看赵六奶奶。

赵六奶奶的小窗玻璃仍然还是那么亮堂。屋里的家什有些陈旧,在赵六奶奶常年不断地擦抹下,虽然油皮脱落,可用手摸上去光滑绵润,似有玉的质感。刘珍想,赵六奶奶永远都是一个干净整洁的人。赵六奶奶墙上挂的剪纸年画都是一出一出的戏剧,有威武英俊的《杨家将》、荡气回肠的《岳飞传》、媚态柔肠的《白蛇传》……都是用麻纸裱糊了才挂在墙上的,有些红纸都泛了白,看样子有些年头了。赵六奶奶的年画一直都是自己做,别人家那些花花绿绿的印刷品她看不上眼,常讥讽说:"什么呀?没棱没角,呆呆板板的,没一点灵气!"

赵六奶奶的脸老成了核桃皮,嘴扁得没有一颗牙在支撑,不住地一抿一抿着,只有那双眯缝着的眼睛睁开来还放着亮光。刘珍走近前喊:"赵六奶奶!"

"喊啥哩,你当我是聋子?"她抬起头,睁开松弛的眼皮。

赵忠放慢声音指着刘珍说:"您看,她是谁?"

老人对着刘珍的脸瞅,瞅了半天摇摇头,张开没牙的嘴笑了说:"不知道。"

"赵六奶奶,我是珍子!"

"珍子?"老人在陈旧的记忆中翻腾了半天,也没想起来。

赵忠提醒说:"富贵叔家的珍子!"

"富贵家——那个愣丫头?"老人突然想起来了,眯着眼嘿嘿地笑:"嗨哎哎,难缠人哩,给你裱个狮子还不行,非要个大公鸡,不给你裱就躺在我们家大门道里哭。"她端详着刘珍的脸说:"也老了!"

"赵六奶奶,我都四十五啦,您身体还好吧?"刘珍拉住老人的手说。

"哎呀,不死啦,活成妖精啦!你妈端午还给我送粽子嘞!"

刘珍高兴地对赵忠说:"哎呀,脑子还这么清楚,能活一百岁。"

"我才不活一百岁呢,我这会子就想死,阎王爷把我给忘了。"

赵忠逗老人说："珍子又来和您要大公鸡啦！"

赵忠的一句玩笑话突然使老人眼里有了喜色，她看着刘珍很感激似的，没牙的嘴笑起来像个婴儿，忙从炕头的竹筐里拿出一本发黄的杂志说："没手劲了，不能裱糊了，给你些窗花吧？"她翻开让刘珍自己拿。

刘珍翻看着那些精致玲珑的大红剪纸，不忍伸手。那是赵六奶奶的艺术精华，也是她老人家一生的财富。

赵六奶奶见刘珍只是翻看，没有想要的意思，表情一下子有些暗淡，说："现在的人家都是大玻璃，谁还用这些，你不稀罕吧？"

刘珍看着赵六奶奶有些失落的脸，心里一阵酸楚，赵六奶奶一生的才华就这样被埋没了吗？难道这么精美的艺术品就真的被社会淘汰了吗？她慢慢地从中挑选出三幅，一幅龙凤呈祥，一幅喜鹊争梅，一幅百兽图。她对老人说："赵六奶奶，我们家年年贴窗花，城里买的一点也不如您的好看，您这是艺术，他们比不了！"

刘珍的话引得老人脸笑成菊花，她又拿出两幅硬塞给刘珍。她的艺术渐渐被人们遗忘，有好久没有人关心过老人的剪纸，赞美的话语变成老人对往事的追忆。刘珍半真半假的话语又点燃了老人那颗失落的心。

刘珍掏出一百元钱交到老人手里，老人推辞不要说："你这是买哩？"

刘珍把钱放到炕上说："不是，赵六奶奶，我这是孝敬您的，让您买些好吃的。"

老人说："你别说，甭看它不值钱，人不对头给钱我也不卖，谁稀罕？"

刘珍和赵忠从赵六奶奶家出来，刘珍感慨地说："赵六奶奶是个真艺术家。"

赵忠默默地点头，他也认同。

晚上，大哥和小弟过来看父亲。他们只是应付了事地看看，没发表任何有价值的意见，好像是在看叔叔大爷一般走走场面。刘珍很气愤，两兄弟没有一个人过问父亲看这一场病需要多少钱，或者商量着再如何给父亲治治病。

大哥和小弟走后，刘珍看着木然的父母，心里突然有些幸灾乐祸，一辈子都是重男轻女,生了两个姐姐才有了大哥,好吃的都是紧着大哥吃,活计都吩咐给两个姐姐去做,日久天长,这种做派变成家里的天经地义。姐姐们不懂得去反抗,大哥享受得理所当然。大哥十六七岁了连一担水都不去井上担,母亲怕扁担压着儿子不肯长高。大姐嫁人时给大哥要回一台缝纫机,二姐出嫁时给大哥要回一辆"飞鸽"自行车,人家给的彩礼父亲都存到银行里准备给大哥娶媳妇用。而对大姐和二姐,连一份最简单的嫁妆都不肯给置办。"卖"刘珍给大哥和小弟每人盖起三间大正房。姐妹三人都成了这个家庭的牺牲品,尤其是刘珍,现在的婚姻就像父亲的病,是绝症。明知道已经病入膏肓,可又不能弃之不顾。

大哥和小弟的冷淡让父亲有些心凉,他含着眼泪对母亲说:"养儿有啥用哩?"刘珍这是有生以来第一次听到父亲对儿子的评价。

母亲还在袒护着说:"孩子们有啥办法哩!这不是给你看着吗!"

父亲不再理会母亲,闭着眼静静地养神。

父亲安静下来,刘珍和刘珠商量以后的事。看父亲现在的情况,母亲一个人很难照看得过来。再说父亲万一突然不行了怎么办?刘珠还是替妹妹着想说:"你家里难脱身,生意忙,小安又要考试了,你回去吧,我和大姐调换着来。"

刘珍有些过意不去:"光累你们哪能行?"

刘珠笑了说:"你在我也不放心,你啥也做不利索,哪能靠得上?"

二姐的话让刘珍心里暖暖的,她明白,她身上那些毛毛躁躁的臭毛病都是姐姐们宠出来的。在她出嫁以后,两个姐姐还大包大揽着她的家务活计,比如一家四口的针线活、毛衣活……在这些方面刘珍笨得可以,连个补丁都打不好。笨有笨的好处,两个姐姐处处都替她想着。

五　中考

　　天气依然炎热，刘珍不让小安穿长袖衣服，何况小安穿的是带里子的校服。考试穿多了身体燥热，会影响情绪。小安神秘一笑，把衣襟两边一敞，吓了刘珍一跳，里面像巫婆的仙衣，条条片片挂得密密麻麻，全用透明胶带粘着。小安向刘珍要手机，说同学会给传题。刘珍气恼道："平时不好好学习，尽搞些邪的。"可她还是把手机给了小安。

　　小安蹦蹦跳跳得像过节，全没有小满考试时的那份沉重。刘珍心里奇怪，在小安和小满的事情上她总是把重心放在小满这边。按理在重男轻女这方面她应该得到父母的真传才是，可是在行动上她偏偏和父母是背道而驰的。她总是挂念小满多一些，小满从小身体瘦削，在吃喝上她总是先以考虑小满为主，在学习方面也是多替小满操心，偏偏小安身体健壮得像牛犊。看着小安出门，刘珍也换衣服准备去菜摊。

　　有一个星期没上大街，刘珍觉得街上的太阳都变了，仿佛光芒比以前更耀眼。她把虚虚的目光收回来，瞅着街道两边的店铺，人们都在忙碌着整理店面，花心思想方设法去招揽生意，这种心态刘珍自然也有。

　　刘珍是个生意人，但她讨厌生意人，她更讨厌那些喜欢占小便宜的顾客。生意人的见利忘义让刘珍觉得很难堪，做生意久了，许多朋友渐渐地生分，更可怕的是在许多问题上不管是亲情还是友情,她都会不由自主地用生意场上的那种心态和眼光去衡量,变得没有忍让,没有耐心。可生活就是要把她逼到这个墙角旮旯儿死胡同。

刘珍老远就看见小满,小满腰里缠着个鼓囊囊的腰包,头发有些乱,小脸微黑。小满的嫩脸经不起晒,刘珍想。小满收钱找钱,递菜,手脚麻利,一点也不生疏。刘珍在心里笑着想起一句老话:"龙生龙,凤生凤,老鼠的儿子会打洞。"

刘珍紧走几步,把小满手上的黄瓜接过来放到台秤上,说:"一斤六两。"她猛地一抬头,赵丽芳身上散发着一股刺鼻的香水味,她的脸马上像生了霜。

赵丽芳也很意外,她手里提着三斤西红柿、一把蒜薹。

武福太脸上灿烂的笑容僵在那里,小满说:"妈,你不是给小安在家做饭吗?咋又出来了?"

刘珍没好气地说:"我出来碍着谁了吗?"

小满看着母亲莫名其妙地生气,站在那里不知所措。

刘珍问小满:"总共多少钱?"

小满说:"三斤西红柿四块五,三斤蒜薹六块,一斤六两黄瓜两块四,总共十二块九毛钱。"她向着赵丽芳站着。

赵丽芳尴尬在那里,她看一眼武福太,假装掏钱,摸了半天说:"出门的时候换了件衣服,忘了拿钱。"说着,一脸无奈地看小满。

小满看着武福太问:"再记上?"

刘珍咬牙切齿地瞪着武福太。

武福太低下头没接小满的话。

赵丽芳不敢在刘珍面前逞强,把菜放到柜台上说:"要不我回去取钱,回头再来拿。"说完,匆匆忙忙地离开。

刘珍气哼哼地问小满:"这女人是不是天天来拿菜?"

小满说:"来过两次,都说忘了带,爸爸说他认识,会给的。"小满看母亲一脸怒气,疑惑地说:"我也看这女人有问题,怎能每回都忘拿钱呢?妈,你认识她?"

刘珍盯着武福太。

武福太知道一场战争就要爆发，唯一能避免的办法就是溜。刘珍哪容他逃跑，一把拽住，恨声问："武福太，你就准备这样过下去吗？你在你大姑娘面前就不觉得羞耻吗？"

刘珍一下子倒提醒了武福太，他在小满面前装出一脸无辜，指着刘珍的鼻子理直气壮地说："你疯啦，你疯啦！做买卖哪有不赊账的？"

武福太的下流无耻让刘珍气愤难忍，她举手扇了武福太一个耳光。在众目睽睽之下，武福太哪里肯让，一来一往两人扭打在一起，惊动了隔壁的李叶，她放下手中的秤忙跑过来拉架。她拉住刘珍的手，武福太趁机溜走。李叶劝说："刘珍你这是干啥呢，在孩子面前？你以前不是挺想得开吗？"

小满哭了，刘珍也哭了。刘珍说："你说我这过的叫啥日子？"

"万事你得往好处想嘛，你想想小满，马上就要上大学了，别人花钱都买不来，你还不知足。好事都让你碰上了，那别人活不活啦？"李叶开解刘珍。李叶和刘珍是同行，在生意上难免有些磕磕碰碰，但十几年来两人交心交肺，互相帮衬，谁有心里话都愿意向对方倾诉。关于刘珍和武福太，她是最为了解的。

刘珍平时也是那么想的，可一旦事情遇上了就有些失控。她看见小满站在那里抹眼泪，对自己的行为有些后悔。这时走过一位老太太要买韭菜，李叶推一把刘珍逗她说："怕钱咬手哩？卖不卖？你不卖我可叫过去卖啦？"

刘珍被李叶逗得一笑，忙过去抓韭菜。

中午，刘珍从对面的小饭馆买了一盘过油肉，小安爱吃鱼香肉丝，又买了一盘鱼香肉丝，还买了两碗米饭让小满一块送回去，又嘱咐小满让小安睡午觉。还不放心，又让小满千万看时间，别让小安误了下午的考试。

一点多点，刘珍就有些坐不住了。她担心小满也睡过头。此刻她对武福太的怨恨更加强烈，真想扒开他的心看看是用什么材料做成的。肯定和别人不一样，别人有七情六欲，而武福太泯灭的只剩一种，他的心里没有父母，没有儿女，没有妻子，没有兄弟，一心一意只经营他的情欲世界。她明白武福太是没有指望了，忍了半天还是打定主意回家，嘱咐李叶给照看着摊子，自己骑着那辆破自行车风风火火地往回赶。

回到家,小安正在洗脸。小满给小安收拾笔袋,问小安:"笔好使不?多准备几支,别到时候抓瞎。"小安说:"比老妈还啰唆。"

正好让刘珍听见,佯怒道:"你说啥哩?"

小安看到母亲,扮个鬼脸和姐姐一笑。

小满看到母亲满头大汗,心疼地说:"妈,你咋又回来了?"她把小安手上的毛巾接过来递给母亲。

刘珍说:"我不放心,怕你也睡着了。"

小满说:"哎呀妈!你累不累?我都十九岁了,你不是常说我大姨这岁数都有大哥了?"

刘珍突然觉得也是,自己这纯粹是多余。她问小安:"上午考得如何?"

小安很自满地说:"还行,语文,诌也能诌他个高分,你不看你儿子是谁?"

"你那行头用上了吗?"刘珍讥笑着问。

"咦!"小安气短了,他说,"我就奇哩怪啦,咋就一点有用的都没抄上?"

刘珍"哼"了一声。

小安知道母亲说啥也是看不上他的,便出了门。

刘珍望着小安的背影,无奈地摇摇头。

晚上,直至收摊也没见到武福太的人影。

刘珍一个人收拾,辛大海在对面看见刘珍抱起一个大菜筐满脸通红,匆忙跑过来帮忙。他把沉一点的筐子、箱子一一码好。刘珍把小捆的散菜归整归整,该扔的扔掉,这才把前面的门帘放下来。刘珍正要去熄灯,辛大海从后边把她紧紧地抱住,吹到脖子上的气息把刘珍弄得浑身酥痒。她就这样静静地把头靠过去,她太累了,需要这样一个港湾让她暂时停靠一下。辛大海的手臂越来越有劲,而且还不住地在刘珍的脖子上亲吻。刘珍的身体渐渐柔和起来,内心开始激情澎湃。她是个四十刚过的女人,需要一个男人的爱抚,而且是一个深爱着她的男人。

双宿双栖对于他们只能是一个可望而不可即的梦想,平时只能靠一个眼神、一句简单的话语来传递爱意,很少有机会这样相拥相亲的肌肤触碰。他们的重心都放在孩子们身上。辛大海虽是单身,但又当爹又当妈,孩子们的穿衣、吃饭、上学都得他用心去打理,对爱欲虽然有强烈的渴求,也只能在暗夜中静静地忍受。对武福太的失望,使刘珍把全部的爱情倾注到辛大海身上,她渴求他的爱抚,希望能和他经常有机会耳鬓厮磨。可他们很少能创造出这样的时间和空间,他们周围总是被一些无奈的琐事围绕着,拥挤着,属于他们的时间很少很少。

时间,在你需要它的时候,它短得像一滴水,眨眼滴失;在你不需要它时,它却像老奶奶的裹脚布,不但冗长,还带着刺鼻的气味。两个人在缠缠绵绵中不知不觉已是十几分钟。辛大海拥着刘珍欲醉欲仙,刘珍的思绪却开了小差,她想小安不知考得怎样?

刘珍突然不合时宜地冒出一句:"你的摊子还没收拾呢。"

辛大海的心咯噔一下,此刻外面还是灯火通明,他的水果还在一只500W的大灯泡下照耀着。辛大海的心一下子从一百度的炽热中摇摆而出,恋恋不舍地重新拥抱住刘珍说:"真想就这样死去。"但他还是慢慢地松开。

刘珍在黑暗中静静地瞅着辛大海走出菜篷。

街上的路灯永远排得那么齐整,它的光亮璀璨又朦胧。刘珍第一次发现,灯光同时能给人照出两条影子来,后边的一个特长,前边的一个特短,后边的影子斜斜地猛一看倒像身后跟着一个鬼鬼祟祟的歹人。刘珍看着这一长一短两个斜影,嘴角抽出淡淡的嘲笑,人常说:"身正不怕影子斜。"身子再正,影子总也是斜的。这就像她和辛大海的关系,心里再爱也摆不到台面上。

刘珍推着那辆破自行车抄近道,经过一段小巷又归到大街上。她看到老王家的炸鸡店还冒着热气,灯光下的炸鸡鲜嫩油亮。她破例买了一只,一只鸡花了三十五块钱,在平时打死她也舍不得买,今天她觉得有些亏欠小安。

走进大门,望见窗户上射出来的灯光,刘珍灰暗的心情明亮了许多。她把自行车停好,从前筐里提出那只炸鸡,放到鼻子下嗅了嗅,这才走进家门。

刘珍没想到武福太今天回来的比她还早。武福太坐在炕上,没事人似的,照常喝着小酒,吃着一碗咸菜疙瘩。

小满抱怨道:"妈,你咋才回来?"接着她又高兴地说:"妈,我给你做饭啦。"

刘珍不相信地问:"你?啥饭?"

小满得意地说:"稀粥,炒山药。"

刘珍要去厨房看,小满把母亲按到沙发上说:"妈,你歇一会儿,今晚我主勺。"说完,风风火火地跑进厨房端饭。

小安正看电视,回头看见母亲手里举着的炸鸡,立马接过来用鼻子嗅嗅,欢喜地问:"妈,今天太阳从西边出来啦?"

刘珍得意地笑笑说:"去,拿厨房让你姐切开。"

小安先撕了一条鸡大腿才递给小满。

吃饭间,刘珍无意中发现武福太手背上有血淋淋的几条抓痕,不用问也知道,肯定是赵丽芳抓的。刘珍无心去理他,问小安:"下午考得怎样?"

小安眉飞色舞地说:"还行,今年监考可松了,有几道大题都是同学用手机给发过来的,我全做出来了。"

小满不满地说:"你知道你同学发过来的题就是正确答案?"

小安愣了一下,显然他没考虑那么周到,但马上又说:"管他呢,总比没做强吧。"

刘珍笑着问小安:"你的那一身披挂呢?就没派上用场?"

小安一扁嘴说:"数学,这东西难以捉摸,变化太大了,明天,明天考那几门,肯定没跑,我就不信了,我猜不准一道题。"

刘珍恨道:"邪的,它永远是邪的,正不了!"

小安永远得不到母亲的赏识,他不再说话,把全部注意力都集中到那只支离破碎的鸡上。

刘珍在盘子里夹小满炒的山药,夹了两下没夹住,山药块小得就像黑豆大。刘珍问:"山药怎么切这么小?"

小满说:"快熟。"

刘珍笑了,说:"那也用不着这么小,去取小勺吧。"

小满本来想在母亲面前露一手,知道弄砸了,不好意思地笑笑。她跑到厨房取了三四支小勺放到盘子边上，说："下次切比这大点？"

刘珍对小满很满意，就是小满把饭做成猪食她也高兴，最重要的是女儿的这份心思。她把目光落在小安身上，多么希望儿子也能像姐姐一样懂事，让她省心。

中考刚结束，高考的分数线就下来了。

本科线是四百九十五分，一本线是五百三十五。小满总分是五百九十八分。上大学是肯定没问题，刘珍和小满又后悔报的学校偏低了，就凭小满这些分数上北京师范大学也没问题。覆水难收，再后悔也无济于事。刘珍一个人睡不着就给自己宽心：人的心，无底洞，自己高考的那时候，哪怕是个专科，也高兴得能飞上天去，可偏偏连个专科都没考上。女儿现在要上的是本科，而且是一本，自己还觉得不满意。现在就有许多人家羡慕刘珍，他们的孩子连线都上不了。一想到这些，她的心里又满足起来，人不能太贪，知足常乐嘛！

刘珍又是一夜失眠，她最近心情不能受刺激，悲伤了失眠，高兴了也失眠。

夜里没睡好，早晨起来眼袋特别大。尤其是四十出头的女人容易眼肿，越是青春不再，越是想留住，刘珍也不例外，"爱美之心，人皆有之"嘛。刘珍照着镜子用手细细地按摩下眼袋按了半天，心理起作用，觉得眼袋小了些。

七点多一点，刘珍照常出门。

走进菜市场，刘珍习惯性地往辛大海的摊上瞭了一眼。辛大海的摊前围拢着许多人，好像在吵架，刘珍紧走几步来到近前。生意人最讲究早晨开的第一单，第一单买卖做痛快了，那预示着一天能顺利，要是一大早先遇上个难缠的主，那一天你甭想好过，刘珍最信这个。刘珍见有一老一少两个男人怒气冲天的样子，要一口吃了大海似的。那年轻人更嚣张，骂说："你骗谁哩？你也不打听打听，谁也敢骗？两个铝蛋子你就敢骗三千块钱？"

那个老男人说："我要告你，我要把你告到法院去！"

"你告去，我那就是银的，你老婆找人来鉴定过才买的，你告我？我还告你哩，你是不是把我的真品给藏起来了？"辛大海耍起泼来，一副得理不饶人的样子。

"我知道你们这些黑了心的买卖人,坑蒙拐骗,啥事都做得出来。"老男人说。

一旁看热闹的李叶不服气,指着那老男人问:"咋的了?买卖人把你家活孩子填枯井里啦?"

围过来的许多人都露出不满的神色,众怒难犯,老男人一看势头不对,忙把气焰收敛了些,对李叶说:"你看,拿着假银锭骗人,这算什么?"

"我拿假银锭骗你了?"李叶问。

"我又没说你?你找什么茬?"

"你刚才说这些黑了心的买卖人……你说谁哩?"李叶是出了名的嘴刁,在这个市场人人都要让她三分,这老男人一竿子就打死众英雄,李叶能吃这个亏?

那老男人自觉失言,忙改口:"我只说他,跟你们无冤无仇,我骂你们干吗?我不在乎那三千块钱,他竟敢骗到我头上?"他又指向辛大海:"你说咋办?"

那青年男人上去就要拉辛大海:"走,咱们派出所去。"

辛大海一把把那青年男人摔出老远,操起一把切西瓜的水果刀,指着那两男人说:"有种你就过来,你告我?我还没告发你哩,你一个大队书记又是买楼又是买车,你女人身上的金子有半吨重,你不是贪污,哪来的这么些钱,村上的地都让你卖光了。还有你,溜沟子,吃的一碗狗屎饭,你嚣张啥?"

原来这男人是城边上的一个小村书记,和辛大海是一个村上的。

现在到处在搞开发,城内弹丸之地没等规划已经星罗棋布,开发商瞄准城东那一片平展展的菜园子,今年搞一点,明年再规划一点,一年一年下来,菜园里长的不再是绿油油的蔬菜,而是冒出了一眼望不到顶的高楼大厦,种菜的农民成了住着城里的出租房,吃着城里的商品粮,手里还持着农业户口的无业游民。国家发低保,放老保,只给手里拿着红本本的非农户。辛大海就是这类农不农、非农不非农的"民"。这种日子过着心里没底,活着又闹心。

"你告发去?我清清白白做人,我明明白白做事,我有啥怕的?"话虽然说得漂亮,辛大海的话明显使他脸上有了难以捉摸的表情,"大海,我是看在咱们是一个村上的,才没把派出所的人领来,你倒不领情,还和我拿刀弄杖的,你不觉得过分了吗?"

辛大海这一招反败为胜,心里得意,脸上不露声色,继续蛮横:"我有啥过分的?你说我有啥过分的?是你老婆追着缠着要买,前些时候买去一个还不算,昨天硬要把那一个也买去,我有啥办法?她不买我还准备给儿子做遗产呢。"

"辛大海,我没想到你现在变成个无赖了!"说完,很有不跟小人一般见识的气度,扭头就走。青年男人赶紧跟上拉开小轿车的门,小轿车冒着黑灰的尾气,在众人幸灾乐祸地目送下,灰溜溜地走了。

轿车在人们的目光中消失,辛大海也像泄气的皮球,慢慢地蔫下去,刚才那嚣张霸道的气焰随着村书记车上的尾气一起消失散尽。他咬牙切齿地说:"那个王八蛋,敢骗老子!"

刘珍看着辛大海那狼狈相,觉得既可怜又可笑。

春天,辛大海喜滋滋地跑进刘珍的摊子,那时武福太也在,辛大海神秘兮兮地怕人看见,从怀里掏出一个银碗,碗里放着两个白花花的银锭。刘珍问:"哪来的?""买的,五百,值吧?"他得意地说。刘珍怀疑地说:"别是假的?"他肯定地说:"不会,我找人看了,是真的,人家可是过去的地主,还不知道真假?你看,刚出土,还有绿毛呢,再看这花纹,现在人能造出来?"他指着碗上的纹路让刘珍看,刘珍没多见过银器,活了四十五岁,连个银圆都没见过。碗边上围着一龙一凤,龙凤被花团锦簇着,雕工空灵秀气,在图绘的坑凹处还有一些绿锈泥土的痕迹,看上去有一种陈旧的沧桑感,托在手里沉甸甸的有些分量。刘珍也觉得有些像真的,她又看那两个银锭,常听爷爷说,银锭就像装草用的篮筐。今天一见果然和篮筐没什么两样,只是少了中间的那个提把。越像真的刘珍越怀疑,要是真的也算是文物,五百块钱只怕连那个碗也买不了,还搭上两只银锭?

武福太拿起碗和银锭在手上掂量掂量,肯定地说:"真的,没错。"

有武福太这句话,辛大海吃了定心丸,他认定是真的。背过武福太,他非要给刘珍一个银锭。说这是稀罕物件,你也藏一个吧,将来做个念想。刘珍没要,她说,假的我要,真的就不要了,给你两个儿子留着吧。

其实辛大海也不是成心骗人。前些时候村书记的老婆在辛大海的摊子上买水果,因为以前是同村人就多聊了两句。大海见女人一身珠光宝气,金项链有小指头粗细,两只金手镯有辛大海腰里的皮带宽,他玩笑说:"你这些金子放到身上不怕人抢?还不赶快埋到地下给儿孙当遗物?"

辛大海的话撩起女人的心事,她趴在大海的耳边说:"我正想和你说哩,你眼界宽,我想买些银圆,最好是站人的,拄拐棍的,那些银质好,我家老头子说了,藏那东西比藏纸币值钱。"女人的话让辛大海一下子就想到他那几件"宝贝"。辛大海是生意人,无论什么东西在他心里永远盘算的是利润。

书记女人说:别是假的啊?辛大海一拍胸脯保证说:肯定真的,不过可贵呢!那女人说:贵不怕,银锭现在可是稀罕物件,比银圆宝贝多了,货在哪儿?辛大海说:你明天来吧,东西不是我的,是我一个朋友的。

第二天辛大海拿出那两个银锭又有些舍不得出手,这么宝贝的东西买了就不会再有了,不像蔬菜水果,卖了买,买了卖。女人一大早就兴冲冲地赶来。辛大海在女人面前又不想失去信用,唯一能挽留住这两件东西的就是价钱了。他来了个狮子大张口说:"我朋友说了,最少一个卖一千五,少了这个数不卖。"他想女人是不会给到这个数的。

女人矜持着说:"你再少点,这也太贵了?"辛大海说他做不了主。那女人再没说二话,拿起银锭放在眼前端详了半天,又用牙齿咬咬银锭的边沿,立刻就有女人两颗细碎的牙印镶在银锭上,女人满意地点点头,立马就数票子,数了三千停了一下又拿回一半。这女人多了一个心眼,说要一个吧。

辛大海没想到只卖出一个就赚回三倍的价钱。那女人走后他简直是心花怒放,高兴得就差翻跟头了。好事成双,第二天那女人又来了,说还要那个。辛大海得意地说:"是真的吧?"那女人点点头。辛大海做梦也没想到自己能发这么一大笔财,真是交狗屎运了。卖两个月水果也不一定能赚到这个数。

辛大海不应该是个这么不讲道理的人。这事要是换成别人,没准他退了款还得搭上个赔礼的西瓜呢。偏这村书记，辛大海提起来就恨得牙根发痒。现在活该犯在他的手上，解了一时之气愤。

村书记溜走后，辛大海傻眼了，怎么会是假的呢？他无心再做生意，急急忙忙回到家，从箱底拿出那个龙凤环绕的"银碗"直接就往金店去。

金店里冷冷清清，金银首饰华丽地躺在玻璃柜台里，发着冷森森的寒光。辛大海一下子觉得这金银的本质就是寒气逼人，也不知道这人们对它们为什么那么热衷，为这冰冷的东西伤筋动骨，甚至于搭上性命？有服务员热情地问："先生，您买点什么？"辛大海的思绪被这银铃般清脆的声音拉回来，忙赔着笑脸把来意说明。服务员的热情一下子消退，又去摆弄那些金项链去了。被晾在那儿的辛大海有些难堪，举着那个"银碗"求援似的到处看。

就在大海不知所措的时候，从西边的收银台后面走出一位满头银发的老者。他笑眯眯地接过银碗，把胸前吊着的老花镜戴在眼上，对着碗里外上下地仔细看，看了半天脸上露出耐人寻味的笑来说："做得真好，真能以假乱真了，哪儿来的？"

辛大海怯怯地说："买的，人家说是祖上传下来的。"

哪老者笑着拍一拍辛大海的肩膀问："多少钱买下的？"

"五百。"辛大海没敢说还有两个银锭。

"五百？"老者问，"这要是真玩意，五千你也不一定买到。"老者把碗还给辛大海。

辛大海突然想起那两个卖碗的人，那副可怜兮兮的样子，想再让老者认真地仔细看看。老者肯定的目光把他的意思噎回去。那两个卖碗的一男一女，说是夫妻，出来做生意被人坑了，连回家的路费都没有，不是火烧眉毛不得已，是不会卖祖上传下来的东西。辛大海直截了当地说：要是假的呢？那男的还流着眼泪说：我被人骗了，再来骗人，那还是人吗？辛大海一想起这些，恨不得扇自己一个大嘴巴子。没想到自己打了一辈子鹰，竟然被鹰挖了眼睛。

辛大海独自在街上喝了二两酒以示悲壮。回到市场已是十一点钟，他没有回自己的摊上，直接拐进刘珍的菜摊。不知从什么时候起，不论大事小情他都爱和刘珍诉说,就像孩子要向母亲诉说那样迫切。

十一点正是生意旺季。武福太去市里接菜,刘珍一个人又要过秤又要收钱,忙得连汗水都顾不上擦一下,哪有时间理会辛大海。辛大海帮刘珍递了一会儿菜,见顾客渐少,一个人坐到凳子上,把那个雕龙秀凤的假银碗放到水泥柜台上,用一个十斤重的大秤砣重重地砸下去;一下,两下……刘珍听到响声忙回头看,只见那只碗已经四分五裂地分开,她生气地说:"你干啥呢?疯啦?"

辛大海如释重负地说:"要这玩意干啥呢?"

"你不要我还要呢?"刘珍拿起莲花似的破碗心疼地说。

辛大海说:"那是假的。"

刘珍瞪他一眼说:"知道是假的!"她舍不得这小巧玲珑的工艺。

辛大海像完成一件重大事情一样,一身轻松地去卖他的水果去了。

人们都说辛大海真能耐,不管怎样用五百赚了三千。其实只有刘珍心里明白,这一场"买卖",辛大海做得灰心丧气。

六　通知书

　　刘珍有十几天没去看望父亲了。父亲的身子骨就像秋后的荒草一样一日比一日枯,面对父亲她心里惭愧,因为她感觉实在愧对含辛茹苦的父亲,也对不住两个姐姐。自从父亲生病以后,两个姐姐轮班守候在身边,日夜端屎倒尿地服侍着,她也很想在父亲这短暂的日子里多陪陪他老人家,在夜里陪父亲说说话。听大姐说,父亲常在夜里难受得睡不着觉。每每想起这些,她心如刀绞,可一个钱字怎生了得。

　　小满上大学要钱,父亲看病吃药要钱,小安只考了四百五十分,不能就此失学吧?上高中光赞助费就得四五千……一想到这些,刘珍就心慌气短,死的心都有了。武福太实在不靠谱,但凡有半点做人的良知,她也会把摊子交给他,自己去好好地陪父亲几天,服侍他老人家几天,也不枉父亲养育一场。

　　无奈的生活把刘珍挤进一条胡同里。要想让孩子们前程似锦,父母衣食无忧,自己就得忘我地工作,拼命地挣钱。可中国人的伦理孝道刘珍还是想尽到,无论如何也得去看望生命垂危的老父亲。

　　乘中午生意清淡,刘珍买了些新鲜水果,匆匆忙忙骑上她那辆哗哗啦啦的破自行车上路了。

　　正是莜麦抽穗的季节。天气久旱,绿汪汪的莜麦被毒辣辣的太阳炙烤得蔫头耷脑,叶子打着卷,麦秆上挂着稀稀落落的麦铃。相比之下山药苗倒显出苗壮,淡紫色的小花在烈日下顽强地开放着。看着干旱的庄稼,刘珍想到有二十多天没下一个雨点了。"有钱难买五月旱,六月连阴吃饱饭",这都快农历六月中旬了,连一场透雨都没下过。刘珍开始担心今年的收成,大哥、小弟、父母都是农民,庄户人的薄收连着她的心。她不由得停下车子,想看看这青黄不接的庄稼。

骑在车子上有凉风迎面吹来,不觉得太热,一下车子就有一股热浪滚过来,她的脸马上冒出汗珠。望一眼阳光,眼睛立马像罩着一层白雾。刘珍扯一片麦叶放进嘴里咀嚼,这种苦涩的味道让她回味无穷,这莜麦地给她留下了太多温馨的回忆。她跟着父母锄莜麦地总是落在父母的后边,距离拉得很远很远,隔一段时间父亲就折回来锄她落下的那一段。父亲粗壮的膀臂仿佛有永远使不完的力气。和父母干活的时候刘珍总是偷懒,还不断地生出些抱怨来,可父亲总是笑着不说一句话。她从来没想过父亲也会累,在收割莜麦时,刘珍割着三垄莜麦,割着割着就剩下一垄,父亲手下则变成了五垄⋯⋯

在父亲油尽灯枯的时候,刘珍才想起父亲无尽的好来。自从父亲把刘珍的爱情扼杀掉以后,刘珍一直恨着父亲,她把自己现在的不幸全归咎于他。现在她对父亲的恨荡然无存,有的全是点点滴滴的爱。

刘珍恋恋不舍地离开这片莜麦地,她不敢多待,下午还要返回去卖菜。

父亲瘦得就剩下一副骨架。见刘珍进门,父亲就哭了,泪水扑簌簌流下腮帮子,刘珍也难过。她把一大堆水果放在父亲面前问想吃哪样,老人睁着泪眼,声音弱弱地说:"你来就好了,我啥也不想吃。"

大姐刘玲倒一盆凉水让刘珍洗脸,说:"咋这大晌午的就来了?热成这样!也不懂得下午凉些再回来?"大姐比刘珍大十岁,看上去倒像六十岁的女人。

"坐不上一会儿又要走,我知道!"父亲看着刘珍,眼里有孩子般的乞怜。

刘珍给父亲擦眼泪,说:"不走,今天就没打算走。"

母亲含着泪说:"这就对了,你爹天天念叨你。"

刘珍看一眼母亲,母亲也瘦了。平时梳得光溜溜的发髻,现在毛糙糙的像个鸟窝。刘珍在心里又心疼母亲，父亲要是去了，把母亲一个人丢下孤单单地怎过日子？鼻子一酸要流泪，忙背过身去洗脸。

父亲的留恋打消了刘珍回去的念头，有啥事比父亲还重要呢？

刘珠从大哥家回来，看见刘珍很高兴，问："小安考上了吗？"

刘珍无奈地摇摇头说："你一直没走？"

"爹都这样了，我咋走？"

二姐的话让刘珍无地自容。她想在这段短暂的时间里多尽一些孝道，也弥补一下这些天对姐姐们的亏欠。她搜寻父亲或母亲的脏衣服，大姐不知什么时候早洗得一清二净，旗帜似的挂了一院子。她守着父亲，想为父亲端屎倒尿，倒水喂饭，可母亲总比她快一拍，父亲一有动静，母亲马上就趴在耳边问："喝水？想吃点啥？"声音柔软得像哄婴儿。母亲对父亲的态度让刘珍感动。在刘珍的记忆里，母亲对父亲好像从来都没用过心，家里有了好吃食，她第一想到的就是儿孙，要是有了活计，她第一位想到的就是父亲。父亲无怨无悔地受着母亲的"虐待"。

从母亲嫁给父亲的那一天起，父亲就成了她顶天立地的靠山。在母亲的心里，父亲就是风吹不烂、雨淋不坏的钢铁巨人，再困难再艰苦的事情，父亲都能迎刃而解，用不着她来操心，母亲一生是这么依赖父亲的。看着父亲在渐渐地远离她，母亲的内心感到了恐慌、凄凉。她是爱父亲的，只是她的爱被过多地依赖和众多的儿女们淹没。

夜晚，父亲咳嗽得历害，刘珍也睡不着。刘珍问父亲，喝水不？父亲说，不渴，你睡吧。刘珍哪里能睡得着，就在黑暗里听父亲的动静。过一会儿，父亲越过刘珍喊母亲："喂，你给我倒口水。"刘珍马上清醒，忙要起来，被父亲慢慢地拉住说："让你妈去倒。"刘珍还没下地，母亲已经利落地跳下地为父亲倒水。刚才还听到母亲打呼噜的声音，母亲的灵敏让刘珍惊讶。

刘珍从父母亲身上看到了老来伴的亲密。夫妻间的一些东西，做儿女的是没法体会到的。她有些伤感，她羡慕起父母亲这一生的沧桑岁月来，不管生活多艰辛，一生都不离不弃，互相帮扶着。自己和武福太算什么呢？即使就这样走到白头，也不会像父母这样亲密无间，相濡以沫。和辛大海呢？有那么一天吗？

父亲又咳了，刘珍把痰盂递到父亲面前，父亲颤抖着手要接。刘珍硬要给父亲接痰，父亲摆摆手说："你躲远些，可臭呢。"刘珍说不臭，她给父亲端着。刘珍想不明白，父亲都这样了，对自己的亲闺女咋还这样多心呢？

早晨起来，刘珍喝了一碗稀饭。

父亲说："走吧，爹知道你忙。"

刘珍不忍心，说："要不我再住一天？"

"你忙去吧，爹就这样了，别多跑了，当心累着。等爹不行了，给你打电话。"说着，父亲眼里又有了泪花。

刘珍看着父亲，不知说什么好了。

早晨的空气有些凉爽，路边的小草上挂着晶莹的露珠，在阳光的照耀下发出亮闪闪的光芒。刘珍自行车骑得飞快，路上的行人不多，车辆更少。

五公里路程刘珍只用了二十五分钟。

菜市场已经人来人往，那些晨练的老头老太太们完成了晨练，在回家时顺带着把中午的饭菜买回去。刘珍真羡慕那些老头老太太们的生活，他们中大多数人拿着退休金，儿女又省心。打太极，扭秧歌，跳广场舞……过着优哉游哉的神仙日子。刘珍想到自己的父母，年壮时为儿女受累，老了还在为儿女操心，没过过一天舒心日子。

刘珍没想到小满和小安都在摊子上，武福太也在，父子三个正张罗着往台子上摆菜，见到刘珍回来都面露喜色。

小满说："妈，你去姥姥家也不说一声，我也想去看姥爷，姥爷的病咋样了？"

小安把西红柿箱子弄得半立着，一箱西红柿就鲜亮亮地面向台子外的顾客，刘珍奇怪小安竟干得那么顺手，这大概就是"老鼠的儿子会打洞"吧！小安说："我也想去，有大半年没去姥姥家了。"

刘珍说："等过几日，过几日咱们一块去。"

武福太只顾摆弄菜，对老丈人连一声浅浅的问候都没有，这让刘珍心上的寒霜更厚了一层。一位老太太要买西红柿,刘珍的心思全部都投入到做生意上,其他的就再无暇顾及。

小满站在一旁,按捺不住兴奋,忍了半天没忍住,趁摊前没人的空当,说:"妈,通知书下来了。"说完,从后边搂着刘珍的腰,把脸贴在她的背上撒娇。

刘珍说:"真的?"她摸着女儿绕过来的手。

"真的。"小满得意地说。

刘珍放开小满的手说:"拿来我看看。"

小满松开母亲说:"在家呢,回去看嘛!"

刘珍捏一下小满圆乎乎的脸蛋说:"我就知道我女儿行。"

一旁的小安把嘴咧到耳根处,头一偏,不再看母亲和小满。

刘珍知道小安又在吃醋,也偏着嘴问:"你哩?"

小安没作声,武福太说:"也有个通知,不过是计划外招生。"说起女儿,武福太也忍不住满意,毕竟是他的亲骨肉。

刘珍问:"啥叫计划外招生?"

小安解释说:"就是不在人家招生的标准内呗,其实也是他们计划内的,只不过是耍了个花招,收钱呗。本打算今年招收一千名学生,他们的分数线只锁定前五百名,其余的就做了学校的财神爷,还空一些门子生,专做一些老师们驰骋南北的通行证。现在的学校!你以为还是你们那时候呢?为人师表是每个老师的毕生追求,高尚得不得了。"小安愤愤地为自己开脱,"我本来也是考上的,是那些人财迷心窍作践我!"

小安的解说刘珍不是完全认同,但也有同感,不免生出些怨气来。她想:你招就招呗,还生出这些花花肠子。这学校也真是,咋不想想哪家能拿出那么多钱来?一想到钱,刘珍就英雄气短。她问:"多少钱?"

小安说:"一万,赞助费一万,不算学费。"

刘珍说:"这不是要命吗?"她又转向小满,"你呢?"

小满脸红了,她感觉就像对不住母亲似的说:"五千。"

刘珍一下子沉默了。她用眼睛盯着武福太,武福太避开刘珍锋利的目光。

刘珍让小满和小安回家,说:"你们回去吧,中午自己弄饭吃。"

小满慢慢说:"我们帮你忙吧,回去也没事。"

小安问:"你不是同学聚会吗?"

小满说:"我不去了。"

刘珍说:"咋不去? 常待在家里不嫌闷得慌? 出去和同学玩玩也好。"

小满看着母亲说:"每人要五十元哩。"

刘珍愣住了,这同学聚会还要钱哩? 她看见小满那么乖巧懂事,心里又有些不忍。她从包里掏出五十元钱说:"去吧,将来都各奔东西了,哪还有机会聚在一块儿? 不就是五十块钱吗,这孩子!"

小满接了钱,小声说:"妈,对不起啊!"说完,高高兴兴地跑出去了。刘珍望着小满的背影,心想:再大也是个孩子。

小安说:"妈,我也同学聚会。"

刘珍说:"你聚的个啥会?"

小安反抗道:"我要民主平等,你不能老虐待我! 小满能同学聚会,我为啥就不能?"

"小满考上大学了,你考一个给我看看?"刘珍说。

"你咋知道我考不上大学?"小安问。

"你连个高中都考不上,还大学呢?"

"我考上了,有通知就是考上了,没这个通知书你拿上钱也没地方买去!"小安理直气壮地说,"你得奖励我。"小安把手伸到刘珍的面前。

刘珍把小安伸过来的手打下去,掏出二十元钱。小安嫌少不接,刘珍说:"要不要随你。"说着就要往回收,小安忙抢过去,给刘珍扮个鬼脸,一溜烟跑了。

刘珍知道小安要钱不是同学聚会,她给小安零花钱是怕小安学坏。有好些孩子放假不学好,聚在一起不是偷东就是盗西,先是小偷小摸,渐渐地胆子越来越大,等大人们知道时已经无法挽回。小安正是十五六岁的青春叛逆期,天不怕地不怕、做事不想后果的时候,手里有些零用钱,免得往歪路上走。

刘珍现在银行里只存着七千多元钱,这也只够小满的学费和暂时的生活费。小满是大学生了,总不能穿着高中生的衣服去上学,得给小满买些衣服。小安一万块钱学费还没着落,连给小满买衣服,估计还得一万三四。这几个本钱是不能动的,不是有句老话吗?"饿死老娘,不吃种粮。"这卖菜的本钱就是刘珍的种粮,以后的生活来源还得靠这四五千的本钱呢!

刘珍的精力怎么也集中不在生意上,人家要买芹菜,她给递上来的是韭菜,人家要油菜,她就抓一把蒜苗放到秤上,搞得人家直摇头。

武福太倒像换了个人,破例地对生意用起心来。他大老远就对顾客热情地招呼起来。人家要一斤,他就把两斤,甚至于三斤放到秤上,恨不能人家一下子把他全部的菜买完。看样子,武福太对钱也着急起来。刘珍在心里又好笑又好气,你武福太早干啥去了?屎急了才安厕所!

中午闲下来,刘珍挤对武福太说:"你借钱去吧,这么多钱我没地方借。"

武福太说:"我去哪儿借呢?"

刘珍说:"去赵丽芳那儿,平时你给她那么多钱,现在你有难处,她不会不帮吧?"

人怕揭短猪怕喘,两个人再没有了交流的语言。武福太向刘珍要钱吃饭,刘珍只给了五元。武福太脸上刮着霜,气哼哼地晃着膀子出去。

赵丽芳的年轻狐媚让武福太着迷着狂,就像抽大烟的人,明知道是毒品,可就是欲罢不能。武福太的狂迷程度让刘珍想起来就恶心,在睡梦中她常能被他的梦语吵醒。对武福太无奈时,刘珍也拿自己和赵丽芳做比较,在外表上自己肯定是占下风;赵丽芳衣着入时讲究,脸上光滑白嫩,就这样每个星期还去美容院做一次美容,脸上抹的化妆品,一套的价格就抵得上刘珍一家两个月的生活费用。赵丽芳没有理由不漂亮,男人们没有理由拒绝赵丽芳的媚惑。所以赵丽芳的钱流水似的进,流水似的花。

其实武福太在赵丽芳那儿只能算是沧海一粟,赵丽芳是铁打的营盘,武福太们是流水的兵,连赵丽芳自己也数不清有多少情人。钱是好东西,能使武福太在赵丽芳那儿得到许多刘珍不能给也给不了的东西。为得美人芳心,武福太在所不惜。赵丽芳的年轻漂亮,尤其是在性爱上的开放大胆,处处都吸引着他,相比之下,刘珍处处显得破烂不堪,脸上常天是苦的,衣服常年是旧的……现在看来只有小满和小安还能唤回武福太些许的良知。

　　日子过得飞快,眨眼到了八月中旬。

　　是给小满往学校打学费的时候了。刘珍把银行里存得那七千多块钱全部取出来,往学校汇了五千,余下两千她想给小满买部手机。走出去的孩子就像放出去的风筝,无论飞多远,做家长的总想把线头攥在手心,这手机就是最好的连接线。现在的孩子都金贵,一对夫妻只有一个,最多也就两个。不像六七十年代,哪家人家没有五六个孩子,生十个孩子的女人不算稀奇,家里的孩子像羊粪蛋子谁稀罕。能往出放一个算一个,家里乐得个轻松。小满是刘珍的心头肉,打小没离过家,一想到要到很远很远的地方,刘珍有一百个不放心。睡惯了火炕,睡床会不会凉?吃食堂人那么多,会不会不习惯?有了手机,再长的距离也缩短了,刘珍就能隔三岔五地问询一下,提示一下,比如天冷了嘱咐她加衣服,万一小满有个不舒服或遇到难事也可以和家里联系。

　　刘珍在手机营业大厅转了一个来回,又转了一个来回。手机的款式真可谓琳琅满目,个个标价不下千元。买手机的人很多,人们挑着,刘珍真羡慕人家哪儿来的那么多钱。专门找最贵的看,掏出的票子一沓比一沓厚,数钱的架势就像刘珍拣菜叶子那么自如,不像她买东西时要两三遍地数钱,生怕有沓在一块的票子,那怕是三块两块也不允许出错。刘珍光看人家挑手机买手机然后潇潇洒洒地出门,自己手里的两千块钱攥得尽是汗。她也跟着人流走出了门,这两千块钱她不能只花在一部手机上:这手机说有用也有用,要说没用也不是非买不可,那么大的学校能没有一部公用电话?刘珍细细地分配着这两千块钱:小满买衣服、买皮箱、买车票,还要余几个伙食费……

　　刘珍去看手机的事没敢和小满说,她怕小满失望。

　　刘珍愁得头发一把一把地往下掉。武福太依然喝着小酒,吃着咸菜疙瘩,一副事不关己的样子。她真不知道自己这男人是怎么找的。方圆百里再也找不出第二个武福太来,恐怕全中国也没有了。

　　小安说:"妈,我们学校提前十天报名。"

　　刘珍问:"不是九月一号开学吗? 简直是要命哩。"

"学校为了提前军训。"小安说。

刘珍气恼道:"和你爸说去。"

武福太哧溜吸了一口酒,夹起几根咸菜放进嘴里有滋有味地咀嚼着,仿佛刘珍说的是别人。小安一看气氛不对头,不敢再言语看电视去了。刘珍按捺不住,真有心抓起酒瓶子摔在武福太那大概有城墙厚的脸皮子上。想想小满过几天就要走了,这一走就是半年,她再闹下去不是给孩子添堵吗? 你就是闹塌天,武福太那德行也是不会改的,以前不是没打没闹过。

这几天,李叶见刘珍走起路来蔫头耷耳的没精神,一副愁眉苦脸的样子,以为又和武福太闹别扭,趁中午休息时走过来问:"小满就要上大学了,换了我走路都要偷笑,你咋这德行? 又和福太闹了? "

刘珍苦笑着说:" 我死的心都有了,还偷笑呢。"她觉得嘴角有点痛,忙用手指去擦,嘴角上的黄水疮破了,有淡淡的黄脓渗出来。她哧溜了一下嘴,怒气冲冲地说,"你说这学校也真是,不知哪儿来的那么多幺蛾子。都是九月一号开学,它偏要提前十天,明天就是最后一天,这不是要命吗? "

"钱不够吱一声呀! 干吗火气这么大? "李叶明白刘珍现在的心情,她问,"武福太呢? "

"死啦。"刘珍恨道。

李叶说:"我折子上还有五千,你全拿去吧。"

刘珍知道李叶的日子也不富余,她三个孩子都上学,家里还养着一位病瘫的婆婆,光药钱哪月也得三四百块钱,像她们这样的小买卖,每月最多也就挣个两千多一点,年年除了家里的开销,也就余不下多少了。刘珍:"我借上你的钱近日还不上。中秋节你拿啥接货? "

"过了一时说一时呗,活人还能叫尿憋死? "李叶是个痛快人,说话从来不虚虚假假。两个人在一块也有七八年了,刘珍对她也不客气,说:"这也不够,还得两个五千。"

李叶说:"凑呗,你没找找大海? 他那卖银锭钱还没花呢。"说着想笑。

说起辛大海卖银锭,刘珍扑哧一声笑起来。辛大海卖银锭成了市场里的一大笑话,谁提起来都要笑半天。她和辛大海的事知道瞒不过李叶,可谁也不能挑明了说。刘珍不向大海张口是太在乎他们之间的这份感情。现在辛大海是她情感空缺的滋补,她需要他来弥补她精神上的空虚。

李叶答应明天给刘珍拿钱,刘珍感动得都要掉泪了。

晚上,刘珍收拾好摊子正要往出走,辛大海撩起篷布笑嘻嘻地走进来。刘珍心里有事,无心和他说笑,只淡淡地说:"我正要走呢。"

辛大海把一沓钱塞进刘珍的手里,逗她说:"急着抢银行去呀?"

刘珍一怔,又把钱推回大海的怀里说:"不用,我钱够了,李叶说借呢。"

辛大海怜爱地看着刘珍那忧郁的眼睛说:"我知道,知道你是怎么想的,这个世界上还能有谁比我了解你?你怎么这样多心呢?把人推得十里八里远。"

刘珍哭了,她忍不住靠在大海的胸前,大海的胸就像一堵厚实的墙。

回到家里,刘珍把辛大海给的钱数了两遍总共七千,她想赶辛大海的儿子结婚时一定还上。辛大海两个儿子,大儿子现在二十岁,在一家大饭店学厨师;小儿子现在十五岁,正上初中。辛大海也不容易,总共就这点积蓄,家里住着一间小东房,眼看着儿子就要娶媳妇,连个好房子也没有,他的日子比刘珍更难过。刘珍把钱用一个塑料袋套好放到电视柜的小抽屉里。

心里一有底,人就踏实了好多,睡眠也好了。刘珍有好几个晚上都没有怎么睡觉,现在人一沾枕头呼噜打得山响。

早晨六点钟,刘珍准时清醒,这是她多年养成的习惯,用现在的时髦话叫作"生物钟"。

刘珍起来打开煤气灶准备熬稀饭。今天上午她要带着小安去学校报名,心情竟有些莫名的新奇和激动。她见里屋没有动静,就进去催那父子两起床。武福太的被子是空着的,人早不知去向,小安平躺着身子看天花板。刘珍问:"你爸呢?"

小安说:"不知道,我醒来就不见人了。"他一个鲤鱼翻过身来,把下颏搁在枕头上说:"妈,我不想念书了,我想跟着小泉哥学厨子,我也不是念书的料,就让姐姐念吧。"

刘珍惊讶地瞅着小安,几乎是怒吼着说:"你说什么?你再说一遍?"

小安眼里有了泪花,说:"妈,我知道你有好几个晚上没睡着觉,咱们家没钱就别硬撑了,干啥也能活人。"

刘珍突然发现小安一夜之间长大了,不再是那个只懂得贪吃贪玩的淘气鬼了。小安懂得为大人分忧解难,刘珍心里既高兴又难受,这就是"穷人家的孩子早当家"。刘珍坚决地说:"小安,你给我听着,钱的事你不用操心,你要是心疼我,把心给我长在肚子里,好好用功学习,考个大学给我看看。我对你要求不高,考个二本我就满意了,你赶快起来,吃完饭咱们就去报名。"说完刘珍去看稀饭。对武福太,刘珍是不抱任何希望的,早出或晚归她已不放在心上。

吃过早饭,刘珍换了一身干净衣服,从电视柜的小抽屉里把钱取出来,也没细看就装进提包,和小安欢欢喜喜地走出家门。

小安骑着刘珍那辆破自行车,带着母亲往菜市场跑。刘珍坐在后衣架上很幸福,儿子都能带着她行驶如飞。过去都是她带儿子,先是前梁上安个小座,儿子就坐在她的怀前,小脑袋不住地晃来晃去,对啥景物都带着好奇;再后来就坐在后架上,两条腿又着不住地悠来荡去,惹得刘珍总是晃车把。现在儿子带着她一点也看不出有多费劲。刘珍把一只手搂到儿子的腰上,看着他一晃一晃的骑车架式,觉得自己不老也不行了,儿子都能带着她骑车如风,她哪有不老的道理。

去了菜市场李叶还没到。刘珍上午不准备开摊,就帮着李叶的男人赵福生摆摊子。赵福生不爱言语,只告诉刘珍李叶去银行了。他一样一样地往上搬菜,刘珍一样一样地往齐整摆,有人要买刘珍就给过称。九点多钟李叶才回来,走得满头是汗,边走边说:"哎呀,没想到取个钱也那么难,取钱的人都排成了龙,迟了吧?"

刘珍感激地说:"不迟,反正一上午呢,热吧?"

李叶把钱交给刘珍,坐到那里拿起一片硬纸片扇凉去了。

刘珍把钱装到包里,急忙坐到后架上。小安的一只脚蹬在地上,屁股一直就没离开过车座,等刘珍坐稳,一只脚用力一蹬就蹿出老远。

不到九点钟，云州一中已是人头密集，学生和家长们把校院挤得满满当当。报名地点设在主教楼西侧的一个大厅里，各个交费点，人都围得密不透风。人们脸上冒着油汗，手里举着钞票，争着抢着往前冲。体弱身单的人挤不上前就一脸无奈地往里直探头，好像不是在送钱，倒像是在发放难民救济，生怕迟了一步被别人领光。

　　小安要自己去交钱，刘珍不让，怕他毛毛躁躁把钱弄差。刘珍身上的半袖衫被汗水湿得像浇了水裹在身上，她顾不上难受，要在几个男人之间立于不败之地，必须得一心一意地去对待拥挤。刘珍好不容易连拱带挤地靠近收费台。她把那张淡黄底色的通知书和两沓钱一并掏出来放到桌面上。桌面上有四五张大红底色的通知书，刘珍知道这才是正版。她问一个举着一沓票据的家长："交了多少？"

　　那人像刚从战场上下来，一副如释重负的样子，长长地吐了一口气说："一千六百六！"说完，举着手往外挤。

　　刘珍从辛大海的那一沓里抽出四张，又从包里拿出六十元一起递过去。一位五十多岁的戴眼镜男老师拿起通知书看了一眼，又抬起头看看热汗淋漓的刘珍说："总共一万一千六百六。"刘珍小心地把钱往前推了推。那男老师毫无表情地把一沓钱放在验钞机上哗哗地过数。刘珍看着显示屏上的绿数字哗哗地变，显示屏上变到五十，一沓钱就全过完了，刘珍知道这是李叶的那沓。老师又过了一次，在钱上写上数又过第二沓，显示屏上变到五十六就停了，刘珍在心里说不对。老师又过了第二次，她看得更仔细，还是五十六。刘珍看老师，老师说："差一千。"刘珍说不对，您再数数。

　　老师有些不耐烦，把钱和通知书一并推出来说："你自己数数。"

　　刘珍这时候也顾不得别人的脸色，拿起来仔细地数，数了两遍都是五十六，就是差一千。刘珍的脑子轰地一下有些站不稳，她定了定神，眼泪就要出来了，她强行使自己镇定下来。辛亏给小满准备的那两千块钱还在包里，她又数出一千一起推回老师面前。

　　老师又看了一眼刘珍，刘珍的眼泪再也噙不住了，顺着脸颊和汗水一起淌了出来。老师看一眼旁边的中年女老师，把钱递过去。中年女老师也看刘珍,看过之后就哗哗地数钱,数完早有旁边的另一位老师开出收据。这位老师开过一张票据又传到另一位老师面前,这样传了三四位,开出三四张单子:有入学通知、收款单据。

刘珍举着一把单据挤出来。小安问:"妈,交了?"

刘珍答非所问:"武福太几时走的你不知道?"

小安说:"不知道,妈,你咋啦?"他看见母亲扭曲的脸色,心里害怕。

刘珍拿小安出气:"你睡死啦?他拉小抽屉的门你都听不见?"

小安被母亲骂得云里雾里,不知所措地直摇头。

刘珍咬牙切齿得要生吞了武福太的肉似的:"这个畜生养的。"

七　货栈

从学校出来已是中午时分,天阴蒙蒙的好像要下雨。一阵凉风吹来,身上的汗收了,感觉一阵凉爽。刘珍长长地出了一口气。

小安蹬着自行车问:"妈,去市场吗?"刘珍说回家。

巷子里人很多,小孩子们串来串去地玩。刘珍担心小安骑车碰着小孩,让他把车子停住自己下来走,她也不让小安骑。小安哪里会听话,乘刘珍不注意,哧溜一下骑出很远。刘珍望着小安在人群中扭来扭去的背影无奈地直摇头。

刘珍刚要拐进小巷,就见王晓敏怀里抱着个一岁多一点的小孩,笑盈盈地走过来。这女人闲着没事,养得一身好膘,足足有一百六十斤重,去年又生了小孩,越发白胖。她见了刘珍,按捺不住地露出幸灾乐祸的样子,说:"刘姐,你不知道吧?前巷里的赵丽芳那儿子,前天和人打架,被派出所给抓了,听说把人家砍了好几刀呢,真是上梁不正下梁歪。"说完她盯着刘珍的表情。武福太和赵丽芳的关系已是全巷内公开的秘密,尽管刘珍不说,别人也传成了一窝蜂。

刘珍看着王晓敏摇摇头,嘴角露出淡淡的笑意,表示她对别人家的事不感兴趣。

王晓敏的男人在外地打工，家里整天就她和孩子，她太需要和别人说说话了，要不然像她这种女人会闷出病来的。好不容易逮着个说话的，尤其对刘珍说这件事，她认为意义更不同凡响。她用一只手拍了一下刘珍的肩膀，显出亲密地说："这一下看她再骚，祸害了多少人家，天是有报应的。听说受伤的那一家也不是好茬，这一下没她个三万两万的别想过去。"

　　刘珍突然明白了武福太不顾一切后果偷钱的用途了，她觉得武福太有些丧心病狂，为了一个赵丽芳，抛妻杀子他都能做得出来。她心里一阵烦乱，更没了和王晓敏这种女人说话的欲望。她抬手看看表说："都十二点多了，你还不做饭？"说完也不管王晓敏意犹未尽，自顾往家里走去。

　　王晓敏很是失望地望着刘珍的背影。

　　刘珍走进家门，见武福太在炕上躺着，也不知是真睡还是假睡，闷着头一动不动，小安在看电视。刘珍咬咬牙，对小安说："小安你去街上吃饭吧，妈今天不想做饭。"说着给小安掏出十元钱。

　　小安没接钱问："那你们呢？"

　　刘珍把钱塞到小安手里说："你去吧。"

　　小安说："咱们要不吃方便面吧，一人一袋才三块钱。"

　　刘珍的眼泪差点掉下来，连小安都知道家里的危机，反倒是武福太，连个十五六岁的孩子都不如。刘珍实在是忍无可忍了，这次说什么也不会放过武福太。

　　刘珍又说："小安，你姐去姥姥家有两三天了，你上街吃了饭去接一下，她一个人回家我不放心，你也去看看姥爷。"

　　这一下刘珍的话说到小安的心口上，本来小满走时他就想一起去，惦记着报名才没去。过去年年放暑假都要去姥姥家住上一段日子，农村好玩，整天跟着几个表兄弟，河里摸鱼，沟崖掏鸟，简直是乐不思蜀。又没有母亲的管束，姥姥家就是他的天堂。听了母亲的话，小安高兴得一蹦三跳地往外跑。出门时说："今天就不回了。"

　　刘珍又有些不放心，说："去了，到你大舅家往回打个电话！"

小安刚出大门,刘珍就迫不及待地一把抓住武福太的衣领,把武福太扯起来,狠狠地扇了两耳光。

武福太恨道:"你疯了?"

刘珍气得嘴唇发抖,她用手指着武福太的鼻尖骂:"你有点人性没有?你知道那钱是干啥用,难道你自己的儿子都不如别人家的儿子亲?"

武福太心里发虚,不敢直视刘珍的眼睛,可口气还是强硬,边往开振刘珍的手边说:"你这是干啥,进门就找茬?"

刘珍抓着的手不肯松开,另一只手又去抓武福太的脸,武福太忙抓住刘珍的手腕。他的手像钳子一样,抓得刘珍生疼。刘珍手动不了就用脚踢,嘴里恨声骂:"武福太,你给我听着,今天你要是不把那一千块钱给我拿回来,我和你没完,我今天把命给你搁到这儿,不信你就瞅着!"

武福太砂锅煮羊头,只有嘴硬。他觉得这样才能压倒刘珍的气势:"钱在你手里,咋和我要起来?我……我身上连个零钱都没有,不信你翻?"他的无赖让刘珍一时回不上话来。他更理直气壮地说,"你天天找茬,有意思吗?你少了钱就是我拿了?或许是和人家闹错了?"

刘珍盯着武福太一下子说不出一句话来,从武福太的脸上竟然找不到一丝愧疚的表情。他比刘珍还理直气壮,武福太是生错了年代,这要是在战争年代,当个特务、间谍什么的,脸不红,心不跳,气不喘,倒是个合格的人才。刘珍和武福太僵持了有二十多分钟,刘珍怔怔地看着厚颜无耻的武福太,冷血得像一只狼,饿极了连儿女都要吃掉。其实连一只狼都不如,狼还知道护崽子呢,跟这种人要有道理可讲吗?她突然松开手说:"咱们离婚吧。"

"离就离。"武福太说得很干脆,他知道刘珍和他闹了半辈子离婚,到现在还不是这样过着。

刘珍现在是彻底对武福太绝望了,继续维持这段残破的婚姻,对这个家里有百害而无一利。

不去什么地方不知道什么地方人多,民政局"婚姻登记处"结婚的、离婚的竟然排着长队。一对离婚的小夫妻站在那里,妻子声泪俱下,声讨丈夫的不是之处,泪水在脸上淌成河,喘着气说:"孩子上学他不管,羊进了院闹死他也不圈,地里的莜麦眼看就熟得老了腰,他还只顾着打麻将。我说他几句还打人,你们看。"她伸出白净的手腕让周围的人和民政局的人们看。手腕上有浅浅的几道紫红色的手指印,看样子是男人抓的。赢得人们的同情后,女人哭得更伤心了:"我舍不得吃,舍不得穿,和他一心一意地过日子,他竟然这样对我,你们说这日子还能过吗? 离婚,这婚肯定得离。"

男人用手给女人抹眼泪说:"别哭了,让人家笑话,都是我不好还不行? 你说离咱就离。"男人用胳膊搂住女人的脖子,"你打我,我才抓你的,谁知道劲用大了,我又不是故意的!"

民政局的工作人员问:"离吗? "

女人坚决地说:"离。"

男人看一眼女人说:"想离就离。"

"拿来。"

女人傻眼了,问:"拿啥? "

"身份证、结婚证、离婚申请。"

"还要这些? "女人显然是没有准备。

"下一个。"工作人员头也没抬。这种事他们已经见怪不怪了。

男人拉着女人的手说:"赶快回吧,孩子快要放学了。"

女人甩开男人的手自己走,临出门时,女人看见门边有一个紫红色的脸盆架子,忍不住对男人说:"你看,这个架子和咱们家的那个一样。"

刘珍忍不住想笑,想:这对夫妻明天还会来吗? 刘珍不敢往前走,她也没拿身份证、结婚证、离婚申请。她不知道离婚还要这些东西,一对小青年在办理结婚手续,两个人脸上溢满幸福和喜气。刘珍突然想起二十多年前看过一本小说《围城》,上面有一句话,刘珍记得不太清楚了,大概是这样说的:"外面的人想冲进来,里面的人想冲出去……"指的就是婚姻。那对新人脸上的喜庆就是一段音乐,一段人生的大前奏,后面的乐章有着千变万化的旋律,也许是高山流水,也许是十面埋伏,就如刘珍现在这样。

工作人员看一眼刘珍,刘珍突然想起武福太来,武福太早没了踪影。

从民政局出来,天空飘着毛毛细雨,洒在脸上很凉爽。刘珍有些后悔,耽误了一天的生意,那些菜再不卖掉就要坏了。

刘珍一下一下地迈着方步,漫无目的地闲晃悠,华灯初上时才蹓到新建的文化广场。往日这里总是人山人海,谈情约会的、饭后健身的、看书读报的、卖羊肉串的、卖饮料的,乱哄哄一片,热闹非常。因了这小雨,今天这广场一片萧条,影壁上的大屏幕独自上演着电视剧,孤零零的。刘珍驻足看了几眼,是武打片,一群小和尚带着一个姑娘和三两条大辫子的清兵混战。喇叭里的声音特别响亮,刘珍身上的衣服淋透,湿漉漉地裹在身上难受。她转身往回走,街上的行人稀少,有几个人从身边穿过,都藏在雨伞下边,蘑菇似的看不清嘴脸。街道两边的路灯依然坚守着岗位,在细雨朦胧下发着昏黄的光。刘珍把目光放得很远很远,这两排路灯比刘珍的目光更长,仿佛没有尽头。刘珍就像在梦游,凭着主观意识往家的方向走。

家里更是冷清,没了孩子的家,连旅店都不如。旅店除了自己还有别人,还有一些不相干的声音,显得人气十足。这一个人的家显得无边得大,无底得空。刘珍打开电视,是娱乐节目,一位胖乎乎的主持人正在搞笑。刘珍不喜欢这类节目,一群主持人自说自话自笑,上蹿下跳,就像一群白痴,一点文化艺术性都没有。她握着遥控器不住地换频道,许文强的名字又吸引了她,《上海滩》在二十年前红遍全国,那时的刘珍还年轻,有多少美梦在心中憧憬,许文强就是她崇拜的偶像。现在的她不再有青春梦想,《上海滩》也改了版,但许文强的故事依然还能吸引住她。正看得有滋有味,她陪着女主人公哭得一塌糊涂,电视屏幕上突然切换了广告。这就像你做出一顿美味可口的饭菜,吃得正香,突然有人给加了一瓢凉水,使你食之无味,弃之可惜。广告比电视剧还长,刘珍渐渐地打起瞌睡来。

武福太又是一夜未归。

早晨起来,刘珍觉得眼睛难受,洗脸时在小镜子里一照,眼皮肿胀得像扣了两半个核桃。她用热毛巾敷了一阵,也顾不得怜惜自己,一心想着那些快要腐烂的菜。

乘着别人还没开张, 刘珍一颗一颗地把那些边叶腐烂的蔬菜拣出来,整理鲜亮才有人看上眼。她就像美容师,一堆边黄叶烂的菜经她的精简提炼,又绿油油的容光焕发。刘珍把拣下来的那些黄的烂的菜叶收在一个大筐里,等待那些养兔子或养猪的人来收拾。

上午十点多钟,小满和小安走进刘珍的视线,她的眼里一下子就像看见花一样鲜亮,嘴角扬着笑,生活一下子又有了滋味。

小安把一个大塑料袋放到水泥台上,刘珍问:"啥东西?"

小安说:"二姨给你做的山药鱼子,昨天做了一下午。"

刘珍问:"你姥爷怎样?"

小满的眼里溢出泪水,说:"姥爷一口饭也不吃,起身都要人扶着。"

刘珍按捺不住地心酸,就想立刻插上翅膀尽快地飞到父亲身边,在父亲不多的几日里,好好地陪陪他老人家,再迟了恐怕父亲不给她这个机会了。刘珍对小满说:"我明天去吧!"

小安说:"姥姥和姥爷不让你去,有大姨和二姨就行了,让你等小满走了再去,姥姥说人再多也是干看着。"

刘珍看看小满,再有五六天小满就要走了。刘珍什么都没给准备,洗漱用具,换洗的内衣,还准备买的新衣服。叫武福太这一搅和,钱还差着呢。再向人借,刘珍实在再张不开这个口。她想在这五六天内再给小满挣上个千儿八百。那就等小满走了吧,刘珍想。小满走了,她就把生意停了陪父亲,哪怕一天能挣一万她也不做了。钱天天能挣,父亲只有一个,这一去再也不会有了,她不能给自己给父亲留下永久的遗憾。

菜本来不多,一上午卖得稀稀拉拉,也没剩多少,十二点刚过,刘珍收了摊子。趁今天轻闲,她准备下午给小满买些出门用的东西。

回家时刘珍买了肉,从摊子上拿了些油菜,中午给小满和小安做过油肉炒山药鱼子吃。

小满最喜欢和母亲逛街,只是刘珍整天忙没机会。小满拉着母亲的手在街上走,在门市里串进串出,心情特别快乐。

以前花钱刘珍特别吝啬,买衣服专挑那些削价的,或价格偏低的,专卖店她几乎没进过。钱对刘珍来说比命还重要,可现在小满要上大学了,她出手还是很大方。特意去了"阿依莲""淑女坊"。在"阿依莲"给小满花二百块钱买了一件上衣。小满说太贵了。刘珍把衣服抖在眼前看了看说:"不贵,出门子穿得太寒酸,人家会瞧不起。"

在"淑女坊"又买了一条裤子花了一百五十元。小满高兴得快要飞起来了,她不住地和母亲说着话。看着小满天真的笑脸,刘珍的心情也好起来,母女俩亲亲热热地走着、买着,不觉太阳已经西垂,天边一片橘黄。母女俩提着大包小包,心满意足地回家。

晚上,武福太破例没有喝酒,安安静静地坐在那里,和小安看电视。

刘珍和武福太更是没话。小满把新买的东西一件一件地往皮箱里装。小安忍不住拍拍新买的皮箱说:"到底是亲闺女,买这么多好东西。"他拉拉自己的裤子,"我这屁股都露出来了!"

小满说:"小安你没良心,过年时妈给你买了两条裤子呢,我才一条,你费得像驴,怨谁?"

小安不服道:"都是减价货,才烂得快嘛!"

武福太柔声说:"行啦,爸爸好好挣钱,赶过年时一人一身贵的。"难得他能说出这样的话来。刘珍太了解武福太了,他说出的话就等于放了一个响屁,那阵臭气消尽,屎就跟着拉出来。她把小炕桌使劲蹾在炕上说:"吃饭!"

武福太喝一口稀饭瞅一眼刘珍,见刘珍没话,就说:"明天,我多接些菜,赶小满走,挣它个一两千。"

刘珍盯着武福太的脸,真想把这碗滚烫的稀饭扣上去。这钱是那么好挣的?你想扔就扔,你想挣多少就能挣多少?在孩子们面前,此刻武福太确实有些愧疚。

武福太说:"我明天早走些,说不定十点前能赶回来,误不了卖。"

刘珍绷着脸说:"我还敢靠你吗?赵丽芳的儿子大概没个三万两万的出不来吧?"武福太忙用眼睛瞟小满和小安。两个孩子一心在电视上,对父母的对话没太上心。他又看刘珍,目光再没有以前那么锋利。刘珍低着头吃饭,他武福太变得再柔顺,在她眼里也是个扶不起的刘阿斗。

天刚蒙蒙亮,刘珍收拾了五六条麻袋出街赶大巴。

有一趟专门跑货栈的大巴。为了多装货,货物车上的座椅拆卸得只剩下两排。小生意人图的是个方便,也不太讲究怎么个舒服,上车有椅子就坐下,没有椅子自己铺个麻袋坐车板上,车主照收你个有座钱。没办法,进货栈的车实在太少。

大城市的天空永远阴晴不定,空气里罩着一层黏糊糊的尘雾,太阳就像兜在蒸汽里,蛋黄似的挂在空中。已进入市区,到处都是高大的烟囱,冒出来的烟就像原子弹爆炸后的蘑菇云。皇都市周围都是产煤大矿,公路上拉煤的大卡车多如牛毛,煤粉纷纷扬扬日夜不绝地在空中飘散着,公路两边的景物颜色统一,房屋是黑的,树木是黑的,出来的人不用上眼影都是黑圈大眼睛。

转过一个花圃似的大转盘,正式进入市内。天空照样腾着雾气,街面环境大有不同。路两边的树木绿得生翠,花草也鲜亮起来,高楼一群一群地耸立着,街上行走的人群衣新脸嫩,这才有了城市的气质。

走进货栈,刘珍的心一下子空落落的,不知该向哪个方向走。无边无际的批发市场人声嘈杂,一车一车的菜如山一般堆积着,人蚂蚁似的在"山峰"之间串来串去。卖菜刘珍是行家,这接菜过去都是武福太来搞,她不太专业。看着这各色蔬菜,不知该从何下手。在家里拟好的"菜谱"早不知去向,现在只是一个劲地捏着怀里的钱袋,生怕不知哪个时候不翼而飞。

这市场三教九流什么样的人都有,刘珍家的柜子里至今还躺着两条塑料仿皮腰带,是武福太在这里被几个无赖强迫买下的,一条三十元。过去武福太常回家讲些这里的事情,刘珍也很有兴趣地听。现在刘珍懒得去问,武福太也没兴趣讲。走进这个地面,看到这乱糟糟的场景,刘珍的记忆复活了。她心里有些紧张,不由得左瞧右看。幸亏相跟着三四个人,要不然她真是晕头转向了。

在货栈大门口站着三个穿制服的中年男人,王兰子说:"算管理人员哩。"刘珍一听有管理人员,心里稍微宽松了些。问王兰子该买些什么菜?王兰子说:"因地制宜,看你需要什么?"说完独自前去。刘珍赶紧追上,一向很有主见的她,变成盲人骑马——目标不明。

刘珍跟着王兰子和李三来到一车菠菜前，一群民工似的人乱哄哄地挤作一团，在抢装。王兰子望了一眼说："这车菠菜不赖，咱也装吧。"说着先掏出一条麻袋就要往车上爬。车上两个货主凶巴巴地不让上。王兰子指着车上正往麻袋里装菠菜的两个男人说："你他妈的干啥呀？让他们上不让我上？"

　　那个货主恼恨恨地说："他是他，你是你，不能上，在地下接着。"

　　突然有一捆菠菜流星似的飞上车，地下一个人哑着嗓子骂："他妈的尽拿烂的，这个不行。"那个对着王兰子吼的货主拿起飞上来的那捆烂菠菜，猫着头又扔回去，恶狠狠地说："找死呀？装上，不装这捆就别装了！"

　　地下的那人接了菠菜狠狠地摔在麻袋里。

　　王兰子和那货主僵持在那儿，后边的李三挤过来，瞪着那男人，骂骂咧咧地就往车上爬："你他妈的眼睛瞎了，也不看看是谁？三哥今天上定了，你看怎么着吧？"那货主竟然咧嘴笑笑不再阻拦。三个人在车上装菠菜，刘珍心里老大不自在。她偷眼看看货主的脸色，再看看自己的两位伙伴，都风平浪静。货主不时地瞪眼喊下边的人，不住地像扔手榴弹似的往下扔菠菜。王兰子和李三尽量往刘珍拉开的麻袋里装顶好的菠菜，装得心满意足了，连人带包一起滚下车箱。

　　刚过十点，货站的人更多，像洪水似的涌。刘珍站住看茄子的时候和王兰子他们走散。刘珍秤了五包茄子，气有些喘，太阳热辣辣地照在脸上，汗水和着尘土在脸上画图，身上的衫子洇出一块一块的汗渍，她顾不得燥热，眼睛一刻不停地瞄着这些车载马拉的菜，做着比较，分析着贵贱。

　　这里的货栈对着十三个县城的市场开放，人流量大得惊人，货物供不应求，所以货主的眼睛总是高挑着。同样是做生意，刘珍心里有些气不忿，自己要卖出的时候，笑脸不知要赔出多少！

　　刘珍走到一家发蘑菇的大车前，车上站着几个操外县口音的小商贩。看着那几个人在车上挑挑拣拣，中意的搬下，不中意地放到一边，她也想挑几筐，就往车上爬，被一个胖墩墩的男人拦住。他呲着一嘴黄牙说："你要几筐？我给你搬。"刘珍见人家不让上，也不好意思硬往上爬，就说："来四五筐吧。"

　　那人就从别人挑剩下的一堆中搬出两筐递下来。先下的一筐还说得过去,第二筐就不尽人意,蘑菇不但黑,而且全压碎了。刘珍说:"这筐全烂了,再换一筐。"

那人把眼一瞪,手里又递下一筐:"那不是挺好的蘑菇吗?赶紧的,后边还有人等着呢,就顾你呀?"

这分明是拿上钱买气受嘛!刘珍也没了好气:"你不给我换我不买啦。"

那人恶声恶气地说:"不买甭买,我也不差你这一个,走,走,走……"说着把手里的筐摔在车上。

蘑菇没买成,招了一顿气。刘珍一下子适应不了这里的环境,再没勇气和胆量张口买货,在这一刻她又动摇了对武福太的态度。她要是真的把武福太"开除",在这个弱肉强食的氛围里,自己能生存吗?刘珍破例怀念起武福太来。接货都是打发票,他摸不了几个钱。她夹着几条麻袋像只没头的苍蝇,绕着场子乱窜。

这里每个人脸上都是紧绷绷硬邦邦的,角角落落都带着文明时代的野蛮,生意整个都是在嘈杂的谩骂声中成交。刘珍好不容易在一堆香菜边寻着王兰子,她正在装香菜,见刘珍过来问要不要?刘珍说要。在王兰子的帮助下装了一百多斤。香菜交现金不用打款,省了不少手续。交钱后一转身不小心撞倒一袋装好的香菜,有两捆香菜从麻袋里掉出来。刘珍赶忙去捡,那男人一伸手把麻袋扯起来,同时把那两捆香菜捡进袋里。她瞅一眼那男人的脸色,没有过多的责备。在这样的环境下,刘珍一下子非常感动,忙道歉:"对不起,我……"谁知道这一道歉马上换来男人很是轻蔑的一眼,反倒觉得自己虚伪起来,她一阵茫然,悄悄地对王兰子说:"这里的人咋都这样?"

王兰子嘻嘻一笑说:"这都是驴圈里出来的,你还没去水果站哩!"王兰子和刘珍相反,家里坐镇的是男人,她常年跑外,对这里的环境已是习以为常。她见刘珍一脸可怜相,问:"你还想买啥?"刘珍的眼泪都快流出来了,说:"西红柿、黄瓜、芹菜、蒜薹都没买。"

王兰子说:"看你那熊样?在家那本事哪儿去了?"说着就拉刘珍去买。在家里同行是冤家,一出门那些恩恩怨怨早抛到九霄云外,倒显得尽是友情亲情。王兰子帮刘珍采买就像给自己办事一样诚心实意,刘珍心里的那份感动无法用言语来表达。

王兰子带着刘珍去货栈最南面的一排大厅里打款,一位开票的姑娘正扯着嗓子骂一位黑脸张飞似的中年汉子:"你以为你是谁?大老粗一个,没文化,没教养……"姑娘一双杏眼,脸皮白净,小口一呲,一嘴小碎白牙。刘珍怎么也想不出来,这么秀气的姑娘竟然能发出这么不协调的声调。

那位黑脸汉子满脸憋得通红,哼哧了半天才说:"我说你啥来?刚才你少找我五毛,我现在实在是没有零钱才提那五毛的,要是有钱我也就不再提了。"

那开票的姑娘越发凶起来,站起来就要往台子外面冲:"我说你什么来?我说你个黑脸大老粗什么来?你个没教养的!"整个一个小母狮。有好几个人,大概是黑脸汉子的同伴,一看势头不对忙把他拉出去。

刘珍看着姑娘满是怒气的脸,心里想道:"教养"这两个字,姑娘自己是怎样理解的?王兰子拉刘珍的胳膊,刘珍这才醒悟该轮到自己交钱。

打完款已是下午一点多钟。货栈里有专门往外拉菜的脚踏平板三轮车。刘珍和王兰子各雇一辆,满满当当地装了两大三轮车。交了门票运出市场外,大客车就等在货栈的大门外。

装好菜已是两点多钟,刘珍的精神这才放松,疲累得像要散架,肚子饿得前胸贴着后背,"咕咕"叫个不停。现在啥事都不重要了,慰劳肚子是当务之急,不光刘珍,所有车上的人都急待解决这个问题。李三说:"今天不吃面了,吃点好的。"

王兰子说:"吃屎哩,我浑身拿不出十块钱了。"

刘珍忙说:"我有哩,我请你。"

王兰子:"傻子。"她悄悄地趴在刘珍的耳边说:"和男人们一起吃饭,咱们亏大了,他们能吃不说,还喝酒。"

刘珍咋就没想到这一点呢?

王兰子让人们扫兴。又是刀削面,男人们只好用小店里不花钱的咸菜就着散白酒。

货车驶出市区已是下午四点半,大巴里的蔬菜装得满满当当,没有一点空隙。十几个人挤在车头连身都翻不转,男人们身上的酸臭再加上闷热,简直就要窒息了。

公路上的车辆稀稀拉拉,只有顺道往前开的,迎头下来的没有几辆。开车的王师傅凭经验说:"灰啦,前边肯定又堵车啦。"王师傅在这条线上跑了三十多年的客运,先是给公家开,国家政策开放以后就自己买客车,还是跑这条线路。正常情况下这条路上的车流量多如泛滥的洪水。由于现在煤矿繁多,拉煤的大卡车箱有一节火车皮长,堵车在这段路上是家常便饭,有时一堵就是一天一夜。

大巴车行至河湾矿,黑压压一长串车流神龙不见首尾。一些迫不及待的小型车辆怀着侥幸见缝插针,道路更是拥堵严重。

车内的闷热让人难挨,推开车窗透进一丝凉气,煤尘就像二战中的毒气无孔不入,人脸上的汗渍正是它落脚的最佳场所,牙齿渐渐地显出白亮,天快黑下来的时候,个个都像背炭的工人。

深夜十二点钟长阵才开始蠕动,总算能看到"黎明的曙光"了。凌晨一点左右,两边的长队在哗哗地流动。王师傅这一列还死板板地顶着,王师傅叫助手小王下车到前边看看到底咋回事。小王下去有十来分钟就回来了,气得直骂娘:"真是个王八蛋司机,睡成那样,人家前面早走开了,顶着咱们十几辆车不能动,真想拉下来揍他一顿。"

王师傅问:"醒了吗?"

小王说:"醒了。"正说着,前面的尾灯亮了,总算是走开了。

回到县城已是凌晨三点多钟,卸完菜,天将黎明。刘珍就躺在菜摊子里的窄床上打了个盹。

八 伤逝

送走小满,刘珍的心也跟着去了。

小满早上七点钟坐中巴去市里,再转坐火车去西安。别人家孩子上大学,都是父母相送顺带着一家人出去散散心旅旅游,一来二去既高兴又开心。可刘珍没那份闲情,更重要的是刘珍没那份闲钱。有外甥,也就是刘珠的儿子在那边接着小满,这样她也就稍微放心些。

尽管电话那边的外甥打包票,说小满过去万无一失,他会把小满顺顺利利地送到学校。可刘珍还是担心,小满会不会在车上出事?东西会不会被人偷了?小满在车上会不会难受?刘珍给小满买了一大兜吃食,应该饿不着,这些零食会不会把小满吃得拉肚子?一想到小满很可能要受这些苦累,刘珍的眼泪就要流出来。小满这是第一次独自出门,也是第一次离开刘珍的视线。她后悔没给小满买个手机,小满要是拿着手机,她就可以过几个小时打一次电话。

刘珍一上午就像失了魂,给人家找钱,不是找多了就是找少了。此刻她对武福太又恨上心来,武福太白白把一部手机钱送了不相干的人,要不是武福太瞎折腾,省下那些钱她怎能不去送女儿呢?小满临走时连武福太的人影子都没见着,有什么事比自己的亲闺女还重要呢?

自从那天刘珍接货回来就没见着武福太的一个鬼影子。他和刘珍怄气,知道刘珍的短处在哪儿,这生意不是一个人能做得了的事,她再坚强也硬撑不了几天,他等着刘珍求他,急着找他,日子在武福太这儿变成了游戏。

武福太正在为赵丽芳办一件"大事"。

武福太的堂兄是县公安局刑侦科的科长,官虽不大,真要是管起赵丽芳儿子这件事,也就是一句话的事。武福太仗着堂兄的职位,在赵丽芳面前夸下海口。赵丽芳感动得对武福太别提有多恩爱,仿佛她这芳容爱心专为武福太一个人打造的,就是坐着也要把纤纤小手放到武福太的老茧大掌之中。一说到儿子的事,泪水就像连绵秋雨,话到伤心处就把头靠到武福太的胸前娇柔细语地说:"福太,要不是有你这么爱我,我早就不想活了,那个不争气的东西,多亏有你。"赵丽芳的话就像春天的种子种在武福太的心上,再用那连绵秋雨浇灌渗透,长势蓬蓬勃勃,枝繁叶茂,什么儿女家庭立马被挤出战线,枯萎在角角落落。

武福太怀里搂着娇喘不休的可人儿,声音也变得柔风细雨:"那当然,你的事不就是我的事吗?好赖他也是你堂哥,你别哭坏了身子,我会心疼的。"赵丽芳用樱桃小口轻吻武福太宽厚的胸,武福太的身体立马有了反应,手不由地要往女人小腹下滑。

她目光幽幽地说:"福太,我现在哪有这个心情?你要是给我办成了,三天三夜不下身我都由着你。"说着就离了武福太的身。武福太心上的荒草长势更猛,他就像饿极的狼,不顾一切地扑上去。赵丽芳小猫似的刺溜一下蹿出堂屋。

武福太明白赵丽芳在吊他的胃口,只好无奈地说:"我这就去,他不给办,我就不回来见你。"临出门时在赵丽芳的屁股上抓了一把。

武福太的堂嫂在县文化局上班,干部嘛,看人总是带着审视的目光,说话居高临下,刘珍偏是个倔脾气,不爱巴结人,两家的关系就渐渐有些疏远,交往也就少些。武福太这一登门,堂嫂就有了审时度势之态,心里冷笑,表面还是热情周到,给武福太倒了一杯热茶说:"稀客啊,你还记着你哥呀,刘珍咋没来?"

武福太在堂嫂面前变得卑微渺小，说话底气不足："她……她，卖菜呢，我哥呢？"

"他呀？我连个人影子也抓不到，也不知道整天忙些啥，家也不回。"说起丈夫也是一脸怨气，不过有些夸张。

武福太顺着说："不是当官嘛！当官哪有不忙的？你看我倒闲着，有用吗？"说完，讨好地向堂嫂笑笑。

堂嫂说："福太你坐着，我给你做饭，难得来一回。"她偏不问武福太来为啥事。

武福太忙说："嫂子你别忙啦，我不吃，你能不能给我哥打个电话？我找他有事。"

堂嫂这才不得不问："啥事？"

武福太说："那个……那个，我……我小舅子的孩子在学校和人打架被拘留了，让哥给说个情，早一天放出来，医药费一定出。"

堂嫂不冷不热地说："那不是电话，你打吧。"

武福太问了堂哥的手机号码，这些年不常走动，谁也不清楚谁的联系方式，他把电话打过去。

堂哥在电话那头问："刘珍的侄子？"

武福太说："嗯，刘珍的爹快咽气了，一家人急成一堆，你长短得帮这个忙。"

堂哥问："人家伤得严重吗？"

从堂哥家出来，天已见黑。听堂哥的口气，武福太心中暗喜，他直奔赵丽芳家，吩咐赵丽芳炒几个鸡蛋，再买瓶好酒。赵丽芳的男人见武福太进门，早溜得不知去向。从武福太张扬的表情，赵丽芳就知道事情有了眉目，她对武福太打心眼里感激了一回，不住地往武福太的碗里夹菜，往杯里斟酒。一向都是武福太主动，今天赵丽芳主动大献柔情，使武福太沉醉得昏天黑地。

第二天中午，刘珍正在摊子上打盹，一辆白色轿车停在摊前。刘珍以为是买菜的，忙堆出一脸笑来。见车上下来一位穿制服的男人，刘珍细看认出是堂兄武福喜，忙叫一声："哥，是你？"

武福喜走进摊子,一脸喜色地对着刘珍说:"办妥了,人家的伤还没好,得再交五千押金才能放人。"武福喜自认为刘珍办了一件好事,心中得意,但表面上还是很同情地问:"你爹的病情咋样?"

武福喜的话,刘珍听得云里雾里,她只听明白一句,说:"……就那样。"

武福喜又说:"交了押金就能领人。"

刘珍问:"领谁?"

"你侄子呀?"

"我侄子?"

"本来这种事我是不方便管的,昨天福太说你爹还病着,怕老人家受不了。那么点孩子,打起架来倒那么恶。"武福喜没从弟媳的脸上看到半点感激,心里有些不快。他本来也是看在刘珍从来没向他开过口,才送这个人情。

刘珍这一下听明白了,气恼道:"是他干儿子,我哪有那样的侄子。"

武福喜有些纳闷:"咋的回事?"

"你问武福太去。"刘珍说。

武福喜问:"福太呢?"

"在情人那儿呢,那是他情妇的儿子。"刘珍在武福喜面前竟委屈地掉下泪来。

武福喜说:"这个混尿!"

武福喜坐车走了,刘珍望着车尾,心里生出些感激,虽然是武福太使坏,看来这位堂兄对她还是很给面子的。

武福太在电话里问堂兄事情办得咋样,武福喜在电话那头狠狠地骂了武福太一顿:"武福太,你长本事了?你有几个臭钱,还瞎胡闹?好好的日子不过,人家刘珍哪点儿不好了?孩子都上大学了,也不懂得个羞耻?竟然骗到我的头上?你个败家的混尿。"没等武福太再发话,他就把电话挂断。武福太听着一串忙音在那里。他开始后悔事情想得不周全,干吗非要说是刘珍的侄子呢?随便说一个亲戚或者朋友,只要是武福喜不认识的,哪会有这些麻烦。除事情没办成还在哥嫂面前丢了大人,这以后有什么脸面再见?他又想起赵丽芳那一夜桃花带露的云雨缠绵,心里有诸多不忍。自己可是打了包票的,这事情就坏在刘珍一个人身上,想起刘珍,武福太恨意丛生:"我操你妈!"武福太把街上的公用电话狠狠地摔出手。

远处的黛色山峦托盘般把一个圆圆的太阳托住,天边的云彩金黄耀眼。武福太知道太阳马上就要下山了。此刻鸟儿都在归巢,归家的人们步履匆匆,他不知道自己该归何处?本来打算事情办妥,自己还能在温柔乡里美美地温上一壶小酒,情人送一个缠绵带露的眼波;佳人美酒,抿一口满嘴生津。拥着那垂柳柔枝般的小蛮腰,听莺莺细语。那话语都是蜜制的,不似刘珍那般口里放出的话都经火药泡了。那是何等的销魂!武福喜的一顿臭骂把武福太的一夜柔情断送了。不去赵丽芳那儿,就得回家,回家没他的好果子吃。别看他现在讨厌刘珍那张苦瓜脸,恨刘珍搅浑了他的好事,可刘珍的泼辣刁蛮对他还是具有威慑力的。刘珍现在肯定知道他用她侄子说事的真相,现在回家没有一顿好饭,肯定有一顿臭骂,甚至于是盘碗交加的疾风骤雨。武福太很精明,他要等小安放学了才能回家。只有在孩子们面前,刘珍才能摆出一副慈母贤妻的假相来。

小安这几天军训,被太阳晒成个黑包公,脖子后面还脱皮,人也瘦了一圈。刘珍疼在心里,嘴上照样对小安很严厉,小安本来就淘气,她不能助长他的娇气。刘珍尽量在饭菜上下功夫,不断地变菜加汤。

小安前脚进门,武福太后脚就跟了进来。他有四五天没回家,刘珍盯着武福太在灯光下泛青的脸,不知挂着几张画皮。武福太尽量避开刘珍抓心挖肺的眼神,坐到小安的身边。

小安按着摇控器问:"爸,你去哪儿了,怎么这么多天不回家?"

武福太轻描淡写地说:"我……我去你奶奶家了。"

"爷爷又病了吗?"

"嗯,嗯,就那样。"

武福太的爹有哮喘,今年七十二岁,常天离不了氧气管子,也是活着今日等不了明日。刘珍在心里暗恨:你哪有这份孝心?去看那个婊子,也不去看看你那个病病歪歪的老爹。

小安还饿着，刘珍放弃了对武福太的仇视。和儿子比，啥事都比不过儿子的身体健康重要。刘珍把米饭端上来，还特意炖了排骨汤。这几天小安的饭量大增，两碗米饭下肚还是不够。刘珍看着狼吞虎咽的儿子，嘴角抽动着忍不住的笑意，有多少不快就在这一瞬间都烟飘云散了。

夜里，刘珍做了一个梦，梦见爹来家看她。爹站在地上说："珍子，爹来看看你，以后要自己爱护自己，别太累了……"爹的腰板直挺挺的，没有一点病态。醒来时泪水湿了半边枕头，说好小满走了就去看望父亲，可小满走了已经五六天，她也没去成。摊子上的菜要尽快出手，小安又军训，不放心又耽搁了几天。明天让小安吃几天学校的食堂，那些蔬菜她也顾不得了，这个梦给了她一个不祥的预感。

清晨，天刚刚放亮手机就迫不及待地响起。刘珍拿起手机刚"喂"了一声，那边是小弟的声音说："三姐，你赶快来吧，爹怕是不行了。"刘珍放下手机，抖得连裤子都提不起来，心一下子空得像被人偷了。

刘珍哽咽着走进里屋，对武福太说："摊子里还有些菜，随你怎么着吧，不过你要明白，这一大家子的生活都在那几个本钱里呢！"

武福太蒙着头好像没听见，刘珍夹风带雨的话语，常使他无法应接。

小安不安地问："妈，姥爷……"

刘珍哭得更伤心了，说："你吃几天食堂吧，妈怕是有些日子回不来，你要好好学习啊！"

小安的眼里也有了泪花说："妈，我知道。"

十五里路程，刘珍就像是飞过来的，只用了二十分钟。

刚走进大门，刘珍就听见刘玲和刘珠长长短短的哭声。她几乎是从车子上滚下来的，腿软得连迈进大门的力气都没有了，她托着门框，泪水像决了堤的河流："爹，你咋不等等我？啊……"刘珍的悲声涌进屋内，打断了里边的声音，大哥和小弟忙出来把刘珍搀扶进屋。

父亲的遗体还没来得及入殓。他老人家就像睡着了，安安静静地躺在那里，脸上再看不到一丝痛苦的神色，头上顶着一顶黑缎瓜皮帽，上身穿着紫色团花棉袄,脚蹬紫云鞋,一床黄缎棉褥托着花团锦簇的父亲,这居然是父亲一生最为光鲜的时刻。刘珍摸着父亲僵硬的手指,泪水纷纷扬扬地扑洒在父亲的新衣上。她不知怎么向父亲忏悔告别。她撕扯着自己的头发,恨不能打自己一个耳光,明知道父亲没几日了,自己竟不好好地陪着!就是九泉下有知的父亲能原谅她,她自己也不能原谅自己。

母亲一惊一乍地说:"珍子!别把泪滴到你爹身上,给他在那边添罪哩!"说着她给刘珍父亲正了正帽子,"老头子,你三闺女来看你了。"

母亲的举动把刘珍的心扯出了血。

大哥拉住刘珍的手说:"珍子,别哭了,咱爹不委屈,你看这穿戴,在咱村子里不数第一也数第二,咱们再给爹办个像样的丧事。"

刘珍厌恶地看着大哥的脸。爹活着的时候不懂得孝顺,把钱花在这些无聊的事情上,对爹有用吗?

刘珠抱住妹妹抽泣。刘珍说:"我不孝!"

刘珠说:"你孝着哩,爹活着时,吃的穿的都是你买哩。"

刘珍抹着泪说:"我没给爹倒过水、倒过尿。"

刘珠拍拍妹妹的肩说:"这些我和大姐替你做了。"

刘珍说:"没想到爹去得这么快。"

母亲说:"得给你爹烧纸哩。"刘珍看到母亲从未有过的刚强。这回轮到母亲为父亲操持了。

父亲的丧事正如大哥所说,办得风风光光,一切都在村民们的挑剔和赞扬声中进行着。请了附近最有名的鼓乐班,还搭台唱了文戏。鞭炮几乎日日夜里都在放,一切都在悲悲喜喜中度过,忙碌把悲痛变得麻木。行动全在几千年形成的套路中,没有更改,没有删除。大哥要提着丧棒一家一家地去报丧,有些亲戚是不能用电话通知的,要亲自上门才显出对人家的尊重。母亲一再嘱咐大哥,进了人家的当院要跪下来磕头。大嫂和弟媳要时时瞅着大门,一有客人到来,忙出来迎接,引到父亲的棺材前烧纸;大姐和二姐专管为迎来送往的客人们做饭;刘珍和小弟操办采买,策划席宴……一切看似都在为父亲操办,可躺在那里的父亲又显得是那么的不重要,在这七天里为父亲伤心欲绝地悲泣只有一次,那就是父亲刚刚去世的那一个早晨。那场泣血的痛哭仿佛哭尽了所有的悲痛,其余的时间再也顾不上悲伤亡人。母亲像坐镇的军师,把这场丧事指挥得井井有条,要是没有了母亲,他们真不知道这场丧事会办得有多糟糕。

送出灵柩,送走吃喝的心满意足的亲戚朋友,大哥和小弟随着灵柩去坟地埋葬父亲。姐妹三人回去打扫"战场",这才想起空空荡荡的屋子里少了父亲。父亲常坐的那个角落是那么空旷;母亲苍白的头摇得更欢了。谁也没去注意母亲,这几天她苍老了许多,脸上的黑桃纹纵横交错,悲伤这才又袭上心头。姐妹三人再加上母亲,四个女人嘤嘤地抽泣着,整理着没了父亲的屋子;把父亲的遗像端端正正地挂在墙上,这也是唯一能见着父亲的途径了。

父亲的离去是一种解脱,刘珍的心里倒轻松了许多。父亲终于告别了病痛,因为病魔中的父亲活得并不轻松。在她心里,有的是悼念父亲的悲伤,追念父亲这一生的苦难。在岁月的长河里,他们对他的记忆将会被洗刷得渐渐轻淡。

晚上,一家人开始清理账单。弟媳和大嫂都认真地守着,这钱对她们远比死了公爹重要。账单由小弟收着,收回的礼金则全在大哥手里。弟媳来来回回地拿着礼单算计,生怕大伯子吞了黑钱,又把丈夫身上所有的衣兜翻了个底朝天,生怕漏掉一个花过钱的单子,使自家吃亏。大嫂也是精明人,每份花出去的钱都要细细过问一番,此情此景大大显出了老刘家儿媳们的精明强干。刘珍姐妹懒得去管,由他们热闹地算计去。大姐夫和二姐夫更是一副事不关己的态度,抽着烟说他们自己的话题。

礼钱收了一万,花出去两万多些,妯娌俩要把娘家的礼金抽回去,说以后他们还要还礼呢。哥俩无话,刘玲实在气愤不过说:"我们就不还礼了?爹这一场病你花了几个钱?"

大嫂听了这话,不快地说:"大姐你这说的是啥话?你们一年能来几回?爹和妈常年得谁来照顾?吃个山药还不得吃我们?"

所以说,这说话得会说。挑理也得会挑,这父母一年的山药蛋确实是吃了哥俩的。可大米白面都是刘珠和刘珍给买,不光父母亲吃,他们哪个也没少吃。刘珍和刘珠不和他们一般见识。刘玲没眼色还要说:"妈成天服侍你们大人小孩,连个山药也没挣下?"

弟媳一下子和大嫂形成统一战线,说:"大姐你这是来给我们当家了?婆婆照管儿孙难道不应该?"

刘珍拉一把大姐说:"算账就算账,说那些个没用的干啥?你们说怎算就怎算吧。"

弟媳瞅一眼大姐说:"三姐总算说了句人话。"

刘珍在心里气恼:难道我常天不会说人话?

两妯娌不管谁同意不同意,每人抽回一千元。除去收回来的礼金,总共花出一万两千元,五兄妹平均一摊,每人两千四百元。三姐妹明着吃了哑巴亏,也没法太较真。

埋葬了父亲的第二天,老家的习俗,子女们要去坟地再次拜祭,这才算这场丧事圆满结束。

秋日的天空一片湛蓝,一片一片的庄稼正是成熟的季节。白亮亮的莜麦一汪一汪地翻着波浪;沉甸甸的谷穗弯着腰随风摇摆,有小孩胳膊粗细;黑豆也成熟了,叶子打起卷来,露出弯刀似的豆角……一股成熟的庄稼味道直钻鼻孔。没有感受到这种久违的亲切,刘珍深深地呼吸着这甜润清亮的气息。

父亲的坟地在村子东边的一片杨树林子里。招魂杆上还飘着几朵粉红色的纸花,远远地望见让人心里发酸;孤零零的新坟泥土未干,父亲躺在那里一定憋屈寂寞。如若泉下有知,他会不会在期待瞭望这一群他永远割舍不下的儿女们?一想到此,刘珍的心碎了,她紧走几步跪到父亲的新坟上号哭起来。姐姐们和刘珍是一样的心情,哭声顿时响彻整个杨树林。这是自父亲死去第二次撕心裂肺地悲泣。她们有太多的不忍,不忍丢父亲一个人在这荒郊野外,不忍看母亲从此孤零零一个人悲度晚年,不忍……

姐妹仨哭得头昏脑胀。五兄妹在父亲的坟头烧了好多纸钱,两姐夫用丧棒在坟堆上东抹一棒,西抹一棒,一棒挨着一棒细细地抹。这算是给父亲抹严实了"屋顶",父亲从此不会招风露雨。

村后的那条小河还在,只是没有了昔日的细水葱绿。干枯的河床上晒裂着灰黄的沙土,河边的那些柳树倒见长,有一抱粗,垂枝柔丝地显出一片片阴凉。刘珍不由得背靠着一棵粗壮的大柳树坐下。

这里虽然溪水干枯,绿草青瘦,但刘珍那一段青春的美好岁月一直在这里保存得鲜活润泽。她对这里有着太多的留恋和思念。

坐在这日夜思念的土地上,眼前又幻化出二十五年前的点点滴滴。

小河静静地流淌,滔滔不绝,绵绵不断。刘珍就喜欢小河这川流不息的宁静。河滩上的小草墨绿青翠,他们把脚伸进凉凉的河水里,让河水舐吻脚心脚面。赵源用脚扑着河水往刘珍的腿上撩逗,刘珍无心嬉戏,只是望着河水,默默地望着。

她因二分之差被大学拒之门外。刘珍的眼里升腾起两团迷雾,这让赵源更加怜惜疼爱。她和赵源是青梅竹马,从小一起长大,从上小学到高中一直是双进双出。在这十几年的学业之中,他们培养起来的不光是爱情,更多的是亲情。回家时刘珍的书包总是挂在赵源的肩上,去学校时母亲给准备的干粮,他总要分出一半给她装进书包里。对于这些事,她从来不懂得客气,好像应该就是这样。有时刘珍挺羡慕赵源,赵源的父亲是煤矿工人,他的优越生活刘珍是没法比的。

她把手放进赵源的掌心中,那种青春潮涌、激流扩散周身的感觉,现在想起来还有那种触动的感受。

赵源说:"你不复读,我也不读了,一个人去没意思。"可以说赵源的一次人生大好机会是让刘珍给耽误了的,刘珍一直这样认为。

赵源和刘珍一起落榜的事实让村里的人们不能理解。从他们一上高中就是全村人眼中的一对大学生了,全村五百多口人,只有他们两个人上了高中。在全村人们失望的目光里,他们俩开始了人生最美好的恋爱生涯。赵源不顾父母的反对,毅然决然地放弃了复读的机会。两个人成天出双入对,这条河边洒满了他们的身影,见证了他们青春浪漫的爱情。

高考的阴影渐渐远去,刘珍的日子像村后这条河水,静静地流动着,清纯又缠绵。行动的轨迹一如这流淌的河水,不思方向,但走向依然。她在村里当上了代课老师,白天给学生上课,晚上和赵源在这条河边约会。爱情就像一盏水晶灯,总是照耀着他们的前方,不管天有多黑,夜有多深,他们总是一如继往地来这里约会。他们日复一日地重复着每一句情话,做着相同的动作,从不厌倦,日子过得像蜜一样甜。

就是这代课老师的身份,让刘珍的"身价"倍增。为了两个儿子,父亲狠狠地硬着心把刘珍"卖"了一笔彩礼——三千块。赵源的父母哪里能出得起这样一个天文数字,就是拿得起,他的父母也不会同意。他们本来就反对这门亲事,刘珍的家庭在他们眼里就是一个填不满的无底洞。为了能把一个"文化人"娶进家门,武福太的父母豁出血本,不惜代价。

一想起这些,刘珍又恨起父亲来,是父亲老泪纵横的那一跪,断送掉了她一生的幸福。父亲哪里知道自己这味同嚼蜡的婚姻。

"想啥哩这么入神?"

刘珍吓了一跳,忙抬起头来看前面立着说话的男人。他手里握着一把镰刀,头上顶着一顶青纶丝凉帽,身体有些发福,嘴脸还是那样棱角分明,只是薄薄的唇上增加了一道浓黑的胡须。刘珍一阵惊喜,以为自己的思绪感动了神灵。她抽动着嘴角想笑,但没有笑出来,惊讶地问:"是你?几时回来的?"

赵源在刘珍的身边坐下,把凉帽放在地上,微笑着说:"昨天,听说了你父亲的事。"

刘珍现在虽然恨着父亲,但眼里还是忍不住升起了泪花。

赵源看着刘珍的脸,平静地笑着说:"老啦!"

刘珍问:"凤玲也回来啦?"凤玲是刘珍最要好的伙伴,两个人同时喜欢着赵源。刘珍和赵源风风火火的爱情,把凤玲对赵源的爱慕深埋在土里,三个人照样是好朋友。刘珍嫁给了武福太,凤玲的爱情突然之间破土发芽。她一分钱的彩礼都没要,心甘情愿地嫁给赵源。凤玲的真情感动了赵源一家。结婚以后赵源去煤矿顶替了父亲的班,凤玲一直跟着赵源在矿上居住。

"她没回,两个孩子都上学呢。听说你女儿考上大学了?"

"嗯,儿子也上高中啦。"刘珍说。她看着赵源手里的镰刀说:"你是……"

他苦笑笑,无奈地摇摇头说:"回来帮着收收庄稼,你说这老太太也真是,种地都上瘾了,看着人家种地就眼红,说了多少回不让种啦,就是不听话,你说这不管能行吗? 都七十岁的人啦。"

刘珍跟着赵源也笑了。她没想到在这儿能碰到他,有二十多年没见面了。她无数次地想象过再与赵源重逢的场景:她会一头扑进他的怀抱里,把这二十多年的痛苦与思念像河流一样地向他倾泻,她也想象着赵源怎样热烈地拥抱着她,诉说着一直以来的相思。没想到真的重逢了,而且还是在他们曾经热恋过的地方,心情竟是这般平静。她看着赵源的脸,脸上也有了丝丝缕缕的皱纹。她问:"凤玲还好吧? "

"她一直都在念叨你,总说回来去你家哩,家里总是走不开,我这人你也知道,家务活一点儿也不会,孩子们一天也离不开她。"

赵源说起凤玲一脸感激,刘珍的心里有些妒忌,说:"你们很幸福吧? "话一出口她就后悔了,觉得自己竟是那么的傻。曾经沧海难为水,他们的那段爱情正如这干枯的河床,留下的只是能证明曾经有过流水的痕迹。

赵源笑了一下,把目光放得很远,远处的景色都写着"收获"。

刘珍的目光也放出很远,越过庄稼,她看到山那边的迷雾。

是回家的时候了。两个人站起来拍拍屁股上的尘土,一起走进热辣辣的太阳光下。

九　借钱

刘珍的日子总是一天接一天地紧凑着,眨眼就又是一个中秋节。

刘珍愁得牙都疼了。父亲的一场丧事办得几乎花掉她一半的生意本钱。一年之中做生意盼望的就是两个大节日:一个是春节,一个是中秋节。生意要做大,相对本钱也要增多。刘珍现在的这点本钱,别说做大生意,就是维持现状也是捉襟见肘。

刘珍顾不上为父亲伤心,生活不容许她沉吟闲赋。此刻最让她烦恼和头痛的是钱。她把亲戚朋友整个过滤了一遍,一下子能借给她五六千的主也只有武福太那个姑姑了。姑夫养着两辆大卡车拉煤,哪天的收入也不下好几千。武福太的姑姑,借钱最好是由武福太去。父亲去世,武福太竟然连个头都没有去磕,他的绝情让刘珍这颗寒心更冰冻三尺。她不愿意和武福太多说半句话。她决定还是自己亲自去,有钱时钱护脸,没钱时脸护钱。

武福太的姑姑五十多岁,皮肤保养得看上去比刘珍还年轻,一件水绿真丝短衫衬托得皮肤更显白净细润。刘珍说:"姑姑吃上唐僧肉了,怎一点也不显老?"

爱美是女人的通病,尤其是半老徐娘的女人,一听有人夸她年轻,仿佛青春永驻了,偏又要谦虚一番:"唉,老了,你看看都有白头发了。"姑姑拉起一缕

091

染得墨黑的卷发,发质生硬得像套着一头假发。

刘珍说:"姑姑,你这头发黑亮得比我的还好看呢,哪儿有白的呢?"

刘珍的马屁拍到位了,姑姑高兴得又是倒水,又是削苹果。这高兴归高兴,侄儿媳妇常年不登门,这一登门必定有事。她心里更加欢喜,以为刘珍是来还她钱的,脸上多了一层亲昵说:"你父亲的事办完了?你也不要太伤心,人老了嘛,没办法。"

"办完了。"刘珍心里纳闷,这女人消息倒灵通,"还让姑姑您挂念?"

"不是姑姑说你,你父亲办事花钱是应该的,没钱就来姑姑这儿拿,多少都行,你不应该把福太的脸抓成那样。他也是个大男人哩,出去咋见人哩?"姑姑的脸有些愠怒。

"姑姑,谁抓福太的脸?"刘珍奇怪地问。

"这姑也不是怨你,饿死急,穷时吵嘛?姑也过过没钱的日子,姑是说,以后两口子打架注意点。"

刘珍更纳闷了,她问:"姑,你这是?"

"福太前几天来借钱时,说你父亲去了,我见他脸上有好几处血道,我一猜就是你们打架了。"

"福太来借钱了?"刘珍问。

"嗯!"姑姑点点头,"不然我怎知道你父亲去了,我知道两个孩子上学你们花了不少钱,这又碰上你爹,哎!姑的钱不急,你们只管用。"她很大度地说。

"借了多少?"刘珍急道。

"五千呀?"姑姑望着刘珍渐渐扭曲的脸,"你……"

刘珍不知是怎么从姑姑家里走出来的,脑子里一片空白。姑姑最后说了些什么她一句也没记得。

这日子怎能再继续过下去呢?刘珍一下子又想起赵丽芳的那儿子来。

为了孩子,为了这个家,刘珍都快变成一台挣钱的机器,七情六欲都麻木了,连小满考上大学她都没觉得有多高兴。父亲去世不过十几天,她竟然忘记了悲伤,满脑子都是钱的问题。孩子上学要钱,生意上要用钱,对这些武福太倒像个局外人,从来不闻不问。为了一个身边男人云集的女人,他竟敢不顾一切，挖空心思地去苦朋友害亲戚，竟借了这么一大笔钱。看得出武福太对赵丽芳是奋不顾身的"一往情深"。他想过吗？他只不过是赵丽芳"生意"场上的一过客而已。凭相貌，凭地位，他哪一点值得一位小他十几岁的漂亮女人倾心？要想守住这份奇形怪状的恋情，那也只有凭钱了。也许武福太也明白这一点，所以他使尽浑身解数，在家里在亲朋面前"坑、蒙、拐、骗、偷"……

　　不知不觉已是霓虹初上，街上的行人过往匆匆，他们心里都有一个温暖的家，家里的温馨磁铁一样吸引着每一个人。刘珍家里的磁场散了，要不是惦念着小安，她情愿睡在马路上。

　　街道两边的楼房里透出柔和的灯光，刘珍猜想着屋子里的人们：是在吃饭？是在吵架？是在玩牌？是在洗澡？……无聊极了，她突然想找个人说说话。找谁呢？吴雪梅？人家现在肯定正和丈夫缠绵呢，儿子今年也上了大学。高倩吧？高倩现在哪有心情听你诉苦？大儿子高考落榜，小儿子闹着退学，小姑娘倒安静，日常生活还得她专心打理，日子过得乱糟糟，比她好不到哪儿去。同学中一直有联系的也只有她们两个是最要好的了。辛大海现在不知回家了没有？她现在能找的、想见的也只有他了。她掏出手机拨了大海的号。

　　"喂，喂！咋不说话？"

　　忍不住的泪水涌出眼眶，她太需要大哭一场了，仿佛一下子找到了能承接这份沉重的力量。武福太的懒散与冷酷给辛大海创造了表现的机会。"你在哪儿呢？"刘珍抽咽着说。

　　"你怎么啦？在哪儿呢？"他急切地问。

　　"在街上呢，你能出来吗？"

　　"别急，你等着我。"

　　刘珍听着电话里的忙音，心里有些温热。随着她对武福太渐渐冷却的心，日渐增强了对辛大海的依恋。

　　"咋的了？"辛大海头上汗津津地从车子上跳下来。

　　刘珍顺势投进他的怀里，悲愤、伤心像决了堤的洪水，一发不可收拾。辛大海用力搂了一下，小声说："当心人家看见。"刘珍不管不顾地伸出双手搂住辛大海的腰,把头靠得更紧。靠着他,刘珍觉得自己那颗滴着血的心暂时有了止痛的麻醉。

"咋的啦,和福太又闹了?"辛大海用手轻拍着刘珍的肩膀。

"这日子实在是不能过了。"刘珍哭着说。

辛大海搂住刘珍,只有在心里痛惜:这么好的一个老婆,他怎就不懂得珍惜呢? 真是人在福中不知福。

楼房里的灯光渐渐熄灭,街上行人稀少,偶尔驶过一辆汽车或摩托车都是行色匆匆。辛大海陪着刘珍坐在石阶上。他握着刘珍的手说:"回吧,不回咋办?"

远处一座宾馆的霓虹灯一闪一闪地特别耀眼,刘珍说:"咱们住宾馆吧?"

"真的不想回去?"辛大海问。

"真的。"

宾馆招牌上的霓虹灯让辛大海心情澎湃,能和心爱的女人一起住进那样的宾馆,那是神仙的日子。

"住宾馆要身份证的。"辛大海清醒地说。

刘珍义无反顾地说:"那就住小旅店。"

小旅店里不问出处,只说银两。两个人住一夜一百元,比宾馆还贵。老板娘一脸见怪不怪的表情,刘珍心里不是滋味。她明白老板娘在想什么,小店里专门提供这种方便。

屋子不大,只有家里的炕那么大,一张双人床占去大半,不过倒也干净。

辛大海可以放心大胆地拥抱着刘珍。他们相爱也有两年多了,有过偶尔的几次,也是蜻蜓点水般地草草了事。那种心慌意乱的交合,只能使人更觉得饥渴。他抚摸着刘珍丰腻的身体,亲吻着她的每一寸肌肤,让她痛苦的内心渐渐地平息。刘珍麻木的神经开始苏醒,这样的温柔,这样的爱抚离她太久太久了,他轻柔的手指像阳光一样,温暖着她身体内的每一寸肌肤。刘珍微微地喘息着,紧紧贴住辛大海坚硬的身体。

两个人一夜缠绵,不知疲倦地要着对方,像新婚的少男少女,心情激荡着,甜蜜着。

早晨的太阳刚一露脸,刘珍催大海赶紧起来摆摊去。辛大海有些恋恋不舍,搂着刘珍说:"你们实在过不下去,要不咱们一起过吧?"刘珍没接这个话题,把辛大海推起来。辛大海只好穿上衣服,不放心地说:"别再胡思乱想了,有事给我打电话。"刘珍点点头。

　　辛大海走了以后,刘珍把自己展成一个大字,真想时间就这样停止。什么也不想,什么也不干,远离尘世,远离烦恼。和辛大海一起生活,刘珍不是没有想过,可事情一实际起来,好好的一份情意就变了味道。感情再好不能当饭吃,辛大海两个儿子,再加上小安,三个青头小伙子,结婚、买房子,得多少钱?光想想就叫人头痛。这就是四十岁的女人和十八岁女人的区别,她再不会为爱情冲动,思考问题总是先从最现实的开始。

　　刘珍懒得坐起来,这间斗室再清静也不是常居之所,她得回到现实中去,小满的生活费不用想也所剩无几了。一想到钱,刘珍又烦躁起来:回去让他武福太想办法去,他能为别人家排忧解难,怎就不能为自己的孩子想想办法?他不管我还不管呢!刘珍恨恨地想。

　　刘珍的手机响了,是小满。小满说:"妈!"刘珍一听见这亲切的声音,心就柔软起来,忙说:"小满,这大清早的干啥?"

　　小满说:"妈,你看看表都几点啦?你出摊了吗?"

　　刘珍习惯地抬起头, 这间小屋里没有时间提示。她好像在自言自语说:"都九点啦?你怎么不上课?是不是难受啦?"

　　"妈。今天是星期天!"

　　"星期天?嘿!"

　　"妈,你不想我吗?这么长时间也不给我打个电话,我想你。"小满那边的声音有些黏稠。

　　刘珍的鼻子也发酸,她竟然忙得把女儿都忘记了,有半个多月没和小满通电话了。她强作镇定说:"看你那点出息,才走了几天?没出息的人才想家哩!"

　　"妈!"小满那边抽泣开了。

　　"小满,你是不是受委屈了?"刘珍着急道,"是不是没钱了?"

"妈，就是想你。"

刘珍的眼泪唰地一下下来了，她不能让小满听出她难受，故意逗小满说："都二十岁的人了，还想妈妈？你大姨像你这岁数都当妈妈了，你要把心事放在学业上，别尽顾着想家，过两天我给你汇钱。"

"妈，姥爷好些了吗？"小满的声音清晰了些。

"姥爷，姥爷还那样。"她怕小满伤心。

"妈，你多注意身体，别累着了。我爸呢？"

"他？他不在。"刘珍整理了一下情绪说，"小满，快过十五了，你多买些水果，别心疼钱，妈能挣上。"

小满高兴说："妈，我知道，小安的学习怎样，跟上跟不上？"

"还行吧？"她有半个多月没过问小安的学习情况了。她必须马上回家，她说："小满，没事就挂了，省点电话费吧。"

小满不情愿地说："刚通话就挂了？小气鬼。"

和小满通完电话，刘珍草草是洗刷一下，走出小店。老板娘笑盈盈地说："欢迎下次再来。"刘珍心想，还有下次吗？

走上大街，一阵香气提醒刘珍再过七八天就是中秋节了。大街南面的一个店铺前停着一辆东风大汽车，一主一拖全是苹果，几个民工正往下卸，有箱装货，有袋装货。刘珍回家的脚步放沉了，不能因为和武福太怄气耽误了这个挣钱的大好机会。可再去哪儿借钱呢？她想起一个同学来，日子过得和自己一样糟糕的同学——张晓雪；上高中时坐同桌，毕业后顶她父亲的班，在县城机械厂上班，前夫也是机械厂工人，两个人自由恋爱，当时她优越的生活条件让刘珍非常羡慕。张晓雪爱写诗，时不时地在地方小报上发表点小文章，小日子过得滋润又浪漫。天有不测风云，人有旦夕祸福，这日子过着过着就灰暗起来，先是工厂倒闭，夫妻双双下岗，仅凭每人那二百元的生活补贴费过活，还养着两个上学的孩子，日子眼见得过得捉襟见肘，偏那男人又懒散好酒，整天东倒西歪。过惯了小资生活，再回头过潦倒的日子，那简直是暗无天日。张晓雪在印刷厂打了一份零工养家糊口，日子久了，夫妻感情在生活的重压下，渐渐裂痕深重,离婚必然。最近听说张晓雪改了嫁,日子过得怎样?刘珍是真心想去看望,再就是……刘珍想,见机行事吧。打定主意,刘珍就拐向长途汽车站。

煤矿上的工人家属区,像鳞片一样占满了一座小山坡,多是独门小院,临时搭建着几间小屋。爬上山腰,刘珍已是气喘吁吁。她一路打听着来到一所大门前,一个秀气的小女孩正在家门前向她这边张望。她走过去柔声问:"小姑娘,问你个人,这是张晓雪家吗?"

"我妈妈呀?"小女孩望着刘珍怯怯地说。

"你是?你是张晓雪的女儿?"刘珍一阵惊喜。

"妈妈,妈妈!有人找你!"小女孩跑着回到院里。

刘珍的到来让张晓雪感到意外,同时也带来了惊喜。她嫁到这里已有一年多,几乎和所有的亲戚朋友断绝了联系。城市再小也比这个整天黑尘迷雾的矿区舒展干净。万事追求完美的张晓雪被生活挤压到这个蹩脚的小山区,变成一只坐井观天的青蛙。屋子里只有一只小红柜,正面放着一只红色皮箱,在灰暗的屋子里显得特别耀眼。刘珍一眼就确定这是张晓雪带过来的。

张晓雪拉住刘珍的手,眼里升腾出惊喜的泪花。刘珍叫了声:"晓雪!"心里一阵发酸。两个四十岁多的女人,遭遇不同,但心酸相同。张晓雪的脸变粗了,仔细端详竟能看到一丝一丝的黑纹。

张晓雪硬留刘珍住下,正好那男人上夜班。她们都有太多的话要向对方倾诉。有些话,父母不能讲,儿女不能说,兄弟姐妹讲不出口,只能向最亲密的朋友诉说。

一盘火炕刚好能睡下三个大人。晓雪的小女儿豆豆睡得沉稳香甜,刘珍和张晓雪望着沉沉的屋顶,全没有睡意。

"他没有孩子吗?"刘珍问。

"一个男孩,早成家另过了。"

"你们离这么远怎扯上的?"

张晓雪沉默了一阵儿说:"你不知道我当时有多难,穗穗没考上高中,念了个中专,又要交学费,还要生活费,我又生起病来。你说这人吧,要是倒霉的时候喝凉水都塞牙。别说别人，连最亲近的人都瞧不起你，硬肯给你一百二百，也不肯借给你一千两千，就像打发叫花子。那种感觉你是体会不到的，眼看就要过年了，我爸妈都沉不住气，直问我在哪儿过年。你不知道我当时有多难受，真想死了算啦。"

刘珍说："你咋不去找我？"

"连我的哥哥和姐姐都那样，我哪里敢去找你？我去找李萌了，想让她给介绍个工作。李萌就给我说了单文的情况。"

单文虽然比张晓雪大六七岁，因常年在煤矿上工作，面相老得都快赶上张晓雪的父亲了。为了一个月一千多块钱的工资，她只好委曲求全："不过这人心挺好的，对我和孩子们都挺好。像咱们这个岁数，还看啥人样哩，遇个好人能过日子就行了。"张晓雪幽幽地说。沉默了一阵儿，她又说："你比我过得好。"

一个曾经多么骄傲、对生活充满激情和浪漫的女人，竟然让残酷的现实生活冲刷得心气全无，只剩下原始的生存本能。刘珍突然心里酸楚，说："我过得更糟，这好日子不知让谁过去了？"

刘珍把她和武福太的现状慢慢地向张晓雪道来。她真心佩服张晓雪的勇气，她硬这样半死不活地撑着，也没办法走出那个破圈子。

刘珍"唉"了一声说："眼看到了中秋节，我手上连接货的本钱都没有了。"

张晓雪沉默了一会儿说："我手里这几天倒是有几个钱，我那是给穗穗凑的学费，都开学一个多月了，我还没给交上学费呢。"

"不是穗穗跟他了吗？"

"跟他？那不是一句话？跟上他连西北风也喝不开，还想念书哩？这不，我也不敢明着硬给，暗地里偷偷地攒下几个，还差两千，实在没有办法跟单文说了，人家昨天刚开工资，全给了我，让给孩子交学费，你别看他五大三粗的，对我挺体贴的。"

刘珍为她高兴地说："碰上个好人不容易。"

张晓雪说："要不你先拿上，过了中秋再说。"

刘珍说："哪能行？"

"一个月也是迟，两个月还是迟，我知道这没钱的日子难熬。"

刘珍的眼泪顺着鬓角淌下来，张晓雪才是她的知音。张晓雪也抽咽起来说："这人怎越活越难活了？"

两个人悲悲喜喜，一直聊到东方放白。

吃过早饭，张晓雪一直把刘珍送到坐客车的那个地方。客车停在她们面前，张晓雪恋恋不舍地拉住刘珍的手说："有空常来。"刘珍点点头。上车坐在一个靠窗的位子上，看见张晓雪探着头还在瞭她，知道张晓雪内心里不光是在留恋她，更多的是在眷恋她们共同居住过的那座城市。刘珍心里一阵难过，她把窗玻璃拉开探出头来说："回去吧，过了十五我就把钱给你还回来。"张晓雪早已蓄满的泪水终于落下来，无奈地说："真想好好地帮你，咋就谁也顾不上谁呢？"

刘珍说："你这就帮了我大忙！我还不知道怎样谢你呢？"

客车带着黑色的尘土驶出很远，刘珍回过头来，瞭见张晓雪还在对着车尾使劲地挥手。

客车使过一段颠簸的土路，刘珍下意识地用手按按小腹，方方正正一沓钱安安全全地贴着她的肚子。这是一个藏钱的最好地方，有紧身内裤护着不怕掉出来，再狡猾的小偷也摸不到这个地方。她在心里无限地感激着张晓雪，有了这五千块钱，一个中秋节重新翻起本来是没问题的。

"珍子！"一个尖尖细细的声音。

刘珍寻着声音回过头来，见后排座上一个脂粉妖艳的女人冲着她直笑；眼皮画得蓝汪汪的，连睫毛都是蓝色的，口红涂抹得特别夸张，像厚嘴唇的外国人，脑门上顶着一架茶色墨镜，刘珍端详了半天才认出来："是你？美丽？"

"哎呀珍子，你咋变得这么老土？我看了半天才敢认你。"贾美丽也不管车上的人用什么样的眼色看她，嚷嚷着想站起来往这边走，被身边一位六十多岁的老男人拉住。男人的脑门光秃秃地闪亮着，一缕稀稀拉拉的长头发从头顶这边耷拉到那边,看起来有些滑稽。刘珍觉得这男人不像她的丈夫,她丈夫刘珍见过几次,长得细细瘦瘦一脸猴相,现在这男人圆脸润腮,怎么也搭不上边。

贾美丽和刘珍是一起长大的同伴,初中没毕业就进城给人家做保姆挣钱去了。贾美丽时髦得让刘珍直起鸡皮疙瘩:一件超短半袖紧身衫,肚脐眼屁眼似的外露着,牛仔裤裤腰低得刚好兜住两瓣屁股。刘珍记得贾美丽和自己同岁,今年四十五岁,结婚比她还早,孩子也应该快能结婚了吧。望着贾美丽再厚的脂粉也挡不住的细碎皱纹,刘珍突然想起一句话:"四十岁女人脸上的脂粉,除了表示春心不死外,什么也代表不了。"贾美丽向刘珍招手,让她过她这边来坐,她旁边刚好有一个空位。刘珍本不想去,但碍着儿时的情面,只好磕磕绊绊地走过去。

贾美丽从精美的小手包里拿出一张名片,名片做得很精致,上面写着"春意浓饭店经理贾美丽",还有电话号码。刘珍做出惊讶的表情看着贾美丽说:"真行啊,都当经理啦?大饭店吗?"

贾美丽一脸得意,一只胳膊当着刘珍的面缠绕在那秃顶男人的胳膊上,把头一靠娇声说:"还不是给人家打工嘛!"她冲着那男人媚笑。

刘珍想吐,把头扭到车窗外看景色。公路两边高大的杨树夹杂着永不褪色的油松,郁郁葱葱地把天空划成一道蓝线,客车像直射出去的箭,嗖嗖地犁开绿色的峡谷。贾美丽拉住刘珍的手很亲热地说:"珍子,还做那点烂买卖呢?你不嫌心烦?"

刘珍不得不把目光收回来,对着贾美丽的脸说:"那有啥办法呢?"

贾美丽很同情地说:"要不来我这儿干吧?每天守着一堆烂菜,真是糟践人呢。"她扭回头冲着那男人又说,"她可原先是我们村的大美女,现在你看看?"说完咂咂嘴,又摇摇头。那男人就看了刘珍一眼。

"老了,哪儿也不想去,就守着那个摊子混罢!"刘珍说。她打心眼里瞧不上这位当了不知什么经理的同伴。客车好不容易驶进汽车站。刘珍虚虚假假地礼让道:"到家坐坐吧,好不容易见着了?"

贾美丽风风火火地下车就找出租车,对身边的刘珍说:"对不起,下次回来一定去,回村看完我妈,下午还得走呢,你不知道我有多忙?"她叫住一辆出租车，人坐进车里，又把头伸出来对刘珍说："那上面有我的地址和电话，别忘了联系！"

出租车很快驶出了刘珍的视线，她长长地松了一口气，嘴角挂出一丝笑意，摇摇头，汇入人海之中。

十　中秋

武福太让赵丽芳大失所望，好像她儿子是武福太不让出来，恼羞成怒耍起泼来，又是咬又是抓，把武福太抓成个大花脸。赵丽芳越是发疯，武福太越愧疚，想起这几天赵丽芳对他千般的柔情，万般的缠绵，心里对她愈发可怜起来。他不顾自己脸上流淌的血滴，抱住赵丽芳又是揉胸又是抹眼泪，传递着无限的爱意。

武福太就是赵丽芳手中的泥团，可柔可刃。她的泼使够了又靠在武福太怀中，撅着小嘴，含着眼泪说："福太，你不是爱我吗？"武福太死劲地点头。"你哪点儿爱我了？让你办这么点儿事你都不好好地给办，现在人家要两万，你说怎办？我就这一个儿子！"说着又哭起来。

"谁说我不给好好地办？都是那个贱货——"他咬牙切齿地恨着刘珍，认为是刘珍搅了局。

武福太脸上的鲜血凝固成褐色的痂，赵丽芳伸出小手一点一点地抚摸着问："疼吗？对不起。"有了赵丽芳这句话，武福太的幸福胜过伤痛十倍。此刻他有了为赵丽芳肝脑涂地的决心。他搂紧赵丽芳说："不就是钱吗？"说着从上衣口袋里掏出两千零五十块钱。这是刘珍父亲去世那几天卖的菜钱。

赵丽芳说："连个零头都不够，我不管，你得给一万，这才能考验出你对我的感情来。"她用拳头轻轻地捶打武福太的胸。这拳头雨露般一点一点地滋润着武福太的身体,使得他浑身痒酥酥的。武福太用嘴啃着赵丽芳的脸,赵丽芳说:"一万。"武福太说:"一万就一万。"他把赵丽芳放倒在身下,早把生死置之度外。赵丽芳的呻吟让武福太冲劲猛烈,一万、两万……就是一个亿也值。那些黏糊糊的脏物冲堤决坝般泻尽,武福太清醒了。赵丽芳用一团卫生纸擦着说:"一万。"武福太没话了,疲软地躺在那里,用眼角瞅着那两千零五十块钱,想起刘珍马上要回来了。赵丽芳把那团卫生纸放到武福太的肚子上说:"你说话算话,要不然别想再碰我一根手指头。"

赵丽芳的威胁不是没有效应的,刘珍和赵丽芳比那简直就是退了毛的鸡和天鹅比。现在再让武福太心甘情愿地和刘珍做爱,估计他那物件会阳痿到肚子里去。刘珍不光嘴里蹦出来的话像刀子一样割人,那一脸的沧桑让武福太看见就难受;不吃蜂蜜只知道糖甜,现在的武福太一天也不能没有赵丽芳。这一万块钱……

他想到了姑姑。武福太也没糊涂绝顶,他知道一万块钱拿给赵丽芳就是肉包子打狗。他只好留一半清醒留一半醉,向姑姑借了五千,又从中抽出一千,好交刘珍的差。

回到家已是中午。刘珍有半个多月没给小安好好地做饭,吃惯了家里做的饭菜,再吃食堂肯定有些不习惯。她心里有了底,心情也就轻松了许多,回来时路过市场买了肉馅,回家给小安包起饺子来。

武福太悄没声地站在地上,把刘珍吓了一跳。见是武福太,情绪一下子糟糕起来。她把包了一半的饺子推到一边,伸出手说:"拿来?"

"啥?"武福太故意问。

"卖菜的钱。"

武福太把一千块钱拍在炕上。

刘珍冷冷地问:"就这些?"

"要多少?你说就那点烂菜能卖多少钱?"武福太理直气壮地说。

"少说也能卖两千。"刘珍咬牙切齿地说,"姑姑那儿借五千块钱是怎么回事？”

“那……那是给别人借的。”

“给谁借的？”

“一个朋友。”

“赵丽芳吧？”

武福太一下子恼羞成怒，指着刘珍的鼻子说：“你别太过分了，一回来就哭丧着个脸跟人闹，有意思吗？你是不想让我回家是吧？那好，我走。”说着就要溜走，被刘珍一把扯住。

“谁太过分了？两个孩子上学你没给借过一分钱，眼看着生意做得连个本钱都没有了，你倒好，把本钱全部给了别人，为了人家的孩子到处去丢人现眼，还落下一屁股饥荒，这日子还怎么过？小满眼看着生活费就没有了，你去给想办法？”刘珍越说越激动，指着武福太的手指有些颤抖。

武福太使出一贯的伎俩，索性瞪着眼说：“看你那个相？整个一个泼妇，看都不待看你？”骂完想夺门而逃。

武福太的话把刘珍完全激怒了，她抓住武福太的衣领，两个人扭打在一起。武福太毕竟理亏，看似气势汹汹，一旦刘珍真动起手来，气焰先弱了一半。他抓住刘珍的手说：“你这人咋不讲道理？朋友之间还不能帮个忙？再说人家说了，过几天就归还。”武福太的谎话太多了，没有一句刘珍能信得过。见刘珍不语，武福太柔声说：“你以为我是傻子？五千块钱就白送了人？”武福太的这句话让刘珍心里有些温热，她的眼里竟泛起了泪花，手渐渐地松开说：“行，我再信你一回，钱拿不回来，你也就别回这个家了。”刘珍嘴上这么说，心里还是不能踏实。

在刘珍面前，武福太心底渐渐生出些惭愧，暗自后悔不该把那些卖菜的钱也给了赵丽芳。

小安放学回来，刘珍和武福太已经偃旗息鼓。面对着一锅热气腾腾的饺子，刘珍心中一阵阵的凄凉，不知这闹心的日子多会儿是个头。她现在真正地佩服起张晓雪来。她快刀斩乱麻，把一段不健康的婚姻解决掉，现在虽然不是富丽堂皇，但那份安逸让刘珍羡慕。这不健康的婚姻就像一块肿瘤，不尽快切

104

除,后患无穷。这一旦要切除,代价又太昂贵,小满和小安一生的前途就在她的取舍之间,她不得不慎重。

小安看见母亲回来,高兴地说:"妈,你是不是把我这个儿子给忘了?"

小安的亲昵除掉了刘珍心里的阴霾,她脸上的表情渐渐明快起来,把锅里的饺子捞进盆子里说:"看你再敢气我?再气我就永远不回来了。"

小安用两指头夹起一个饺子放进嘴里囫囵咽下,笑嘻嘻地说:"我哪儿气你了?我敢吗?"说着搂住刘珍的脖子。

刘珍忙说:"看弄翻了饺子!"

武福太也坐上前来吃饺子,小安想起来说:"妈,你不知道我爸那天回来有多怕人,满脸的血印,我还以为和人打架了,闹了半天是自己碰的,这个家没有你,真的是不行。"

"……"刘珍的眼睛盯着饺子盆。

武福太忙说:"吃饭,哪儿那么多话?"

吃过午饭,刘珍的手机响了。她看显示屏是辛大海的电话,她忙提着手机出大门外接电话。

"喂?"刘珍说。

"你怎么搞的?咋昨天一天打不通电话?"听口气,他很生气。

"我出门了。"刘珍淡淡地说。

"那也得开机呀?你知道人有多担心?"

刘珍的眼泪哗地一下就涌出来,总算还有个人惦记着她。

"你没事吧?"

刘珍说:"能有啥事?我给你送饺子去吧?"挂了电话,刘珍回到家把吃剩下的半盆饺子放到饭盒里,骑着她那辆破自行车就出门。

给辛大海送去饭时,刘珍顺便雇了一辆加长 130 汽车,说好明天早上五点钟起身。一车少说也得拉十几吨菜,一次要采买十几种,一个人哪能顾得过来。

武福太就着咸菜喝烧酒也有滋有味,刘珍看着就反感,她几次欲言又止。看看时针指向晚上九点钟,小安就要放学回来了,不得已她把声音尽量放得平和些,对武福太说:"我雇上车了,说好明天五点就走。"

武福太嘴角抽出些难以捉摸的笑来,刺溜抿一口烧酒,咂咂嘴又放进一块咸菜。武福太的神态让刘珍心里生火:你有资格在我面前耀武扬威吗?这日子是我一个人的吗?刘珍立刻就想打电话告诉那司机说明天不去了。可这误一节就等于误一季,就这四五天的工夫,闹好了能挣相当于半年的利润。她强压了压火气说:"早早睡吧,咱们明天还得早起呢。"

武福太说:"还用我哩?我这人还是有些用嘛!"

刘珍不再理会他,独自走进厨房的小炕上睡去。

刘珍和武福太齐压压拉回一大车菜,把同行们都给镇住了。这两口子要大干了?李叶问刘珍:"这么多三四天能卖光吗?你不怕烂在手上?"刘珍说舍不得孩子套不住狼。她真是被钱逼红了眼,只谋胜,不思败。

一大车菜把刘珍的菜篷子垒得满满当当。把菜归整好,望着这黑压压的一篷菜,刘珍的一颗心这才悬起来:这可是她全部的家当,还有五千元的外债,不管她赔挣,过了中秋节必须得还上。

刘珍干脆睡在篷子里,有一种要和这些菜生死共存亡的气势。

天明就是八月十二。

刘珍早早地就把蔬菜摆好,希望来个开门红。对面卖水果的从早晨一直到晌午,人山人海仿佛白给似的,拉的、抱的、抬的都是各种水果。菜摊子上稀稀拉拉的没几个人,要有也是几个边远山区的农民。这些人道远,来一趟不容易,所以该买的不该买的一下子全都置办了。庄稼人吃菜专拣贱的买,如芹菜、菠菜、韭菜、葱头之类,最好就买一两斤蒜薹,西红柿、茄子、黄瓜之类的细菜他们问都不问。对于这个群体,刘珍心里明白,她也是从这个阶层里走出来的,所以卖给他们菜的时候,价钱能低刘珍尽量低,秤也是高高的,她还把一些叶子打蔫的菜顺手捎一把放到他们的袋子里。

一天就这么松松淡淡地过去了。晚上刘珍"点兵"连零块都数上,总共卖了两千五百八十元。她又数了一遍没增出一分。这单本钱就一万多块呢,照这样卖下去,别说利润,光本钱也拿不回来。刘珍心里冒火,她的身家性命就在这一锤子买卖上,她感觉牙有些微微作痛。

辛大海乐得肚皮都开花了。一个鼓鼓囊囊的腰包镶在小腹上,显得特别耀眼,他一天卖出一万多块钱的货。他瞅着武福太回家,于是提了一只烧鸡要与刘珍共享。刘珍看着就反胃,说拿走,拿走。辛大海说:"你干嘛呀?我知道你一天没好好地吃东西才给你买的,又和福太生气了?"

"你干嘛呀?盼着我们天天生气呢?"她的心情烦透了。

辛大海无辜地看着刘珍说:"这女人的脸,六月的天,说变就变,没听见打雷声,天怎就变了呢?"

刘珍扑哧笑了说:"你没见着这太阳一整天都照耀着你们吗?我们这儿从来都没晴过。"

辛大海这才把着脉,看看刘珍怀前的腰包问:"卖了多少?"

"十块!"刘珍气恼道。

辛大海撕下一条鸡腿递过来:"还有明后两天呢,吃吧,还热着呢。"

刘珍没有一点胃口:"你赶快拿走,我看见这油腻腻的东西就想吐,你拿回去给小河吃吧。"小河是辛大海的小儿子。

辛大海看着刘珍干裂的嘴唇,有些心疼,说:"你多喝点水,想不想吃西瓜?"

刘珍摇摇头说:"你去吧,我想睡觉。"

辛大海提着东西走出去,过了一会儿又端来一碗凉粉。刘珍只吃了两三口,就躺在那只窄床上睡了。

街外依然车水马龙,节日使得夜晚更加迷人,许多人白天花不完的钱夜晚也不放过,要不然睡觉都不踏实。刘珍想着怪态的人群,一年两大节,仿佛一年的辛苦劳作就是为着这两个节日。刘珍又想起小满,小满今年整十九岁,这十九年来一直守在她的身边,一过时节看见刘珍采买回来的东西,高兴得活蹦乱跳。今年的中秋节连个月饼也吃不上,不是那里没有月饼,是那里的月饼没有自己家里做得好吃。小满会不会买水果?别为了省几个钱舍不得买。想着小满,刘珍的眼角由不得淌下泪来。她摸出手机想给小满打个电话,看看时间已是晚十一点钟,小满已经睡着了吧?再说这电话铃一响影响一个宿舍的孩子们睡觉。刘珍把手机放下，心事又回到这一篷子菜上。明天，明天要是再卖不上价钱怎办？

　　刘珍一夜几乎没有合眼。早晨起来嘴角起了好多水泡，嗓子隐隐作痛。她把篷子撩开，到对面的小馆子里喝了一碗稀饭。

　　武福太晃悠着过来已是九点多钟。刘珍一个人忙得连喘气的空都没有，早晨的疼痛早已抛到九霄云外去了。生意一下子火起来，两个人恨不能生出六只手。生意一好，心情就好，人也不觉得有多累。

　　晚上八点钟还有人买菜。武福太累得再也不想动弹，刘珍让他秤菜，武福太说："你以为使唤驴哩？一天只吃了两个西红柿，要卖你自己卖去。"说着从钱箱里拿了五十块钱走出去吃晚饭。刘珍心里痛快，武福太的态度也不放在心上，再说这一天下来人确实累得不想挪窝。刘珍不嫌累，有人买她就想卖。

　　晚上十点多钟才消停。连零带整半纸箱的钱币，连武福太都兴奋得不想回家。他们在地上铺一块塑料布，哗地一下把纸箱倒扣下来，钱票飞舞着飘落下来。两个人盘腿坐在地上，零的、整的，一张一张地数起来。瞅刘珍不注意武福太抽出两张大票子掩到裤管里。刘珍一把刁出来警告说："武福太，你别想美事，我闭着眼睛都防着你的！"武福太涎着脸笑了。刘珍破例耐着心说，"福太，两个孩子都不小了，咱当家长的要多为孩子们想想，小满上大学，小安不光要念书，将来还要娶媳妇、买房子，这些都要钱，这钱要是给了别人，谁还记着你一分钱的功劳？"刘珍的唠叨武福太也破例没烦。刘珍把一百的、五十的归一摞，十元的一摞，五元的、一元的不当钱，全都用把抓起投到纸箱里。大票子加起来有半尺厚，她用左手擒着，右手的拇指和食指醮着涎沫啪啪地数着，好久没有这么痛快过了。武福太的眼珠子随着刘珍手指在转。总共六千五，刘珍差点蹦起来，几乎要搂着武福太亲吻了。她瞅瞅篷子里的菜只卖出一少半。

　　武福太回家陪小安，刘珍继续睡在摊子里。这一夜她睡得特别香。

　　八月十四，刘珍的生意照样忙不过来。到了晚上"点兵"比前天还多出五百，刘珍估摸了一下，还有三千多块钱的货。明天必须全部出手，要不然一过十五，全都得烂。按以往的经验，明天上午的生意还应该不会错，这点菜不愁出手。

刘珍嘴角的水泡都结成黄痂,一张嘴就有细细的裂痕,不住地往出渗淡黄色的脓水。这些痛苦只有在夜晚睡觉时她才感觉得到。

八月十五日上午,刘珍的菜一直到中午一点多钟才卖完。卖的几乎连自己家吃得都没剩下,刘珍看看空空的菜篓,这才嗅到别人家里飘出来的油烟香气。她着急起来,自己连个月饼都没买,小安在家一定等着吃饭呢。都这个时候了,现做是来不及了。她收拾摊子,让武福太出去买只烧鸡,再买几斤水饺。武福太绕了一圈空手回来说:"烧鸡卖光了,饭店也都关门了,人家都回去过节去了,你看看都几点了?"

辛大海给刘珍抱过一堆水果,有梨、苹果、葡萄、香蕉,还有两个大西瓜。刘珍问:"你还没卖完?"

"给你留的。"大海说。

刘珍说:"瞧这十五过的!"她拿起一个梨在衣服上擦擦就往嘴里送,口渴的嗓子都要冒烟了。

打扫完"战场"已是下午两点多。武福太用自行车把辛大海给的水果带回家。路过小卖部,刘珍买了十袋方便面。

今年的中秋过得清淡,但刘珍心里美滋滋的,这日子又有了着落。一个十五除去本钱,净挣八千五百元。刘珍相信上帝是公平的,在你需要它的时候,它会眷顾你的。比如钱这东西,你花的几近山穷水尽,只要你用心努力,自然是柳暗花明。她在心里特别感谢张晓雪,甚至于想到以后会不会和张晓雪更亲一步,做个亲家什么的。刘珍得意地坐在那儿偷着乐,小安边吃葡萄边看电视,中秋节没吃上肉腥也没影响他的情绪,只要母亲高兴,他永远是快乐的。

武福太坐在炕上倒显得坐卧不宁,他隔一会儿就瞅瞅刘珍。刘珍对他的态度不温不怒,也不特意理睬。电视上的中秋晚会仿佛有多么精彩,刘珍和小安不时地爆出阵阵笑声。武福太实在憋不住了,试探着问:"哎,我说,和你商量个事。"刘珍扭过头来看一眼武福太,目光又回到电视上。这就表示着她在听,武福太说,"跟你商量个事,过了十五这本钱也用得少了,我想,我想咱先垫上,把姑姑的钱还了!"刘珍把头扭过来,目光针刺似的盯着武福太的嘴。武福太的脸一下子青一阵儿红一阵儿,可他还是不放弃地说:"我想……想,这勤借勤还,再借不难,以后咱用姑姑的地方多着呢,小安娶媳妇、上学。"

刘珍不冷不热地说:"那给谁借的你就跟谁要去?你要是拉不下脸,我去给你要去。"

"哪刚借给人家,咋好意思要?"武福太倒镇定了,说谎成了他的独门艺术。

刘珍反问:"这姑姑刚借你,也不急着和你要吧?"

武福太急了说:"咱们这不是有钱了吗?"

刘珍有些生气:"有钱啦?这李叶的钱、大海的钱不还了?小满的生活费不寄啦?这再垫些本钱还能富余几个?"刘珍对武福太刚刚升起的那一丁点好感又消失殆尽,她厌恶地瞅着武福太问:"那五千块钱到底借给谁了?"

"一个……一个战友,你不认识。"

"你放屁,你以为我不知道?赵丽芳的儿子没钱能出来?你把我当傻子要当到啥时候?"刘珍怒不可遏,歇斯底里地吼着,"武福太,我是为了孩子才一忍再忍,你把我当二百五卖了,还硬逼着我给你数钱,你觉得这公平吗?"

这几天积累的那点喜乐一下子灰飞烟灭,再美好的事情搁到刘珍这儿都要变味。小满考上大学换了别人家,高兴得要一连几天大宴宾客、鞭炮齐鸣。刘珍却急出满嘴的火泡。这中秋节过得满市场人都眼红的不得了,她自己也得意,这日子又有了希望,武福太这一闹腾,她又万念俱灰。她在心里恶毒地想:他怎就不死呢?

小安看见"战事"又要爆发,忙说:"妈,你们这是干啥?大过节的?"

武福太在刘珍面前从来都是理直气壮的。他指着刘珍的鼻子做给小安看,说:"我一个大男人,难道就别跟人家交往了?这朋友之间不应该帮个忙吗?"

"你那是朋友吗?你当着孩子的面说说,那是什么朋友?"刘珍嘴里溅出的唾沫喷到武福太的脸上。

"你看看,疯狗一条!"他对着小安说,"我是和她商量哩,大过节的。再说这钱也有我一份的！"

小安说："妈，你这脾气老不改，有话不能慢慢说吗？"

小安的怪怨勾出刘珍许多委屈和伤心来，她目光阴冷地看着小安，心中的酸痛无法再隐藏，她流着眼泪说："小安！"

小安见母亲真伤心了，忙给刘珍擦眼泪，低声地说："妈，我是怕你气坏了身子，你看你经常和爸吵，两个人都气，为啥呀？"

刘珍拉住小安的手指着武福太说："你认清这个人，他猪狗不如，他不配做你爸！"

小安冲着武福太使眼色，对刘珍说："妈，我知道了，等你们老了，我给你吃好的，穿好的，给爸光喝汤。"

刘珍重重地一屁股坐到沙发里，不再理小安，也不再理武福太，独自伤心落泪去了。

中秋节一过，生意像霜打了般冷冷清清，生意不好，人的心情就阴霾烦躁。好在还有节前的余温，要不然这些人偷的心思都有了。合家大小都指着这生意吃饭呢，天天如此清淡还得了。刘珍别看狠挣了一把，除去张晓雪的那五千，再给小满寄去两千，也就刚够本钱。李叶和辛大海的钱一分没还上。她心里着急，恨不能天天生意如那几日。

武福太在刘珍那里没讨到便宜，刘珍反而对他管束得更加紧严。他心里恼怒，整天不照摊子，要是回来也是醉眼蒙眬，不是摔盆子就是砸碗，要不倒头一睡就是大半日。要是小安不在，刘珍尽量不回家。

上午刘珍接到婆婆的电话，说公公住院了。听口气好像尽是怪怨，说养儿还不如喂猪呢，喂口猪还能卖钱吃肉，多实惠。这儿子大了，翅膀硬了飞出去，等死了也不打个照面，别说指望他吃喝穿戴了。虽然明着是在说儿子，可刘珍觉得这怨气都发在她的身上。说来也不全怪婆婆，武福太有一年多没回老家去看望爹妈。想想这武福太一颗心全都用在了赵丽芳那里，连养育他的父母亲都忘记了。刘珍坐在那里幸灾乐祸，心想：你武福太就王八吧，我看你怎向父母交代？这样一思量，她倒成了局外人。

到底是二十多年的公婆，说句良心话，这二十几年打了颠倒，倒是常年吃的山药、莜面，一切粗粮都是公婆赶着一辆小毛驴车，大老远地给送来，杀口猪也要送几十斤肉过来。他们倒好，对这些受之用之，却没对二老孝敬过多少。一想到这些，刘珍心里酸酸的，都是一个武福太闹，刘珍才没心事对公婆好些，真是一块臭肉坏了满锅汤。刘珍内心惭愧，真有点对不住二位老人，也不知公公的病情重不重，看病的钱够不够，一天不见武福太的人影，自己去给他尽孝又不甘心。眼看太阳西下，还不见武福太的踪影。刘珍实在憋不住了，把摊子归整归整，从辛大海的摊子上买了些水果，决定去医院。

　　公公鼻腔内插着的氧气海啸般呼噜呼噜地响着。老人看见刘珍走进来就哭了，婆婆也哭了，刘珍也流下眼泪。她看着公公病歪歪的样子，想起死去的父亲，父亲在临终前多么想儿女们一齐聚在他的身边，可每个儿女都有他们忙不完的事情。刘珍想到自己对父亲的愧疚永远无法弥补，现在不能再亏欠这位老人了，看样子比父亲好不到哪里去。刘珍走到床前，弯腰对着老人的脸说："爹，好些吗？"老人的嘴更扁了，竟然哭出声来。她伸手为老人抹去眼角的泪水，自己的泪水也止不住地往下淌。刘珍明白老人是想儿心切，心中不忍，她说："爹，福太他忙……"

　　老人点点头微弱地说："我知道你们忙，小满来电话吗？"刘珍说来，常来。见不着的时候怨气冲天，一旦见着了，那些怨气反而化成更深的爱意。宽厚的父爱让刘珍替武福太汗颜。

　　婆婆拉住刘珍的手说："瘦了，是不是日子过得不好？"听电话里的口气，刘珍想着见到婆婆的面，她不定会怎样给脸色呢。现在看到婆婆满眼都是爱怜，她心底的酸楚无边地延伸。她从包里拿出五百元钱说："妈，今天就卖了这些，要是不够明天再去银行取。"为了防止武福太再生事端，刘珍办了个临时存折。

　　婆婆推托说："钱够，你拿着吧。我们知道你两个孩花了不少钱，我们有钱，咱家那头牛卖了，那十三只羊也卖了，你爹成这样子，我也喂不了了。"

　　"我爹是啥病？"刘珍硬把钱塞到老人手里。

　　"病多着呢，原先是气管炎，现在肺气肿、肺大泡，好像肝也有了毛病，真是丑人病多！"她气恼地说，好像这病是公公自己愿意得的。

"你们是怎么来的？"

"是你大哥送的，他家的马子要下驹，就先回去了，本来是想让福太来帮着照护，不过明天你姐就来了。"

刘珍说："要不今天我来陪爹。您回家休息吧，别把您也累坏了。"

刘珍的懂事让老两口心里有无尽的欢喜。婆婆说："不用，我硬朗着呢，你这一天有多累，妈心里清楚，再说家里还有小安呢，福太接货去了吗？"

刘珍说："嗯，他一回来我就叫他来看爹。"

老人忙说："别别别，他回来你先别说，等明天再说，他累了一天别再为他爹着急。"

刘珍看着这位白发苍苍的老人，心里暗想：慈母多败儿，要是武福太把母亲用在他身上的心思还给母亲一半，这位母亲就幸福了。

从医院出来已是万家灯火。公公那病恹恹的样子总在她眼前浮现。她骑车的速度加快，急着想快点找到武福太。

大门锁着，家里黑灯瞎火，知道武福太还没有回来。武福太很少带手机，没法联系，他现在身在何处，不用想刘珍也能猜出八九分。

武福太又是一夜未归。刘珍一夜没有睡踏实，早晨起来给公公蒸了鸡蛋羹，给婆婆做了一碗西红柿面，急急忙忙送往医院。婆婆问："福太呢？"面对两位老人，刘珍非常惭愧，好像是自己不让他们见儿子的面。刘珍的目光不敢对视着婆婆，她说："福太他……他没回来。"

"一夜没回？不会有事吧？"老人不安地问。

"不会，"刘珍说，"经常这样。"她搪塞了几句说要赶着做生意，赶紧溜出来。

十一　公婆

　　生意依然清淡。水果摊上更是清静，一天等不到五位顾客。大家没事干便聚在一起穷乐呵，彩头不大，一场也就一二百块钱的输赢。刘珍也爱玩扑克，可最近手头紧，就是三五十她也是赢起输不起。自己不玩也爱看别人玩，她站在辛大海的背后，一颗心总为他提着，他赢她高兴，他输她也心疼。看得人围成一圈，比玩的人还起劲，有谁把牌出臭了或出精彩了都要起混闹上一番。五六个人玩牌，乐的是一圈人。

　　刘珍看得正起劲，觉得有人拽她的衣襟，忙回头见是武福太，目光就越过武福太的脸扫了一眼自己的菜摊子，而后转回头来继续看辛大海手里的牌。武福太见刘珍不理他，自己动手摸刘珍的腰包说："给一百。"刘珍忙用手按住，声音冷冷地问："要钱干啥？"

　　"我也玩一把。"武福太说。

　　"你爹都快死了，你还想着玩？"刘珍恶狠狠地说。

　　"你爹才死了！"武福太恼了，硬要抢钱。

　　刘珍甩掉武福太的手挤出人群。她本来是盼望着武福太快点出现，可现在她连半点想说话的欲望都没有了。

　　没要到钱，武福太也火气大，对刘珍的生气与否他才不在乎呢。武福太在后面吆五喝六地这家看看那家看看,比自己玩还兴奋。时间一分一秒地过着,刘珍坐在摊子上不住地瞅着对面,希望武福太能晃过来。又过了半小时,她实在憋不住了,跑过去扒开人群往出拽武福太,边拉边说:"你出来,我有话跟你说。"

武福太烦气地甩开刘珍的手说:"干啥,干啥?不让玩,还不让看呀?"

刘珍气恼地说:"你爹在医院呢!"说完头也不回地走进菜篷。武福太愣了一下,这才跟在刘珍后面走过来。刘珍说:"在三楼内科住院部十五号病房,去不去随你。"

武福太急急忙忙往医院赶,毕竟是生他养他一场的父亲,他再浑,这点亲情还是顾忌的。

母亲见武福太走进来,忙迎了几步,端详着儿子的脸说:"福太你没事吧?"

父亲的病有些好转,能坐起来了,氧气也停停插插。他眼里挤出一串泪珠,颤声说:"差点就没见上,你刚回来?"

武福太拉住母亲的手,走到父亲病床边。父亲衰老了许多,脸色青紫臃肿,乌黑的嘴唇不住地一张一合喘着气。站在这样的父亲面前,武福太的内心隐隐地生出些疼痛。他对父亲说:"我刚听说您住院了,就忙着赶过来,几时病的?"

"你爹这个病有大半年了,人能撑得住就这么拖着,前几天眼看就不行了才住的院。"母亲说着,又难过地抹起眼泪。

武福太怪怨说:"怎不早看?这不是耽误命吗?"

听了这话,母亲有些气恼,她指责儿子说:"你说得倒轻巧,有一年多了你也不回去看看,看看我们这两个老鬼是死了还是活着。你哪里知道,一见到大路上过来一个人,就以为是你回来了。"母亲说着说着便更伤心起来。

在母亲的数落中,尤其是看到病痛中的父亲,武福太这才有了愧疚和懊悔,他说:"我……我忙。"声音虚虚的,连他自己都能觉出这话的虚伪。

"我知道你忙,"母亲又心痛起儿子来,"你媳妇说你一天一夜没回来,我……"

"您别听她胡说," 没等母亲说完武福太就抢着说,"我是给朋友帮忙去

115

了。"

"你媳妇说你贩菜去了?"母亲迷惑地看着武福太的脸。

武福太的脸一下子烧起来,结结巴巴地说:"贩货,顺便给朋友帮个忙。"

父亲说:"没事就好。"他向老伴努努嘴说,"给他们吧,两个孩子那么费钱。"

母亲从上衣口袋掏出刘珍给的那五百元说:"这是你媳妇昨天给的,你爹过两天就出院了,我们身上的钱够花,你拿回去吧,你们用钱处多。"说着,母亲把钱塞到武福太手里。

武福太推托说:"给您就花吧。"

母亲硬把钱放进儿子的上衣口袋说:"回去交给你媳妇。"

武福太要陪父亲,母亲说你大姐一刻就到,你回去吧。

武福太从医院出来五点多钟,太阳还老高,他摸摸口袋里的钱,想着这几年自己对父母没有尽到做儿子的责任,反倒要让年迈的父母为自己操心,心里实在有些过意不去。他在大街上徘徊,想为父母买些稀罕吃食。肯德基、汉堡堡这些洋玩意儿,远在山沟沟里的父母亲听都没听过,他要为父母亲买些尝尝。主意打定,他就往前走。

县医院建在新城东边,新城西边尽是些名牌专卖店,各种名吃名店,光外表的装潢就让人眼花缭乱,里边的商品昂贵得让人望而却步,这一段偏偏火得如日中天。因为新城这边买房置地的都是本县的达官贵人,这新城旧城在气势上就有了明显的差别,人也就有了贵贱之分。旧城的居民多是奔波在养家糊口之上,新城的住户都在小康以上。武福太只在每个招牌上望望,如"淑女坊""安踏""美特斯邦威"……这些古怪的名字,含义在哪儿他也不理解。他正边走边看着新奇,突然听到有柔柔的声音召唤他:"福太!福太!"这莺燕的声音让武福太的脚步定在那里。他寻声望过去,只见赵丽芳立在一家专卖店的门面前,人和门脸一样的靓丽。

武福太的脸一下子欢喜起来,他奔过去向她挤挤眼问:"怎跑这么远?"

"你还问我呢?"赵丽芳黏着声说,"都换季了,你看看我这衣服,人家都在笑话呢！”

武福太亲昵地拉拉赵丽芳的衣襟说：“这不好好的吗？”

赵丽芳噘起嘴说：“我不管，我就要你给买。”

武福太最听不得赵丽芳这般声调，能把他的骨头酥得散了架。武福太像哄小孩似的说：“买，买，咱买，咱有钱就买。”

赵丽芳拉住武福太的胳膊撒娇说：“不嘛！我现在就要。”说着把他拉进店里。赵丽芳像磁铁紧紧地牵引着武福太，他顺从地跟进来。

赵丽芳指着一件灰底淡墨条纹的羊绒裙子说：“我要买这件，穿着可好看呢！”

售货员看着武福太和赵丽芳一脸欣赏地笑着说：“您太太穿上这件裙子，不知有多贵气呢，她这种肤色就配这样的裙子。”

能挽着这样的“太太”逛商店，他武福太不知几辈子修来的福气。此刻母亲的老态、父亲的病痛全丢脑后。赵丽芳的美丽照耀着武福太一颗虚荣的心，他尽快地进入到丈夫的角色，拍拍赵丽芳挽他胳膊的手说：“想买就买，只要你高兴就行。”

售货员把裙子包好，还是笑盈盈地递到赵丽芳手中，对着武福太说：“四百八。”

武福太的表情一下子淡了下来，从赵丽芳手中接过装着裙子的包装袋子说：“这能值四百八？”

售货员耐心地笑着说：“还有比这更贵的呢，你太太够给你省钱的了，她没买太贵的。”

赵丽芳从武福太手里夺回衣袋，用身体拱拱武福太说：“你说过爱我的，一个大男人就不怕人家笑话。”

望一眼售货员高深莫测的笑眼，武福太的豪气又上来了，他一脸满不在乎，掏出五百元钱递到售货员手里。售货员快速地走到收银台找出二十元，赵丽芳伸手接住。走出商店门口，赵丽芳在武福太脸上很响地亲了一口，说：“福太，我先打车回呀，你忙去吧。”没等武福太回话，她就钻进一辆出租车里。

武福太说：“今天晚上……”话还没说一半，出租车就一溜烟地消失了。这话就像电源,从这边传到那边才能起到电流共鸣的作用,一头有了短路,那头也亮不起来。没有接通电源的武福太渐渐冷却下来,孤零零地站在那里。

武福太为美人倾其所有,自己连五元打车钱都没剩。新城至旧城十里多路程,他一直从太阳西垂走到霓虹满街。

拐进巷子,他又想起给赵丽芳买的那条裙子:赵丽芳会不会正穿上那条裙子在家里等他呢?走到赵丽芳家的大门口,他的脚步就沉得迈不动了,不由自主地拐进大门。赵丽芳家的红丝绒窗帘遮得严严实实,暧昧的灯光把窗帘映得水亮鲜嫩。从窗帘上映出两个赤条条的人影,木偶似的重叠又分开,表演一阵又隐没在窗台下。有女人莺莺燕燕的笑声,有男人哥哥姐姐地呻吟。武福太脑袋嗡地一下,一股怒火直蹿胸腔。我武福太把心肝都掏出来给了你,你却和别人热闹逍遥,至少看在那五百元钱的裙子上,今晚也应该等他。越想越气恼的武福太把门擂得山响,口里嚷着:"开门,开门!"屋里的声音一下子静下来。武福太用脚踹门。

门吱的一声掩开一条缝,赵丽芳的儿子只穿着一条三角裤头站在门里,看清是武福太,惊恐的表情一下子愤怒起来,他冲着武福太喊:"你干吗?你干吗?找死吧?"说着一脚把武福太蹬到当院中,门咣当一声又闩上了。屋里传出女子细嫩的声音:"这是什么人呀?那么没礼貌?"

"是个傻子。"

武福太仰面朝天跌倒在当院。他呆呆地望着那片红亮的丝绒窗帘,里面的风景不见了。赵丽芳的儿子和小安同岁,刚从公安局里出来,怎又干起这种事呢?他不由地为赵丽芳担起忧来。赵丽芳呢?她不会在另一个地方和另外的男人也在干着这种不知羞耻的事吧?想想恨得牙根发痒。有其母必有其子!是男人都有占有欲,情至深处,武福太也不例外。武福太爬起来,狠狠地唾了口唾沫,拍拍身上的土往外走。

小安还没放学,刘珍一个人正在算账。武福太鬼影似的轻飘飘地晃进来,盯着刘珍手里拿着的一沓钱。刘珍瞟了一眼,目光又回到计算器上。这几天虽然生意清淡,利润还是有的,数过钱,刘珍的脸上荡出满意的喜色。她头也没抬问："爹的病怎样了？"

"好些了。"武福太说着，就往炕上爬。

刘珍把钱装到腰包里，看了一眼武福太，又从腰包里掏出来，装进内裤的衣兜里，说："你怎回来了？你应该在医院里陪着爹，让妈回来好好地睡一觉，都那么大岁数了！"

"姐今天来。"武福太那颗飘摇的心又回到父母身上。说好给父亲买东西吃的。他把目光移到刘珍的脸上说："给我点钱！"

"要钱干啥？"

"给爹买点吃食。"

刘珍从内裤里抽出一张扔到炕上，看看墙上的石英钟准备给小安做饭，小安要放学了。

"就一百？"

"你就买些稀罕吃食让老人尝个鲜，钱我给过了。"说完，刘珍走进厨房。

提起那五百块钱，武福太的心忽悠一下：刘珍要是知道母亲把钱还给他，这又要闹一场。武福太什么都能想到了，就是想不到"羞耻"这两个字，至于刘珍的吵闹，他已经习惯，习惯了也就不当回事了。

九点半，小安准时回家。看见小安，武福太又想起赵丽芳的儿子，心里升起些做父亲的骄傲。他武福太的儿子才不会堕落到那步田地呢！骄傲的父亲武福太美滋滋地想过之后，心安理得地又想起喝酒。他说："小安，给爸拿上酒来，咸菜里多放点辣椒！"

武福太酒喝得寂寞了，亲自跳下地把电视打开。刘珍洗完碗筷发现小安也在看电视，就伸手把电视关掉。

小安伸伸舌头说："妈真残忍。"说完爬到写字台上看书去了。

武福太把酒瓶往炕上一放，恨道："看你那样？"

武福太的言行，刘珍已经习以为常，懒得理他，她随手拿起一本杂志坐到沙发上，陪小安看书。

小安十一点半准时睡觉，临睡前告诉母亲明天下午三点钟学校开家长会。其实刘珍早就想见见小安的老师。

刘珍走进教室已是齐整坐了一屋子人。看着一屋子人的目光都投过来，她一下子有些扭捏，后悔不该回家换这身衣服。幸好这会还没开始，刘珍找到一个靠墙的空座位坐下。班主任老师坐在讲台上，居高临下地看着拘束得像小学生的家长们。老师也就是三十多一点，面如白玉，看起来有些秀气。书生嘛，刘珍想。老师清清嗓子，微微带着笑意说："我看到的差不多了，咱们就开始吧！我点一下名，点到谁的孩子谁就应一声，咱们就算认识了。"他手里拿着一份学生花名册，点到谁，谁就说：到！点到武小安，刘珍忙说：到！声音就像一脚踏到厚实的海绵上，不知深浅。她听到背后有人嗤嗤地笑，脸不由得有些潮红。老师又清清嗓子，底下马上鸦雀无声。刘珍感觉又回到了学生时代。

　　班主任老师慢条斯理地说："刚开学不久，我们当老师的想多了解了解自己学生的家长，也想让你们了解了解学校和老师，有了理解和信任你们才能把孩子放心地交给我们，有了老师和家长的沟通，才能共同努力把孩子送进大学的大门。"这么冗长的道白，无非就是一句话——互相理解互相沟通。刘珍明白这演讲的技巧，即要延时又要生动，只有搞文艺的人才能既掺水又搅浑。歇了慢慢的一口气才算点到正题："我先自我介绍一下，我叫高阳，省师大毕业，教学有六七年吧，刚从高三返下来，如果没有意外，这三年我就一直带这个班，我会尽我之所能，把孩子们带好……"高老师自己讲了有一个半小时的话，接下来让家长们发言。

　　五六十号家长在老师面前共同显出词穷言短的特征。有些大胆的，也是望子成龙心切的家长们开始提问。坐在靠前排的一个男人，头顶微秃，背对着刘珍，看不清他的脸，他望着老师说："老师，李喜旺，学习认不认真？"老师说还行，就是好玩。那男人气愤起来："他这毛病老改不了，再玩你给咱狠狠地打，打坏了不要你赔。"坐在讲台上的高老师笑了。坐在讲台下的家长们一起哄笑，气氛一下子活跃起来，人们的胆子也壮了许多。许多对孩子无奈的家长们向老师讨要教育孩子的法宝，有些家长千叮咛万嘱咐让老师替自己严加管教自家的孩子。刘珍本来是也想发言的，见有这么多家长对老师千呼万唤，期望崇高，希望老师从此雨露独降。这一个班六十多个孩子，六十多位家长，老师一下子能牢记住那位家长的嘱咐？看到家长们一个一个露出的殷切希望，刘珍突然觉得可怜滑稽,就打消了开口说话的想法。

会开得很活跃,也很成功,一直到六点钟才散会。刘珍骑着自行车急急忙忙往市场赶,她的菜摊还没收拾妥当。刘珍刚下车子,手机就响了,是武福太打来的。他问刘珍晚上吃啥饭,说爹出院了,大姐和妈都在家呢。刘珍急忙把菜归整好,拿一袋菜放到筐里推着车子往东门的肉市场走。武福太的爹妈一年也登不了几回门,尤其是大姐有好几年没有来过。刘珍买了肉馅、五花肉,又买了一只冷冻鸡。

家里一下子热闹起来,大姐搂着小安的脖子,姑侄俩坐在沙发里,亲昵地说着话;公公的脸色虽然还是有些暗,但精神好了许多,只是嗓子里还是嘶噜嘶噜地喘着;婆婆和武福太说话,说小满,小满是全家人的骄傲。说起小满人人都高兴得合不拢嘴。

刘珍回到家也高兴,她放下肉菜问了公公的病情,招呼大姐帮忙做饭。婆婆哪里能坐得住,也过厨房帮忙。大姐和婆婆包饺子,刘珍炖鸡炒菜,小安在里屋不住地给爷爷递痰盂,一家人难得其乐融融。

为了方便公公吃饭,刘珍把小炕桌放到里屋的炕上。刘珍弄了一桌子的菜,武福太陪着父亲满面油光地坐在正当面;婆婆坐在小安和姑姑的对面,给刘珍在婆婆的身边挤出个位置。刘珍顾不得吃,忙着在厨房煮饺子。公公只吃了几口就放下筷子,刘珍把饺子端上来让老人再吃,老人摇摇头,很累的样子。刘珍鼻子酸酸的,从老人的表情上又看到了父亲的影子。刘珍给婆婆和大姐每人碗里夹了一块炖五花肉,自己也夹了一块放到碗里,她边吃边说:"最好是让爹再输几天液,多输几天人就更精神了。"

婆婆说:"你爹说啥也不住了,花了三千块钱心疼哩。"说着怨怼地瞅一眼老汉。公公慢慢地说:"那不是往火坑里扔钱吗? 再看也就这样了。"

刘珍说:"没钱咱想办法,有病总得看哩。"

婆婆突然想起来说:"福太给你了吧?"

"啥?"刘珍问。

"你那几个钱,你爹不忍花,前天让福太给你拿回来了,给小满和小安花吧。"婆婆说。

刘珍就看武福太,武福太低下头哧溜哧溜地吃饺子,好像饺子有多烫嘴。刘珍有心把盛饺子的盆子扣到武福太那张皮厚的脸上,想着这公婆、大姑子好不容易来一趟,这一闹显得自己不近人情,况且公公还病着,这样一想,她尽量做出笑脸,热情地让着大姐和婆婆多吃多喝。

早晨起来公婆要回去。他们有他们的心思:不管刘珍有多体贴,多热情,公公在炕上整天喘气吐痰,黏稠的痰连婆婆看了都恶心,何况媳妇呢!一夜只睡四五个小时,咳嗽声连绵不绝,吵得谁都睡不安稳;药瓶、痰罐,连同坐在那里的公公占了半炕。住在媳妇家,媳妇不说闲话,公婆也不自在,不如回自己的家,爱躺爱睡自由方便。

看着公公病恹恹的样子,刘珍不忍,一再挽留说:"在这里看病方便,一旦回去,离得又远,不好照应。"无奈公婆执意要走,刘珍留不住。坐客车只能坐到乡镇里,离村子还有五六里土路要步行,考虑到老人病弱的身体经不起颠簸,一家人商议还是打个出租车方便。武福太积极踊跃,面对病痛的父亲,年迈的母亲,他也想尽一份做儿子的孝心。他向刘珍要钱给父亲打车,刘珍实在忍不住冷冷地问:"那五百呢?打三辆出租车都有余头。"

在父母亲和大姐面前,武福太仿佛被刘珍扒光了衣服,不由得恼怒:自己的一片孝心就拦堵在刘珍那里。他认为父亲病成这样,作为儿媳妇的刘珍和他这样记较太不近人情。他几乎是吼着去扯刘珍的裤腰带:"你算什么东西?你也不看看爹病成啥样子了?"刘珍本能地去推武福太,两个人还是在众人面前扭打在一起。

炕上的公公咳得几乎喘不上气来,婆婆捶打着儿子说:"福太!你这是干啥?你是诚心不让我们活了?谁要用你们的钱?我有钱!"说着从身上掏出一把零钱摔在他们面前,总共也就百十来块。

大姐扳开刘珍和武福太的手,站在两个人中间,哭着说:"你们这是干啥?也不看看爹成啥样子了?你们一年不回去看看爹妈,他们也没饿死,谁稀罕你们的钱?我有,妈,咱们走。"说完就帮着炕上咳喘的父亲穿外衣。

刘珍说:"大姐……"她哭了。她一直的忍耐和努力白费了,此刻的伤心和委屈有谁能理解。

大姐毕竟是成年人,一时气过,见刘珍哭得伤心,反过来安慰说:"这不怪你,都是那浑小子。"她回过头来说:"福太,你把钱交给你媳妇!"

武福太没想到事态变得严峻起来,他的满不在乎只能对付刘珍一个人。面对大姐和父母责怪的目光,他一贯的胡搅蛮缠不再灵光,理屈词穷地说:"我……我……我借给朋友啦。"

刘珍愤怒地指着武福太说:"武福太,今天对着爹妈和大姐的面……"

"刘珍,你今天要是把爹妈气出个好歹来,我看你怎交代?"

刘珍恨得牙都咬碎了,把后面的话硬是吞回肚去。这倒不是叫武福太的话唬住,她是实在不忍心让公婆再添烦恼。刘珍忍住眼泪说:"大姐,我出去雇个车来。"说着头也不回地往外走。

见刘珍走出大门,武福太为自己刚才在家人面前耍的威风得意,竟冒出一句俏皮话来:"这女人不打,上房揭瓦。"

母亲严肃地说:"福太,你是不是染上坏毛病啦?你媳妇进咱家的门也有二十几年了,她不是个不讲理的人?"见儿子不言语她又劝道,"你知道咱们村二虎子吧?他去年要钱输得连房子都卖了,老婆看他不成器,跟上个外地人跑啦,只可怜那两个孩子,唉!"

大姐也盯着武福太。武福太一听母亲所指出的"坏"是自己没涉足的领域,又拿出最擅长的伎俩说:"妈,您放心,我怎么能耍钱呢?再说您也看见了,钱都在她的身上,我抽根烟都得受人家控制呢!"

武福太的话让母亲放心了,再说这钱都在刘珍身上,他们都是有目共睹的。这二十多年的媳妇她了解,刘珍眼里也是揉不进沙子的。儿子要是有个三长两短,她能容忍?母亲的话柔和了说:"福太,别和你媳妇耍脾气,她也辛辛苦苦的不容易,这夫妻就得互相心疼着。"

不管这话他放没放在心上,还是很乖巧地说:"妈,我知道啦。"

刘珍雇了一辆黑色桑塔纳,把公婆和大姐送上车,一直看着他们消失在巷口中。

武福太见有面子的人都去了，接下来的事不用脑子都能想得到。他转身想溜，刘珍一把抓住他的衣领，从牙缝里挤出三个字来："武——福——太！"说着就往院子里拽。

"你干吗？你干吗？"武福太急赤白脸地说。他还是被刘珍扯进院子里。

"武福太，这日子你是真不想过了？"刘珍松开手。

"是谁不想过了？我爹妈一年能来几趟？你怎能这样对待？"

"武福太！"刘珍吼道，"你给我，那是我的钱。"

武福太说："我丢啦。"

刘珍顺手操起一把生锈的铁锹，冷不防劈下来。武福太慌忙用右手一挡，手臂上顿时开了一条血口，鲜血顺着手臂滴答下来。刘珍不管不顾，疯了似的回手又劈下来。武福太这一次有了防备，一个跳跃躲开，鲜血杀鸡似的哩哩啦啦往下滴，霎时地上一片血迹。见刘珍不管他的死活疯狂地追赶，武福太这才有些害怕，他从没见过刘珍这般凶残。他捂着伤口落荒逃出大门。刘珍还算清醒，没有举着铁锹追出大门外。

刘珍握着铁锹站在那里呆傻了半天，铁锹哐当一声掉在地上，她的腿酥软得迈不动脚步。她一步一步地挪回屋里，一头趴倒在炕上放声呜呜咽咽地悲哭起来。父亲去世她也没哭得如此伤心欲绝。

小安放学回来，刘珍还在悲哭。小安问："妈，你咋啦？"刘珍搂住小安又放声痛哭起来。小安从没见过母亲这般伤心过，心里有些害怕，问："妈，你到底咋的啦？"

刘珍一时不知从何说起。这几年的委屈和悲伤、生活的重压、前途的渺茫，这种种的不如意，怎能对还没有成熟的儿子诉说？唯有这眼泪才是控诉一切、泼泻满腔悲苦的排泄口。

小安也忍不住掉下眼泪来，他用手去抹母亲脸上汹涌的泪水，也不知怎样安慰母亲。他说："是爸爸又气你了吗？你别气，等爸爸回来我说说他。"

看着小安惊慌失措的眼神，刘珍疼在心里，这才意识到自己在孩子面前的失态。她抹干眼泪，又替小安抹掉泪水，说："妈……妈没事，妈给你做饭去。"

124

小安拉住她说:"妈,我不饿,你别做了。"

刘珍嘴角抽动了一下,想做个笑脸给小安看,她没笑出来,眼角重新又溢出泪珠来。喉咙里噎了一下,扭头去做饭。

武福太的伤口缝了十五针。由于失血过多,脸色苍白苍白的。为了防止伤口感染,医生建议输液。医生问:"和人打架啦?"

武福太恶狠狠地说:"是老婆劈的。"

小诊所的诊室和输液床摆在一个屋子,有四五位输液的病人,同样有四五位陪床的健康人,十几个人都惊讶地张大嘴巴说:"有这样的老婆?"

"和这种女人在一起过日子,还不得吓死?"

"你老婆是不是脑子有病?"

"这——不会是有了野男人吧?"

武福太的惨状博得一诊所人的同情,都为武福太有这样的老婆感到惋惜。一位发着烧的女人还滴下几滴同情的眼泪问武福太:"她打孩子不?"

武福太正不知怎样回答女人的问话,医生拿着输液器具和一瓶配好的液体走过来。一条雪白的纱带从武福太的脖子上吊下来,撑住那条受伤的胳膊,样子像极了电影里的叛徒王连举。武福太有些胆怯说:"医生,这医药费怕是今天给不了,明天……"

医生骨子里就有救死扶伤的天性,很同情地说:"你瞧瞧,这种女人还和她过得个啥劲?不给男人留一点尊严。这医药费你别急,啥时候给都行。没钱我也得给你治哩。"说着把一条胶皮带子缠到武福太那只没有受伤的手腕上。

武福太感动得眼里竟冒出泪花,越发显出刘珍的残忍。

十二　无奈

　　日子过得就像一团烂抹布，越过越糟。

　　刘珍再无心去打理生意。生活其实不是你想怎么样就能怎么样的，冥冥之中有一只无形的手在操纵着，无论你使出浑身的解数也搏不过一个"命"字。与其天天累死累活地给别人做嫁衣，还不如干脆自己消停落个清闲。

　　忙碌惯了，一旦闲下来觉得天无边得长。吃过早饭打发小安上学一走，这屋子就空寂得使她坐立不安。她无聊地打开相册，看小满，看小满的同学，看小安，看小安的同学。看过一册再拿起一册，看大哥、小弟还有三个侄子，看到有武福太的地方像躲瘟疫一样马上翻过去，看母亲还有自己，每一个人都看得很认真。看过一遍，再就没有意思了，合上相册看表，时间长得还是没法打发。她索性躺到沙发上睡觉，睡不着就那么懒懒散散地心思着；想死去的父亲，想自己这前不着村后不着店的日子，想着想着，眼泪就顺着眼角爬出来，她也不去抹，任它流淌。

　　"刘珍，刘珍！"姑姑拉着武福太，人还没到声音倒先进来了。刘珍懒得去理会，继续躺着。"哎，你这倒清闲？"姑姑进门冷着脸看一眼沙发上的刘珍，把武福太搀扶重病号似的扶到炕上说："福太你坐着。"声音重重的。

　　刘珍本来是要坐起来，一听这语气，眼睛重新瞅着天花板硬挺着。

126

武福太那条受伤的胳膊吊在胸前，上衣搭在肩上，像溃败的逃兵，一脸憔悴。看到刘珍一脸平静冷淡的表情，他反倒一下子有了从未有过的空虚。他瞅着姑姑，好像主意都在她那里。昨天武福太没有回家，举着条胳膊去赵丽芳那儿是没有道理的，再说这医药费得有个出处，思量一番还是去姑姑家有些希望。

刘珍的态度让姑姑便加气恼。这刘珍是吃了秤砣铁了心的狠毒，把自己的男人劈成那个样子，也没有一点后悔心疼的意思。昨天武福太告诉姑姑是自己把钱借给一个朋友，刘珍不明事理，拿锹就劈。姑姑一屁股坐到炕沿上，眼泪哗哗地流出来，甩一把鼻涕说："我说话你别不高兴，这夫妻吵吵闹闹是常有的事，你怎就能下那么狠的手呢？是你劈死他想再嫁人吗？还是福太他做出什么招人切齿的事情？你看看昨天那恓惶样儿，你难道就不心疼？"

任凭姑姑数落，刘珍不想争辩，甚至于连眨一下眼睛都不想。刘珍的沉默打败姑姑声泪俱下的声讨，这无声的抗争让她一下子不知所措，再继续抱怨下去只能起到反作用。姑姑本意是带着侄子来劝和的，只是心疼着侄子，又被刘珍无动于衷的态度差点偏了主题。意识清醒，她及时把锋芒隐忍，口气尽量放得宽容些说："我也知道，福太从小嘴笨心笨，不会办事，这半辈子的夫妻了，你就多担待些，这忍忍让让才是好夫妻，家和才能万事兴。"她又对着武福太说："福太你也是，遇事得和你媳妇商量着办，你怎能大包大揽地做主呢？"

刘珍实在没法再忍受这一唱一和的表演，至于武福太的生死更是懒得去想。她坐起身来说："姑姑您坐着，我出去有点事。"也不等姑姑回话，提上腰包赶快逃离家门。

走出巷口，刘珍不知何去何从。大街上的人流如织，看着每一个人的神情都不似她这般潦倒憔悴。刘珍不无羡慕地猜想着人家的心情，一定不似她这般凄苦无助。痛苦就像一叶扁舟，载着刘珍这颗孤独烦躁的心在无边的苦海中挣扎。她多么希望有个岸靠靠，有堵墙避避，有个人能陪陪，听她诉诉苦，倒倒痛。刘珍掏出手机看了半天还是装回兜里。

她漫无目的地走上十字街口，这街上的繁华，红尘滚滚仿佛与她无关。她不知不觉走出城外，眼前突然一片开阔，新翻的土地在阳光下反着耀眼的白光,泥土的香气滋心润肺,心中的浊气一下子有了释放的天地,她长长地吐出一口气。秋天的凉爽使人倍感惬意。

秋日的天空深远浩瀚,阳光照耀在身上既柔和又舒服。刘珍坐在坝堤上,望着碧波荡漾的水面,有条小鱼游过来,摇摆着尾巴把水面荡出一圈一圈的涟漪。她多么羡慕这水里的游鱼,它们不受儿女的拖累,没有亲情的牵挂,高兴抑或痛苦,活着自由自在,死了没有人去伤悲。阳光照耀着的水面晃得眼睛酸痛,她把目光放到水的尽头。远处的杨树林落叶舞得像蝴蝶,飘飘扬扬带着美丽的弧线,偶尔夹杂着几片红叶,群舞翩跹。刘珍兴奋了,这深秋的斑斓、大自然的神奇更能让人心情激昂。她想象着自己躺在那柔软的落叶上,任凭这飞舞飘扬的落叶一点一点地把自己埋没在这黄金般的世界,就那样无声无息地躺下去,远离喧器繁杂的尘世。刘珍把自己平展展地放倒在暖烘烘的坝堤上,任凭太阳抚摸和照耀。

刘珍睡着了,她走进深深的梦里:

她背着母亲用碎布头给她缝制的花书包,和赵源一起奔跑在上学的路上,又好像是在村边的小河里摸鱼,小鱼儿成群结队地游着,有几条还凉爽爽滑溜溜地游过她的脚面。刘珍开心地笑着,远处好像传来母亲的呼唤:"又疯到哪儿去了? 回来吃饭! "……

手机的铃音把刘珍吵醒,她还在回味着刚才的梦境,嘴角溢出甜蜜的笑。手机声"不屈不挠"地再次响起,大有誓不罢休的劲头。她不得已从兜里掏出手机,就这样继续躺着。正是日上中天,阳光刺得她眯缝着眼睛。她按下通话键,"喂? 你在哪儿呢? 在听着吗? "那头传来急切的问候,是辛大海。这个王八蛋,这时候才想起我! 如果我一冲动,这个电话由谁来接呢? 刘珍想着,眼角重新溢出泪水。

"喂? 刘珍,怎不说话? "

"干啥? "

"你把我吓死了,在哪里呢? "

"在……在我妈家呢。"挂了电话,她又闭上眼睛,还想让这份亲情和宁静继续漫延,她的脑子里浮现的却是没有吃饭的小安在急切地等她回家。她抬腕看看表已是中午一点钟。不知小安到底吃饭了没有,他懂不懂得上饭店去吃饭,还是在家里吃了冷饭呢? 刘珍不顾一切地爬起来,起得猛些,一阵晕眩,眼前冒起金星来。她慢慢地使自己松弛下来。

回到家,小安已经上学走了。武福太一个人躺在炕上,听到刘珍回来,龇牙咧嘴地呻吟起来。刘珍看见写字台上放着一个泡方便面的碗,知道小安吃了方便面,心就舒展开了。

刘珍的沉默让武福太难以忍受,这伤毕竟是她制造出来的。他硬撑着一只手坐起来,理直气壮地说:"这医药费还没打呢,你去打,还是我去打? "

刘珍连眼皮都没抬一下,从内裤的小兜里掏出一沓钱,抽出五张扔到炕上,自己去厨房的小炕上躺下。武福太估计刘珍又有一通说教,这大出他的所料。人与人的相处,不管有多久,最难得的就是理解,过了二十几年的夫妻生活,武福太从来没有用心地去理解过眼前这个女人。

刘珍的姥姥家在五路山上,虽然姥爷姥姥去世得早,可母亲的堂兄堂姐都在山上的小村子里居住着。小时候过时过节大家经常串门走动,生长在平川的刘珍对山里的一草一木、一山一水都感到新奇,所以记忆特别深。大姨村边上有一个尼姑庵,那些披红挂彩的泥人让刘珍觉得特别好玩。她记得母亲带着她进去磕头,母亲对着台上高坐着的菩萨念念有词:"大慈大悲的观音菩萨,您慈悲为怀,吉星高照,您要是让我的女儿找上个好婆家,嫁个如意郎君,我给您年年来烧香,日日在念佛……"听着母亲恨不能把全部的赞美吉祥词都献给菩萨,逗得跪在一边的刘珍扑哧笑出声来。母亲不满地抬起手在刘珍的头上拍了一把说:"灰女子,敬神要尽心,当心神怒了,配你个讨吃鬼。"庵里有两个尼姑,说老也不是太老,五十来岁,白静,戴着一顶灰布帽,穿着灰衣、灰裤、灰鞋,还打着绑腿,这装束让刘珍好奇了好一阵子。刘珍躺在炕上突然就想起这些。

她一直是个无神论者,今天突然想起来,她有些后悔自己不该在那么神圣的地方放肆地笑,那天母亲的祈祷太可笑了。现在重新回想也许那些泥胎上真的附着神灵,不然她的婚姻怎就如此狼败不堪。刘珍突然有了想去那个庵里的念头。

刘珍买了很多的香火、供品。

客车行驶在盘山公路上,路虽然细小,但还算平整,都是水泥沙灰路。看样子这里的状况有所改善,隔不远就能碰上一个或两个身穿黄坎肩的养护工人。路上横着的大石头不见了,尽管道路无阻,因这山体依然陡立,客车爬起路来还是艰难,引擎机嗡嗡地吼着。车行至山腰,刘珍不敢俯视,客车就像悬在空中,随时都有往下冲的可能。等客车驶上山顶就是另一番景象了:凉风习习,透进车窗仿佛轻柔的手在抚摸脸庞,拉开车窗把头探出窗外,刘珍尽情地享受这大自然的轻柔妩媚;那一汪一汪的青草不逊牧野,成片成片的油松、落叶松、通天杨涛海葱郁。想想自己有二十几年没有来过这个地方了。看样子这树木植成有十几年的光景或者更久,都有一抱粗细的松树了;树林里的沙棘果红彤彤亮晶晶地点缀着这深秋的山野丛林,望一眼口齿生津;远处的王陵至高无上地占据着顶极高峰。刘珍想这皇室王爷们活着尊贵,死了也霸道,几千年都过去了,还让人昂首俯望……

客车驶进小镇已是中午时分。说是镇子,也就有平川的一个平常村庄那么大,只有百十户人家。因是中心地带,麻雀虽小五脏俱全:乡政府、中学、商店、医院一应俱全。这一带的农民没有大事不出门,有些老人妇女一辈子没有走出过大山一步,这座小镇就成了乡民们眼里的大世界。他们认识的最大的地方就是这个盘龙小镇。

盘龙镇离刘珍大姨住的村庄只有两里路,山前山后。山里人家之间只闻鸡鸣不见人家,脚都踏到人家的烟囱上了还没觉察到眼下就是住人的房屋。刘珍提着香火供品,还有给大姨买的鸡蛋香蕉,大包小包两大兜往前走,走不惯山路,走得一瘸一拐直喘气。她从盘龙镇的西北角爬上一座大坡,低头就能瞭见对面半山坡上的观音庵,观音庵在村东头,这村子就托了观音的福叫观音村。上坡容易下坡难,刘珍总觉得这身子直往下戗,刚迈出一只脚,另一只脚马上跟起来,这一段路几乎是小跑着下去的。

大姨还住在那两间白灰抹顶的小土坯屋里。两位表兄都举家外出打工去了,一个表姐嫁到山外,村里只留下老人一个人孤单单地过日子。大姨七十九岁,脸都老成了黑桃皮,粽子似的小脚总是难以载重身体,站在地上不住地扭来扭去。她不认识刘珍了,眯着眼问:"你是谁?"

刘珍提高声音说:"我是珍子!"

"哪个珍子?"

"山下您桂花妹子的三闺女!"刘珍把手里的东西放到炕上。炕上的油布黑腻腻地糊着好几处补丁。

"桂花的三闺女?噢,桂花呢?"

"她没来。"

老人的目光暗淡下来:"她不来,你来顶啥哩?"说着干掩了嘴要哭的样子。

刘珍拉住老人的手说:"是我妈让我来看您哩!"

"你妈哩?死了吗?"老人坐到炕上,呜呜咽咽地哭起来,干哭没泪。

看样子大姨是有些老糊涂了。刘珍扒一根香蕉递到她手里说:"大姨,我妈好着哩!"

老人止住哭说:"你妈没死?"她把香蕉放到鼻子底下嗅嗅说,"你大舅也死了,你二姨也死了,我当你妈也死了?你吃饭没?"

刘珍说:"没哩!"

"那有方便面哩,你泡着吃吧。"她指着柜顶上垒着的两箱白象方便面说。

大姨柜顶上像开了杂货铺:方便面、挂面、奶粉、蛋糕,看样子大姨就靠这些方便食品维持生活。她问:"大姨,谁给您挑水呢?"

"大长根。"大长根是过世姨夫的本家兄弟。

"挺好。"

"好啥哩?大平和二平每月给他五十块钱呢。"大姨心里不平地说。

刘珍觉得大姨比母亲可怜,母亲至少还有孙子、儿子在身边绕着。想着老人天天吃方便食品,就问:"大姨,我给您做饭,想吃啥哩?"

老人愣怔了半天说:"你不嫌麻烦?前几天长根媳妇给我端了一碗磨擦子,可香哩!"

"行,大姨,咱就吃磨擦子。"说完,刘珍脱掉外衣,在锅台上找去山药皮的刀子。大姨的锅台黑得像煤台,抹布脏得像刚从煤堆里拣出来的。刘珍从暖瓶里倒出些热水,滴上洗洁净洗了三次才勉强露出本色。刘珍给大姨做了磨擦子,自己也吃得很香,这样的家乡饭她也有些日子没吃过了。

吃过午饭,刘珍在大姨的炕上打了个盹。一觉醒来,人精神了许多,看看表三点多钟,她告诉大姨要去庵里。大姨高兴了说:"去吧,可灵验呢,老尼姑八十多岁了,脸白的小姑娘似的,她说你几时死你就肯定几时死。"刘珍问大姨去不去?老太太直摆手说:"我不敢去。"刘珍被大姨逗乐了,难怪人说"人老有三怪"——怕死、爱财、不瞌睡。

观音堂重新翻修一新,灰墙绿瓦,飞檐翘首,风铃清脆;月拱大门包金镏钉,图案新颖;殿堂内雕龙画柱,各路神仙都彩绘一新,偶尔还能嗅到一股新油漆味。这大出刘珍的意料,二十几年前这座庵堂已是残败不堪,山门倒塌,门窗泥塑被风侵浊得灰白狼藉,在那个年代没人敢公开焚香跪拜,香火自然冷淡。没想到时过二十几年,改革开放,神仙也沐浴春风,重振神威。庵门外停放着两辆轿车,一辆奥迪,一辆越野车,看派头就不难猜出,人物非同一般,刘珍惊叹着。

庵堂内木鱼声声,香烟缭绕,八十岁的老尼虽然不似大姨所说和小姑娘一般,但耳聪目明,齿齐唇红,手里的木鱼声均音匀,悠悠荡荡回旋在大殿之上。六七位衣着华贵的中年男女正在虔诚地叩拜,末了有一位腰粗肚大的胖男人掏出一沓百元大钞很虔诚地投进功德箱,看样子有两千多块。投完钱票,那男人得了真经般一脸喜气,毕恭毕敬地退出来。其他几位也是出手不凡,有五张的,有十张的。刘珍站在门槛外本是想等着这些人退出来再进去,没想那位胖乎乎的女人一回头,很惊讶地瞅着刘珍笑,女人说:"你是卖菜的吧?"刘珍微笑着点点头。没想到钱没挣多,人倒成了"名人"。"你是求平安,还是求财的?"刘珍一时语塞,自己到底是来求什么的?女人也不计较,很热情地说:"可灵验了,五年前我们家做啥啥不顺,自从来这儿让老师傅给算了一卦,从此做啥啥顺,这不,我们把愿也还了,殿堂也修了。"女人说着,得意地环顾着翻修一新的庵堂。

刘珍跪在殿前虔诚地双手合十,微闭双目,耳边又回响起母亲的祈祷之声。她一一地学说着:"大慈大悲的观音菩萨……"她的睫毛上挂出莹莹的泪珠。老尼手持佛珠,微起慧眼,盯住刘珍的脸,木鱼声依旧。

刘珍跪了有一刻钟,老尼说:"施主,一炷香已过,佛在心坐,事从心过,过乃空,空即无!"老尼字如珠玉,颗颗滴入刘珍的心间。她望着老尼慈祥白润的脸,如同见到母亲一般,泪水止不住地泉涌。老尼又不似母亲,母亲不似这般的宽容大度。在母亲面前有泪只能往肚子里流,有话只能咬碎了往肚子里咽。在这殿堂之上,观音面前她能敞开心扉,在老尼面前她可以悲泪泉涌。此刻她真切地体会着菩萨的慈悲、佛学的深邃宽广、老尼的道行修养……她跪在殿前足足有半个小时,把心里积聚的苦痛、酸辣、悲愤一起像倾倒垃圾一般,全部倾倒泻尽。刘珍叩了三个响头,然后站起来,从身上掏出一百元钱投进功德箱。

走出庵堂见那两辆轿车还停放在那里,她心里有了打算,强笑着走过去,笑问:"你们今天回城吗?"车边的两个人点点头。刘珍厚着脸问:"能不能把我捎上?这会儿客车也没有了。"

两个司机互相看看说:"你等一会儿,问问我们矿长。"

刘珍急忙回去和大姨告了别。五点多钟,那五六个人从山上下来,每个人手里都拎着几小枝沙棘果,或者几枝小石榴似的油瓶瓶,脸上荡漾着无尽的兴奋和喜乐。刘珍羡慕地望着:这有滋有味的日子都让人家过了。等这一干人走近车旁,司机看一眼刘珍,低声说了句什么,几个人一齐回头看刘珍。刘珍有些不好意思,讨好地笑笑。那胖女人冲刘珍笑着走过来说:"也回城?"刘珍点点头说:"嗯,想沾你们个光。"

女人一拍刘珍的肩说:"什么话?咱们都是信徒,行善积德嘛!"女人又对刘珍说:"应验吧?你看,你一出门就碰上好运气了。"

刘珍没有和女人同车,她被安排到那辆越野车上,开车的是矿长的小舅子。坐越野车走盘山公路比坐客车舒服多了。

回到县城已是灯火阑珊。

新城偌大的街道堵得水泄不通,车子无法前进只好停下。前面鼓乐喧天,吱吱哇哇的唢呐、笙箫震耳欲聋,响彻云霄;礼花鞭炮五彩缤纷。烟火那个多,比正月十五还热闹。刘珍坐在后排座上纳闷,这不时不节干啥哩?司机关了车灯说:"咱们也下去看看吧,这狗日的李亿万到底有钱哩。"这个李亿万刘珍没见过,但他的大名早已是如雷贯耳:民营企业家,开着四五座煤矿,两个焦炭厂,过的是日进斗金的日子,他的真名叫李亿森。刘珍随着司机下车去看热闹,原来是李亿万给丈母娘办丧事。

黑压压挤了满街人。刘珍踮起脚尖也瞧不见里面的景观,她就见缝插针地往里钻,好不容易挤进内圈,面前被一辆灰色小轿车挡住。刘珍这才发现场地的边沿都是用轿车围着,一圈有三十多辆。总算能瞧着场地的阵容了:白彤彤一百多位孝子贤孙如云如莲,男挑花灯,女执鲜花,人人扭得如痴如醉。刘珍纳闷,这老太太家里真是人丁兴旺,一百多孝子贤孙是何等庞大的家族。据说这老太太总共就三儿两女,国家政策管得那么紧,能有几个孙男外女。有人在刘珍耳边说:"第一个挑绿灯笼的就是李亿万,你看扭得多认真!"

又一个女人哑着嘴说:"呀,人家那么有钱,那么大的人物,能到这个分上真是孝顺,真是叫人感动,这也就是人家李亿万,换了别人在这交通要道、大庭广众之下,交警能不管?"又有人不服道:"他有这个排场,怎就一拖工人工资就是四五个月?"刘珍不想听他们聒噪,她想真真切切地见识一下李亿万。终于叫她瞧见了:李亿万个子不高,圆脸,戴着一顶白孝帽,束一条白腰带,一步三摇晃,扭得不算地道,但劲道张扬。这要是换了一般人,人们肯定会嗤之以鼻,或不以为然。民营大企业家李亿万,这就在观众的眼里不同凡响了。他的每一个动作,每一个表情,每一个步法,甚至于丝丝缕缕都是那么引人注目,那么耐人寻味。人群里时时爆发出夸张的笑声。刘珍生性不好热闹,见着这一百多号孝子贤孙们真真假假难辨,光看一个李亿万,看得多了有些腻味,就把目光移植到鼓匠堆里。这种场合鼓匠班也是上了档次的,每个人坐下一把雪白丝绒椅,让刘珍更加新奇的是有两位女艺人,腮帮子鼓得就像含着两个山药蛋,两手捧着一只黄灿灿的铜唢呐,身子摆得像吃了摇头丸;呲呲啦啦,呜呜哇哇的声音扩散得满街满巷都能听到。姑娘失去了闺秀形象,好在现在人们不讲究这些,这好歹也是一门艺术。鼓匠们更是尽心尽职,引领着一班孝子贤孙扭得疯狂热烈,忘了自我,忘了时间,两三个小时还不尽兴。场外边的车辆越聚越多,刘珍想起带自己下山的矿长和司机,总得打个招呼。她挤出人群,车辆蚂蚁一般挤得密密麻麻,一样的颜色,一样大小的车辆太多太多,她又没记住车牌号码。她正茫然,突然有人在她的肩上拍了一把。她定神细看是一个市场里的大李和他老婆。大李老婆羡慕的眼里都放出绿光,说:"啊呀,你去看灵堂了吗? 国家总理也没这样气派。"

刘珍问:"没见,在哪儿呢? "

"在环城南面,别墅区,你快去看看吧,别说你没见过,你爹妈老子这辈子恐怕也没见过。"大李说。

刘珍有七八天没见着这些人了,亲热地问道:"这大老远的,你们是专程下来看的? "

大李兴奋地说:"咱们市场里的人都下来了,这么大的阵容排场,谁不想来看个稀罕? 听说光烟火就花了十几万呢! 连关里的人都进来瞧了。"关里人到新城有十几里路,看来这全城的人没有不知晓的了,可刘珍却是碰着了才明白。刘珍苦笑,觉得自己都快成外星人了。刘珍随人群往环城南路走。成群结队的人往南涌,像赶集似的,刘珍在市场里混了十几个年头,也没见过这等人气。

老远就望见一片灯火通明,紧走几步来到一个戏台前。戏台坐北朝南,正好对着灵堂唱,唱的是京剧,听说是从省城请来的大班子。看行头动作,听唱腔功夫,果然不同一般。唱的是《四郎探母》,刘珍有心看戏,可大李两口子说灵堂稀罕,她还是决定去参观灵堂。

灵堂对面的一片空地上,花圈堆放得有一亩地大,鲜亮亮的像个大花圃,要是搁在白天肯定能招蜂引蝶。灵堂设在一个临街的店铺里,门面有五间房大,外面用篷布搭起一条宽畅的走廊,两个大饭厅常天不绝火食;灵堂门外两边各摆着十多个鲜花扎成的花圈,听人议论说这鲜花扎成的花圈一个就两千多。刘珍细数一下,单过道两边就有二十二个,那就是小五万元堆在那里,有菊花、康乃馨、百合……都蔫头耷脑地挂着。刘珍无端地恨起这白天的太阳太不近人情，好好的鲜花又是那么昂贵的物件，就一天的时间被这歹毒的太阳暴晒成垂头耷耳的蔫物。五六万块钱就这么轻易让这无情的太阳给糟践了；灵堂的门窗上人头攒动，头挨着头，肩擦着肩，靠窗的东边是两个理佛的和尚，手持佛珠敲打着木鱼；西边有两个穿灰道袍的道士在正面墙上一张灰白大相片，长有五米，宽有三米，老太太慈祥地微笑着望着这恢宏壮观的场面；上好的柏木棺材烫着淡雅的镏金花纹；棺材两边花团锦簇，黄菊白菊争艳怒放。刘珍奇怪这室内的花怎么能如此鲜嫩亮丽，难道这老太太真有灵气护着不成？她好奇细观，才看出这都是一色的盆栽，整整齐齐地摆放着，两边墙壁都用鲜花做成的花圈围裹着。有人在夸这女儿："老太太真是有福气，养了这么好的闺女！"看了这场面，听了这话，刘珍的心里隐隐地痛。同样是做女儿的，自己的父亲死时，做一套纸扎外带两个花圈还是左搞右讲才把价钱压下来，一套纸扎还没有这门边一个蔫了的花圈贵。父亲装了一副三寸厚的千木棺材，在全村人面前叫了好。当时刘珍兄妹们的脸上是多么光彩，心里也是多么骄傲，父亲比村里那些装着三分杨木板下葬的叔叔大爷们不知要好上多少。今天这一比，才觉出她这做女儿的真是太不孝顺。

"爹呀！"一声痛哭把刘珍惊了一下，也把众人吓了一跳。寻声细看，见一个民工模样的人坐在门边大哭，嘴张得像敞开的城门洞，有聪明人就指点说："哭妈，哭妈！"那人就"啊呀！你生的冤呀！你死得屈呀！儿子无能呀！"那人竟哭得鼻涕眼泪糊了满脸，看样子是真痛。刘珍手托门框，几乎也要跟着这男人声泪俱下。

有人推了那男人一把说："你怎不会哭？人家是享福享死的，哪有什么冤屈？你当孙子还差不多，咋当起儿子来了？当心人家不给钱！"那男人摸了一把鼻涕顺着说话的人甩过去，又面朝着天哭起来，"爹呀！啊哈！……"正在混闹着，就见从灵堂里走出一位胸前别着小白花的男士，手里捏着一张百元票子塞到那哭着的男人怀里，看也不看地摆着手说："去去，去，想吃饭那边有。"那男人抓起票子傻呆了半天，接着脸上有了些喜色，颠儿颠儿地走出去。有人望着那人的背影羡慕地说："你瞧瞧，哭了两声就是一百。"

"人家还差他那几个钱？"

"也不知这老太太活着的时候是吃啥哩？拉啥哩？就这一场只七天，总共就花销二百万。"

"二百万？这不是造孽吗？"有人小声说。

"你管得着吗？人家花自己的钱，愿意拿钱垒旺火。"

"……"

从灵堂前走出来，刘珍心情灰暗，这人跟人怎就差距那么大！她要是手里有两万块钱，也不至于因为五百块钱和武福太拼命。焰火再次在天空绽放，是散灯的孝子们回来了。刘珍对这些只有富人们才能做得出来的事已经淡然，她走出人群，独自走上这繁华散尽的大马路上。街上厚厚的一层炮屑，花纸在夜风中缓缓地飘动着，在路灯的照耀下影影绰绰更显怪异。刘珍打了个寒战，加紧脚步往家走。

刚拐过巷口手机响了，刘珍掏出来一看是小满宿舍的电话，她问："这么晚了怎打电话？"

小满说："想你了呗！"接着哼哼唧唧地说："妈，天冷了，我想买件棉衣，手里就有五十块钱了。"

刘珍暗暗地笑了一下，这女儿大了懂得和大人耍心眼了，不似小时候张嘴就要，不给就哭。刘珍不忍女儿为难说："行，明天给你打过去，五百够了吧？"

小满那头高兴地说："够了，我吃饭省着点。"

刘珍的鼻子有些酸，又想起刚才的场面，放一个礼花就够小满吃一年的饭。说到底是自己没本事，让孩子们也跟上遭罪。挂了小满打过来的电话，刘珍决定明天去市里的货栈接货，再苦也不能苦了孩子，再难也得往前活。

十三 治伤

武福太兜里揣着刘珍给的五百块医药钱走出巷口。这几天在家养伤，没吃没喝无人过问，心中倍感凄凉，走到赵丽芳家的大门前不由地拐进去，希望得到些温暖和慰藉。

赵丽芳家里砰啪乱响，武福太愣在那里，是砸锅摔碗的声音。赵丽芳呜呜咽咽地哭说着："你听妈一句话，别抽那东西了，你才十七岁？"

"你给我钱，你个臭婊子，你一天接待多少男人能没钱？"

"哎呀！你干脆打死我算了，哎呀，你个招雷劈的！"

武福太听见赵丽芳疼痛绝望的声调，心中不免怜惜，不顾一切地闯进屋里，地上一层碎碗烂渣，赵丽芳被儿子拽着头发摁在炕沿边上面无颜色。赵丽芳憔悴得愈发让武福太心疼，他自以为是地断喝一声："住手，这像什么话？"顾不得自己伤痛，用一只手去拉那儿子。

那儿子刚一愣神，见是武福太，嘴里露出冷笑，放开母亲向武福太伸过一只手来说："给钱，给我钱你们干啥我不管，现在就干，我当没看见。"说着就去掏武福太的衣兜，武福太忙用那只受伤的手臂去按，被那儿子使劲一扳，痛得他龇牙咧嘴地"啊哟"一声，纱布上立马洇出鲜红的血来。

武福太还要去挣，赵丽芳母狼似的嚎着说："福太，你就给他吧，要不然这没个完。"

武福太看着自己心爱的女人披头散发，眼睛红肿得像桃子，楚楚可怜的样子，有心上前搂着爱抚安慰一番，无奈他身上的钱还要治伤。他本能地用那只好手挡着那儿子行抢的双手，那儿子阴森森地说："听见了吧？想操就得把钱掏出来，掏出钱来我立马走人，以前你来我们家不都是这样的吗？"

武福太惊讶地看着这儿子，小小年纪就是这般德行，这将来还有个好？他在为赵丽芳这么美丽的女人竟有这样的儿子感到惋惜。他对着赵丽芳说："你不能这样惯着他，他是在吸毒！"

那儿子在武福太的裤裆冷不防猛踢一脚，好在他现在毒瘾发作脚软无力，说："你天天嫖赵丽芳，是在干正经营生？也是你妈惯的？"武福太一下子语塞。他本来是想以长辈的身份替赵丽芳教训教训这放荡不羁的儿子，没承想让这儿子给教训了。

赵丽芳疯了似的扑过来："福太！你给他让他赶紧走，我不想见到他。"武福太还在迟疑，赵丽芳把手伸进武福太的上衣口袋，一把抓出那五张钱来扔到儿子的脸上。那五张蓝色的钞票鬼票似的打着弧线落在碎片上，那儿子狂喜地捡起来冲出门去。

见儿子走远，赵丽芳疯子似的搬开沙发，露出齐整整一沓钱来，她说："福太，你赶快和我往银行存去，要不然让这畜生能给糟践尽了。"说着把钱往炕上的一个提包里塞。

武福太说："我还要去输液呢。"

赵丽芳说："那你去输液，我自己去。"

武福太瞅瞅赵丽芳的包说："我钱都让你儿子拿去了。"

赵丽芳一下子扭过身来，把包挎在身上说："福太，我这钱是个整数，是要存的，我连儿子都没舍得给。"她看见武福太站在那里脸色有些沉，又声音嗲嗲地说："福太！人家好不容易才凑成这个整数，都有半个月没吃肉了！你回家去再拿几个吧！你伤成这样，我不信她刘珍不管！"说完就把头贴到武福太的怀里往外拱他。

武福太安慰没找着，反倒成了人家的安慰品，走在大街上感到伤口隐隐作痛。此时对赵丽芳的那份如痴如醉的迷恋渐渐冷却,赵丽芳那个挎包的动作,要他回家再去拿钱的话语,不住地在他眼前展现,他第一次清醒地认识到戏子无义,婊子无情。他想要的那份关爱和问候,只是他一厢情愿的想象罢了。除了钱,他这个人也许从来都没在她的心上留过。在赵丽芳的身上他武福太是用了心的,几乎就要抛家弃子了,只要赵丽芳一声招呼,武福太没有不敢做的。现在和刘珍闹成这样,全都是为了一个赵丽芳。他为自己的付出感到心酸。刘珍去哪儿了,大清早地出门,看样子是要出远门。武福太有些日子没去琢磨刘珍了。想着想着,不知不觉腮边竟挂出两滴泪珠来。

走进菜市场,武福太慌忙拐进一条小巷,他害怕熟人问起他的伤事。他在刘珍面前已经撕破脸皮,在众人面前还是要护着些的。他慢慢地踱回家,已是中午十二点钟。家里冷冷清清,他从里屋踱到厨房,又从厨房踱回里屋,打开电视,为自己倒了一大缸子白开水,这也就是他最好的消炎方子了。

刘珍回到家已经是夜里十一点钟,见小安还在看书,心里高兴,越发坚定了再继续奋斗的决心。

早晨六点钟起床,刘珍还是坐着那辆专门拉菜的大客车。有了几次的经验,她对货栈的游戏规则有了深刻的体会和了解,脸皮也学着厚起来,人变得蛮横泼辣。这环境造人,真是不假。

大客车黑压压拉一车蔬菜,有十几吨。人全都挤在司机副架座上,不分男女,挤成一堆,都是些粗糙蛮横之人,嘴上说些荤话,内心也起不了多少波澜。大客车冒着浓重的黑色尾气驶进菜市场时,已经是下午五点钟。刘珍赶紧跳下车撩起篷布,里面顿时冲出一阵腐菜的恶臭,卖剩下的菜底子腐烂得像一堆堆稀牛屎。刘珍一天的坚强开始弯曲,她疲乏的身体更觉劳困,眼泪忍不住往外涌。她强打精神去收拾那些腐菜烂叶。她用硬纸片一堆一堆地往大竹筐内铲,心里的沮丧不亚于这腐菜烂叶糟粕。一双有力的大手把刘珍身边的竹筐提起来,不用抬头也知道是谁在帮她。

辛大海道:"也不打个电话,中午有空我给你收拾了。"说着就往外走。有辛大海过来帮忙,刘珍轻省了许多,两个人一铲一倒,只半小时就清扫干净,

140

等把菜卸下来,归整好已是晚上九点多钟。辛大海趁人不备用手给刘珍擦了一把脸上的汗水,说:"你在这儿歇歇,我给你买饭去。"刘珍乖巧地点点头。有这样一个男人关心着,身上的疲乏轻快了许多。望着辛大海那宽厚的背影,刘珍突然闪现出一个要和这个男人一块生活的念头。不过这个念头一闪即逝,她也不去细追究,肚子咕咕地叫起来,她一心只等着辛大海端饭过来。

辛大海端过来两份米饭、一份过油肉、一份炒山药丝,菜上还冒着油汪汪的热气。刘珍把摊子前面的门脸放下来,两个人热热乎乎地吃起饭来。辛大海夹起一片肉要刘珍张嘴,刘珍连筷子一起叼住,两个人都笑起来。这种温馨快乐使刘珍内心充满了无限的幸福感,她说吃木耳,他就夹起盘子里仅有的两片黑木耳放到她嘴里。刘珍快乐得像个孩子,身上一点也没有了一天疲惫的影子。辛大海忍不住问:"福太呢? 怎连个人影子都不见? "

刘珍佯怒道:"别提他啊,煞风景。"说完还是低下头吃饭。辛大海突然也沉默了。

大海把碗筷垒到一起,透着灯光把目光送过来说:"我问你个事。"他停了一下又说:"要是有人能帮你实现你一辈子都实现不了的梦想,你该怎办? "

"那好事呀! "刘珍笑着说,"谁这么傻? "

辛大海有些后悔说:"算啦,算啦,咱今朝有酒今朝醉! "说着去搂刘珍的腰。辛大海醉酒一般在刘珍的耳边喃喃道:"我这一辈子除了我老婆就爱你,人家是不让我再爱了,我只有专心地爱你一个人。光靠爱顶啥用呢,眼看着你受罪也帮不到你。"说着有两颗泪滴到刘珍的脖子上。

刘珍用脸蹭着他泪水淌漾的脸,很感动地说:"我知道你心里有我,这就够了。"她转过身拥抱他,两个人的心同样清苦又甜蜜着。

刘珍的生活又一如既往,生意有赔有赚地做着,正如老尼所说,"过乃空,空乃无"。好像什么事也没发生过,又好像发生在梦里。武福太的胳膊有些微化脓,痛得夜里直呻吟。刘珍自己不想去问候,就让小安去看,说:"你去看看你老子怎得了? "

小安拆开武福太胳膊上的纱布,只见那小胳膊上的皮肤红肿青黑,伤口上一道微白的脓线蛆虫似的爬着。小安害怕地惊喊："妈,你快来看,爸爸的伤口发脓了。"他对着武福太说:"爸,你这人也真是,怎就划了这么深的口子呢?也不好好地输液,整天就知道躺着?"说着小安心疼得眼里尽是泪水。

武福太摸摸小安的头,想起赵丽芳那儿子,心里一阵安慰。刘珍听到小安的声音,心里也有些不安,忙走过去看。见武福太的手臂红肿不堪,有盈盈的脓血往外渗,问武福太:"天天输液能成这样?"

见刘珍心软,武福太的本性又出来了,他不无怨气地说:"伤得深,天天输液顶屁用?再说那点钱能花几天?早没了。"说完看了刘珍一眼。

刘珍心里后悔自己一时冲动,闯下大祸。她把一天卖的七百多块钱全都拿出来放到武福太的面前说:"不行就换家医院,可能那家的药不真。"

小安说:"妈,我明天不上学了,陪爸爸去医院。"

武福太高兴地摸一下小安的头说:"不用,爸一个人能行,你真是爸的乖儿子。"

第二天一大早,武福太就急着去诊所看伤。走到赵丽芳家的大门口,正好赵丽芳出来,穿扮又光鲜亮丽起来。她柔了声叫:"福太!"武福太没理她,低着头仍往前走。赵丽芳急了,走下台阶拉住武福太说:"你个没良心的,自从见着你那伤口以后,我整夜整夜地睡不着觉,你倒好,见着了连句话都没有?"说着眼圈准备发红,还不住地瞅着武福太那肿胀的手臂。

赵丽芳的关怀和热情又一次打动了武福太的心,倒像是自己亏欠了她,马上柔声说:"不是啦,我是要赶着输液去。"

赵丽芳心痛地说:"我看着你就可怜,你说这也夫妻一场,没情也有义吧!事已造下了,也就不提了,都肿成这样了也不着急?"她挽着武福太的另一只胳膊说:"福太,她不陪你,我陪,走,咱看病去。"说着拉着武福太勇敢地往前走。

武福太被感动得差点掉下眼泪来。那天的怨恨伤感经不起赵丽芳的一阵缠绵。刘珍在他的心里愈发变得残忍不堪,这伤本来就是她造成的,她竟然自始至终没有正眼瞧过一下,别说有过像这样知冷知热的话语了,在没受伤以前还一日三餐有顿热饭,现在竟然连人影都难见着。就这样赵丽芳一路感动着武福太,武福太一路滋润着赵丽芳。见着什么好吃食,赵丽芳都要说:"福太,你得好好补补哩!"什么香蕉、橘子、荔枝、瓜子之类,见啥买啥。走到诊所,一张大团结就剩二角五分钱。这些武福太一点也不在乎,他在意的是赵丽芳对他的这份情意。

走进诊所,人们的目光齐齐投过来。赵丽芳的艳丽让人们惊慕,这样一个男人竟有这般漂亮的老婆?难怪哩?看这一身装扮,怎能和这穿着一般相貌平平的男人般配。人们的目光有些挑剔、猜度,这女人不用问就能看出个三二分来。医生问武福太:"怎不见来输液换药?"眼睛却一真盯着赵丽芳。他把目光转过来说,"伤口发炎了吧?"当他把纱布拆开,看见流脓不止的伤口时,神情恼怒地说:"你是不想活了,都成这样了?"他又冷漠地看一眼这花一样的女人,就忙着给武福太清洗脓血。

赵丽芳是何等聪明的女人,这屋子里每个人传递过来的信息她都接收到了,她佯装不解,对那大夫细声细语地说:"我哥这伤是不是严重了?"

大夫重新打量了她一眼,这眼神就换了波,边用夹子夹着药棉清理伤口,边说:"你是他妹子?"好像武福太这样的形象不该有这样的妹子。

武福太看看大夫可怜地说:"这不没钱吗?我打不了饥荒没脸来。"这几年武福太在刘珍面前谎话愈说愈圆,长期练就了一套真"本领",在什么人面前说谎都面不红耳不热。

大夫生气道:"有钱没钱都得看病呀,救死扶伤是我们做医生的职责,知道你有难处,怎能不理解呢?碰上那种女人,谁也没办法。"说着他又看看赵丽芳,"没钱,过后再给也不迟,你来看就是了,我的药费都给你进价。"

武福太感动地谢着大夫说:"你放心,我今天带了钱的。"大夫看看赵丽芳说:"都是你妹子给的吧?"赵丽芳一脸荣耀地笑笑,表示那钱真是她给的。大夫给武福太包扎好伤口,把他安顿到靠墙角的一张床上输液。

赵丽芳剥一个橘子,自己吃一瓣,喂武福太一瓣,武福太吃了两瓣说酸,赵丽芳就把一个橘子全吃掉。不大工夫,她嗑的瓜子、荔枝皮就装了一纸盒。赵丽芳有些坐不住了,不时地看表,再看看窗外的大街。武福太说你回去吧。赵丽芳就站起来要走,她停了一下又回过身来说:"福太,你要是不想吃这些东西,我就拿回去吧,人家这是医院,你看这大包小包的多碍眼?"说着她又很理解地看看大夫。大夫也笑着看这心地和模样一样美好的女人。武福太点点头,赵丽芳就提着大包小包离开诊所。

赵丽芳走后,人们都唏嘘着说:"你妹子真漂亮,看着就不像是一个妈生的。"武福太的脸上热一阵儿、红一阵儿、光荣一阵儿。人们又开始议论武福太的老婆,这老婆在人们的想象中丑陋不堪,甚至于会出现青面撩牙。有了赵丽芳的出现,更衬托出那女人的凶悍泼辣。无论人们怎样议论,武福太都点头。他现在也几乎要声声讨伐了,好在刘珍不在面前。

武福太的伤口化脓,让刘珍心里愧疚。她惦记着武福太的伤势,中午把摊子交给李叶照看着,自己忙着回去做饭,专门熬了排骨汤给武福太滋补。

在诊所有了众人的挑唆,武福太见着刘珍脸沉得像块冰,也不搭话,坐到刘珍准备的饭桌前。刘珍再不能和他计绞,把饭菜端上来,又把一只汤勺放到武福太面前,说:"小安吃饭。"

吃过午饭,刘珍把残局收拾到厨房,顾不得洗刷就去了市场。

刘珍的主动"修好",让武福太好不得意。他哼着小曲,泡了一壶浓茶坐到炕上,觉得这人生就是美妙:先有赵丽芳的浓情"关怀",再就是刘珍终于放下那副臭骨架,不再在他面前摔盆子砸碗要威风。见着小安,他又要不住地和赵丽芳的儿子比较,这一比较,比得他生活一片阳光,竟得意地唱出了一段《三娘教子》。

一点多钟正是生意清淡的时候,刘珍感到身心疲惫,懒散地躺在窄床上想心事。李叶把一张大红请柬啪地一下扔到她的胸上。刘珍好奇地问:"谁的?"李叶的脸像生了霜,恨着说:"我的。"

"你的?"

"哪个王八蛋,气死我了。"李叶说着,一屁股坐在床上。刘珍的身子一下子被挤出一半。

刘珍开玩笑说:"不会是你家晓雨吧?"

没想到李叶的气更重了说:"也不知随谁啦?你看看赵福生那闷葫芦样?

144

再看看我,哪个是那种花心的人? 为了这种事,赵福生的鞋底子不知打断了几双? 嘴上说得倒好,上了高中一定好好学习,肯定考个大学回来,我倒信以为真了,你看看? 哎! "

李叶这儿子长得帅气,浓眉大眼,一米八几的个子,正是许多女生心目中的白马王子。学习不认真,搞对象倒是无师自通。上三年初中换了三任女朋友,为此没少挨他老子赵福生的打骂。中考只考了四百分,本来李叶不准备让他上高中。他在父母面前百般央求,说一定痛改前非,李叶这才花一万多块钱给买了个高中。见儿子声泪俱下、痛心疾首的样子,作为母亲的李叶从心眼里往外高兴,她以为儿子会吃一堑长一智。没想到太平日子没过几天,人家就闹上了门。

暑假里一位女生的家长来势汹汹,怒骂赵晓雨,没家教是小流氓,毁了人家女儿的前程。搞了半天才搞明白,原来是赵晓雨把人家女孩子的肚子搞大了。李叶的气也不打一处来,本来指望儿子能考上个大学,有个好前程。没承想被这女孩子一搅和,希望都落空了。她也回骂那女孩子没家教,是小娼妇,两家的家长吵成一锅粥。

女孩子的父亲是位出租车司机,母亲是位小学教师,考虑问题显然比李叶夫妇细致精明。她提出打胎要到市里的医院去打,那里一来熟人少,二来医疗条件好,还有一点就是医药费用全由李叶家负责。言下之意,这责任全在晓雨一方。李叶不服,她不是疼钱,是觉得理不通,又不是自己的儿子强迫她女儿,就冷着脸说:"这冤枉钱我们不能出。"人民教师更火了说:"这孩子不是你儿子造下的孽? 你不出谁出? 让我出? 你去问问从古至今有这个理吗? "

李叶也不示弱说:"都什么年代了? 亏你还是老师呢? 责任对半,不服你告去? "

小学教师更加气恼:"我就知道你们这些拣烂菜帮子的人没道理可讲,这费用你们出定了。"小学教师的话更加激怒李叶,她发狠道:"我一分钱还不出呢。不服气这孩子你就别打,我还要孙子呢! "

"你想得倒美,癞蛤蟆想吃天鹅肉! 我会把女儿嫁给一个没家教、卖烂菜的主? "小学教师要起泼来不亚于街上的专业泼妇,唾沫星子满世界喷。

"你别自以为是，白送我都……"

赵福生拦住老婆，息事宁人地说："行啦，行啦！都少说两句，事情已经出了，我们做家长的都有责任，费用我们愿意出，你们自己找医院。不过我这点烂摊子你们也见识了，太高了恐怕是出不起！"别看赵福生平时话少，关键时刻却露锋芒，这话说得敲山震虎，情理尽现。

去了医院就不是谁说了算的，得听医生的。孩子在肚子里安家落户已有五个多月，引产很可能造成小母亲的生命危险。一听这话，小学教师就泪如珠帘，没了主见。只生了这一个女儿，别说真有生命危险，就是平常没危险，她也常会想到有万一。看着女儿渐渐隆起的肚子，既心疼又怨恨，再加上女儿口口声声说爱着赵晓雨，再钢硬的父母也没了招架。两个孩子一起被学校开除学籍，学不能再上，婴儿在肚子里不似大人们这般烦恼，像吃了助长灵，眼见着把小母亲的肚子撑得像面鼓。小学教师和出租车司机夫妻两个日夜盘算发愁，人也消瘦了许多。最后思来想去还是嫁给那个卖烂菜帮子的最合算。这样一想，再想起赵晓雨来就不太像一个小流氓了，再想就觉得那孩子也有可取之处了。

遇到这种事，养儿子比养女儿省心。虽然儿子不能再上学，世上的路千万条，总不能在一棵树上吊死。李叶有意让儿子学做生意，算作惩罚，让他在菜摊上守摊磨炼，不准离开半步，也不给女方打电话，专等人家自己来拿钱。李叶也不想结这门亲事，一来孩子太小，二来她看不惯那小学教师自以为是的嘴脸。事情就这样拖了有两月之久，李叶突然接到小学教师打来的电话。在电话里小学教师的语气突然变得礼貌起来，和上次找上门来判若两人。还问晓雨在家干啥呢，怎不来家看婧婧。李叶说在家卖烂菜帮子呢，孩子的手术做好了吧？花了多少钱？李叶本是想尽快把这件事了了，也少去一宗心事。不料那小学教师嗨了一声说："孩子没打掉，你们能不能过来商量一下，要不我们过去？"天天说教别人的人，能做到这一点确实不容易。李叶一听觉得问题严重了，有心急着过去，又想起那天小学教师一脸瞧不起自己这个卖烂菜帮子的表情，就故意傲慢地说："我这几天忙得很，忙着卖烂菜呢，你们有车方便，有空就过来吧。"电话中午打过，晚上教师夫妇带着大肚子女儿就过来了。

看着女孩子挺着个不相称的大肚子,小脸稚嫩的还没褪尽奶气,李叶有些心疼。可又看到这两夫妇内心深处的迫不及待,她有心要杀杀这准亲家的锐气,就说:"这还没到法定年龄哩?再说我没钱,这怎得个办法?"教师夫妇一副大度的口吻说:"有钱好办,没钱赖办,我们也就这一个女儿,彩礼随你们,陪嫁是少不了的。"话都说到这个分上了,李叶再不好过分拿捏,想到孩子都快生了,不结也得结。两个孩子一看大人们在议论他们的婚事,高兴得又黏在一起,也不知道大人们的愁。气归气,这毕竟是孩子们的终身大事,是花只开一遍,李叶怎能委屈了孩子们,该有的、该办的都周周全全。既然确定了结亲,双方都有了些诚意和必要的客气,婚事就这样匆匆忙忙定下来。

刘珍没上摊子的这些天,李叶一直在忙儿子的婚事。刘珍望着李叶哈哈大笑,笑得眼泪都出来了。李叶气道:"看把你乐的!你生下好孩子了,小满上大学,小安又省心,我都气死了!"

刘珍收住笑说:"我是替你高兴,白捡一个媳妇,亲家还上门赶着倒贴,这不等过年就又抱上孙子,哪找这好事去?"说完又要笑。李叶用拳头去捶刘珍的腿说:"你个没良心的,还幸灾乐祸,我希望明年你也抱个孙子。"

"抱就抱,我怕小安没晓雨那个本事。"

"站着说话不腰痛。"李叶站起来要走,刘珍拉住说:"生气啦?你不觉得这就像唱戏似的?"

李叶也笑了说:"你说这有啥办法呢?这都是命。"

李叶走出去,刘珍望着请柬犯起愁肠。她欠着李叶五千块钱呢!人家儿子结婚能不用钱吗?再不能去张晓雪那儿借了,刚还了没几天再去借?再说她那钱一定已经交了学费。想完张晓雪,刘珍突然想起车上碰到的贾美丽,看样子贾美丽的经济条件应该不错,为了钱她可算是绞尽脑汁肝肠寸断。

十四　诱惑

　　刘珍坐在客车上又拿出那张名片，照着上面的号码给贾美丽打了个电话。听口气贾美丽对她的到来十分高兴。刘珍在心里松了口气，说到底是青梅竹马的伙伴。她为自己的态度惭愧，说真心话，那次在客车上碰到贾美丽和那个秃顶男人，刘珍是打从心眼里瞧不上。尤其是贾美丽那一身装扮，就像青春期狂野的小姑娘，直到现在刘珍想起来都觉得肉麻。

　　真正来皇都闹市区刘珍这还是第一回。每次来接货走的都是环城路，货栈在皇都市东南角，而且每趟来时一路都是在盘算着怎么接受，回时又乏困得要死，坐在那里直打盹，哪有心情观景。一出长途汽车站，刘珍有些晕头转向。街道宽阔得让她害怕，穿行的车辆哗哗地像海水似的漫无边际。她绝望地望着街道对面，眼前川流不息的车辆根本不给她穿过的机会。刘珍试图翻过铁栏杆，立马又退回来，眼睁睁地看着一辆辆车呼啸而过。她把目光放到对面人行道上悠然的人群中，心中更是着急。来来回回地走了有半个小时，总是找不到突破口。实在没招了，就给贾美丽打电话，说过不了街对面，她没想到，贾美丽那边哈哈大笑说："你土不土？你一直往前走，有一个岗楼，那儿有斑马线，红灯停绿灯行这你知道的吧？红灯一亮你就赶快从斑马线那儿过。"刘珍急道：红灯不是停吗？贾美丽有些不耐烦说："你呀，笨死了！那儿人可多了，你跟着过就是了,过了那边在站牌前等车,记住了,三十五路车! 春意浓酒店。"说完就把电话挂断。

刘珍记住贾美丽的话一直往前走,走了不到十分钟就望见岗楼,上边站着一位穿制服的警察,手臂一伸一抬地指挥着,动作齐整地像机器人。刘珍就拿小城的路警来比。在县城,人们一见到路警就害怕罚款,好像这个机构就是为了罚款才设置的。红灯亮起,车辆齐正整地都停下来,刘珍随着人流慌慌忙忙地往路对面赶。终于过来了。回头再望,车辆又潮水般地涌动起来。

"春意浓酒店"不在闹市区,它坐落在一条叫王爷府的大街上。街道有云川县新城的主街道那么宽,人流量比新城大,酒店是三层小洋楼。麻雀虽小,五脏俱全:住宿、桑拿、吃饭,后面还有偌大的停车场。刘珍站在楼下给贾美丽打电话,贾美丽风风火火地迎出来。她脚上的高跟皮鞋有半尺高,这回肚脐眼捂住了,两条细腿麻秆似的套着一双薄黑丝袜,上面的裙子打了三层折子才刚好遮住屁股。刘珍都穿上薄毛衣了。刘珍问:"美丽,你不冷?"

贾美丽斜一眼刘珍,又亲昵地拉住她的手说:"你傻不傻? 穿得像个大南瓜,谁看呢?"刘珍穿着一双黑色运动鞋、黑裤子,薄毛衣外又套了一件运动衫,跟贾美丽比整个就是两个季节。贾美丽把刘珍拉进三楼的一间客房,一间大房隔成两个单间,正面一张双人大床,旁边有沙发茶几,床对面一面大挂镜显得屋子宽大了一倍。

刘珍坐在沙发上,贾美丽递过一罐饮料,刘珍说胃不好不能喝凉的,贾美丽自己坐在床上喝起来。她从镜子里瞅着刘珍问:"你终于想通了,想来我这儿混?"

刘珍正琢磨怎向她开口,就含混地玩笑说:"我倒想哩,你看我这样能跟你比?"说完她看镜子里的自己。

贾美丽被刘珍捧得有些得意,也不掩饰,就捂着嘴笑了说:"珍子你说啊,咱们小的时候在村子里谁不说你比我漂亮? 你看看现在!"她又笑起来,"不过,你要是打扮打扮保证还比我漂亮。"

刘珍好奇地问:"我记得你是单眼皮?"

"好不好看?"贾美丽把头往前探探,眨了两下眼皮,"去年割的,花了一万

149

多呢！”

“好看。”刘珍说。贾美丽的眼睛确实比以前好看多了。刘珍说："美丽，我来找你是想让你帮个忙。”

“你说。”贾美丽干脆地说。

“我……我是想，想跟你借钱？”

“拿上金碗讨饭吃？”贾美丽指着刘珍的额头说，"这女人呀，缺钱就是缺心眼。"她从沙发上把刘珍拉起来又说，"你听我的，保管你钱大把大把地进，有了钱你就不用低声下气地去求人了。"她又端详了一下说，"行，你一点也不老，还来得及。”

贾美丽的话在刘珍心里激起一阵波澜。

贾美丽把刘珍带到饭店对面的美容院，刘珍还是迟疑地说："美丽，走吧，我都一把年纪了，花这冤枉钱？”

“你放心，这钱我给你出，我有优惠卡的。"贾美丽不容分说，把刘珍按到一把躺椅上，"珍子，看在咱们一起长大的分上我才帮你，换了别人，我才懒得管哩，这对我有利吗？"贾美丽说的是真心话，干那一行都怕有竞争对手。

刘珍是有求于她，不想驳这个面子。再就是爱美之心人皆有之，刘珍是没时间，条件不够，并不是不爱打扮。有哪个女人不爱把自己打扮得漂漂亮亮，过养尊处优的日子？这钱反正是贾美丽给出，不受白不受。贾美丽的阔绰给她的内心或多或少留下了不甘的阴影。

刘珍躺在那里，一位小姑娘在她的脸上抹来抹去，有幽幽的香味直钻鼻孔，小姑娘在她脸上脖子上轻柔柔地按摩，还有一浪一浪的热气在脸上蒸腾，脸上的皮肤渐渐地松弛，挺受用，她就闭着眼睛任由小姑娘揉捏。刘珍还做了头发，干枯的马尾辫放下来，烫成一浪一浪的水波纹。

从美容院出来，刘珍的衣服和头面有些不搭调了。贾美丽建议刘珍再买身衣服。在贾美丽的蛊惑下，刘珍有意改变一下自己的人生，就随她走进附近的一家商店，贾美丽说："珍子，咱先小人后君子，这衣服钱你得自己掏。"转了一圈，刘珍光看商标上的标价就无心再讲别的。贾美丽有些动火，指着一套大红套裙说:"就这套了。"刘珍一看说:"妈呀,穿上这不成老妖精了?"看看刘珍,贾美丽也觉得不太合适,就又看。刘珍从衣架上拿起一套淡蓝色的套装,版形挺好,看看标价,刘珍又要往回放,贾美丽拉住说:"进去试试吗?"刘珍俯在她耳边说:"我没带那么多钱。"

贾美丽说:"我给你垫上。"

刘珍摇摇头说:"还是算了吧。"

"不就是五百块钱吗?"贾美丽说,"你这活得个啥劲?整天窝窝囊囊的谁爱看?行啦,你听我的,套老鼠还得根油灯芯呢?"她说着把刘珍推进试衣间。

刘珍从试衣间里出来,人就有了天翻地覆的变化。原来略显肥胖的身材套进这身西装里,一下子棱角分明,韵味十足。看到镜子里的自己,刘珍自己都惊呆了:脸上润润的,有了光泽,淡淡的红唇含着一嘴细碎的白牙。刘珍的牙齿一直都白亮好看,她激动得都有了泪花,不相信自己还能有这样的光彩照人。在刘珍痴迷地欣赏自己的时候,贾美丽已经把钱付了。刘珍准备进试衣间把衣服换下来,贾美丽不让,说:"挺好看,脱下来干啥?"说着,拉刘珍就往外走。

刘珍说:"还没拿衣服呢。"

贾美丽说:"那些烂衣服要它干啥?"

刘珍摆脱贾美丽的手说:"好好的,怎就烂了?我回去还穿呢!"说完跑进试衣间把旧衣服装进售货员递过来的袋子里。贾美丽说再买双鞋,刘珍的内心也开始张狂,就由着贾美丽带着她逛。因了这身行头,刘珍也找到了漂亮女人的感觉。两个人亲密地拉着手臂,从这家商店进去,又从那家商店出来。钱毕竟是硬东西,最后刘珍还是买了一双四十五元的半高跟黑仿皮鞋。

刘珍重新找回了美丽,同时也找回了自信,她相信自己依然比贾美丽漂亮。逛累了,贾美丽请刘珍吃西餐。吃西餐刘珍只在电视里见过,看着容易吃起来有些刀叉分不开,牛排有些夹生,味道刘珍也吃不惯。不过这优雅的环境让她喜爱。她问贾美丽:"这种地方你常来?"

贾美丽不屑地说:"这算个啥?五星级饭店也常去呢。"刘珍不相信地看着贾美丽,贾美丽说:"不信?慢慢你就知道了。"

刘珍被贾美丽熏陶着,渐渐地羡慕起她精彩的生活。想想自己的生活,喝凉水都得算计着。在家做姑娘时,自己哪点比她差了?她初中还没毕业,自己好赖也是个高中毕业生,追求的小伙子能排一个连,自己就爱着一个赵源,现在真是凤凰下架不如鸡!

贾美丽看着发呆的刘珍说:"珍子,你还和赵源来往不?"

刘珍苦笑着说:"还来往个啥?人家和凤玲过得好好的,再来往成啥人了?"

贾美丽嘻嘻笑说:"赵源爱的是你,你忘了那时候他连正眼都不瞧凤玲一眼,是你嫁了她才有机会的。"

刘珍凄然地叹了口气说:"此一时彼一时。"

贾美丽神情诡秘地说:"行啦珍子,你知足吧!我上次在咱们村里见着凤玲了,她说赵源心里还装着你呢,你们上学时的那些照片、笔记本他还一直留着,凤玲要扔,他死活不让,为这,两个人还干了一架。我要是有一个人能这样一直爱着我,我死了都偷着乐。"

刘珍苦笑着说:"我早就把这些忘了,我倒羡慕你过得像神仙。"

贾美丽掏出三百元钱招呼服务员埋单。走出餐馆,刘珍问花了多少钱,贾美丽说:"二百八。"刘珍突然停下来说:"忘了找咱钱了?"贾美丽拉着刘珍头也没回说:"走吧,土老帽儿,那二十是给了小费。"

回到"春意浓酒店"已是下午三点多钟。两个人躺到床上,贾美丽说:"珍子,我给你介绍个大款。"

刘珍笑着推贾美丽一把说:"得了吧,老得脸都成菊花了,谁要?"

贾美丽翻过身说:"你是不知道,有些男人就喜欢咱这三四十岁的女人,当然你不能实话实说,你说你只有三十四五岁,你知道为什么吗?咱这个岁数的女人都是过来人,在那事上能放得开,那些十八九岁的小姑娘再浪也是比不过的,凭你这模样肯定能吊他一个。"

刘珍有些脸热,不敢直视贾美丽的眼睛,她一本正经地说:"孩子都那么大了,传出去——我干不了,你借给我钱,我肯定过了年就还你。"

贾美丽也严肃起来说:"珍子,我是真心想帮你,那次在客车上见到你,我就猜到你日子不好过,这借钱我不怕,你是要还的,可挣钱就不容易了,尤其是咱们女人,要是嫁个遮不了风避不了雨的男人,你就是苦死也没人心疼,"说到这里,贾美丽的眼里湿润润的,满是委屈,"我知道你心里瞧不起我,要是不这样我能买起楼房? 儿子能娶上媳妇? 只靠那个只会吃喝嫖赌的家伙,能有今天? 珍子你醒醒吧,男人没一个好东西,你为他、为家吃苦受累,他心里未必领你的情,说不定还在外边糟践你呢? 趁着自己还有几分姿色,赶快为自己的将来做些打算吧,别到时候后悔晚啦。"

贾美丽的话捅到刘珍的痛处,她对自己更加失去信心,光靠自己这样苦撑着,能熬出个什么结果? 就这样再继续和武福太混着过日子,武福太迟早会把她卖尽,武福太吃她的肉连骨头都不会吐。

贾美丽见刘珍沉默不语,很理解地说:"我知道这第一次,谁也有些磨不开,做开就好了,我在这儿当客房部经理,我会照顾你的,如果你运气好,能碰上一个舍得花钱的"包干户",你就苦尽甘来了。"

"谁那么傻,会把钱尽往你身上花?"刘珍故意不解地问。

"你是不知道那些老男人的心态,只要你会哄着他们开心,才不在乎那几个钱呢?"贾美丽阴着脸笑起来。

刘珍突然想起武福太来,问:"是不是男人们都那么傻?"

"最起码来这儿的男人都一个德行。"

刘珍的心有些乱,她一生最厌恶的就是这种始乱终弃的人,可自己现在这种拆东墙垒西墙的日子多会儿是个头? 今年的债还没打清,明年的学费又要交了,自从父亲去世,她还没给过母亲一分钱的生活费用。再就是,她实在不想天天面对武福太,这次是用锹劈了,下次呢? 下次再出问题,自己难保能控制住情绪。这生活就像一片沼泽地,你愈扑腾愈陷得深。刘珍说:"美丽,我……"贾美丽的手机响了。

贾美丽接完电话说:"珍子,你自个儿躺着,我得上班去,吃晚饭的时候我叫你,你放心,这事干不干由你,走时钱我一定借给你。"

贾美丽出去,刘珍的思绪渐渐清醒,自己嘲笑自己:啥事都想干! 这种事只有贾美丽这种人才能干得了！她从床上爬起来,在镜子里又仔细地端详起自己来:一头披肩秀发瀑布般泼泻下来,睫毛长长地上翘着,唇红齿白,这是自己吗？是那个常天流着汗道,披着一头鸡窝似的乱发的刘珍吗？往远处走走,一身笔挺的套装,再套上一双半高跟鞋,简直就是白领一族。刘珍舍不得这套西装,脱下来挂在衣架上,重新爬到床上睡起觉来。头一沾枕头她马上又抬起来,怕弄乱刚做的发型。这女人不讲究的时候就像要饭的马皇后,这一旦讲究起来,就要沉鱼落雁了。刘珍把头靠在床头,抓起桌上的摇控器,按了几个频道尽是些广告。过去电视上的广告就像饭里的咸菜是配料,现在的广告变成了主食,不管你想不想吃,整盘整碗地上,实在无聊,广告也得看。她先看见有一只脚伸出镜头,以为是卖鞋的广告。接着镜头移出女人的一双秀腿,穿着淡粉色长丝袜,那腿修长笔挺,刘珍就怀疑这是卖鞋还是卖袜裤。镜头还在慢慢地移动,一张完好的明星脸,一头瀑布般的秀发飘扬着,接着电视广告词说"××汽车,引领世界……"刘珍这才注意到女人背后靠着一辆灰色小轿车,就一个人想笑:这镜头全在女人身上,到底是女人代表汽车？还是汽车就是漂亮女人？这广告艺术刘珍是真的不懂,看着看着就犯起迷糊来。

刘珍做了一个梦,梦里赵源和凤玲在闹离婚,她哭着求赵源不要离婚,不要伤害凤玲。突然凤玲闯进来,指着她的鼻子骂,骂她不要脸。刘珍哭得可伤心了,她从内心里不想伤害凤玲,结果还是伤了……

"珍子,珍子!"有人推她。刘珍渐渐醒来,泪水把枕头湿了一片。

"珍子,做梦啦?"贾美丽把她拉起来,"赶快穿衣服,梳洗,有人请吃饭。"

刘珍坐起来,还在回味刚才的梦境,她直愣愣地看着贾美丽。贾美丽说:"发啥呆呀？财神爷叫门哩!"刘珍下床把衣服从衣架上拿下来准备穿。贾美丽一把抢过来放到床上说:"先进去洗漱化妆,这怎么能吸引住人呢？"

刘珍说:"不就吃个饭吗,用得着吗？"

贾美丽坚决地说:"赶紧的,别给咱丢人,我可是把话吹出去了,说我朋友天生丽质。"

刘珍胡乱洗了一把脸出来,贾美丽不满意又把她推进洗漱间,亲自给化起妆来。她给刘珍涂了些深紫色眼影,刘珍在镜子里一看像猴子屁股,忙用纸巾擦掉。她把贾美丽推到一边,自己轻轻擦了点粉霜,涂了点淡淡的口红,贾美丽看着笨拙的刘珍,还是忍不住过来帮着打理头发,把头发弄得像刚从美容院出来一样,两个人一起在镜子里端详了一遍,穿上西装,又把那双刚买的鞋穿上,贾美丽又仔细地端详了一遍,这才放心地出门。

雅间里早已坐着两个男人在等。一个六十出头,花白头发,脸上的沟沟壑壑深深浅浅地纵横着,龇着一嘴瓷白的假牙;稍胖一些的那个年龄小些,也就五十五六的光景,头顶光亮得苍蝇上去都能滑下来。两个男人都西装革履。见两个女人走进来,都笑盈盈地用目光迎过来。贾美丽蹦跳得像只老小鸟,从后边伸过一只手,搬弄着那个老男人的脸说:"这是许总。"那老男人上下打量刘珍一眼,很绅士地笑笑,刘珍也笑笑。贾美丽把刘珍按到那个稍胖些的男人身边坐下,诡秘地一笑说:"董老板,我这妹子怎样?"

那董老板有些难为情地笑笑,瞅瞅刘珍说:"两位小姐一样光彩照人。"

贾美丽又对刘珍说:"董老板可是这一方的财神爷,跺一跺脚,钱能把你砸死。"说完自以为幽默,捂着嘴嘻嘻地笑个不停。刘珍不敢接这两个男人递过来的目光,低着头瞅面前的空杯空碟。

"请刘小姐点菜。"身边的董老板很礼貌地递过一本菜谱。刘珍抬起头看贾美丽,贾美丽坐在许总身边,半个身子靠在人家臂弯里,她忙收回目光,再不敢扫视。

贾美丽眯着眼笑说:"董老板,我这妹子可是正经人,你别把人家吓着?"

"我有那么可怕吗?"董老板探过光溜溜的头,给刘珍摆了个特写,样子很幽默。刘珍一下子被逗乐了,气氛也就有些松动。他又说:"和刘小姐是第一次见面,头回生,二回熟吗?想吃什么,尽管点。"

刘珍矜持地微微一笑把菜谱推回去。董老板的目光转了一圈笑着说:"那我就点了?"他在菜谱上指指点点,服务小姐认真地在记录:"……牛鞭汤,猪腰花,"贾美丽就扑嗤地一笑说:"董老板还嫌不壮呀?"

两位老板都笑,刘珍也陪着笑笑。董老板笑得前仰后倒,无意地把手压在刘珍放到桌边的手上,还用劲握了一下。刘珍的心突突地慌起来,脸一下子热烘烘地发烧,她偷眼去看贾美丽,贾美丽的半个身子已经黏在许总的怀里。刘珍的目光再没处放,低下头只好看自己的脚。服务生慢慢地往上端菜,贾美丽轻盈地站起来说:"珍子,我要去洗手间,你陪我去吗?"刘珍正不得劲,忙磕磕绊绊地跟过来。

一进洗手间,贾美丽就急着说:"董老板可是个有钱的主,人家花三四万,跟咱们花三四十一个样,你可不能错过了,看样子他对你有好感,这一次侍候好了,下一次他还要你,说不定他还能长期包你呢!你看见了吧?那个包里全是老人头!"

刘珍苦着脸说:"我没你那本事,还是算了吧。"

贾美丽拉一把刘珍生气地说:"傻呀你?你以为你还是黄花大闺女那么金贵?人家一出手,说不定你辛苦一年也挣不下?"

刘珍说:"我不会。"

"你看我的,我怎唱,你怎扭。"

两个人从洗手间出来,贾美丽没事人似的"飞"回许总身边。刘珍的心更乱了,走到椅子边差点绊倒。董老板急忙伸出双手,把已经站稳的刘珍挽住,深情地问:"没碰着吧?"刘珍红着脸摇摇头坐下。

吃饭间,大家都劝刘珍喝酒。酒是名酒,写着英文字母。刘珍虽然是高中生,可那个时候英语是当副课上的。她确实不会喝酒,就推辞不喝。贾美丽端起酒杯喝一口,就把杯子送到许总的嘴边,许总张嘴喝一口,香喷喷地咂咂嘴。董老板说:"刘小姐连个面子都不给,怎么做朋友?"说着把酒杯送到刘珍的唇下。刘珍看一眼贾美丽,贾美丽暗点一下头。刘珍接过酒杯小抿一口,一股辛辣直蹿鼻腔,她正要放杯,董老板握住刘珍举杯的手硬灌了她一大口。刘珍的脸马上烧到脖颈,眼里呛出莹莹的泪光来,她捂着嘴坐下。董老板看着刘珍,笑得眼里尽是光芒,说:"刘小姐挺会喝的嘛,还装呢?"

刘珍直摆手说:"不行,不行。"

董老板说:"不行咋办哩?"

贾美丽起哄说:"那就让董老板代喝呗?"

董老板笑着说:"不知道刘小姐同意不?"

刘珍忙说:"那当然同意啦。"

董老板说:"喝也不能白喝,一看刘小姐这气质就知道是个文化人,这样吧,咱们今天也'诗文'它一回,我出上句,你接下句,接住了我喝一杯,接不上你喝一口,怎样?"这董老板年轻时爱好文学,在小报、小刊上发表过不少诗歌短文,本打算往"家"里发展,无奈随着社会的发展,经济物欲日益膨胀,一篇文学润笔连买一包香烟钱都不足,董老板耐不住清贫,赶快转舵下海跑了煤运。现在开了一座中型煤站,养着一个庞大的车队,有五十多辆红岩大卡车。虽然下海,董老板自恃与众不同,能文善武。每逢酒宴总要卖弄一番,以示高出众老板一等。

贾美丽先激动了,说:"好哇,刘珍可是我们班的才女,还怕你这个?"

刘珍忙摆手说:"这个,我哪会?"

许总说:"我也参加,美丽也参加,谁不会谁喝酒。"

董老板说:"那我就出上句了?"他看看刘珍发烧的脸坏笑说,"梨花带露景色佳,谁先对?"他看刘珍。

刘珍:"许总先来。"

许总看看两位美女说:"来就来。"他闷了半天,突然眼前一亮说,"快把美女领回家。"

董老板一下就显出优势,很宽容地说:"就算吧。"他又看贾美丽。贾美丽一看这也没什么难的,张嘴就来:"老板花钱不讲价。"

董老板直摇头,把希望都寄托给了刘珍。刘珍想了想说:"桃园逢春唤云霞。"董老板就钉住神看刘珍说:"我果然没看错,我这乌篷小舟可当家?"

刘珍略加思索说:"恐怕潮涨浪高身难下。"

两个人的目光竟对视了,会心地微笑着。刘珍对这董老板好像有了深一层的了解。董老板更是才子佳人如遇知音。

许总说:"咋尽你们俩对了,我还要接。"

董老板很瞧不上地说:"得了吧!"三个人全笑了。许总说:"看不出刘小姐还是个文人呢!"他认真地重新瞅了一回刘珍。

架不住两位老板劝酒,又喝了几杯,刘珍有些微醉,瞅着董老板如遇知己。她就想和董老板说说话，她说："董老板，你说这人咋越活越难活了呢？你本来想往东走，命运偏偏把你挤到西边，你说这人一出生叫什么来着？叫跌落苦海，这苦海无边，回头是岸。能回头吗？容你回头吗？"许总和贾美丽几时离席的，她一点也没注意，还在说："你真心地爱过一个人吗？你不是家庭牺牲品吧？"

董老板看看表说："咱们找个地方再继续谈好吗？"刘珍还没尽兴，点点头。董老板几乎是搂着刘珍的腰把她带到二楼的客房。

客房比贾美丽住的那间大了一倍，也豪华了许多。里边有洗澡间，一张席梦思大床坐上去软悠悠地直颤乎。董老板在刘珍的脸上响亮地亲了一口说："咱们先去洗个澡？"刘珍不由地打了个寒战，脑子里一下清醒了许多，忙要往起站。董老板拉住她的手说："后悔了？"刘珍脸上的表情复杂起来，想笑又笑不出来，她就这样可怜巴巴地看着董老板。董老板耐心地说："你放心，我不会亏待你的，我看得出来，你是有难处的，"说着他拿起桌上放着的那个黑皮包，拉开拉链，里面齐整整一堆红票子，足有十多万，他抽出一沓放到桌上说："这是给你的。"刘珍用眼角瞟了一下，带子还没开，是整一万。他又说："咱们做个长期朋友，我看你比贾美丽这些女人诚实，又有气质，和你交往，我心里踏实高兴。"

刘珍声音低低地说："你先去洗。"董老板在刘珍的脸上捏了一把说："这个岁数了还害羞？"说着自己先去洗澡。

刘珍坐在那里听着哗哗的水声，看着桌上那一沓耀眼的钞票，再看一眼董老板的钱包，在心里做着坚定的决心：要是跟了这样的人，日后就不用为钱发愁了，贾美丽说得对，趁现在还有几分姿色，赶快为人老珠黄做打算。主意拿定，神情也就安定了，坐在床边盯着卫生间的门看。哗哗的水声终于停住，董老板腰间只围着一条浴巾走出来，头上亮晶晶地汪着水气。刘珍本来是打算他出来自己就进去洗个澡，看见他这身装束竟忘了站起来，傻呆呆地看着从董老板那颗光亮亮的头上滑下来的一粒水珠。董老板的目光看过来，严严实实地罩住刘珍的脸，压迫着她起来又坐下。

董老板走过来,情深意重地在她额头上亲吻着,柔声说:"不洗就不洗吧,我来给美人宽衣?"说着把刘珍的上衣扣子解开,手伸进她的内衣。刘珍本能地一躲闪,董老板腰上的浴巾散开了,赤条条地裸露在刘珍面前,那东西直挺挺地对着她的脸,丑陋不堪。她从未想到过那东西原来竟是那么的不堪入目,她哇的一声推开他,夺门而逃。

街上的霓虹灯闪烁着,就像一只只嘲笑的眼睛,刘珍没勇气去面对。行人三三两两地走过,她低着头怕与人对视,她把手机也关掉,怕听到一切嘲笑的声音。她快速跑出这条大街才放慢脚步,不知不觉脸上爬满冰凉的泪水。

刘珍找了一家偏僻的小店,把自己安顿下来。

十五 疲惫

刘珍赶早车,八点钟回到云川县城。小城正笼罩在炊烟缭绕之中,候车场上有四五家卖早餐的小摊点,灶口上的大汤锅正呼呼地冒着热气。刘珍看见这些就恶心,眼前直冒金星,腹内翻江倒海地难受,好像要把五脏六腑吐出来,却只吐出些胆黄似的苦水,苦得她两眼泪流。

刘珍惨白着脸蹲在汽车站的水泥台阶上。她实在支撑不住了,只好掏出手机给辛大海打电话。辛大海听出刘珍的语气微弱,急忙骑着车子赶过来。刘珍憔悴的脸色把他吓了一跳,车子还没支稳就急着蹦过来,蹲在面前,抚摸着她的额头问:“刘珍,珍,咋的啦? 你这是去哪儿了? ”

刘珍看见辛大海,眼泪不住地往外涌。辛大海更着急问:“到底咋的啦? 遇啥事啦? ”刘珍说:“我晕车。”她抱住辛大海,眼泪流得更加汹涌澎湃。辛大海搂住痛苦不堪的刘珍,拍拍她的肩,柔声说:“走,咱买点药去。”刘珍顺从地点点头。

在车站附近买了些“晕眩停”,刘珍当时就吃下两粒。辛大海要送她回家,刘珍摇头。武福太对刘珍的态度他最了解,看她现在难受的劲,回家他倒不放心,就把刘珍带回自己家。小泉学厨师,成天吃住在饭店,小河住校,家里就他一个人。一间小南屋乱得像猪窝,辛大海有些难为情,搬一把椅子先让刘珍坐下，自己忙着把那些臭袜子、裤头收拾起来，看上去顺眼了些，这才让刘珍上炕。刘珍说："这屋里没个女人实在不行。"大海低着头没语，把个枕头放好，让她躺下。

刘珍的晕眩渐渐平息，头像要裂开似的嘭嘭地跳着痛，她闭着眼睛微微地喘息着。辛大海关切地守候在身边，用手轻轻地爱抚着她的额头，在心里暗暗地惋惜着：这男怕入错行，女怕嫁错郎，眼前这个女人但凡能遇上一个稍微吃苦耐劳、一心一意过日子的男人，生活肯定不会是现在这个样子。同时他又在心里矛盾着，要是人家夫妻恩爱，家庭和睦，能和自己有这番恩爱吗？肯定不会。尽管这样，他还是希望她生活安定，日子幸福。见她一个人这样无依无靠艰难地过日子，他也心有内疚：人家找情人搞外遇，都为金钱享受，她跟了他什么也不图，从来没要求过他什么。这个傻女人！

辛大海认真地端详着刘珍的脸：眼角生出细细的鱼尾纹，肤色磁白润泽，鼻头圆润滑腻，他不由地用手在上面刮了一下，把刘珍弄醒了。她睁开眼看着辛大海深情的目光，心里安静了许多。

辛大海问："好些了吗？我给你弄饭去吧？"

刘珍拉住不让动，她就想这样静静地让他陪着。"你去哪里了？"他盯着她的眼睛。刘珍的脸一下子有些发烧，眼前又闪现出那个赤裸裸胖男人的身体。她尽量避开大海的目光说："我去借钱啦。"

"借钱干啥？没借上？"刘珍的惨状让辛大海猜个正着。他用手去抚弄刘珍的头发，手指停留在她的秀发上，笑着问，"你烫发了？几时弄的？"

刘珍愈发心虚起来，吞吞吐吐地说："昨天，昨天去美丽那儿，她非让我弄，洗洗就展了。"说着她坐起来要去洗头发，一头波浪卷发就倾泻于肩。辛大海惊奇地瞅着，刘珍更现窘态，硬要下地去洗，辛大海喜欢地笑说："千万不能走出这个门，当心沉鱼落雁。"

刘珍推他一把说："去你的。"大海就势反弹回来，一把抱住她。刘珍鼻子酸酸地说："大海！"

大海的心也酸溜溜的，他搂紧了刘珍说："以后再不让你为钱发愁了，没钱找我。"

刘珍依偎在大海的怀里,一颗飘浮的心才有了归宿感。她知道大海没钱,但这句话比起董老板那沓钱来,要让她舒服得多。她嗔道:"你要抢银行还是傍富婆?"

"傍个富婆不好吗?"

"不好。"刘珍干脆利落地说。

两个人一时都沉默了,就那样相依相偎地拥抱着。

将近中午,刘珍的精神才完全恢复正常。辛大海要出去买肉,说两个人难得在一起,要美美地吃一顿饭,管它世上咋变迁,过了今日再说明日。刘珍被大海逗乐了说:"过了今日不活了?来日方长。我都出来两天了,小安这两天肯定又吃方便面,我得回去。"说完就去梳洗。

辛大海很失望地看着刘珍洗头发,说:"你这女人有福不会享,天生就是受苦的命。"

刘珍把头低在水盆里深有感触地说:"啥人啥命,没办法。"

刘珍又把头发盘起来,变回原来的刘珍。正要出门,辛大海说:"刘珍!"刘珍回过头,他却再没话说了。

从辛大海家出来,刘珍没轻松十分钟就又犯起愁来。人家李叶帮了自己那么大的忙,这到头来别说报答了,连人家的本钱都还不上。她又想起董老板放在桌上的那一万块钱,在心里嘲笑自己:又不是黄花大闺女,能"卖"出那个价应该知足才对,活该倒霉!

刚拐进巷口,远远地就望见武福太正站在那里笑嘻嘻地和赵丽芳说话。赵丽芳手里提着一堆水果,见刘珍走近,使了个眼色急忙回去。

武福太回头看一眼,挎着胳膊低下头往回走,刘珍的心情简直灰暗到了极点。

中午回家,小安见着母亲欢喜自不必说。

下午,武福太在家,刘珍不愿多待,就出去卖菜。篷子里的菜还保持着鲜气,刘珍想:到底是天凉了。九月中旬,正是不温不冷的季节,菜放上一个星期都不蔫不烂。摆出菜样,刘珍坐在那里发呆,李叶过来让刘珍看她刚买的被套褥单、枕头之类的东西,一律的大红大绿,盘龙卧凤,映得两个人脸膛红彤彤的生彩。李叶脸上荡漾着喜庆,那日的伤感早荡然无存。刘珍问花了多少钱?李叶咂着嘴说:"光这就花了一千多,昨天到金店买了些首饰花了一万五,这衣服还没买呢,亲家的彩礼,等等,等等,花钱就像流水哩,等小安娶的时候你就知道了。"

刘珍愈发不得劲。李叶提着大包小袋风风火火地走出去,刘珍又坐在那里搜肠刮肚地想能借钱的主。她给二姐打电话,还没等她开口,二姐就问你手里有钱没有?她儿子买楼房,还差两万多。刘珍没好气地说:我这里还火烧眉毛哩!挂了电话,刘珍开始后悔昨晚没从了那董老板。自己生自己的气:恶心就恶心吧,啥苦啥罪没受过?

刘珍没心情做生意,躺在窄床上看篷布。手机铃铃地响起来,她接通电话是武福太的姑姑。她说武福太的姑夫车出了事故,正急着等钱用,让刘珍还钱。刘珍没好气地说:"谁借找谁要去。"

武福太的姑姑一听气就上来了说:"借钱的时候粉白脸,一说还钱就狗脸……"刘珍把电话挂了,真想杀了武福太。

刘珍拿定主意,等把这些菜卖尽,用本钱还李叶的饥荒。这生意她实在做不下去了。

晚上,武福太的姑姑追到家来,进门鼻涕眼泪甩了一地,哭着说:"你姑父碰坏了人,还在医院等钱用,车也撞成一堆废铁,这一家人还得过吧?这钱你们给也得给,不给也得给。你们有难处我能帮,我有难处你们除了不帮,也不能坑我?"姑姑说得句句在理。

刘珍恶狠狠地瞪着武福太。武福太吭吭哧哧地说:"这不是,这不是,还没还上吗?明天,明天我去要。"

姑姑说:"咋行,今天我就不走了,明天和你一块要去,我看他就别给?"说着脱掉鞋子坐到炕里边。

家里的气氛实在让刘珍寒心。武福太的屎就让他武福太自己去擦。刘珍提着包索性从家里走出来,在巷口等小安放学。街上的路人行色匆匆,有独行的,有三两结伴的,刘珍羡慕从身边走过的每一个人,人家肯定没有这么多烦心事，人家都匆匆地往家赶，她却往外走。一阵悲凉袭来，止不住的泪水又洒满胸前，要不是还有年迈的母亲，一双还需要照顾的儿女，真想就这样一了百了。

"妈！"小安喊，"你在这儿干啥？"

刘珍假装轻松地说："家里来了客人，睡不下，我等你，咱们出去睡。"

小安拉住刘珍的手问："是爷爷又来看病了？"

"不是，是你姑奶、表叔他们。"

"有多少人，还得咱们出去睡呢？"小安不情愿地说。

"十几号人呢。"说着刘珍拉着小安去对街的小旅馆。

第二天，刘珍照样没有回家，直接去了菜市场。

收拾停当，刘珍瞟一眼对面，这是她不知不觉养成的习惯。辛大海的摊子上不见他的踪影，有一男一女两个人在忙呼。刘珍以为是辛大海的亲戚或熟人，有人过来要卖菜，刘珍就忙自己的生意。不到十点钟，辛大海穿着一身干净体面的衣服走进摊子。刘珍正忙着给一位老太太称西红柿，抬头看一眼笑着说："相亲去呀？"说完又去看称。

老太太说："你称准了，我儿子可在工商局呢！"

刘珍把二斤西红柿递给老太太，笑着低声对大海说："你儿子在中央我也不怕。"老太太走远，她见辛大海悠悠闲闲地坐在窄床上，怪怨道："都几点了，还不卖去？那两个人谁呀？"

辛大海没有起身，两手交叉着放在脑后伸了个懒腰说："我是彻底解放了，把摊子就盘给那两个人了。"

刘珍惊讶地看着辛大海，不像是在开玩笑。她又望着辛大海的摊子说："不干这干啥？有新目标了？"

辛大海低下头抠指头，也不看刘珍说："暂时，暂时还没定，差不多吧。"

"干啥？"她见辛大海两眼闪忽，不像有什么美事，又担起心来说，"事情没定下来你怎就把摊子盘出去了？万一不成你干啥去？眼看着小泉就要娶媳妇了，你能耽误得起？"

辛大海见刘珍着急,不以为然地说:"已经这样了,再说也迟了,不过,差不多吧。"

"到底啥事?"

"成了再说。"他招手让刘珍到他身边来。刘珍疑疑惑惑地走过去,他从怀里掏出一沓钱放到刘珍的手上。眼瞅着外面不让刘珍声张,压低声音说:"拿去还李叶。"

刘珍又把钱推回去说:"不行,我不能再拿了,那八千还不知哪年才能还上呢?"

辛大海一下子把脸拉长,恼着说:"你这是啥意思?成心不让人好过是不是?你听着,那八千不要了,这五千也不用还。"说着他硬把钱塞到刘珍手里,高声冲着李叶的摊子喊:"李叶,李叶!刘珍叫你哩!"

刘珍弹簧似的向后退了两步,扭过头来把脸转向一边。辛大海偷笑,她剜了一了眼。李叶隔着棚子说:"干啥,干啥?"人已经走过来。她看一眼刘珍,又用心去盯辛大海,脸上露出笑意。刘珍佯装不觉,眼睛始终盯着街面。李叶问辛大海:"你夜猫子嚓春,不得实,干号哩?"

辛大海去拉李叶的手说:"这不是嚓过来了吗?"

李叶用劲把辛大海的手拍下去,嘿嘿地笑着说:"叫我干啥?"

辛大海努努嘴说:"是刘珍叫你,又不是我叫你?"

李叶就看刘珍,刘珍不由地去看辛大海,辛大海没事人似的看着她和李叶。

刘珍说:"还你钱。"她把那沓钱拿到李叶面前。

李叶很意外,她说:"你哪里借的钱?我压根就没准备跟你要,前些天从我弟弟那里借了两万,已经差不多了,你再还回去吧。"说着把钱推回来。

刘珍正犹豫,辛大海一把把钱抢过来塞进李叶的手里说:"给就拿着吧!早就想要了,还假惺惺的?"

李叶捶了大海一拳笑骂:"这也要你管?你以为谁都像你,见利忘义?"

李叶本是一句玩笑话,辛大海一下子像吃了个苍蝇,嗳得喉头咕咕地滑动了两下,再找不到下文。他勉强说:"谁爱管你们的闲事呢?"说完就出去了。

165

李叶觉得没趣，摊着手说："这人今儿个咋啦？"刘珍摇摇头也觉得奇怪。

李叶说："这钱？"

刘珍说："你就拿着吧，你正用钱。"

李叶不再客气，把钱装进上衣兜里说："那行，人家还要买台冰箱，我本是不打算买，这就买吧。那往后你要是难住，千万言语一声。"说完过去招呼生意。

李叶走后，刘珍反倒觉得心里空落落的，这辛大海到底打的啥主意，不会是为了她把摊子盘出去的吧？志忑了一阵，怎么想也没道理，有人过来买黄瓜，她干脆不想了。过了一阵，辛大海又转回来，见刘珍闲下来，就一脸正经地说："刘珍，咱们也出去转转吧。活得这个窝囊。"

刘珍以为他在开玩笑，说："去哪里？"

"天津、上海、深圳、广州、苏州、杭州任你选。"

"那行，上有天堂，下有苏杭，咱也学他乾坤皇帝，逍遥一回。"刘珍随便玩笑说。

"行，说定啦，你不能反悔？"辛大海一脸正经。

刘珍说："不会吧？你钱多得烧成这样？总共盘出多少钱？"

"一万八。"辛大海说。

"你知道李叶这媳妇花出多少钱？五万还不够。人家好赖还有三间房子呢，你就少张狂吧？免得将来孩子们怪你，当爹得要有个当爹的样？"刘珍说道。

"这我知道，就想和你出去转转。"

"我不去，这不是糟践钱吗？"刘珍果断地说，"大海，谢谢你。"说这话时她心里酸酸的。

"傻女人。"辛大海出去了。

摊子上也没啥值钱的货，刘珍想这几天乱糟糟的，也没太顾得上小安，小安有些日子没吃上一顿顺口饭菜了。她把摊子归整好，提了些菜，走到市场拐角又买了一斤猪肉，准备回家吃米饭。

走进大门，从玻璃上就看见武福太的姑姑还在。刘珍定了一刻，还是勉强进去。一进门，武福太的姑姑脸哗一下就挂下来，说："你还是回来了。你也是识文断字的人，怎就不明事理呢？我本来是想去市场里找你，又怕失了你的面子。福太伤成那样，你不给钱治那是你们夫妻间的事，我这钱你躲着不给有道理吗？"刘珍就去看武福太，武福太忙把头低下。刘珍猜出武福太一定和姑姑说了些什么。姑姑继续说，"福太任你欺负，我可不是软柿子，这钱你要是不给，我闹到摊子上，看你……"

"武福太！这钱到底谁花了？"刘珍实在控制不了自己的情绪，抓起一个茶杯砸过去。武福太没砸着，打碎一块玻璃。

姑姑不依了，上去就抓刘珍的头发，发狠道："你这是打谁的脸呢？不给钱也就算了，连句顺气话都没有？"刘珍抓住姑姑的手，两个人扭在一起。

武福太这才急了，用一只手去挡两个女人，软着声说："姑姑你放开，有话好说，都是一家人。刘珍你把卖菜的钱给姑姑，有多少就给多少？"武福太在中间一搅和，两个人都松开手，毕竟是亲戚，这样扭着已太过分。

姑姑委屈地哭开了，说："福太，你小时候姑姑哄你，背你，没想到亲你一场，落得个这样下场？"说着呜呜咽咽地大哭起来。

这时候刘珍倒没有一点眼泪，直定定地盯着武福太。两个女人的态度让武福太害怕，他几乎是哀求着说："珍子，珍子，你先把钱给姑姑，三千两千都行，过了这一阵子我想办法给你，行吗？"

刘珍一句话也说不出来，盯着武福太一张一合的嘴，眼前幻化出一张刚吃了人肉的狼嘴，张着血盆大口，那血还哩哩啦啦地滴着。刘珍紧紧地抱住腰包，一步一步地往后退，正要转身逃跑，和小安撞了个满怀。

小安看见母亲披头散发，脸色惨白得吓人，惊恐地问："妈，妈，你咋的啦？"

刘珍这才清醒，拉着小安说："走，跟妈走，这个家不能待了。"不由小安思索硬把他拉出当院。

武福太还在喊："珍子，珍子！"

刘珍把小安拉出大门。小安不安地说："妈，咱家到底出啥事了？"

刘珍的眼泪这才扑簌簌地掉下来。她也不知怎样和儿子诉说这种种根由，说了儿子能承受得了吗？刘珍抹了一把眼泪说："小安咱先吃饭去。"

小安带着哭腔说："妈，你这样能吃下饭吗？"小安拉住刘珍的手说："妈，你别老拿我当小孩子，其实我早就看出你和我爸不对劲，我以为过些日子会好的，你们到底咋得了？"

"你爸爸不想过日子了。"刘珍尽量在儿子面前控制自己的情绪，她怕小安着急，又说："这是我们大人的事，你不用担心，好好学习就行了。"走了一段路，刘珍突然说，"小安，你要不办住校吧？"小安问为啥？刘珍说，"我这段时间忙，顾不上给你做饭，再说我和你爸整天争争吵吵，我怕影响你学习？"

小安说："我不怕。"

"你不怕我怕。"刘珍情绪有些激动，"你听不听话？你听话就是妈的儿子，你不听话我就不活了。"说完刘珍的眼泪又哗地一下掉下来。

小安见母亲真动气，就顺着她说："我住还不行吗？不过你不能再和爸爸吵架了。"

刘珍说："下午我就去学校给你办？"

小安不语，母子俩走出巷口，又走了两条街才走进一家小饭店。刘珍故意选择离家远一点的饭店，不想听到武福太和那姑姑的任何一点动静。

下午刘珍真的给小安办理了住校手续。正好有一个学生刚当兵去了，腾出一张空床，要不然还住不了。她在食堂管理员那里给小安买了三百块钱的饭票。刘珍实在不想迈进家门半步，可小安住校得用行李，洗刷用品，她愁肠地回到家，正好武福太和他姑姑刚走。刘珍急忙把小安的行李捆好，拿了几件换洗的衣服，用塑料袋把牙刷牙膏之类装了，送到学校。安顿好床铺已是下午五点多钟。刘珍把一把钥匙和三百块钱的饭票一起送到小安的教室。小安惊讶地问："妈，真住？"他以为中午母亲是在说气话，从小上了八九年的学，没一夜离开过家，这真要住校，小安的心里一下子空虚起来。

刘珍说："你今晚就别回家了，行李我也给你铺好了，在男公寓三楼105室。我去你姥姥家住几天。"

小安不安地说："妈，你别跟我爸闹了，我心里特难受，课也上不在心里。"

听了小安的话，刘珍的心像针蜇般痛，她苦撑苦忍了十几年，为的就是两个孩子，如今……她忍住内心的痛苦，强作轻松地说："小安，你安心上课，你爸爸那样，不教训教训他怕是不行，过几天就没事了，叫你住校是另有原因，天渐渐冷了，生意一天比一天忙，顾不上给你做饭，你住在学校妈也省心，你在家里妈又得照顾你，又得挣钱，你想想妈有多辛苦？"刘珍摸了一下小安的头，小安半信半疑地走进教室。

刘珍慢慢地往楼下挪，腿颤得像刚爬过山。这小安一住校，会不会影响学习？会不会学坏？可不住校又能咋办？家还像个家吗？走出学校，她不知自己何去何从，独自坐在学校大门外的马路上，看满大街的车水马龙，行人如织。西沉的太阳黄得耀眼，锋芒一样刺得眼睛生痛，她把目光收回来。再不用急着回家，家里仅有的那份牵挂被她寄宿在这一墙之隔的大院内。坐得渐生凉意，天边仅有的那缕光晕也沉没在群楼屋宇之后。她站起来拍拍屁股上的尘土，回头望望校院，迎面一幢五层高的教学楼，她仰面数到三楼，一个窗户一个窗户地望过去，却想不起小安在哪个教室里上课。

街灯星星般亮起来，照得人脸蓝汪汪得像鬼脸。刘珍专到有阴影的地方走，人在暗处就容易去猜测别人，她猜度从身边路过的每一个人：这个人是要急着回家的，家里一定有热炕头、暖被窝；这个人是刚和女人打了架的，一看那脸上的抓痕就明白；这个女人一定是那种女人，走出十几米远了香味还能飘过来……猜度别人忘了自己，不知不觉刘珍走进菜市场。

个个摊前灯火通明，晚上的生意也很多，只有刘珍的摊前黑咕隆咚地遮挂着。做生意的人累死在摊前心也是甜的，刘珍看着人家都过得红红火火，内心凄苦无言。她做贼似的溜进篷子，灯也不开摸索着躺到床上。她现在最怕见到的就是人，死寂是最好的疗伤方子。躺了有一刻钟，思绪渐渐地回到心间，孤独和凄凉一起在黑暗中向她袭来。人在无奈中活着，活着无奈，想死也无奈！上有老，下有小，不容你一了百了，泪水顺着眼角往外溢，她懒得去擦。明天干什么呢？她在黑暗中环视那点剩菜烂叶，还能卖几个钱？能安心地卖吗？武福太和他姑姑能善罢甘休吗？刘珍摸出手机犹豫了好一阵，还是把电话拨通。现在能和她说说话的,能安慰她的人也只有他了。

"喂,你在哪儿呢?"辛大海问。

"在摊子上呢。"

"咋不回家?"

"大海——"

"想我啦?"

"——咱们明天就走吧!"刘珍说。

辛大海愣了一下神,突然说,"你终于想通了? 去哪儿?"

"去哪里都成。"

"那就去苏杭,咱也去风流它一回,你和福太怎说?"

"这不用你管,明天六点咱们在车站见。"

挂了电话,刘珍有些不管不顾,想这些年活得窝囊,这次出去一定要好好犒劳一下自己,把这些年对自己的亏欠全部补偿回来。她坐起来,趁现在还不算太晚,她想弄弄头发。

市场旁边就有一家理发店,店面不大,是两个二十出头的小姑娘开的。由于经常出入,大家都熟悉。见刘珍走进来,两个小姑娘忙站起来笑盈盈地说:"刘姐,烫还是剪?"

刘珍一时被问住,不知该剪还是该烫。她常天梳着个马尾辫,从来没在这上面花过心思。她想起那次贾美丽带她去美容院做的那个发型,确实好看,可那造价太高,她没敢提议,就问小姑娘:"你们说怎整就怎整吧。"

另一位小姑娘说:"刘姐脸圆,剪个沙宣肯定好看,保管你年轻十岁。"

刘珍被小姑娘说得不好意思起来,说:"别弄得太洋气,随便就行。"两个女孩就忙着倒热水帮刘珍洗头发。

从理发店出来,刘珍像换了个人:齐眉刘海,齐耳短发,把一张脸衬托得方方圆圆,眉目也显得整齐明亮,真的年轻了许多。她甩甩头,像去了千斤重。抬腕看看表将近十点钟,她还惦记着那身西服,就匆匆往家赶。路灯把人影拉得很长,总感觉身边有个伴似的。

武福太一个人睡在炕上看天花板,听见刘珍的脚步声有些激动。他一个下午都在找刘珍，先去了摊子上，等了一个多小时不见踪影，他知道打电话刘珍不会接。他转回来去了赵丽芳家，吃了赵丽芳一个软钉子。他安抚姑姑先回家，说明天会送钱去。姑姑也觉得没趣，毕竟是亲侄子，这侄媳妇不讲理能有啥办法？武福太爬起来，眼睛直勾勾地看着刘珍，想不出这女人哪儿变了。

刘珍不想理他，自己走进厨房。想等武福太睡着了，再去立柜里取衣服和皮鞋。可好不容易逮着了刘珍，武福太哪肯放过。他急火火地追进厨房，不过没有了往日的气焰，软着声气说："姑姑那钱，你先垫上，等我……"

没等武福太说完，刘珍冷冷地问："这钱到底给谁了？武福太，你不想好好地过日子，也不能这样糟践人？你爱赵丽芳那是你的事，不能常年让我也跟着你给人家帮边套吧？"

武福太哪里是不想好好地过日子？是想过得更好，更滋润；妻能挣钱，妾能消遣，只是他本事有限，才把日子过得一团糟。武福太过去拉刘珍好言说："先把姑姑的钱还上，以后我去想办法。"

刘珍身上那点本钱总共也不到六千块钱。两个孩子的生活费，学杂费全在这里边，她哪肯松手。再说这给了武福太就等于给了赵丽芳，她哪能服这个气？看武福太这阵势，得不到钱决不肯罢手，她不想再纠缠，就对武福太说："我累了，明天再说行吗？"

武福太见有转机，也不想把刘珍逼急了再生变故，就柔声细气地说："那咱们睡吧，等还上钱，我再也不认她这个姑姑了。"

他本来是想宽慰一下刘珍，刘珍倒觉得那姑姑不值，恨道："这借债还钱有错吗？"武福太悻悻地走进里屋去睡了。

刘珍一夜没有合眼。四点多钟趁武福太不备，轻手轻脚地提着衣服悄悄走出家门。

十六　抵债

"噔噔噔"的敲门声把睡梦中的辛大海惊醒。他迷迷糊糊地问谁,刘珍压低声音说:"我!"

辛大海一骨碌爬起来去开门。见他赤条条地站在面前,刘珍赶紧溜进来,忙把门关上说:"当心感冒!"

辛大海以为睡过了头,急忙要去穿衣服,抬头看看墙上的石英钟,刚好四点半。他把手上的裤子放下又钻进被窝问:"你是不是发癔症啦?才几点?"

刘珍把包和衣服放到椅子上,自己坐到炕沿边,没搭理他。辛大海发现刘珍剪了头发,愈加好看,就盯着眼看,看得刘珍不好意思起来。她忙把头低下,这一低竟有些犹抱琵琶半遮面的妩媚。辛大海忽悠一下如腾云驾雾,仿佛要飘浮起来,他一伸手把刘珍揽到怀里。

两个人疯狂了一阵,都软塌塌地摊在那里。刘珍枕着大海的胳膊重新找回了做女人的感觉,幸福在周身蔓延。正要入梦,辛大海"啊"的一声把她惊醒,抬头看看表都六点多了。两个人慌慌张张地起来梳洗。大海问刘珍带身份证了没有,刘珍点点头。大海神秘地微微一笑,拿出一本崭新的结婚证让刘珍看。上面是他和她的两寸彩照,还打着钢印。刘珍细看结婚日期是二〇〇二年八月十五日。刘珍的心慌慌地跳起来,问哪儿来的?"

大海说:"花三百块钱买的。"

"多会子弄的? 这可是犯法?"

"昨天下午。"辛大海也有些心虚起来。

"当时我说不去,你怎还弄?"

"我就想和你一起出去一趟,不管几时?"大海说着竟然有些伤感。

刘珍打扮得鲜鲜亮亮,像一个文气十足的白领。辛大海也特意收拾一番,胡子刮得干干净净,休闲裤子,T恤衫,一双运动鞋,格外精神。两个人站在一起,陌生人谁敢认这是一对卖菜的小贩?

两个人的心情都非常激动,像一对初恋的情人,甜蜜着。辛大海不由得回头瞅一眼刘珍,刘珍也不答话,只是含情脉脉地回应,心在咣咣地慌跳。刚到汽车站,刘珍的手机响了,她看也没看就把手机关掉,不用猜也知道是武福太。上了通往皇都市的客车,毕竟不是青春年少,不是正经夫妻,心里再爱慕也不敢放到太阳底下晾晒。刘珍故意坐到最后排,辛大海隔了一排坐下。

刚冒出山峁的太阳奋外新鲜,光芒像金线般黄灿灿耀人眼目。刘珍虚着眼感受这朝阳的赞礼。阳光暖洋洋地洒到她的脸上,感觉到周身的枝枝蔓蔓都在舒展扩散,舒服极了,轻松极了。那些纷争烦恼随着客车的行进正一点一点地丢尽。

客车驶进皇都长途汽车站刚好九点。辛大海领着刘珍去附近的一家面馆吃饭,老板把面端上来,没话找话说:"出远门?"辛大海点点头说去旅游。老板看了两个人一眼说:"跟旅游团?"

刘珍问:"啥旅游团?"

老板一听是两个乡巴佬,就开道说:"就是旅行社,去那报个名,够了一个团队就走人,要是没出过远门,跟上人家会减少许多麻烦,吃住不用愁,有导游领着观景点赏名胜,花几个钱不屈。"老板说得刘珍动了心,就去看辛大海。辛大海问老板旅行社在哪里? 老板一指说:"火车站旁边就有一家。"

不常出门的人,一走出家门就有种天蒙蒙地茫茫的空旷感。在家再能走出那一亩三分地就变成盲人瞎马。江南在电视上见过,听人说过,真要是想去见识一番,仿佛天方夜谭。两个人合计还是跟旅行社比较方便。顺着老板的指导找到一家"逍遥任你游旅行社"。

两个小姑娘正在擦抹外面的沙发、茶几,见有人进来忙丢下抹布微笑着问:"是要旅游吗?"一看这热情劲就知道是一家私人开的旅行社。辛大海点点头。"去哪里?"小姑娘又问。

"去苏杭。"辛大海说。"噢!"另一位小姑娘忙从吧台上拿起一份彩色广告纸递上来说,"我们这里有个江南七日游,你们就加入这个团队吧? 七天内保你们吃得好,玩得好,住得好,七天内几乎能游遍江南所有名胜,比如西湖、太湖、南京、上海、苏州、杭州……"

小姑娘介绍得两个人都兴奋了,刘珍问:"这得多少钱?"小姑娘说:不贵,每人只收两千。刘珍"呀"了一声说:"那么贵?"

小姑娘马上说:"大姐,这还贵呀? 这一路上的吃呀、住呀,每个景点还得买门票呀,你就说这车吧,得耗多少油?"辛大海很爽快地说:"行,两千就两千。几点的车?"

"明天早上六点,准时在这儿集合。"

辛大海去吧台交钱,一位男青年把目光从电脑上移过来问:"带身份证了吗?"大海说带了,回头去看刘珍。刘珍走过去掏出身份证放到吧台上。小伙子拿起来看看,又抬头看看两个人问:"是夫妻吗?"辛大海看刘珍,刘珍看墙。他从包里掏了半天才掏出那份"结婚证",小伙子拿起来看了一会,又重新抬起头仔细打量刘珍和辛大海。刘珍的心都快从嗓子眼里蹦出来了,脸烧得不知往哪放。小伙子笑着说:"八月十五号? 是梅开二度? 这社会真好,你们第一次结婚没旅游过吧? 好好地出去玩玩,把年轻时丢失的重新补回来。"几个年轻人都祝福地冲着他们笑。辛大海冲着刘珍眨眨眼也笑。刘珍这才放松了些。

两个人从旅行社出来,感觉真好。小伙子的话把两个人引领到一个梦幻的境界——"梅开二度",他们谁也不想错过这实实在在的幸福,想着怎样度过这美好的时刻。两个人来到皇都市最大的商场"贵都商贸大厦",人走进去就像进了迷魂宫殿,灯光照耀得青蓝幽静,使每件衣服的颜色都是那么纯净鲜明,衣服的标价不是一千就是八百。刘珍拉辛大海要出去,辛大海说:"不买还不让看看？"索性拉着刘珍站上电梯上二楼。二楼都是品牌专卖，专卖男装西服，价格贵得比一楼还吓人，哪件也不下三千两千。再上三楼，也是品牌，尽是女装，质地、款式都是现下最流行的。看也是一种享受，在这人生地生的闹市，刘珍挽着大海的胳膊，慢步悠悠，俨然一对恩爱情侣。

"刘珍，珍子！"突然背后有人叫。听到这声音刘珍的心立马突突发慌，不由得要回头，贾美丽提着大包小包瞪着眼站在那里。真是冤家路窄！刘珍在心里叫苦。她慌忙把手从大海的臂弯里抽出来，脸上干笑着迎过去。贾美丽笑骂："你害得我好苦，"说着看看辛大海悄悄地说，"你呀，放着金砖不去抱，专拣烂铜啃？"她说完再回头看。

刘珍一下子看见贾美丽背后不远处那颗光溜溜的脑袋，董老板没事人似的冲着刘珍笑。还走过来说："刘小姐！"刘珍的脸一下子烧成火炭，好在这里是一片水银灯光，照在那里都一样幽蓝。她的眼睛不知该瞅哪儿，竟忘了董老板是在同自己打招呼。

贾美丽又在刘珍的耳边低声说："那一夜，我陪了这个陪那个，可把我害苦了。"说完嗤嗤地笑。董老板一直盯着刘珍的脸，刘珍慌得竟不知贾美丽在她耳边说了些什么。辛大海躲在一边看她们说话。贾美丽半靠在董老板的身上，两个人挽抚着走过拐角。董老板还特意回过头，望一眼呆傻的刘珍和走近刘珍的辛大海，脸上分明挂出不屑的颜色。

辛大海笑问："这是谁呀？"刘珍这才从慌乱中回过神来说，一个村的。大海说："你们村怎尽出这怪物？脸上画得像猴子屁股。"

刘珍面对大海竟心虚起来。大海见刘珍发呆，以为是在羡慕贾美丽，就说："咱也买一件吧，怎地也不能白来一趟？"

这次刘珍听清了，白大海一眼说："你省省吧，咱能跟人家比？人家开着一个大煤站，还养着一个五六十辆大卡车的大车队。"

辛大海从那两个人消失的方向望望，气愤道："那孙子有钱能怎样？搂着一个那么俗气的女人，不嫌恶心？"说着就用胳膊搂刘珍的腰以示优越。天底下的男人都有争强好胜的通病，辛大海也不例外，总要找出一样拿得出手的来和人家比比，没有一个轻易认输的。

两个人从商厦出来，进去时提的啥，出来时还提着啥，一份不增，一份没少。辛大海回头望望商厦说："你跟着我后悔不？"

刘珍故意说："后悔，后悔死了，你看人家贾美丽，花钱都不数数。"

辛大海伤感地说："我也觉得委屈你哩。"

刘珍拉住大海的一只胳膊撒娇说："嗨！我现在幸福死了，别看他们钱多，买不来真感情。"听了刘珍这话，大海才觉安心。两个人亲亲热热地又往火车站的方向走。

现在旅行社就是他们活动的轴心，不能离太远，吃住都要在这附近，这样心里踏实。在火车站对面的旅馆住下，辛大海要住一块，刘珍不敢，说这还没出去呢，别先就死在这里，不值。辛大海想想也对。

第二天一早，五点钟就起床。两个人梳洗一番，退了房间直奔"逍遥任你游旅行社"。旅社门前果然停着一辆大巴，车身两侧都喷着"逍遥旅行社"的字样。大海先上去核实了情况，高兴地招手让刘珍上来。他们找了一个靠窗的双人座坐下。刘珍打量车里，早有六七个人坐着。看样子这大巴能坐五十多人，坐在车上，两个人的心这才真正踏实下来。车外还亮着星星点点的路灯，有清洁工在街灯下清扫路面。

武福太一觉醒来丢了刘珍。他寻了个遍，连厕所都没放过，再打电话，刘珍关机。武福太心里明白，这次刘珍是铁了心不理他了。他不相信刘珍会把家底全部带在身上。武福太像一条发了疯的野狗，上蹿下跳没了章程，翻箱倒柜，把衣服杂物抖落一地。他拿起刘珍的一件旧风衣，像有深仇大恨般使劲摔打。这一下没白费工夫，轱辘辘滚出一个锦盒，他眼前一亮，匆忙打开：一只金灿灿的黄金手镯亮出来。他的脸一时露出冷笑，知道这是刘珍的心爱之物。

武福太挎着一条胳膊恼恨恨地走过来。赵丽芳提着一桶脏水要倒，殷勤地问："你这是去哪呀？又受气了？"武福太说："去我姑家。"因为心里搁着事，脸上依然绷着。

"呀！大清早的摆着个脸子难看死了。赶快进来，吃了饭再说。"说完赵丽芳拎着个空桶先回去。

武福太本来是不打算进去的,怎奈赵丽芳就像一块磁铁,他永远抗拒不了这种引力。武福太赶紧跟进来。小炕桌上放着一碗热气腾腾的鸡蛋面,赵丽芳一把把武福太按到炕桌边说:"瞧瞧,人都瘦成这样了,也没个人心疼?"武福太也不客气,唏唏嘘嘘地吃起来。昨天一天没吃上一顿饭,一碗面三口两口就见了底。他瞧瞧赵丽芳,又看看煮面的饭锅。赵丽芳说:"要不再煮点?"武福太见赵丽芳光说不动,就把嘴抹抹说算啦。他把身子贴过这边,赵丽芳顺势靠过来,关心地问:"姑姑的钱还上啦?"

一提到这事,武福太又烦躁起来,说:"还个屁,我正是要去处理这事呢。"

"有钱啦?都是我连累你的!"

赵丽芳的话让武福太心升暖意,不由自主地又把那只金镯子掏出来炫耀。这是刘珍的全部家当了。她把项链、金戒指、耳环统统都打了这只手镯,怕磨损才不舍地戴在手上。武福太愤愤地说:"把这个拿给她,看她还说些啥?"

赵丽芳忙抢过来,在手上掂掂分量说:"她竟舍得?"

"管她哩,她不给钱也怨不得我?再说姑姑她就能真要了?"武福太咬牙切齿地说。

赵丽芳把镯子戴在手上左看右看说:"福太!你这命怎就那么苦?娶了个老婆不爱你,不心疼你,自己的亲姑姑又是那样无情无义,我真替你难受哩。这镯子少说也值个七八千的,就抵五千块钱的账怪可惜的。"

赵丽芳的话点准了武福太的心事。他恨姑姑,平日里常说和他亲,为了几个钱像乌眼的鸡,哪里有姑姑的样?武福太发誓道:"我就拿这个给她,看她就收了?要是收了,我再不喊她一声姑姑。"

"福太,你傻呀?"赵丽芳惊叫道,"人家要是收了,你不是亏了?"她眼珠子转了转说,"福太,要不这样,我这儿刚有两千块钱,你先拿去还她,我就怕你吃亏。姑姑又怎样?她还不是能占你的便宜就占了!"

武福太一听心里高兴,说到底这亏空还是为了她才借下的。但赵丽芳有这份心,他还是有说不出的感激,说:"你真有两千?那行,我先还她两千。"说着武福太想拿回镯子,"那我再把这镯子放回去,免得回来跟我又闹。"

"福太!"赵丽芳黏着声说,"你放在我这儿,我还能把它吃了?你看,我戴上多好看? 嗯! 就戴两天? "赵丽芳这黏软的声音,一下子能把武福太化掉。武福太端起她那只戴镯子的手在嘴上亲吻了一下,又放远瞧瞧说:"这人好,戴啥都好看。"

"福太!"赵丽芳叫了一声,扭捏着钻进武福太的怀里。他一抬那只受伤的胳膊,正好碰在赵丽芳的后脑勺上,痛得龇牙咧嘴,但还是顾不得疼痛一把把她搂住。

武福太揣着两千块钱从赵丽芳家出来,心里得意,想:这活人还能让尿憋死? 我离了你刘珍就不活了? 你不是想看我笑话吗? 我就先让你看看,我武福太快活着呢! 这样想着,武福太拐进菜市场,他料定刘珍在菜摊子上,还能跑哪里去?

市场的上午,永远都是人来人往,川流不息地热闹着。刘珍没开摊子,李叶的摊子上人围得更是多。武福太撩起棚布把头探进去看了一圈,想刘珍一定是去了货栈。他这才去了姑姑家。把那两千块钱交给姑姑,姑姑难免又痛哭一场,以示委屈。从姑姑家出来,武福太摸摸身上想买瓶酒再回家,可他身上连个小毛票都掏不出来。他心里不得劲,怎就活成这样? 眼前的潦倒他都归罪于刘珍。这刘珍对他一天到晚像防贼似的,世上哪有这样的老婆? 恨归恨,武福太心里明白,再这样僵持下去,别说零用钱,也许饭也会没得吃。刘珍那种女人一向都是外柔内刚,"毒"得很。权衡利弊,武福太没有回家,再次拐进市场。

他撩起棚布,里面还有些零零星星的剩菜。他全部摆在水泥柜台上,见着人就贱卖。也有瞅便宜的人花几块钱买上一大捆芹菜或油菜,欢天喜地地走开。卖完菜武福太也没闲着,带着一条伤胳膊,把棚子用心地清扫了一番,只等刘珍接货回来。闲下来就看李叶那边卖菜,两家的生意一家做,李叶和赵福生两口子忙都忙不过来。武福太瞅着眼红,心里愤道:我们要是有菜,哪能轮到你们这样火? 他就盼着刘珍快些把菜接回来。

武福太一个上午没白等,就那些剩菜烂叶卖了有一百五十多块钱。中午他去对面的面馆吃了一碗面,喝了半斤烧酒,回来躺到窄床上呼呼地睡起来。

下午五点多钟,大客车满满当当地摇晃进市场。武福太急忙迎出来,从车头上陆陆续续下来七八个人,没有刘珍。武福太问接菜的人见着刘珍没?人家都说刘珍没去货栈。武福太看着人家一堆一堆地往下卸货,心里这才有些不踏实起来;这刘珍到底去了哪里?他想起自己有一天没回家,或许她早回家了?他放下棚布,急匆匆地往家赶。家里像招了贼,衣服乱物扔得到处都是。武福太一下子又想起刘珍的那只镯子,刘珍说过,这镯子她要给未来的儿媳妇做传家宝。想到这儿他心里竟有些慌,要是刘珍发现镯子不见了,会和他玩命。他急忙草草地把衣物胡乱塞回衣柜、箱子里,急急地去找赵丽芳。

赵丽芳一家三口正围着炕桌吃饭。见武福太走进来,男人首先亲热地说:"是福太哥?快坐上来吃饭?"

武福太刚要上桌,见那儿子横眉怒目地瞪着他,有上次那一脚的经验,武福太深知这儿子的德行,忙改口说:"不啦,我还有事。"说完他向赵丽芳使眼色。两个人一前一后走出来,站在大门道里说话。武福太也不绕弯子说:"我是来拿镯子的,我怕刘珍回来知道放你这儿,又要闹?"

"你不说,我不说,她怎能知道在我这儿?再说你不是打算给你姑姑吗?给她就不怕闹了?"

"我,我,我是想这多一事不如少一事。"武福太说。

"你什么意思嘛?怕我黑了你的?我偏不给。"

"那不行,这镯子是刘珍的命根子,你先给我,等我有了钱,给你买个比这重一倍的。"武福太央告说。

赵丽芳见武福太执意要拿,把脸一拉说:"等你有了钱?几辈子吧?要镯子行,拿钱来,三千五。"

"三千五?怎就成三千五了?"武福太真急了,他有钱也不会把事情弄成现在这个样子。

见武福太理屈词穷,赵丽芳干脆说:"拿钱来,就给你镯子,要不然免谈。"说完扭头扭着翘圆的屁股走回去了。

武福太站在门道里愣了半天神,懒懒地走下台阶。

往日热热闹闹的家一下子冷冷清清。虽然刘珍不多和他说话,但出出进进总在眼前晃悠，气氛就不显得冷漠，再加上小安一回来，总是调皮话一大堆，惹得笑声不止。武福太从来没有像今天这样孤单寂寞过。他一个人孤零零地躺在沙发上，平生第一次挂念起老婆来：到底去了哪里？去了娘家？去了姐姐家？还是……他掏出手机给刘珍打电话，还是关机。他又给刘珍的大哥打电话，大哥说没来，你们是不是闹饥荒了？武福太忙说没有的事，就把电话挂了。他又给刘珠、刘玲打，都说没来。武福太越打心里越不安。

武福太和衣睡了一夜，翌日清早，他正睡得蒙蒙眬眬，电话在耳边追魂似的响起来。他马上清醒，会不会是刘珍？急忙抓起手机贴到耳朵上。他虽然着急，可到现在还没觉出刘珍才是他生命中最重要的人。他还在装腔作势地把声音拉得长长的："喂！"那边的声音像火药似的串过来："福太，福太，你还是人吗？"武福太听出是大哥的声音，"爹病了这么长日子，你别说人了，连个电话都不打，你是不是妈生爹养的？"

武福太急忙坐起来，以为父亲不行了。慢慢细听大哥的口气不像是死，忙说："我，我这不是忙吗？"

"谁不忙？我又要放牲口，又要照顾爹，大姐白天黑夜合不上眼，人都熬倒了，你也得尽尽做儿子的责任吧？就你们两口子知道挣钱？别人就不懂得过日子？"大哥仇恨地把电话挂断。

武福太听着电话里"嘟嘟"的忙音，呆傻了半天，竟委屈得呜呜咽咽地痛哭起来。想自己这日子过的，好端端的被老婆一锹劈成这样；眼见姑姑逼命似的追债，这姑侄儿一场竟闹得没了情分；今天大哥又这样说话。伤心至极的武福太哭过之后开始反省自己，自从父亲看病回去已有一月，自己的日子过得焦头烂额，哪顾得上父亲？难怪大哥生气。"

武福太把手臂上的纱布剥粽子似的解开，伤口已经大好。褐黑色的伤痂结痂在臂上，使他看着又伤心了一回。用手轻轻一按还隐隐作痛，他又涂了些药膏，特意穿了件厚毛衣把伤痂遮盖得严严实实，免得父母见了问询。走上大街，武福太倾其所有，给父亲买了些水果、蛋糕，又买了几袋奶粉，提拎着去找通往南山镇的客车。

路上景致全无,田野里灰蒙蒙一片。光秃秃的树枝在黄风中摇晃,烂草败叶在林间田野上飞奔。这山野乡村,冬季就是风季,有句谚语是这样概括的:一年一场风,从春刮到冬;一天二两土,白天不够黑夜补。这话虽然有些玄,但春冬两季的风确实多,有时刮得天昏地暗。客车停在镇外的岔路口,武福太拉开车门,把头窝进衣领中这才下车。南山镇离武家坡还有五里土路要走。武福太离开家乡已有十七八个年头,偶尔回来过节或是探亲都是妻儿老小一大家,这一路上两个孩子小鸟似的蹦蹦跳跳,叽叽喳喳地热闹着;现在他一个人独自行走在这山野土道上,衣服被风吹得膨胀着,人就像剪影。他无端地想起过去的岁月:刘珍背着小满,他背着行李,拎着大包小包逃荒似的离开家乡。也是走的这条路,他脸上的汗珠滴滴答答地往下淌,刘珍用小满的尿布为他擦汗。他嗅着小满尿布上的奶味,心里美滋滋地瞅一眼妻女。那时候家里穷得一清二白,两个人发誓一起出来闯世界,再苦再难也要同心协力,荣辱共济……想到这些武福太的鼻子有些发酸,那份从容,那份温馨,几时从他身边溜走的?有一大片树叶刮到武福太的脸上,把他的视线一下子拉出好长。他放眼望过去,小村上空已是炊烟缭绕,是中午时分。他抬头望望天空,太阳橘子似的挂在中天,光芒似乎全被尘土遮挡。风似乎有些消停,他紧走几步赶着回家。

父亲刺猬一样蜷成一团,鼻翼上架着的氧气管呼噜呼噜地响着。母亲的头发仿佛一夜之间全白了,乱蓬蓬的像顶着一团乱麻。这种情景,铁打的心都会软下来,不见则已,一见心更痛。武福太竟失声痛哭起来,他爬到老人面前,对着老人臃肿紫胀的脸说:"爹!我是福太!"

老人睁开双眼,嘴角抽动了一下,脸上露出欢喜,慢慢转过头来往武福太身后看。声音弱弱地说:"回来啦?都回来啦?"

武福太强压悲愤说:"爹,您感觉怎样?"

老人等了好一阵,见武福太身后再没有动静,失望地"唉"了一声,说:"就这样,老离不了这个。"他指着鼻子上的氧气管。

武福太赎罪似的把一大堆吃食放到老人面前说:"爹,您想吃啥?我给您拿。"

老人疲困地摇摇头,又合上眼皮。

母亲下地去烧火,武福太坐在炕上和母亲说家常。正聊着老三武福安挑着一担水走进来,见到武福太也不打声招呼,气咻咻地往水缸里倒水。母亲说:"三子,见着你二哥怎不问一声?"

武福安把水桶往地上一放说:"还认的这个家门呀?人家连老子都不认,认的我是老几?"

母亲拉一把三儿子的胳膊说:"这说的叫啥话?你二哥和你二嫂子那营生不一样,忙吗?"

老三悻悻地又出去挑水。武福太自觉理亏,坐在那里干笑。母亲说:"甭理他,看把他心苦的?还不是尽你大姐辛苦?"

武福太现在面对体弱多病的父母,才知道要真心孝敬,眼看干柴般的父亲时日不多,难免心里懊悔,恨不能一日当成十日,当牛做马地报答父母。

十七　江南

大巴像远征的战舰，载着整装待发的旅客们驶出皇都市。

天越来越热，感觉裤头都湿乎乎地贴在肉皮上，离家时穿的行头显然不合时宜。时近傍晚，一个截然不同的世界展现在眼前：花红柳绿，夏日炎炎，这就是传说中的江南。

整整坐了一天一夜的车，脚都有些肿胀，每个人都是一脸油汗。翌日深夜两点半才抵达南京市。导游早已联系好旅馆，大家洗漱完已是三点多钟。人累得像一摊泥，再方便的条件也没了那份心劲，头一沾枕头就呼呼地睡过去。

六点刚过，旅店里就叮叮当当活动起来。辛大海睁开双眼，满眼雪白，雪白的墙壁，雪白的床单被套，他新奇地欣赏着这一切，像做梦。刘珍躺在那里像神话中的仙子，辛大海侧转身专注地看着她一张一合的鼻翼、微微颤动的睫毛、红润薄巧的双唇，这一切使他心情激荡，感谢生活对他不薄，创造了这样幸福安逸的早晨。他轻轻地在她的额头上亲吻，刘珍渐渐地醒来，看到一双炽热的目光盖着她睡眼惺忪的脸，娇嗔道："看啥看，看我洋相吧？"他用手臂把她深深地揽入怀中，突然间有几分伤感。刘珍乖得像只小兔，头紧紧贴着他心脉跳动的胸膛。

"要是天天能这样……"大海几乎要流泪了。

床头柜上的电话铃铃铃地响起来，是旅店的叫早声。两个人赶紧松开，大海往腿上套羊绒毛裤，刘珍忙按住说："你想热死呀？穿个裤头套条单裤就行了。"刘珍把自己精减到最单，后悔没有先见之明，没带一件短袖衫。大海安慰说出去碰上咱就买一件。有人敲门，问起来了吗？刘珍忙应说："起来了！"这一声呼唤心里感觉热乎乎的，在家千般赖，出门一时亲。

　　两个人提包下楼，南京市早晨的天空麻麻雾雾一片灰白，翠绿的天空，却少了几分清爽。早饭是一碗稀饭，一个馒头，一个鸡蛋，辛大海是苦力之人，有些不足。

　　天空的阴霾渐渐稀薄，慢慢有了亮色。客车驶进街市，大街两边的树木枝繁叶茂。南京市在北方家喻户晓，从上小学开始"南京"这两个字就不同凡响地根植在每个人心间，如南京长江大桥、南京大屠杀、孙中山、蒋介石等，这些重要历史人物的一些事件，全都系着"南京"这两个字。全车人都怀着敬仰、好奇、兴奋的心情，在了解观望这座神秘古都。

　　景点第一站就是"总统府"。平平淡淡一座大宅院，却有着那么多不平凡重要的历史，孙中山先生曾在这里指挥革命，建立政党。屋内的一桌一椅，一书一墨，都在见证着一个时代、一代伟人的英明壮举；蒋介石虽然"败走麦城"，那也是一代枭雄，他曾经有过一段不平凡的历史。走过一个个展厅，历史的轮廓渐渐清晰。刘珍读了十几年的书，对中华历史上至荒古下至"中华民国"能倒背如流，在今天的身临其境中，才知道书上的纸上谈兵，读一万遍也不如这亲眼看见，亲身体验来得深刻。

　　走出回廊，大家都在孙先生的纪念碑前拍照留影。刘珍和大海没有出来旅游过，见人家都在留念想，自己这一走就了无痕迹，心下着急，大海遗憾地说："下次出来咱一定买它个相机，又不是买不起？"两个人悻悻地来到院南角的一个花圃中，花开得正鲜，盆栽的菊花金灿灿地招人喜爱，石榴树上还挂着点点小红花，各色花卉簇拥在甬道两边，花圃当中一棵粗壮的大树吸引着他们走过去，树木不高，树冠却硕大无朋。叶子肥厚墨绿，树身上挂着一个小铁牌，上面写着"玉兰树"，原来这就是玉兰树？只可惜错过了花期。

　　从总统府出来就匆匆忙忙赶往"阅江楼"。

阅江楼高耸入云,建在山坡之上,背正对着长江。五层殿宙都是重檐飞翘,脊首龙珠,风铃垂挂,翠绿的琉璃瓦走边镶檐,新鲜的油漆雕梁画栋……全观阅江楼没有一点陈迹,都是近期建造。刘珍更想温习一下昔日的沉章底蕴,面前这新崭崭的"文物",她认为这只能传承故事,没有往昔的神韵底温。走进楼内,展现的是大明王朝的辉煌,刘珍对帝王将相不感兴趣,拉着大海走上二楼,一幅绢帛秀面的屏风立在当中央,绢帛细腻柔润,薄如蝶翼,双面娟秀清丽逼真,美轮美奂。刘珍惊叹这呼之欲出的精湛工艺。旅游就是蜻蜓点水,有多么好的景致不能长留长停,带着惋惜继续上楼。三楼或是四楼刘珍有些糊涂转向,反正都是工艺展品。在一个拐角处挂着好多工艺美术书法字画,字入画,画出字,字画交融,给人以艺术美感。柜台里一位四十上下的中年男子,齐耳长发,鬓须蓄得缕缕丝丝像野地里的荒草,胸前挂着一串佛珠,自称修行之人,带着佛的语录,捧着佛的意旨,在这里卖字售画,听得刘珍直起鸡皮疙瘩。这本来是好好的艺术,偏要挂羊头卖狗肉,好端端地走了调。

大海拉着刘珍的手从后门出去,凭栏远眺,纵横的长江碧水通天,著名的南京长江大桥像一条直线贯穿江面,大桥上的两面红旗让刘珍太熟悉了,课本上的图片最显眼的就是它了,它在刘珍的记忆里就是南京长江大桥的标志。站立楼头观望南京,远处是无尽的长江,近处则是一条公路,公路顺着水线延伸,眼前的城池就诞生在夹线之间,浩渺之中,颇为壮观。刘珍激动不已,央求同车的一对老夫妻给留个影。老两口都是退休教师,人倒随和。老先生举起相机见大海躲到一边,招手硬让站在一起。大海迟疑,老夫人忙拉他到刘珍身边说:"夫妻俩来一趟不容易,一块留个纪念多好!"摆好姿势,老先生一按快门,两个人就定格在镜头里,背景就是远处的长江大桥和那细长的街景。老先生把定格的镜头拿过来给他们看。辛大海满意地笑着看刘珍,老先生记下大海的电话号码。刘珍心里有些别扭,也不好明说。这时导游举着小黄旗招呼集合下山。

到了南京,哪有不去秦淮河的道理。秦淮河因艺妓而闻名天下?还是艺妓因秦淮河而名扬海内外?人们都在议论这个话题。河面不大,碧绿清秀,两岸垂柳倒影,徽派建筑白墙蓝瓦结构精巧,依桥傍水。远远一座小桥横跨两岸,刘珍突然想起两句唐诗——"朱雀桥边野草花,乌衣巷口夕阳斜。"她问大海:"那应该就是朱雀桥吧?"他初中没毕业就"投身社会",书没多看,哪里知道什么秦淮河、乌衣巷。这寄情山水的雅兴他来不了,倒是个重情重意的汉子,他一路的风景就是刘珍。刘珍看哪他看哪,刘珍高兴了他比她还高兴。刘珍见大海摇头就为他解释:"这里出过好多名妓,皇帝都来这里捧名媛呢,什么陈圆圆、李思思,大概都是出在这里?"

辛大海来了兴趣问:"皇帝还嫖妓哩?"

刘珍笑说:"这里的妓女可不一般,多是艺妓,琴棋书画样样精通。"

"商女不知亡国恨,隔墙犹唱后庭花。"老先生见他俩聊得高兴,过来凑趣。大海听得有趣,长了不少见识,对秦淮河也有了兴趣。河面上停泊着好多彩色画舫供游客乘玩,河的右边有一溜粉色荷灯圈出一个戏台,台上摆着道具,大概是在向游人展示当年的场面,河岸上游客匆匆,留影作念。老先生又要给刘珍他们留影,刘珍不好意思推托,老先生高兴地说:"这么好的景致我正想拍,给你们再拍一张。"在老先生的指点下两个人站在桥栏边又照了一张。

边走边赏,发现旁边竟有一座孔子庙,孔老儿几时乔迁到这名胜之地,风流之所?这名人历史他们不得而知。怀着好奇刘珍本想步进去探个究竟,刚迈过门档,有一位小姐拦住说:"请那边买票。"一听说要花钱买票,刘珍就舍不得了,退出来在沿河的街市上转。西斜的太阳照得街面如炽,刘珍穿着一件薄羊毛衫,身上燥热难挨,不住地撩一下底襟,想放进些凉风,原来这江南是无风的?街市的建筑古色古香,风味小吃一家挨着一家,价格贵得吓人。刘珍喜欢这房舍建造,就专瞧这屋顶楼阁,走着走着发现身边没了大海,回头去瞧没有,往前看更没有,心里一下子着了慌,站在那里目光穿梭在人群中。过了有一刻钟,辛大海张望着走过来,手里拎着一件白底蓝花的衫子。

刘珍怨道:"你干啥去了?急死我了?"

大海把衫子在刘珍面前抖开,薄薄的如纱翼,说:"找个厕所换上吧,看看头上的汗！"

刘珍问多少钱？辛大海高兴地说："一百八。人家说是真丝的。"

刘珍接过来抖抖,轻轻的却又有下垂感。心里喜欢却又心疼钱,说:"尽瞎花钱,忍忍就过去了。"她用手一拢只柔柔的一把,心下更喜爱,四下里瞅瞅没个避人处。她用手提着,拉住大海的一只胳膊继续转悠。旅游是看景点、赏名胜、观风情,这一旦步入闹市,就有了买卖的钩心斗角,没多少意思。刘珍在商场上混了十几年,早就厌烦了这生意中的尔虞我诈。转得无趣就往回转,又碰上教师老夫妇,还有两位中年女士,都是有钱的主,风味小吃提了一大堆,衣服也换了,一个是白裙小衫一身素净,一个则是紫裙红衫一身明丽,两个人边走边吃边说:"说是真丝的,我看不像！"一个说:"才二百多块,哪有真丝的了？"刘珍不由地提了一下自己这件衣服,看大海,大海也瞅瞅那件衣服。她们走到离车不远的地方,车前已经挤了不少人,导游正举着小黄旗焦急地往这边看。

等人聚齐已是下午五点多钟,急急忙忙地赶往无锡。今晚的宿营地就是无锡市。

无锡是范蠡的隐居地,他携着沉鱼落雁的美眷,在这碧水青山之间,日子过得好似神仙。溪水绕纱,浓茶浅盏,品出中国独一无二的紫砂壶。名人就是能人,玩也能玩出千古不朽的名品。赶到无锡市已是灯火阑珊。走下客车一股甜腻腻的香味从四面八方涌来,刘珍吸吸鼻子,说真香。大海也吸吸鼻子,一股女人身上的香粉味,捂着鼻子说:"太腻味。"刘珍觉得好嗅,就闭着眼睛去吸。人们都好奇,这是哪儿飘来的香味？导游说是桂花香。桂花在北方只是一个名词,戏文里常把桂花香和大姑娘小媳妇靠在一起。什么抹个头油桂花香！桂花香粉配佳人……到底是怎个香法？这回真真实实地嗅到了。刘珍觉得这趟出来得值,有许多书本上的东西,传说中的事物能亲身体验一下,感受一下,才能真切地体会到它的真实存在。

下榻在一家偏僻的小旅馆,饭菜一般,是旅馆为拉客附带的"赠品"。清汤寡水不稀奇,人们都在抱怨,其实这顿饭钱都落进了导游的腰包。这其中的猫腻刘珍倒能理解，搞旅游也是为了赚钱，唯利是图是商人的天性，谁闲下无事山南海北地学雷锋。

在这个团队里，刘珍和辛大海是一对"合理合法的夫妻"。只要别碰上一根筋的警察，不是损人利己的事，谁有那个闲心去追究它的真伪？两个人大大方方地同吃同住，仿佛一世的夫妻半世的缘分。只是到了夜深人静的时候，都有一种难舍难分的感觉，好像天一明就是这种幸福的尽头。

翌日清晨，乘着凉爽去游太湖。新建造的影视基地"三国城"和"水浒城"，给太湖增添了不少情趣。

来到太湖边上，平展展一眼望不到边的湖面，让刘珍有一种荡气回肠的新鲜感。这是她平生第一次看到这么浩瀚的湖水，绿汪汪无边无际。她几乎要狂呼了，伸出双臂去拥抱这碧波荡漾的世界。放眼远眺，湖面上来来回回的龙船画舫载着游客畅游，远处寨墙林立，垛口森严，展现的是战时水寨的风貌。一艘大船停泊在岸边，导游招呼人们上船，船是两层亭楼，船头写着"诸葛号"，刘珍这才注意到"吴蜀共家"，共同恩泽着这一方水域，远处飘浮的有"刘备号""周瑜号""孙权号"……在船上看水又是另一番感受：凉飕飕的水气沁人心脾，荡舟浩海，如临仙入境。站在船头正要乘风破浪，船却掉转回航，只十几分钟还没尽兴已停泊。坐完游船，又看了一场实地演出——刘关张战吕布，跟卖艺的马术团差不了多少。

走过一片桃林，桃花艳粉鲜嫩，刘珍感觉惊奇，这都快十月天气，桃花怎能这样怒放？通过栅栏门，仔细观瞧，原来是工艺花，仿得逼真，桃花丛中一座茅庐。她这才明白，是桃源三结义的场所，观赏了三国城，又看了太湖水，刘珍觉得也算不白活一回。原来在家的时候，日出而作，日落而息，两点一线，就经营着那么大一片天，也不觉得山有多高，水有多长，世界有多大，人都变得麻木了。要不是这一趟出游，也许这一辈子都见不到这宽广浩渺的水域，体验不到这乘舟破浪的妙境。她对身边这个男人心生感激，要不是他，也许她这一生都走不出云川县城那巴掌大的地方。心里有了要相伴一生的依赖，她更加挽紧他的手臂。

走出三国城已是中午时分，导游兴高采烈地对大家宣布："今天中午给大家吃无锡名菜——酱排骨、咸水鸭。"大家一阵欢呼，终于要吃一顿好饭了。客车载着众人，载着希望来到一家饭店门前。门前已经停放着五六辆同样写着××旅游团、××旅行社的大客车。看样子这家饭店是专供旅游团伙食的食堂。走进饭堂人声鼎沸，一团一伙的游客们涌出涌进。刘珍一行人被导游带上二楼，碗筷已经摆好，一大盆米饭放在每张大桌当中。等大家坐齐，菜也上得麻利：炒豆角、炒豆腐、炒芹菜、炒……菜的多少好坏大家不在乎，一心专等着酱排骨和咸水鸭。终于端上来了，一盆清水泡着一只比鸽子大不了多少的雏鸭，除了头爪就是一副骨架。手快的撕一块放进嘴里，唏嘘半天原分不动地吐出来，皮包骨头没的啃。好在米饭管饱，要不然像辛大海这样的人物，保管七天回家减肥十斤。

　　现在像刘珍的家乡，除了井里还有些水，其余的都是河干渠尽，长出的野草都干黄蜡瘦，哪如这江南湿地，溪水鱼塘随处可见，野草荒地都翠绿得滴水，到处都是柳暗花明。刘珍心里不平，这世界怎就这么差别大呢？一路上她的头几乎没离开过窗口，随便一处就是一道美丽的风景。

　　"上有天堂，下有苏杭。"这苏杭它明丽地展现在世人的视野里，因这生的柔情，美的鲜活，才招来不少无事生非的文人骚客得尽风流，占尽绝句。夜晚的苏州护城河简直就是蓬莱仙境：两岸绿树成荫，灯火璀璨，现代化的灯具装点在浓荫碧水之间，那梦幻般的绚丽光彩让刘珍和大海这两个只见过杨榆枯，不见柳成荫的北方汉子，惊奇得如步天宫。坐船夜游更有一番情趣：小姑娘怀抱琵琶坐在画舫船头，弹一曲"春天到来柳絮儿开，大姑娘窗前绣鸳鸯……"声音绵润细柔，眉眼清瘦，粉脸嫩腮，真应了贾宝玉的一句话，"女儿是水做的"。其实苏州人生在水乡，滋润得性情都像水一样温顺，做解说的男生说话的声音似乎都带着柔软。

　　第二日上午游"藕园"。藕园是四进的厅堂，房前屋后都通水道，一出门楼就上小舟，一位阿婆摇着船桨，唱着江南小调，真实有趣。东西两座花园，垂柳翠竹，假山亭楼，宅园之间，重楼细桥构连贯通，曲幽小径南通北归。听导游解说："这藕园主人雅兴极高，夫妇二人都好吟诗作画。宦海沉浮，退隐至此，整日高朋宴饮,以文论才,干些文雅之事,留下不少诗画名句。大厅正中的一副对联尽显主人当时坦然散淡的生活——东园载酒西园醉,南陌寻花北陌归。"

大海不无妒忌地说:"做个有钱人真好,不用干活,不愁吃穿,养尊处优,随心所欲,咱们能有这一角,比他们过得还逍遥呢!"刘珍拉一把大海不让乱说。走出"藕园",又上阿婆的小船,阿婆唱一段小调把十几个人送到河岸。大家不免又回望一眼"藕园",三面环水,两面人家,中间水巷。这两岸对河,只十几米远,串门都要乘着小舟才能穿过。

周庄是典型的江南小镇,它代表着悠久的江南建筑文化、乡土文化,是国家重点文物保护单位:一条河流由北向南穿街而过,两岸屋宙临街而建,沿河垂柳倒映水面,石桥小拱穿街过船。这幽静如画的水墨小镇,应该是清静幽雅,远离尘俗。现实却远离初衷,往日的细窗小格全部门窗大敞,变成商贾闹市。慕名而来的游人云集密聚,柔街细肠难免超负巨载,人与人磨肩擦踵,尽失风雅。

导游带着团队走进一所大宅院,说是沈万三的居所,其实是他后人所造。院落窄细,但庭间讲究,套进几出,回廊厅堂显出富足堂皇,墙壁上的铜铸人物山水画像,写意沈万三一生的事业历程。沈万三这个人物在中国人口中是富足的代名词。他富可敌国,连皇帝老儿都眼红,朱元璋做梦都在盘算他的财富,变着法把他的财产充进国库。他最终富不敌政,被朱皇帝玩了一把。沈万三在商界是奇才,贸易做到海外。听过导游解说,辛大海替沈万三不平。刘珍不屑地说:"这政治上的事你哪能理解,所以你一辈子也只能卖几个烂西瓜。"辛大海便不服说:"所以这人要想发财,就不能讲良心。"说完他自己竟有些失落,不敢继续往下议论,率先走出庭院。

走进一家门市,专卖紫砂壶。一看标价全都唏嘘,在心里暗骂几声吃回扣的黑心导游。这里卖一百元一套的宜兴紫砂壶,质量包装都不差分毫,前天在导游的指导下,都花出一百五十多元,因为不是伤筋动骨的受骗,所以一点也没影响人们再购物的强烈欲望。什么唐酥啦,麻花啦……见着稀奇的就有人买。刘珍也不由得给小安买了些吃食。坐到车上打开来看,包装倒挺大,有三分之二是空心,从外表看满满当当一大盒。刘珍让大海看,大海说三盒并一盒好拿。刘珍四盒并两盒,准备回去小安和小河每人一盒。

夜晚留宿在周庄新村。洗漱完毕,大海拿出一串珍珠项链给刘珍戴上。两个人照着镜子,刘珍在心里喜爱,靠在大海的胸前问:"多少钱?"大海突然严肃起来说:"管它多少钱呢,你就把它当成我的一颗心来保管,不管以后发生什么事,我的心永远在你这儿。"说着他把刘珍的脖子环住。

这一路上就像战场上的急行军,车不停站,人不离座。昨天还在江苏观景游河,今天下午人就在杭州的闹市,怎不让人惊叹这现代化的节奏。傍晚逛了宋城,看了一场别开生面的大型文艺演出。

第二天清晨,大雾还未散尽就来到西湖边上。雷峰塔远远地笼罩在薄雾之中,山峰青翠,楼亭叠影,站在湖岸之上,极目远眺真有蓬莱之境。桂花的香气伴着晨雾飘散得无边无尽,不远处一艘龙舟楼阁飞翘,亭台朱栏,龙头昂扬,非常壮观。西湖边沿上,垂柳拂水映面。刘珍觉得这西湖更美,怨不得尽出灵仙胜圣。刘珍一行人在导游的带领下乘一艘双层大游船,她和大海并排坐进舱中观赏湖面;湖面上游艇渡船穿梭不断,偶尔一座小屿楼阁烟隐,草木青翠。坐在仓中观望总有隔远的感觉,刘珍拉着大海索性跑出船舱,站在船头凭栏眺望:绿汪汪的湖水渗着阴凉之气,使人身上寒意顿生,她靠进大海的怀里,大海激动地说:"那就是断桥了?"

远远的一座普普通通的石拱小桥,望到它,人人的心情都骚动不安,一段凄美的爱情故事赋予了它灵性,使它有了生命的光辉。刘珍的眼睛有些湿润,这世界上真有坚贞不渝、无私无欲的爱情吗?她想着她和赵源的恋爱、和武福太的婚姻、武福太和赵丽芳的暧昧、她和辛大海的这段婚外情史,哪一段是真正的爱情?哪一段才值得留恋?哪一段又能经得起大风大浪?刘珍心情一阵灰暗,怀疑起许仙与白素贞这段爱情故事难保不是伤心情往,幻化出这段美丽的爱情故事来聊以自慰?大海深情地搂着刘珍的腰,也许他的想法与刘珍正好相反,他相信世界上有真的爱情。

荡完游船,登上一座小桥,桥下溪水汨汨,金鱼成群闲荡,溪边瘦竹留影,垂柳戏水,桥头一簇簇鲜花,红粉亮丽,人们纷纷在花丛中,小桥边留影拍景。

刘珍忍不住又央求老教师夫妇再给拍一张照片,许说回去给钱。老教师谦和地说:"哪里就要得着钱哩,举手之劳。"一气给他们连拍三张。穿过小桥拐进一处公园,一棵大树上开满米粒大的小黄花,香气浓郁,导游说这就是桂花了。嗅了几天的桂花香,今天才得见真容,都好奇地抬头观看:一丛丛不起眼的小花,它的香气竟能传得那么远。

　　游完杭州旅程已过五天,连日赶往上海,在上海待了两天。在上海夜游了黄浦江、观看了东方明珠、登了金贸大厦、在和平路购了一天的物品。逛完苏杭在刘珍眼里再就没什么景了,上海除了人多车多,就数现代化的高楼大厦多,再就是星星一般的霓虹灯多。人家都说上海是世界级大都市,要是说起享受,刘珍宁愿在苏杭的农村居住,也不愿意在这闹嚷嚷的水泥林中居住。逛了一天街,热得头昏脑胀,刘珍连十元钱都没花掉,要么东西贵得吓人,要么就是些破衣乱衫看不上眼。中午喝了一杯豆浆,吃了两个包子。回到宾馆,导游让大家早些休息,说明天正式回程。还让大家好好地总结一下这几天的收获,别回去人家问你去哪里了,你只会说:上车睡觉,下车尿尿;问你见啥了?想了半天,光说看庙,逗得大家都笑了。笑过之后仔细想想确实想不起哪是哪儿了。

　　吃过晚饭,两个人躺在床上逗乐,刘珍问大海:"去哪里了?"

　　大海说:"江南。"

　　"见啥了?"

　　"见水了。"

　　刘珍推一把大海笑。过一会儿大海问刘珍:"你和福太还能过下去吗?"

　　刘珍的兴致一下子消退。她一直在努力遗忘,一路欢乐着,享受着,精心调理着伤痕、弥补着欠缺;电话一直关着,连小满和小安她都想遗忘。这七天的愉快欢乐一下子变成空中楼阁、虚幻的梦境,梦醒之后还是要回到那个血泪斑痕的现实中来,她望着天花板无言以对。

　　大海捏着刘珍的手说:"我和你能有这几日,我已知足。"刘珍眼角溢出泪水,她侧过头望着他。大海的心里也是说不出的酸楚。两个人对望了许久,忘却了一日的劳累,丢掉所有的烦恼,疯狂地搂在一起,仿佛整个世界在这一刻都消失了。

　　早晨五点钟,天边刚有了鱼肚白,准备出发,人们都留恋地把头探出车窗外,向上海告别,也在向这段繁忙又愉快的旅程告别。

十八　丧事

　　武福太的父亲病情一日重似一日,眼看坐立不起,口里一直念叨着刘珍母子们。武福太还是忍不住给刘珍打电话,打了十几次一直关机,知道刘珍在躲他。他想给小满打个电话,问问最近和母亲联系了没有,可他不知道小满宿舍的电话号码。自从小满上大学,一直都是刘珍和联系。

　　翌日,老人的病情突然好转,精神特别好,竟能坐起来说话。声音清清爽爽,对老伴说想吃莜面熟山药鱼子。一家人欢喜得不得了,大姐和母亲赶紧煮山药做饭。武福太坐在父亲身边暗暗盘算着,照这样好下去,他一两日能回城了。

　　老人说:"福太!"

　　武福太说:"爹!"

　　"福太,你和珍子是不是闹饥荒了?"

　　"爹,哪有的事?"

　　"是不是珍子外边有人了?"

　　"⋯⋯"武福太惊讶地瞅着爹那张钟馗似的黑脸。

　　"这么好的媳妇你守不住,你有责任哩?"

　　"咱家祖祖辈辈没出过那种没德行的人,我想你也不会是那种人,回去好好收收你媳妇的心,两口子过日子,一忍一让就过去了。"

武福太说:"爹……"

"我知道你们有事,我看出来了,要不然珍子是不会不回来看我的。"

老人的话让武福太心生悔意,隐隐地为刘珍担起心来,忍不住又拨电话,可刘珍电话还是一直关机。他失望地关掉电话,人就呆呆地坐在那里。想起这些天家里发生的乌七八糟的事情,刘珍会不会就此这样永远走掉呢?或者……武福太虽然焦躁不安,但他心里明白,刘珍不会是那种自寻短见的人。他终于还是坐不住了,对大姐和母亲说:"爹要是还像这样,我明天就回去了。"

"回去吧,家里那么忙,你爹也就这样了。"母亲剥着热山药说。父亲听到这话脸上有些黯然,看看老伴,又看看儿子,欲言又止的样子。

中午山药鱼子羊肉汤,老人吃得香甜,吃了一大碗还要吃,老伴忙拦阻,说病情刚有起色,再吃非撑着不可。一下午平平静静地度过,老人起起躺躺,还和人搭话。晚上十一点多钟,开始有些糊涂,尽说些不着边际的话:"你爷爷锄田哩,快去送些水去!"过一会儿又说,"你五旦叔和贵宝叔让我开会哩!"都是些作古的死鬼,说得武福太头皮直发麻。

大姐也有些发毛说:"爹,您这尽说些啥话呀?"

母亲经验多,眼里含着泪水说:"你爹就这几日了,这一天是回光返照,早知是这样,中午让他吃个够。"说完竟抽抽咽咽地哭起来。

武福太安慰母亲说:"您别多想,要不天明咱再去城里看看医生?"

"看啥哩,没用啦!"父亲这时倒清醒了。一阵上气不接下气的咳嗽,武福太忙去捶背揉胸。喘息过后一时静默,大家都沉沉入睡。大约三四点钟,一声惊吼把三个人都惊醒:"出去,都出去,站了一地想干啥呀?"母亲忙开灯,武福太不由地往地下瞧,空当当除了一张小板凳和几双鞋子外,别无他物,他就去看大姐,大姐也在看武福太。

母亲怪怨老头子说:"你瞎胡嚼个啥哩?看把孩子们吓着?"

父亲还说:"这一屋子的人,都想白吃哩。"说完又沉沉睡去。如此反复了一夜,天明倒安静下来。只是不吃不喝,大姐见父亲嘴唇干裂,就用小勺喂清水,父亲连吸水喝水的力气都没有了。

母亲对武福太说:"让你大哥和老三一起过来守着吧!"

下午红日高照,父亲让母亲拉灯,说这黑灯瞎火的怎不拉灯?父亲又说躺着难受要坐起来。武福太和大哥把父亲扶起来,老人像熟到根的莜麦,没有半点力气,武福太就在父亲身后抱着。大哥爬到父亲面前仔细端详父亲的眼睛,又用手在老人的眼前晃了晃,发现老人的瞳孔扩散。父亲坐了不到五分钟,又要躺下,躺下不一会儿又要坐起来。一直折腾到晚上十点钟,躺下再不说起来。大姐在头边喊一声爹!老人慢慢地点一下头,嗓子里发着呼噜呼噜的声音。

母亲说:"穿衣服吧。"弟兄们抽抽咽咽地哭成一片。母亲说:"再迟就穿不上了。"大姐忙从柜子里把早已备好的寿衣拿出来。

大哥和武福太慢慢扶起父亲,在耳边说:"爹!给您穿衣服。"老人又缓缓地点一下头。头上的汗珠有豆粒大。大姐用手去擦,父亲的头皮冰冰得像遭霜的瓜皮。衣服穿戴妥帖再把老人放倒,嗓子里的呼噜声渐渐消退。

母亲一声:"我的主呀!"凄厉声划破静夜。大姐随着母亲也把声音放得绵绵长长,于是乎大哥、武福太、老三一起大声号哭起来。一时间哭声回肠荡气,震破小山村寂静的夜空。

病人一死,万事大吉。他在这人世间所有的一切,包括愉快的不愉快的都有了圆满。活着的人,尤其是子女亲人要送逝者最后一程,这一程送者不易,受者无知无觉。从逝者咽下最后一口气起,大家都走在一个早已拟好的模式里。这个舞台几千年就搭好了,死者是道具,亲人都是演出的主角,把人人都知道的一招一式演义出来,连悲痛都统一装进一个模具里。好在现在的现代化工具神奇便捷,有些亲戚朋友打个电话告知就可以了。但有些人,比如父亲的娘舅之类,必须隆重礼待,打电话就显得不太礼貌。长子提着丧棒身穿重孝跪在人家当院报丧,否则这些娘舅主人挑起理来,子女们是没法招架的。活着的时候没人问询一分一厘,人一旦没了,这些娘舅主人比儿女显得更亲热周到:死人穿戴好不好,棺材厚实不厚实,装殓周不周正等等,总之得罪了人主,鸡蛋里能挑出骨头来。

196

兄弟们分工协作：大哥武福平是长子，专门负责报丧接客；大姐和两个媳妇主要在家做饭；采买的差事就由武福太和老三武福安操办。说啥也离不了个钱字，尤其办丧事比办喜事更讲究。兄弟们商议每人先往出拿两千，不够再垫。老三家境最苦，三个孩子都上学，人又常天在地里，挣不下几个钱，有时连孩子们的学费都闹腾不起。武福太在家人眼里是最富余的一个。武福安找武福太商量说："二哥，我那一份你先给垫着，等我卖了胡麻再还你。"

兄弟们常天各忙各的，很少互相之间有照应，武福太明白三弟对他张这一口是事出无奈，可他还不知这钱从哪里出呢？要是回了三弟，自己脸上又下不来，就硬着头皮说："行，咱先进城批殃，定纸扎。"

天刚麻麻亮，武福安就开着那辆脱尽油漆的破四轮，车厢里坐着武福太，兄弟俩穿着白孝衣，腰间缠着一条白孝腰带，赶往县城。

将近十月的天气，虽然不算寒冷，但在早晨又坐着敞车，武福太被冻得鼻涕青嗞嗞地挂在胡茬子上。车由武福太指挥着开进旧城的南街，街面不大，两边开着十几家纸扎寿衣店，门首上都挂着花花绿绿的花圈做广告。几家棺材铺门口都白森森地横卧着几口棺材，乍一走进这条街面，总有一种恐怖阴森的感觉。要不是专门办此事，路过也得紧走几步。武福安把四轮车停在"小李纸扎寿衣店"的门前。铺面不大，里面堆放得严严实实，有扎好的花圈、纸房、半成品的高粱秆架子、纸墨、麻秆……人要进来就得小心翼翼侧着身子。有一位老头花白头发，戴着老花镜坐在一个小板凳上绑架子。见有人进来，忙向隔壁喊："顺子！顺子！"

立刻匆匆跑进来一位精瘦的后生，有三十多岁，笑盈盈地问："批殃？"

武福太说："批殃，再定些纸扎、香火。"

李顺子问："几时没的？多大岁数？"

"夜里十一点吧？七十六岁。"武福安庄严地说。

李顺子坐在那里眯缝着眼睛数指头，数了半天在一张麻纸上用毛笔蘸着墨写字。毛笔字写得挺有功底，一行行宋体写得方方正正，写满一张纸后对两个人说："殃落在堂屋的中梁上，这老汉死的是单日，又犯七，八天出殡为好，日子我已经写好，防着猪、鸡、猴、龙属相的人。"

武福太兄弟俩用心——记下,武福太小心地问:"你们这儿一套全纸扎多少钱?"

李顺子说:"全纸扎外带两个花圈总共八百八,不过,批殃香火之类的我就少收些。别人那里要收二百,我只收你们一百五。"

武福太听完要讲价,被武福安拉了一把。现在这市上有三个地方不能讲价钱:学校、医院、阴阳先生,这全都关系到前途、钱财、命运。尤其是阴阳先生不能得罪,他要是耍起手段能损你几辈子的阴德,乡下人最讲究这些。武福安忙说:"行,你说多少就多少,只要你把这丧事办顺利就行。"

李顺子说:"你们油不油材?"

武福太和武福安这才想起来,忙说:"油,油,另算钱吗?"

"那当然,"李顺子说,"油材和纸扎是两码事,油百寿图还是金钱串?"

兄弟俩互相看看,武福安问:"怎说?"

"百寿图工艺烦琐,所以贵些;金钱串省事,就贱些。"

武福安忙说:"那就油金钱串吧。人都死了,闹腾个啥也不顶用。"

武福太说:"爹就这一回了,别委屈了他,不就是百八十吗?"

武福安再没话说,再说就显出自己的不孝。收拾金银、香烛、丧盆、批殃麻纸,还有李顺子特配制的五谷全都装进一个大塑料袋里,鼓鼓囊囊一大袋。李顺子用一个小型计算器计算了一番说:"这些总共三百二,二十就免了,再留些纸扎的定金,三百五百都行。"这一提钱兄弟两面面相觑。

武福太对老三说:"你在这儿等着,我回去取钱。"

走出店铺,武福太一脸茫然,去哪儿取钱呢?他掏出手机又拨刘珍的号,还是关机。武福太想:会不会现在就在家里,只是不愿意理自己罢了。这种钱她肯定不会为难他。挂了电话,武福太急急地往家赶,走出一头汗。赶到家门口,大门依然紧锁着,武福太的心先凉了一半。他掏出钥匙打开大门,院子里空空落落,开了家门,屋子里还是他走时的乱样子,冷冷清清,看样子刘珍一直没有回过家。心中一时凄凉、恐惧;刘珍会不会跟别人走了?或者……武福太不敢想那个字,眼里竟含了泪水,锁住大门走出来,走得极慢。走至赵丽芳家的大门前,武福太犹豫一下,还是进去了。

赵丽芳正在家里做饭,猛一抬头看见通身白孝的武福太,先是一惊,然后就一脸悲伤,拿眼睛询问武福太。

武福太凄楚地说:"昨天夜里十一点去的。"

赵丽芳满眼是泪,说:"福太,你的命怎这么苦? 伤心事一件接一件?"说着放下手里的活计,去抚摸武福太那只受伤的胳膊。

武福太心里有些感动,要不是心里还装着事,早就抱住亲热一番了。他拉住赵丽芳柔嫩的小手,让她坐在身边说:"丽芳,你给我拿一千块钱,"他没敢多说,"等打发完我爹就还你。"

赵丽芳一下子从缠绵中坐直身子说:"哎呀! 福太,我正想和你说哩,我这几天想吃个苹果都没钱买,你说怎办呢? "

武福太耐着性子说:"丽芳,我这儿急用钱,刘珍又不知去向,你几时要钱我没给过你? 这次我真的难哩,看在咱们这五六年的份上,你说啥也得帮帮我,再说我是会还你的。"

"哎呀! 我的好福太哩,这钱是硬东西,我有钱没钱你能不清楚? 你又给过我几个钱,我怎能攒下? 按理这就是你老婆的事,这女人真狠心,也不顾这二十几年的情分、也不顾你的伤? 说走就走,换了我是万般做不出来的。"

武福太有些烦说:"你到底借不借? "

"我倒是想借哩。"她一脸无奈地说。

"女人都一样。"说完武福太愤愤地摔门走出来。

武福太一直视为珍贵的一份情感渐渐显出骨髓。他真切地看到赵丽芳一张美丽面皮背后的冷酷,也看清了自己这五六年一厢情愿的愚昧和滑稽,心里的悲愤比死了父亲更伤痛。他发誓从此再不理赵丽芳。为了这样一个女人,自己竟不顾二十几年的结发之情,一次次地伤害刘珍。现在想想,刘珍倒尽是些好处。这件事要是刘珍知道,她肯定不会袖手旁观,父亲住院时她不声不响地竟给了五百块钱。一想起那五百块钱,隐隐地觉着那条伤疤还在作痛,他用手握了一下,这痛现在结成了另一种味道的伤。武福太抬头看看天,干瘦的太阳灰塌塌地照耀着,没有一点生气。他狠劲往地上吐了一口痰,晃着膀子往菜市场走去。

菜市场依然繁华热闹，不会因为少了谁而冷清。只是令武福太大失所望，辛大海的摊子上坐着一张陌生的脸，李叶夫妇放下生意全心全意给儿子操办婚礼去了，自家的摊子上蒙着一层尘土。这真是"山中一小日，世上已千年"，武福太望着这样的景致，一阵凄凉，恓恓惶惶地掉头离开。平日里要好的几个人都没了踪影，再不好向别人张口，他心里明白，这生意人之间的交往都是用秤来衡量的。武福太灰溜溜地走上南街时，已是中午时分。

武福安坐在那里像火上的跳蚤，被李顺子父子的目光烧烤得上蹿下跳。见武福太走过来，没好气地说："二哥，你这是请神去了？走了这么半日。"

武福太的神情更尴尬，脸都憋成猪肝色，他挠挠头皮干咳两声说："你，你二嫂子不在。"说完可怜巴巴地看那父子俩："您看这——嗨！我媳妇她……"

李顺子也干笑两声。他是什么人？武福太的伎俩已洞若观火。

武福太结结巴巴地又说："你看，你看，要不这样？等我们来取纸扎的时候，或者你去油材时，一块给你算？"

李顺子一下子把脸挂下来，很干脆地说："那不行，你把这些拿走，回头我再做上些纸扎，你溜得没了踪影我找谁去？"

武福安急道："哪有那种人呢？"

李顺子说："哪有骗子自个说自己是骗子的？"

李顺子父亲见两兄弟确实为难的样子，生出些同情说："要不你们找个保人来，这也不是三十二十的小事，我们这都是小本买卖。"

武福太见李顺子父子很难通融，就让武福安开着小四轮先吃饭去。他突然特别想念起刘珍来：以往无论办啥事都是刘珍出面，他从来都没想过办件事有多难，没钱有多难堪。有刘珍在身边，武福太的思维简单到像一张白纸，他在上面画什么就是什么，以致于把他和赵丽芳的那种不正当关系也给合理化了。他伤刘珍有多深，从来都没仔细地去想过。直至今天他也没认真地反省，这乱麻似的日子烦恼归烦恼，他找不着根由，只是现在真真切切地想念起刘珍来。他在大街上专注地瞧着，在小饭馆里吃面时，也不由地往街面上瞅，生怕和刘珍错过。

兄弟俩买了一瓶二锅头,一气喝了个精光。谁能和花圈铺的老板熟识呢?武福太实在想不出一个人来。武福安更想不出,在县城里,他更是两眼墨黑,全指望着武福太。看武福太那窝囊相,他肚里冒火,气道:"看看你那尿样?在城里混了十几二十年,连五百块钱的事都办不了?"

武福太红着脸说:"这不是你二嫂子不在吗?"

"我二嫂子死了,你不活啦?"

一句话激怒了武福太,他指着武福安的鼻子说:"不许说你二嫂子死,她死了咱爹怎打发?"

饭店老板见两个醉汉吵架,怕打起来砸了店面,忙过来劝架说:"有啥大不了的事回家再说,回家睡上一觉什么事情都解决了!"

现在的兄弟俩,听着老板的话最合情合理了。两个人晃悠着离开饭店,开着破四轮,突突地冒着黑烟开进巷子,车不躲人,人尽躲着车。车驶到大门口,差点把大门楼子撞翻。武福太摸出钥匙打开家门,武福安一往炕上躺说:"你去找保人。"说完就呼呼地打起呼噜。武福太嘴里胡乱应着,身子不由地往炕上歪。昨天一夜没有合眼,再加上酒精作怪,兄弟俩竟睡得昏天黑地。

刘珍是点灯时分回来的。

刘珍心里惦记着小安,自己一气之下不管不顾地一走了之,也不知这几天小安回了没有,要是回家见不着她,电话又打不通,不知会急成什么样子。一下客车刘珍就急急地往家赶。老远看见大门口横着一辆破四轮车,刘珍认识是老三的。心想这老三打车也不往直哩打,挡着自家门没事,挡着别人的路哪能行。刚走进院子里,屋里的鼾声山摇地动般传出来。屋门是敞着的,走进堂屋刘珍摸黑把灯拉着。炕上横着一个武福太,竖着一个武福安,他们身上的孝衣白森森地特别显眼。刘珍一时呆在那里,心嘣嘣直跳。她定定神忙推武福安。武福安迷迷糊糊地睁开眼,见是二嫂,一下子就清醒了。忙坐起来竟抽咽着哭起来,说:"二嫂子,你这是去哪里了? 爹一直念着你呢。"

刘珍在小叔子面前满是惭愧,眼里的泪水比武福安的还汹涌。这种种根由、是非曲直,她怎能向小叔子诉说? 她哭着问:"几时没的?"

"昨天夜里。"武福安马上欢喜起来说:"二嫂子,你总算回来了,要不然我和二哥该怎办呢？"武福安就把这一天的遭遇和刘珍说明。他惊喜地去推武福太。

武福太睁眼看到刘珍，又是欢喜又是恼怒，一骨碌坐起来说："我以为你这辈子不回来了呢？"

武福太的气话一下子让刘珍有种置身事外的感觉。这死的是他武福太的爹，与她何干？一路上的疲乏重新袭上身来，她懒散地坐到沙发上闭目养神，只要是他武福太的事，她才懒得去管。

武福安怕失去这棵救命稻草，忙说："二哥，你这驴性，有话不能好好说？"

武福太抱住头吸吸沓沓地痛哭起来，这让刘珍始料不及，她转过头去看武福太。武福太抹一把脸说："走也不跟人说一声，一走七八天，这家就不管了？"刘珍心中凄凉，靠在沙发上看天花板。

武福安心里着急，见武福太不切正题，只管抱着头哭诉，提醒说："二哥，家里还等着咱们呢？"武福太这才止住哭，可怜巴巴地看着刘珍。通过这些事情，他对刘珍的态度稍微有了些忌讳。

避开武福太，刘珍对公公的逝世，内心感到深深的忏悔自责，在老人家最痛苦的日子里，自己却在背叛中逍遥快活。武福安的话使她有种要赎罪的冲动，她站起来走出家门，在墙角的一个灶坑里摸出一个方方正正的纸包，这是她全部的积蓄，刘珍把包放到炕上。武福太刚要打开，刘珍忙抢过来，问武福安要多少？武福安说："先要五百，还得买些肉菜，这客人一天比一天要多。"刘珍打开纸包抽出一千递到武福安手里。

兄弟两个有了救命稻草，急急地开着四轮车往南街奔。

屋子里静悄悄的，有些空落。这七日的繁华就像雾里看花，有些不真实起来。烦恼依旧，人情冷暖依旧，躲不开，扯不断。这公公去世，不管自己和武福太的情感怎样破裂，就算是要离婚了，也必须得回去送老人一程，毕竟是二十几年的公爹儿媳，跟自己的父亲没什么两样。自己的父亲去世，武福太能不去，可武福太是武福太，她刘珍做不出来；狗咬了她，她不能反回来再咬狗一口。刘珍的心里矛盾极了，毕竟她不是武福太，她可以不顾及武福太的感受，可她不能不顾及所有人的感受。刘珍打开手机想给小满打个电话,不知这七日里小满联系她了没有?正要拨号,听得门外有突突的声音,武福太兄弟俩踢踢踏踏地走回来。武福太把帽子往炕上一扔骂道:"他妈的真是小人,怎知道咱们不取了?"

刘珍问武福安,武福安说:"花圈铺已经关门了,牌子上有电话号码,打过去又关机,这不是坑人吗?"

刘珍说:"都这个时候了,哪个店铺不关门?除非是饭店。"

兄弟俩干着急没招,武福太给家里打电话说车坏了,明天才能回去。他不敢说是自己耽误的事。接电话的是大哥,武福平在电话那头骂道:"咋就那么日能呢?啥事也靠不住。"

武福安长年不登刘珍的门,要不是遇上这种事,怕是请也没工夫来。刘珍强打起精神问:"老三,想吃啥我做去?"

武福安见刘珍乏困的样子,就说:"算了,我不饿,你歇着吧。"

刘珍客气说:"哪能呢,好赖也得吃饭吧!"

武福太忙说:"我给煮挂面去。"说着径直走进厨房。武福太的这一举动让刘珍觉得稀奇,有七八年没见过武福太这么主动热情过了。刘珍把电视打开让武福安看。

武福安哪有心情看电视,他一眼一眼地瞅刘珍,几次欲言又止,实在憋不住了才说:"二嫂子,这打发爹得些钱哩。"刘珍就看武福安。武福安比他二哥有眼力劲,今天的尴尬让他领教了二哥的能耐和在家里的地位,他的话必须得和这位二嫂子说才管用。武福安有些腼腆地说:"我那一份——想让你们先给垫上,等我卖了胡麻肯定还你们。"

刘珍看见武福安一副恓惶的样子,心中怜惜,再不好对他诉自己的苦楚,只好应下说:"我也就剩下这五千多块钱了,紧着花吧。"刘珍也是心中凄苦,这场丧事办完,她也就一穷二白了。这以后的日子还不知怎么着呢?

吃过晚饭,武福太问刘珍:"明天要不要去学校接小安?"

刘珍说:"小安本来学习不怎么样,这一误就是五六天,恐怕不行,等送殡那天回也不迟。"

一切搞定，武福太对刘珍心生感激，不免深情打量：刘珍一身淡雅西装，里面水红薄羊毛衫，齐耳短发显得干净大方。他有多少年没这样用心地去欣赏这个女人了，他有些动情地说："你也得换些素净衣服，人家说这是为咱活着的人好哩。"

刘珍盯眼看了一会武福太的脸说："这孝敬父母是儿女的事，女婿、媳妇不到场有啥关系？"

武福太听出刘珍的话里有话，自知理亏，脸就变了颜色，看一眼妻子又看三弟。

武福安不明底细，就说："看你说的，这哪有老人下世，女婿、媳妇不到场的？"

刘珍微笑着看武福太。武福太对老三说："先睡觉，明天再说。"

刘珍又去厨房的小炕上躺下，有七八天没烧火，人躺上去像睡在冰上。刘珍也懒得去烧火，爬起来又垫了一层褥子。刚把灯拉熄，武福太磨磨蹭蹭地走过来。两个人有三四年没行过夫妻之事了，心竟突突地跳起来，她慌忙搂着被子坐起来。武福太小心地坐到炕沿上，几乎是哀求着说："明天你说啥也得回去哩，要不然人家会笑话的。"

"是吗？"刘珍不冷不热地问。

"你爹，你爹死时，我本来是想去的，你也不说，我怕你嫌，算我不对，以后你有事多提引点。"武福太是诚心想和刘珍道歉。

武福太的形象根深蒂固地生长在刘珍的心里，他此刻的诚恳让刘珍觉得又是别有用心，因此更冷淡厌恶。她见武福太没有更深一步的举动，冷冷地说："明天再说吧，我累了。"见刘珍烦恼，武福太只好悻悻地退出来。武福安见二哥躺下叹气，压低声音悄悄地问："二哥，你和二嫂子真的如爹所说，有事？"武福太烦躁地翻转身子，背对着武福安说："睡吧。"

第二天一早，刘珍没等武福太再提说，自己在衣柜里拣了些素净衣服穿上。三个人草草地洗漱一下，直奔南街小李纸扎铺。李顺子刚把护窗拆下来，远远地瞭见武福安开着那辆破四轮驶过来，龇着牙笑说："我以为真的遇上骗子了？昨天怎没过来？"

武福太气哼哼地跳下车说："还说哩？我们事情多，本想你这里稳妥了，没想我们赶来你倒关门走人了，这耽误我们多少事情哩？"武福太就这点好，方的能说成圆的。

李顺子倒有些理短，嘿嘿地笑着说："我先是等着来的，八点了你们还没到，我以为你们不来了？"

"不来能行？难不成真有报假丧的？"武福安说。刘珍没有下车，武福太和武福安走进店铺里，把钱付给李顺子，拎着那一大堆东西走出来。

李顺子倒比昨天热情多了，他从内衣口袋里掏出一张名片追过来说："老哥，这是我的名片，上面有我的电话，这白事讲究多，你要是有个不周不备的地方，就给我打电话，这过了三日我就去油材，纸扎还得你们上门来拉。"

武福太接了名片差点笑出来：这世界变了，政策宽了，什么王八都敢当人物，这小小一个发死人财的花圈匠，竟也印了名片敢往人前拿。武福太上车箱递与刘珍看。

刘珍看一眼说："这什么人都懂得使着法子招揽生意。"心下黯然，扔掉名片不愿再看武福太一眼。

武福安正要发动车，抬头看见忙说："不能丢的，说不定有用处呢？"武福太忙捡起来装进兜里。

四轮车奔突着拐进菜市场。看见李叶的摊子也蒙得严严实实，刘珍这才想起十月一号李叶的儿子要结婚，她暗暗地算了一下日子，正好出完殡的第二天。心里暗自欢喜，总算耽误不了。菜市场的人们见武福太一身白孝，都跑过来嘘寒问暖，唏嘘一阵儿各自散去。刘珍和武福太一起买了些鸡鱼肉菜和调料之类的东西，就急匆匆往回赶。

一出城，嗖嗖的冷风迎面扫来，一阵阵彻骨的寒冷。沿途的颓败让刘珍不免又想起江南的景色：人家现在还花红柳绿，这边却早已枯枝败叶随风飘舞。她眯着眼睛看远处的五路山，黑巍巍峰峰犬牙，山上盘桓的明长城黄瘦贫瘠；想那逝去的公公一般父老乡亲们，祖祖辈辈生活在这大山脚下，任凭这黄风消磨时光，黄土掩埋岁月，由孩童变老叟，由黑发到白头，一把蛮力都抛给这片黄土地,从不计较得失薄厚。有些老人恐怕一生都没走出这大山一步,这死去的老人不就是一个例子吗?他们眼里的世界恐怕就是这灰蒙蒙的大山,黄茫茫的土地了。一想到过世的公公,刘珍鼻子发酸,没想到老人走得这么快、怎能为了五百块钱在老人家面前……她的两行热泪不由地顺着脸颊淌下来。

车还没停稳,大哥就迎出来,一眼一眼地斜武福安:"啥事都办不成,这常天舞弄得个破车,还出这洋相?害得爹死了也不得安生!"昨天夜里十点才入殓,先是等着这哥俩往回拿装殓的用品,九点接到武福太打回来的电话,武福平干气没招,忙招呼几个本家的堂叔和自己的儿子小宝,在棺材底垫了些干草把老人放进去草草入殓,连张纸钱都没烧,在当地的习俗这算是大不敬。老三武福安心里冤屈,对大哥又不好发作,没钱只好吃个闷亏,低眉顺眼地提着东西往家走。武福平嘴里狠骂,手脚却不停地大包小包往回拎。

刘珍一下车腿就软了,从大门口一眼望到堂屋正中央停放着一口白森森的檀木棺材,泪水不由得往出溢。她紧走几步赶到灵前,抚着棺盖放声号哭起来:"爹!爹呀!"刘珍的哭声感动了所有的人,大嫂、大姐、老三媳妇,还有几个孙子、孙女儿,武福太兄弟仨,一时间悲声大恸,响彻庭院。人家说媳妇哭公爹,三声没一声真。刘珍是真痛,她的悲伤从四面八方聚来,从这一处涌出。她内心的苦楚,只有这静静躺着的老人才是倾诉的对象。她的内心悲愤痛苦,矛盾重重:在逝者面前自己是个无孝无德的儿媳;在活人面前又是一个无助无奈的逃兵。她哭诉着,"爹呀,儿媳不孝,爹!……"

刘珍的悲啼引来许多同村的婶婶、大娘,都聚在大门外往里瞅,不无羡慕地议论:"这老汉多有福气,活着儿孙满堂,死了也比别人强,连媳妇都哭成这样?"刘珍伤筋动骨的悲哭引起妯娌们的蔑视,大嫂翠芳和老三媳妇改花先停止哭声,愤愤地抓了一把鼻涕,悻悻地走回屋。她们在心里愤愤不满:老人活着的时候你两口子不闻不问,不管不顾,人死了倒来充好人,假孝敬?哭得比死了亲爹还痛心。好不容易有了倾泻的机会,刘珍的悲声一发不可收拾,哪里晓得别人的内心,只是不管不顾地痛痛快快地哭着。婆婆心中更是疼惜,拉起刘珍给她擦眼泪,说:"珍子,别哭了,他活着也是受罪,死了倒轻省,你别伤了身子。"说着自己倒是满含泪水。刘珍止了哭才看清人家早都散了。

刘珍进里屋穿上孝衣,俩妯娌虽然心中不平,但表面还算和气,毕竟大家以后还要共事。三日钉棺要吃小宴,计划着本家的叔叔兄弟们,还有村上一些体面人,至少也要摆三四桌宴席。武福太兄弟仨忙乎着请人摆案,各负其责。

晚上,钉住棺材才能吃饭。太阳刚落山,相邀的人们就三三两两聚来。在乡下农村这一点是最让人感动的,一家人有事,全村人只要是能帮上忙的,都要伸手相帮。天一麻黑就开始张罗着合棺盖的事。兄弟仨忙着把那天没补齐的都补齐,父亲的人主——娘舅家人知道入殓那天"糊弄"了父亲,那还了得?一切按部就班,武福平向屋里喊:"三哥,三哥!"

三哥是父亲的表侄子,他是代表他父亲来的。这三哥已是花白胡须,他趿拉着鞋走至棺前,见里面躺着的老人穿戴整齐,铺棉盖缎,满意地笑了。他接过武福平递过来的酒碗说:"挺好,脸没变色,跟活着时候一样。"说着从棺材大头的米碗里拨出插着的三根小棉棒,一一蘸酒在死者的眼睛上擦抹,这叫"明目",好让死者下一辈子心明眼亮。三哥擦完把酒碗递到武福平手里,仨兄弟每人一口,这叫"尽孝"。一切完毕,众人把棺盖合稳,人主先打三锤,众人这才齐心协力把木钉钉上。这老人一生见天日的日子就此结束。

宴席一直吃到夜里十点钟,酒喝过三巡,菜吃过五味,按照惯例,本家的堂叔大爷们都要来关心和策划这场丧事。因为大家同是一条根,共享着一块风水宝地。农村人最讲究风水,牵一发而动全身。大堂叔的年岁比死者还高,自认为见过的桥比武福太他们走过的路要多,所以自恃德高望重,知礼识数,哪家的红白事宴都会不请自来指点教化。大堂叔捋捋胡须关切地问:"这出殡的日子时辰都有了吧?"

武福平非常尊敬地说:"有了,买香火时顺便批了殃,八天出殡。"

有人惊问:"怎是八天? 人家不是五天就是七天,最远是九天。"

大堂叔问:"谁看的?"武福太说是南街的一位阴阳先生。大堂叔脸露不满,气恼道:"自家有的是阴阳不用,偏就信了外人? 难道你五哥能害了你们?"这五哥是本家的一个远方堂哥,得了祖上几本康熙年间的周易八卦、麻易相书。书是好书,都是康熙年间的线装版本,只是这五哥一知半解,装神弄鬼糊弄村乡人，偏就有人信服得五体投地。大堂叔严肃地说："日子看得不好，损了风水不是你们一家的事？"武福平唯唯诺诺的一一应着，说等明天好好看看，别害了大家的事。他在心里叫苦：怎就忘了这位五哥？要是得罪了这位五哥，也是怕要给使绊子！心下虽然叫苦，这阴阳二宅的事，谁也不敢得罪，既然找人家看了，也是算数的，怎能乱改？暂时糊弄了大堂叔本家们再说。

客人散尽，兄弟三人苦恼起来，都报怨大哥吩咐不周。长子如父，出了这样的大漏洞，武福平自然责任最大，他说："我也是昏了头了。"

老三武福安气愤道："这五哥顶个啥用？上次王平老婆明明得了胆结石，他偏说人家盖猪圈压住'五鬼'的肚子了，给闹腾了五六天，差点肚痛死，还是送到大医院才审清病，笑死人了。"

刘珍不由地插嘴说："这原本就是一些地方乡俗，怎办怎算，人家大城市哪里就讲究这些，人一死火葬了事，也没见得出啥大事？"

武福太说："明天他们问起，就说又算了，还是那个日子，那个日子要大吉的。"

也只好如此了。大家商议定，横七竖八挤成一堆，都囫囵睡去。

第二日，太阳刚升起来大堂叔就又上门来，宣布说："一个坟地的本家都说了，不能按着那个日子出殡，只有五哥算的日子才准，要不然不让入坟地。"兄弟仨面面相觑，编好的谎话被堵在嗓子里。武福太心下恼怒，自家死了人倒由不得自家，这是哪门子的道理。就说："大叔，这日子定了，就那天。"

大堂叔把脸一沉，说："那不行，这不是你们一家的事，再说到时候全去拦挡，不让你下葬，你能下得了？"

这其中的厉害常住村中的大哥是知晓的，他忙给大堂叔赔笑说："就听叔的，等忙过这一阵儿我就去五哥家。"

大堂叔坚持说："我陪你一块去，你五哥要是有个说道，有我给你担着。"

这一下没躲了，武福平只好拿了两盒香烟、二十元钱，跟着大堂叔往五哥家走。

五哥五十多岁，头发梳理得油光光的，正在院子里放羊草，见大堂叔和武福平走进院来,明知故问:"呀,是老叔和福平呀? 有什么事吗? "

"装瞎,你叔死了你不知道? "大堂叔不客气地说。

五哥强笑几声,他还是惧大堂叔几分的,只好放乖了说:"不是批了殃吗? "

大堂叔边往屋里走,边说:"那是福太那混小子不懂事自作主张,算不得数的。"

三个人走进屋,五嫂忙给沏了茶退到外屋。五哥把老花镜戴上,一副先生的派头问:"看了几时? "

武福平不敢怠慢,忙说:"说是八日出殡,九时起棂。"

"殃呢? "

"在堂屋的中梁上。"

五哥眯着眼,在指头上切算一气,猛睁开眼说:"真是混账东西,怎能看出这种日子? 这八日出殡,不出百日还要死一个,哎呀,这是谁算得? "

"是南街一个叫李顺子的人。"武福平小心地回答。

"什么人都能信? 七日出殡大吉,七点半起棂,殃落地堂屋的灶上,千万别生火。"说完五哥又用黄纸朱砂画了符,重新写了一张批殃告示。

五哥的话把大堂叔惊出一头凉汗,说:"狗日的,安的啥心眼? 无冤无仇害人? 准不得好死! "

武福平倒不全信,知道这五哥在故弄玄虚。只是在心里琢磨这李顺子来油材时,看见殃葬板上换了告示心里会怎想? 这阴阳先生是一个德行,心里不服,要是再给日弄一下那就不得了了? 拿了五哥给的东西走出来,心里七上八下。武福平把想法给大堂叔说了,大堂叔也犯起难来。走了一阵,大堂叔对武福平说:"要不这样,他不是今天来油材吗? 等他明天走了,咱再把这张殃告换上去? "也只有这样了。武福平灰沓沓地回去告知全家人。

武福平一进门,看见李顺子正做油材的准备,他用一片薄铲子铲着白灰泥往材上抹。一家人全用目光迎着武福平,武福平也用目光答对了全家人。

李顺子先抹一道白灰泥把材上的凹凸补平,一支烟的工夫又用砂纸拉绵拉细,又裱糊了两层白麻纸。武福太见李顺子在棺材大头上贴彩印的风云牌位、金童玉女，就说："李先生，怎个不画？你可别糊弄人？"

李顺子用手摸摸刚贴上去的图纸说："这不比画上去的好看？彩色多好？现在都用这个。"武福太心里不满：早知道是这么个弄法，谁都能干，还用画匠干啥？这哪有画上去的有味道，又结实？原先准备两天的工作，李顺子一天就油画完毕。晚上拿上钱，提包就走人。材油的是百子百寿图，胖乎乎的小娃娃憨态百出，寿字也是多种多样的字体，这李顺子不着一笔，都是用糨糊贴上去的图画纸，再用亮油抹两道。图案倒看上去标准周正，但总是有些别扭，谁看了都说现在的画匠真好当！

主厨是本村的武小山，武小山在城里的大饭店做过两年门卫，说起这后生真能耐，做了两年门卫，娶回来一个做服务员的媳妇不算，还学成了"厨师"。这十里八乡的红白喜事大都请他主厨。先是做一桌席二十元，现在涨到五十元。武小山做出的席几乎是一个味、一个菜谱，以至于这里的乡民们一听说吃席，不用想也明白，叫席都是红烧猪肉、红烧猪肘子、猪肉丸子、过油猪精肉、整鸡、整鱼，再变也无非是多加一个炖羊肉、炖兔肉。农村人吃席不图新鲜，只要盘碗加得满满当当，烧酒不分贵贱充充足足就是好席；在客人们醉眼蒙眬，口角流油地离去，桌上还有些剩菜剩饭，主人的心就放下了，高兴了，知道客人们吃饱喝足了，不会有人在背后说小气的闲话了。武福太兄弟三更要在村里逞能，在武小山开出的单子上，样样都要加些分量，采购的任务自然落在武福太和武福安的身上。

办一场丧事如同打一场攻坚战，人人都是绷紧的弦，就是抹一把鼻涕都是带着小跑甩出去的。第六日是正日，长媳不下厨房，披麻戴孝和长子站在院子里专门接客、烧纸钱、陪哭，大姐也变成客人，很少做事，这厨房的重任就责无旁贷地压到刘珍和老三媳妇改花身上。虽然有几个堂妯娌在帮忙，跑里跑外的事还得以主家为重。刘珍的白孝衣没有半点是干净的，灰黑一片，一头亮丽的短发也成了鸡窝。总共摆了十二桌酒席，乱哄哄一直吃到下午四点多钟，才散尽。洗完盘碗，收拾好桌椅又到了做晚饭的时间。刘珍腿酥软得都有些抬不起来了，坚持着一直熬到深夜一点，才靠着窗台打了个盹。

五点多钟，刘珍隐约听见大堂叔指挥着三兄弟"醒灵"。大堂叔说："福平你先摸,你说:一摸金,福太说:二摸银,福安说:三摸牛羊成了个群。摸完就一起喊:爹!醒醒!"接着就听老大说:"一摸金。"

武福太说:"二摸银。"

武福安紧接着说:"三摸爹妈成了个群。"

刘珍忍不住噗地笑出声,忙捂住嘴。大嫂闭着眼说:"这老三笨死了,怨不得穷哩。"原来大嫂也醒着。

都按五哥的方案:七点半准时把灵抬至当街,孝子们排成长队白森森地跪了一街,伴着唢呐哭成一片。这是自老人下世子女们纯正的第二场悲哭。"大起棺"要吹一个小时,再伤痛也没人能坚持哭到结尾,哭声渐渐稀薄下来,孝子们也闷着头听起鼓匠来。鼓乐声闹哄哄的变成了催眠曲,刘珍跪在那里蒙着面纱竟昏昏欲睡。晕晕乎乎中觉得有人推她:"福太媳妇,福太媳妇!抢福地哩!"

刘珍抹一把嘴角流出的涎水,抬头一看棺材早不知去向,唢呐声也渐行渐远,人散得差不多了。回头见是本村的三婶在推她,不好意思地笑笑。三婶直往院子里努嘴。刘珍这才发现大嫂和老三媳妇已经颠颠地跑进大门里边。这里有个习俗,灵车一走,儿媳妇们就跑着回到停灵的地方"抢福地",谁先坐着了,谁就抢着了福气。刘珍望着那两妯娌,把身子坐直,嘴角挂出一串讥笑。三婶急道:"快些的?"刘珍没有马上站起来,倒是感激这三婶,要是没有她的提醒,自己的洋相就出大了,不定迷糊到什么时候呢?

灵车一走,女眷们的"战役"接近尾声。刘珍脱掉孝衣专等小安从坟地回来,一起回城。

十九　伤情

　　李叶把洒席定在"意澜酒楼",总共十五桌。

　　刘珍一早起来,小安上学一走,她忙拿了些洗液之类,去巷口的澡堂子洗了个澡。她站到镜子前,因这几天连续熬夜,感觉脸色有些憔悴。她在沙发上无意中看到那件在南京买回来的真丝衫,她用手抚摸着想起辛大海来。自从江南回来,两个人再没有通过电话。他肯定知道武福太爹的事,要不然怎六七天也不打个电话来。她把衣服捂在胸前,眼前不由地又浮现出那些美好的日子:白天和辛大海挽着手臂游山玩水,夜里同眠一床,缠绵胜似新婚。尤其想到两个人一起泡进澡池子里那种温柔浪漫的感觉,想着想着她的脸上竟朝红起来。李叶的宴席少不了市场里的那一帮子难兄难弟,那辛大海自然也缺不了。这样一想,刘珍就精心地打扮起来。

　　不到十点钟,刘珍就去了酒店。她是想李叶要是有事就帮帮,要是不忙就和人说说话,好久没和那些人混日子了,倒怪想的。走进酒店,客人已陆陆续续到了不少。李叶见着刘珍就嚷嚷:"呀,呀呀,你今天也别来,我还指望你做活呢,人都蒸发了!"刘珍不好意思地笑笑说:"你要怨就怨武福太那个爹,也不找个时候。"李叶问:"武福太爹怎得啦?"刘珍说:"不说啦,大喜的日子,有啥活要我干的?"听了这话,李叶明白了几分笑说:"就丢下吃的活了。"说着给刘珍丢过一块糖。

人渐渐多起来,物以类聚,人以群分,市场里的人自成一堆。刘珍嘴里和大家说笑,眼睛不停地往门上瞅。三三两两穿戴一新的亲朋好友们潮水般往进涌,唯独不见辛大海。十二点准时开席。刘珍又把市场里的人一一过遍,光市场上的人就坐了三桌。吃着,喝着,三两酒下肚,嘴就溜成信天游,开始说些添油加醋的闲话。李三喝得满面红光,唾沫星子满桌上飞:"那小子重色轻友,连一个战壕的情义都不念了?我还今天准备耍他一番呢!"

卖水果的瘦猴张平龇着牙说:"那女人我见过,光脖子上那条项链就有半斤重,那身体胖的,爬上去像海绵,深不见底。"

王兰子在旁边一桌,她转回身捶瘦猴一把,笑说:"人家吃饭呢,你恶心不恶心?"她又转过身和同桌的女人们说:"这也真是,你说这人要是来了运气,尿尿都能冲出个元宝来,怨不得大海那小子好好的就把摊子推给别人?闹了半天人家是傍富婆了?"

刘珍听得心烦意乱,面红耳赤地眼不知该往哪儿看,推说要上厕所,站起来匆匆地走出来。厕所在过道的尽头,她蹲在便坑上,忍不住泪水哗哗地往下淌:这才几天的工夫,就物是人非了?他们说的是真是假?这些人一向口无遮拦,损人不留余地。可大海今天确实没有来,不来是没道理的?刘珍稳了稳情绪正要往起站,李叶风急火火地跑进来。人还没到裤带已经解开,手提着裤子站到另一个便坑上。她一边小便一边压低声音问:"你全知道了?"刘珍和辛大海的事,全市场只有李叶明白。刘珍佯装说知道啥?李叶一瘪嘴说:"得了吧,还装?这人往高处走,水往低处流,大海也是俗人一个,带着两个青头小子,不走这条路难哩!"

刘珍的眼泪止不住地往外溢,闹得李叶提起裤子不忍离去,说:"你想开点吧,人就那么回事。"

刘珍拧开水龙头洗了一把脸,在镜子上一照,眼睛还是红红的,就说:"我不过去了。"

李叶说:"那不行,孩子们还要敬酒呢。"

刘珍说:"那你先去忙,我过一会儿再去。"李叶在刘珍的肩上拍拍就急忙走出去了。

从厕所出来,刘珍尽量使自己的心情平静下来,在过道里看几个小孩子手里拿着糖高兴地玩耍;门口站着的服务员都是小姑娘,和小满的年纪差不多大小,穿着统一的红衫蓝裤,眼里有了这些景色,内心的强烈反应渐渐地淡薄下来。有心就此回家,又觉得对不起众人,就又强颜走进来。王兰子惊叫着说:"我以为你掉到坑里啦?再不来我们全吃光了。"

刘珍只好笑着说:"李叶让我帮忙来着。"

辛大海今天成了这个圈子里的下酒菜。大李醉得愈法厉害,用筷子指着人的鼻梁说话:"听说那女人的男人是个煤老板,钱多的用汽车都拉不完,就缺个男人。"

"那男人是车祸死的?"瘦猴张平问。

"鸡嫖得多了,活该!"卖烧鸡的赵如来说,"听说那女人比大海大十来岁呢?这大海有的叫了。"一桌男人都笑,逗得女人们这边也嘻嘻地笑起来。刘珍实在不想听,就去隔壁看新媳妇敬酒。正好迎着李叶和赵福生领着一双新人过来敬酒,又把她拦回来。新媳妇一张稚嫩的小脸找不出一点成熟的感觉:肚子圆挺挺的像要生的样子;新衣服套在身上随时有撑破的危险。刘珍心疼起这小姑娘来:一失足成千古恨,好端端的学不上,自己还是个孩子,怎能当得了母亲?

众亲朋借敬酒的机会逗新媳妇取乐。刘珍眼见得新媳妇两腿拢紧,手里的酒杯荡漾开来,一汪一汪地滴洒在新娘子鲜红的礼服上。喤啷一声,杯子终于不近人意地掉到地上,新媳妇捂着肚子跪在地下,汗珠从额头上潺潺地渗出来。大家一怔,有人率先清醒过来,忙说:"快找车,送医院吧!"场子一下混乱起来,找车的,喊人的,刘珍忙过来搀扶新媳妇。李叶泪如泉涌,比刘珍刚才汹涌了十倍。李叶是个要强的女人,刘珍明白她现在的心境。

新媳妇进了医院就上产床。刘珍提着一大包卫生纸喘吁吁地跑进妇产科,见李叶的情绪平缓了许多。瓜熟蒂落水到渠成,没人能驳过这个现实。新媳妇的父母也赶到医院,有再多的人也无济于事,李叶接过卫生纸让刘珍回去。

刘珍进门就躺倒在沙发里，就像虚脱了。她闭着眼睛脑子里乱哄哄的，想李叶这媳妇娶进门就是两母子，虽然添人进口是喜事，但这生活来得毫无准备。想过李叶，又想辛大海，都是闹心事。江南之旅历历在目，她把每一个细枝末节都翻出来晾晒，大海对她的恩爱体贴感受真切，编故事也不能来得这么快？想想市场里的那些鸟人都是"演义"的能手，她忍不住给辛大海打了电话。辛大海刚喂了一声，就听到有个女人的声音问：谁？辛大海说一个市场上的朋友。刘珍急忙把手机挂掉，心慌慌的像做了贼。她软软地靠到沙发里，好一阵脑子里空白一片。

任由泪水肆无忌惮地淌漾，往事不堪回首，是自己太傻太认真，还是别人太工于心计，太会逢场作戏？贾美丽说得一点不错：这世界上哪有什么真正的爱情？唯有钱才是真实的东西。自己和赵源的感情能说是假的吗？为了多要几个彩礼嫁给武福太；自己和武福太累死累活一起生活了半辈子，人家说一日夫妻百日恩，这恩情在哪儿？日子愈过愈像冬天里的冰；自己和辛大海这又算什么呢？那恩恩爱爱的江南七日游，竟是人家精心设计得浪漫告别仪式；难道天底下的男人都那么恶心？有钱的养小姐，没钱的傍富婆？那武福太又算哪种人呢？

刘珍昏昏沉沉的睡到四点钟，睁开眼看窗户，太阳射进来的光线移上东墙。光影里有只长腿蜘蛛在爬行，她的目光随着那只蜘蛛在移动，蜘蛛在麻纸裱糊的天花板上爬了一阵，转头钻进缝隙里。刘珍等了半天没见它再出来。她再想不起要干些什么，这是在这二十多年里从未有过的轻闲，外边再没有生意上的牵挂，家里没有儿女的牵绊。她摊开四肢懒得动弹，屋子里空空静静，人却被这空寂挤压的气喘胸闷，耳边响起像细风吹动的声响。原来空虚也使人害怕，刘珍趿拉着鞋赶紧走出院子。

街外传来汽车的行驶声，巷口好像有卖瓜子的吆喝声。刘珍慢慢地踱出大门，见人家三三两两地聚在一块闲聊，她也靠近了，却没话说，人显得还有些别扭。巷口的一位大妈好心地问了一句："今天没出摊？"刘珍笑笑说："没，有好些天了。"这之间再找不到要说的话。人家几个人又叽叽咕咕地说笑起来："二顺子媳妇昨天裤裆扯开这么长。"又一个说："前院那小两口夜里又打架了，都是那婆婆挑唆的。"这些女人永远有扯不完的闲话，在这方面，刘珍就像个白痴。她老远看见一位七十多岁的老太太，老太太扶着一根电线杆咳嗽起来，咳了一阵又慢慢地向这边走来。等老太太走过去，刘珍突然想起了母亲。父亲下世后有三个多月了吧？她只去看过母亲一次。她抬头看看太阳，离远处的楼房还有一竿子高。她赶紧回去换上皮鞋，拿出包来数了数仅有的一百七十多块钱，一阵愁肠袭来，得尽快找份工作！

　　刘珍拿起手机看见有辛大海打来的未接来电，她没有理会，却给李叶打了个电话，问生下了没有？李叶那边的声音有些激动，说："生下了，是个小子，有七斤重呢！啊呀，那小家伙……"挂断电话，刘珍心里也有些喜欢：一个纯洁干净的小生命，没有人不喜欢的。刘珍想这人真怪，在去医院的路上，李叶还恨得咬牙切齿，见着孙子就什么都不重要了？刘珍锁了门，嘴角挂着微笑，推着那辆破自行车哗哗啦啦地走出来。走过人堆刘珍飞腿骑上车子，就听得背后那些人说："人家又挣钱去了，哪像咱们死吃死坐没个用！"刘珍一边蹬车子一边在心里说：我倒想像你们呢，谁养活哩？

　　城外一片萧条，刚翻过的黄土地打着旋风不时地刮过路边；大路两边的杨树林，在风中颤动着光秃秃的枝丫发出悠儿、悠儿的吼声；路上行人稀少，刘珍迎着风行驶，面部凉飕飕的发寒，头发被风吹得乱蓬蓬一团糟，这才想起怎出门时没罩块纱巾？人都活傻了！十几里地她用了一个半小时才到。

　　刘珍一进门，母亲就含着眼泪数落说："这嫁出去的女儿就是外人了，你爹走了这些时候，谁又想起过我？你不来，珠儿不来，只你大姐来了两次，还把你爹的一件大皮袄拿走了，她是惦记那东西呢，哪里是来看我？"说着把一个红苹果扔到刘珍怀里。刘珍问谁买的？母亲把头一点说："你大姐。"刘珍心里好笑，是她把女儿当外人，一个烂皮袄都心疼成这样，像割肉似的，换了是大哥或小弟肯定不会作声。母亲把刘珍放到柜子上的蛋糕和油茶翻看了一遍，往里一推说："这肯定又要走，老像火烧似的急？"

　　刘珍说："不走了，住一辈子，看你拿啥给我吃？"

　　母亲笑了说："你大哥那儿有的是粮食，怕你吃不完哩？"她又看看刘珍说,"真的不走了?"刘珍说:"嗯。"老人就笑颠颠出去了。

母亲提着一条结了霜的羊腿进来,她搬上案板让刘珍切肉。刘珍心里烦躁,把案板一推说:"我不想吃也不想做。"

母亲也不计较,把案板放正自己要切,说:"你这死女子,小时候懒,大了也不勤快。"看母亲握刀的手有些颤微微的,一刀切下去连条缝都刺不开,刘珍又把刀拿过来不情愿地切起来。母亲高兴了说:"我这羊肉就留着等你们姐妹们来吃呢,你嫂子说这羊肉不给他们分,大年就不给我吃饭,她爱给不给吃。你爹留下那两只羊,她不声不响地给卖了,那是你爹给我留下的,钱我肯定是要的。她说给孩子交学费了,我管你交不交呢,她不给我就不走。"

"我大哥呢?"刘珍问。

母亲恨道:"他怕老婆能说啥?笑呗,你嫂子见我硬要,从裤裆里抓出钱来甩在炕上,说这以后养老送终的事别找他们,我管她哩,拿上钱就走。"说完母亲得意地扁着嘴笑。刘珍看着母亲像个讨了便宜的孩子。

夜晚,刘珍躺在父亲常睡的地方,心里不免有些伤感,想起父亲一生的荣辱贫富。她们兄妹五人在父亲的庇护下,再艰苦的岁月也快乐无比,无忧无虑。父亲是个勤快的人,常常在别人收工回家后,他一个人披星戴月,在村头地边刨挖小块地,在小块地里点瓜种豆,在秋荒不济的季节里,别人家里总是吃了上顿没下顿,她们由于父亲的勤劳从来没饿过肚子。西葫芦、豆角自家吃不完,母亲还送邻居。她想起有一年夏天的星期天,母亲让她去村边的湾地里摘豆角,她拎着个筐,脸苦得像要上刑场。现在想想那是多么幸福的事!那一架一架绿汪汪的豆角挂的像弯刀,现在它们浮现在眼前倒尽是可爱。当初豆角挂得愈多愈烦恼,情愿它一个也别挂。那时的刘珍玩疯了,满脑子尽想着和伙伴们玩儿。想着这些她的嘴角不由地挂出笑意,眼角却溢出酸涩的泪滴。自己那些无忧无虑光知道玩儿的日子几时结束的?想想好像隔世一般。

母亲的鼾声像开足的马达,呼噜呼噜地山响。刘珍把头埋进被子里,还是全无半点睡意,烦恼愁肠一件接一件地缠绕着她的睡眠。人家都说"饿死老娘不吃种粮",自己现在是一个不折不扣的无产阶级,天灾人祸把那点做生意的本钱全部折腾光了,这生意怎开张?要不要和大哥小弟他们张一嘴借些本钱呢。她一想起武福太那点德行又没了心思。可小满和小安要上学吃饭，不开张怎行呢？——烦恼像这黑暗包裹着刘珍，她倒羡慕起母亲现在的生活。快天亮了，刘珍困得不得不抛开云雾一样的愁闷，倾听母亲酣畅淋漓的呼噜声，像欣赏音乐一样细心地分辨这高声低调。

邻居家的鸡叫头遍，刘珍好不容易刚刚有了睡意，母亲却醒了。也许是沉默得太久了，好不容易逮着个听众，说话的欲望像火山喷发，尽是些陈芝麻烂谷子的事：王大家的狗把陈起家的鸡吃了；端午节前院的锁子媳妇给送了三个粽子；大嫂吃糕没请她；小儿媳妇见了她不闻不问……刘珍沉默着装睡。"你睡死了吗？这死女子！"老人翻了个身，脸冲着墙又自言自语去了，"你不尿我，我还不搭理你呢，将来你的儿媳妇一样不孝顺你？"

刘珍在母亲的独白中睡了一觉。一睁眼天色大亮，见母亲正在地下生炉子，她懒洋洋地又躺了一会儿才坐起来穿衣服。她把被褥垛好，坐在那里看母亲做饭。那种曾经的温馨又回荡在她的心间。

吃完早饭，刘珍说要走。母亲看看刘珍不舍地说："不是说住几天吗？"

"我倒想一辈子不走呢，能吗？"刘珍哄母亲说。

"知道你也在不住，我给福太留了饺子。"说着从橱柜里拎出一个塑料袋。

刘珍说："还不如喂狗呢。"

"狗能和你白头到老？这孩子咋说话呢？"

刘珍从鼻腔里"哼"了一声，没有接母亲递过来的袋子，径直出堂屋去取包。母亲撵至堂屋硬把袋子塞到刘珍手里。为了母亲安心，刘珍勉强把饺子拿上。看着母亲一缕一缕的白发，身体颤巍巍地跟着，刘珍眼睛潮湿，鼻子有些发酸。

刘珍骑着车子出村不到一里地，远远地迎头望见一个人，好像是武福太。办完丧事，武福太没有和刘珍母子一起回城。这人几时回来的？她眯着眼边往前行边瞭望，走近了果然是武福太。武福太一脸的温和说："咋不等天暖些再回？"

刘珍不想答话，骑着车子擦肩而过，心里纳闷：这武福太又是唱的哪一出？武福太忙掉转车头撵上刘珍说："昨晚回到家十点多了，本来想给你打个电话，又怕你和妈睡了。"武福太的这个"妈"叫得让刘珍新鲜又别扭，他有多长时间没有这样说话了？刘珍回头看了武福太一眼，武福太马上回敬一个灿烂的笑，笑得刘珍直起鸡皮疙瘩。她习惯了两个人怒目相向，这一下子的温和倒变得滑稽可笑。刘珍赶紧蹬几下脚蹬冲到前边。

武福太是真心想和刘珍和好。通过最近发生的这些事件，他略略省清了赵丽芳这个人，真切地体会到啥叫"戏子无义，婊子无情"。昨晚他一个人躺在冷清的被窝里，想到的尽是妻子的好，当初认为的那些仇恨和不满，现在重新想过，倒变得有谅有解。他下定决心要和刘珍好好地过日子。武福太是个单纯的人，他从来只站在自己的角度想问题。

一进家门，刘珍愣了神，屋子收拾得清清净净，一股暖融融的气息扑面而来。她回过头疑惑地看一眼武福太，更觉得陌生，同时也提高了十二分的警惕，不知这武福太又要耍什么花招？她根本就想不到武福太要洗心革面诚心做人。

武福太刚才骑的自行车是借人家的，他把车子还回去，怀里抱着几袋方便面回来。进门见刘珍懒散地坐在沙发上，问："早晨吃饭了吗？要不要煮袋方便面？"

刘珍冷冷地说："吃过了。"饺子的事她压根没提，放到冰箱里等小安星期天回来再吃。

刘珍的冷淡让热情张扬的武福太多少有些失落，慢慢地点了一支烟抽起来。两个人都沉默着，仿佛这才是正常的。刘珍随手翻开一本杂志，是小安买的《读者》，现在的中学生大多看这一种读物。刘珍也觉得里边有些文章写得不错，有时间也翻翻。刘珍的注意力全部集中在书上，武福太更插不上话了。正在无趣，小满打过来电话。小满高兴地说："妈！"

刘珍听到小满的声音就想哭，强压着说："小满，咋这个时候打电话，不上课吗？"

"妈，今天是星期天，我昨晚梦见你和爸爸啦，所以一起来就想给你们打电话。"

刘珍说:"嗯,你现在才起来? 都快十点了?"

小满在电话那头嘻嘻地笑说:"过星期嘛! 你现在忙吗? 爸爸呢?"

武福太激动地坐到刘珍身边,一脸的幸福相。刘珍往开挪挪说:"在呢,也不太忙。"她不想让女儿伤心,故意没告诉小满爷爷的事,"你的钱没有了吧?"

"还有四百呢,就是回家怕路费不够。"

"过几天再给你寄。"

武福太抢过手机说:"多给你寄些,一千够了吗?"

小满说:"要不了,三百就够了。"刘珍一阵厌恶,起身走到厨房。她身上现在连二百块钱都掏不出来,武福太倒好,一口气能吞下一头牛。刘珍坐到那里独自犯起愁肠,小安的生活费也不多了。武福太捂着电话和女儿聊了一气,挂了电话出来和刘珍说:"明天接货吗?"刘珍问:"钱呢?"一提钱的事,她对武福太的怨气更深。她不想和武福太多话,就走出家门。

武福太的一腔热情招到刘珍的冷遇,心里不免生出些怨气,一个人蔫蔫地又抽起烟来。他在心里发狠:要做一番事情叫这女人看看,一定叫她对自己刮目相看。可干啥呢? ——想来想去只有做生意这条路好走,手又熟,来钱又快。这俗话说得好——"套耗子还得根油灯芯呢!"一说起本钱,武福太又牙痛似的抽搐起来:姑姑那里的路是断了,堂兄武福喜那儿,或许能试试? 主意打定,他把炕上的半盒红梅烟装进口袋,犹犹豫豫地走出家门。

半个多月没有漫步这街巷,巷子变得深邃起来。武福太一步一晃地往前走,远远地望见赵丽芳站在大门的石阶上向这边张望。

"福太! 福太!"距离还有十来米,赵丽芳的声音就甜腻腻地飘过来。武福太不得不把脸迎过来。"哎呀,看你都瘦成啥样了?"她特意走下石阶迎上来,声音低了几分说,"我蒸了鸡蛋羹,你快些进来!"说完先走进大门。武福太犹豫了一下,脚步不由自主地跟进来。他永远抗拒不了这女人如火如荼的热情。

赵丽芳把一小盆黄嫩嫩的鸡蛋羹端到武福太的面前,还淋了香油,撒了香菜,一股悠悠的香气带着腾腾的热气飘散开来,勾得他口齿生津。武福舀了一勺放进嘴里,滑腻松软,几乎是一抿嘴就滑进胃里。他又连着吃了好几勺,像灌进了黄鼠洞，连一个泡沫都没见着。他心里又升起些蜜意，想这女人好做出啥都有味道。赵丽芳看着武福太的吃相，嗤嗤地直发笑，说："你慢点，又没人和你抢？像几辈子没吃饭似的？"经她这一点拨，武福太这才想起自己确实是两顿没吃饭了。他多少有些不好意思，略微改变了一下吃相，吃得慢条斯理起来。食欲减弱，就给了思想一个放大的机会，出门时的初衷不免又冒了出来，好了伤疤忘了疼的武福太，又把希望转到这女人身上。赵丽芳柔柔地坐到武福太身旁，武福太顺势搂进怀里，一勺蛋羹送进她嘴里，用尽柔情地说："丽芳，我想重新开摊子，这样你也能有个零花钱。"

"我就知道你心疼我。"说着她头靠得更紧了。

"我今年这钱花的，你也知道，小满上大学、她的爹、我的爹，都赶到一块了，连本钱都用光了。"

"……"

"你能不能先借我点本钱？三千也行，五千也行，我到时候多给些利息？"

"福太！你这是说的哪里话？"赵丽芳一下子从武福太的怀里挣出来，"什么利息不利息的？我只是手上没一个钱，要有我一万都舍得给你，我这身上总共就三五十块钱，不信你看？"说着她把两裤兜一翻，果然掉下几十元钱币来。

鸡蛋羹再也吊不起武福太半点食欲，隐隐的厌烦从他心底升起，再一次的失望提醒他这女人的贪婪和冷酷，他强压住心头的怒火，把声音尽量放柔和了说："那只镯子呢？"

"什——什么镯子？"

"刘珍的那只镯子？"

"你不是卖给我了吗？"

"我几时卖给你了？"武福太的怒火终于暴发了。

"你还拿我两千块钱呢？那镯子正好顶了。"

"你放屁，你当初是怎说的？"

"福太，你至于吗？人家说一日夫妻百日恩，我们好赖也相好了五六年，这份情意连个破镯子都不如？"说着赵丽芳竟抹起眼泪来。

武福太不由地缓和了口气说："这镯子放你这儿，我怎向人家交代？再说那饥荒还不是因为你儿子？这些年我给你的钱还少吗？"

"福太，你这是跟我算账吗？"说完竟捂着脸伤心地呜咽起来。

这女人的眼泪柔中带刚，足以攻破一座城池。武福太哪有一点招架之势，被连轰带炸的有点蒙，竟开始怀疑起自己是否太过薄情寡义，毕竟恩爱一场？无论干哪一行都要学会心理学，赵丽芳正是抓住武福太的这根软肋，所以能屡战屡胜。她一鼓作气推着武福太说："你滚，你滚，我再也不想见到你这个无情无义的人了！"

一扇大门就像一架切割机，无情地把武福太隔在冰冷的现实中。

武福太灰溜溜地走在大街上，思绪渐渐清晰起来：赵丽芳的哭闹，让他明白地认识到，那只镯子很可能要不回来了。这可恶的女人！刚才的柔情怜爱又变成了恶毒。"我操你妈！"武福太狠狠地一脚踢在马路边上的一棵柳树上。脚碰在树干上硌得生痛，他弯下腰用手捂住脚尖，痛得两眼生津。

旧城的主街道从南至北总共就两三里路程，刘珍用了三个钟头走完全程。电线杆子上的一则招工广告给了她启示，她就一则一则地满街看广告，一直到文化广场，没有一则是适合她的，不是工资太少，就是自己的年龄太大。文化广场就像一个大气球，缀在大街的北尽头。一点刚过，正是午休时间，广场里空旷无人，只有她一个人孤零零地站在中央的标志建筑旁。五米多高的黑色大理石柱上伸着一双能托起乾坤的希望之手，它正在放飞一对欲飞的白鸽。站在石柱前，人就仿佛站在了国际界线上。她抬头望着那一对欲飞的鸽子，一如她现在的生活，始终有一根无形的线牵扯着跳不出那份困惑。看得眼睛有些酸涩，她就把头低下，靠在石臂边闭目养神。

广场对面有家面馆，一点多了食客还是熙熙攘攘，一碗面四块钱，又经济又实惠。刘珍进去坐在靠门边的一张桌上，服务员上来问，大碗小碗？刘珍说大碗。服务员把面放好刚要离开，刘珍拉住不好意思地问："你们这里要不要人？"

服务员重新打量一眼面前这个女人，说："要是要，怕你受不了这份苦？"

刘珍急切地问:"干啥?"

"洗碗。"

刘珍说:"洗碗有啥难的?"

服务员小嘴一撇说:"你以为在家洗碗呢?一天要洗上千个碗呢,累得腰都直不起,来了几个没一个能干住的。"刘珍问一个月多少工资?小服务员说八百。刘珍一听,忙说能干下。服务员看了刘珍一眼走开。刘珍一碗面还没吃尽,小服务员领着一位三十出头的年轻经理走过来。

服务员一指刘珍说:"就是她。"

年轻经理笑嘻嘻地坐在刘珍对面问:"听小赵说你想在我这儿干活?"刘珍点一下头看住那小经理。"我这儿要个洗碗的,看你这年龄倒合适,就怕你受不下这份苦?"刘珍说我行。小经理就:"那就来试试吧,不过咱把丑话说在前头,干满一个月工资八百,要是干不满一个月,每天按十五块钱结账。同意明天就来上班。"刘珍说:"行。"

走出面馆,刘珍心里轻松了许多,两个孩子的生活费暂时又有了着落。

回到家里,刚刚回升的心情又一落千丈。满屋子的恶臭让人难以呼吸,武福太死狗一样躺在炕上,方便面、咸菜疙瘩吐得地下炕上到处都是,一个白酒瓶子粉身碎骨地散在当地上。刘珍转身冲出当院,真想一走了之。想想今天是星期六,晚上小安是要回家的。

刘珍忍住恶心把屋子收拾干净,一股浊臭味还在屋子里飘荡。手机响了,她赶紧去接,是武福喜打来的。刘珍刚"喂"了一声,对方就说:

"刘珍,是我。"

"是大哥?你有事吗?"

"福太中午来我这儿借钱,我不放心他,你们真用钱吗?"

"借钱?借了多少?"

"我没借给他,我知道他不靠谱,你真用钱,要多少我给你送过去?"

刘珍看了一眼烂醉如泥的武福太,不知又搞得什么鬼,就果断地说:"大哥,不用啦。"

武福喜在电话那头解释说:"刘珍你别多心,我是怕福太拿钱乱搞……"

"大哥,你别说了,我知道,要是家里用钱,我会亲自向你借的,你做得没错。"

挂了电话,刘珍好像明白了武福太为什么会醉成这个样子。她看看武福太心里也不是滋味:这活了四五十年活成啥人了?

二十　面馆

　　天阴得像抹不开的糨糊,黑沉沉地压在头顶上,刘珍的心情如同这天气般压抑。她把两手装进呢子大衣的口袋里,一阵彻骨的寒冷。这十几年里虽然生意不大,但自己给自己做老板,想不到打拼了十几年,竟沦落到给人家洗碗度日!一种悲壮促使她的脚步深深浅浅没法平稳。看来是要下一场雪了,也该下一场雪了,入冬以来还没见过一片雪花呢。刘珍抬起头看看天,把脚步放快些。

　　"日日红面馆",红底黄字,分外耀眼,也应了招牌上的吉意,生意似乎永远兴盛不衰。刘珍紧走慢赶还是迟到了。吃早餐的人已经嘤嘤嗡嗡坐了一大片。她赶紧走进后厨脱掉大衣,收回的碗筷已经垒成小山。老板人虽年轻却沉稳,只冲她笑笑说:"明天早点。"即使如此,也以让刘珍无地自容。

　　下午两点钟饭馆的客人才稀落下来。刘珍把最后一池碗筷清洗净爽,外面已是银装素裹。她独自坐在大窗前看雪,雪花飘飘扬扬地舞着,行人走在雪雾中形成一幅如诗如画的景致:远处的杨柳枝丫上,雾淞一般积着一层绒绒的霜雪;门前的垃圾,远处的断墙旧迹,都被这白雪覆盖得严严实实,和这新楼一样的净洁亮丽;世界一下子变得洁净文明。刘珍完全沉静在这种静谧空旷的氛围中。

刘珍的手机响了,它不合时宜地打破这宁静的世界。是辛大海的电话,刘珍不想理会,手机一直不停地响着,大有誓不罢休的气势。她勉强拿起,淡淡地喂了一声。

"你终于接电话了？"

"有事吗？"

"想你。"

"……"刘珍一时不知该怎样对答,鼻子竟有了酸意。

"你在哪儿呢？想好了不再给你打电话,可我忍不住。"

辛大海的话沿着声波送进刘珍的心尖上,引得她滴出一串珠泪:"谢谢你还记着我这失意之人。"她不由得话语尖酸刻薄,"我在日日红面馆打工呢。"话一说完,不等大海那边回话,就把手机关了。

刘珍呆呆地坐在那里,望着满大街乱糟糟的雪花,心情烦杂。

不一会儿,一辆黑色的桑塔纳停在面馆门前,车上下来的人让刘珍心里一扑腾。辛大海穿着一件黑底灰格的呢子大衣,脖子上围着一条暗灰色围巾,一双黑皮手套,浑身上下再找不到半点小商小贩的味道,倒像一个政府官员。他一进门就四处张望,终于把目光落在刘珍的身上,满脸喜乐。刘珍看着眼前这个改头换面的男人,不知该喜还是该忧。辛大海急切地走过来要拉刘珍的手,她猛然躲开,向周围看看,几个服务员小姑娘不知去向,两个拉面师傅都拘着头在打盹,没人注意她这边的动静。辛大海乞怜地说:"刘珍!"刘珍怕惊扰两位师傅,忙招呼大海出去说话。

雪猛烈地下个不停,辛大海忙拉刘珍钻进车里,不管她同不同意,开着车就向城外驶。辛大海自如的开车技术让刘珍刮目相看:"真不简单,车开得这么溜？"

辛大海言语闪烁地说:"硬逼着让学,没办法。"大海的口气让刘珍心里不舒服,她把目光投向车窗外。

路上没有行人,车辆稀少,纷纷扬扬的雪花没有一点要停的意思。走过岔路,辛大海把车停到路边拉开车门,从驾驶座上下来和刘珍挤在后座上。刘珍躲也躲不开,大海不顾一切地搂住说:"我想你,想听你的声音。"

刘珍一边往开挣,一边愤怒地说:"辛大海你干啥?你把我当啥人啦?"

刘珍的脖颈上渐渐感觉到湿漉漉的温润,她不再挣扎,男人的眼泪是不会轻易抛洒的。她的心慢慢地被这泪水浸泡得柔软起来,不由自主地把手放到他的发间。

他仔细地端详着这个自己一直牵挂着的女人,仿佛隔了千年万年才得以相见:"你瘦了?"

他的一声问候让她无限酸痛,忍不住也掉下眼泪。两个人无言地紧紧搂在一起。雪悲悲咽咽地继续着,那种久违的脉络开始沟通循环,心情渐渐地甜蜜愉乐,刘珍柔声问:"我以为你把我给忘了?"

"一辈子也忘不了,你知道吃软饭是啥滋味吗?"

"你后悔啦?"

"不后悔,小泉正张罗订婚呢,她答应给一套楼房。"

刘珍的手无力地松开。

"你瞧不起我,是吧?"

"我……"刘珍觉得他有些可怜,"大海,已经走上这条路了,就和人家好好地过日子吧,别光瞧上人家的钱。"

"你不知道,我和她……那女人硬说我有病,逼着看医生,我知道不是。"

刘珍想笑,嘴被大海的舌尖堵上。

车里的暖气把外边的寒冷拒之在外,刘珍的身体脱离了大脑的掌控,不由自主躺倒在大海的身下。不管外面的世界多么纷杂,多么寂静,两个人的意志轰然坍塌,生命突破皮囊融为一体。辛大海正斗志昂扬,手机伴奏似的响起,大海的动作稍微迟钝了一下,刘珍的脑袋像被人浇了凉水立刻清醒,大海把嘴压在刘珍的唇上不让她发话。电话停了不到一分钟又精神抖擞地响起来,大海坚持不接,两个人的激情在这激流勇进的铃声中慢慢消退。刘珍示意大海接电话,他不得不爬起来从上衣口袋里掏出手机。那头传来一个女人很生气的声音说:"你干啥呢,不接电话?"

大海支吾着说:"大街上人多听不见。"

"大街上？我怎听不到别的声音？不会是身边有个女人吧？哈哈哈！"

刘珍的心都快从嗓子眼里蹦出来了,她捂着嘴生怕发出半点声音。

大海说:"你看我像那种人吗？谁能看上我这种人？你有事吗？"

"没事就不能给你打电话？想你了呗？你想我不？"

大海偷眼看看刘珍,搪塞说:"想也没用,你几时回来？"

"明天,大姐家想顾个保姆,你给物色一个,人样要好看、年轻一点的。"

"顾保姆哩,还是选美哩？"辛大海跟女人开了句玩笑,以示恩爱。

女人嘿嘿地笑出声说:"你只管给找,其他不用管！"

大海怕冷落晾在一边的刘珍,用另一只手拥住说:"行,没事我就挂了。"说着没等女人回话就先挂断。

刘珍开始整理衣服,大海意犹未尽拉住不让。刘珍说冷得厉害,不顾大海的阻挡硬把衣服穿好。她从心底一直往外凉,真切地意识到,眼前这个男人不是以前的那个辛大海了。他是一个妻子的丈夫,一个要为别人负责任的男人。刘珍说:"回吧,雪一阵比一阵厚,再等下去路恐怕不好走。"

刘珍的突然冷静,让大海的心情灰暗起来。他明白,一份最珍贵的东西就要从他的手指间流失。他重新搂住刘珍,自己都感觉到自己的怀抱是那么单薄,那么没有温度。刘珍没有回应,他用力抱了一下说:"对不起,下辈子,下辈子我不要孩子,单给你做牛做马。"说完推开车门跳下车。

路面有些滑,大海车开得小心翼翼,他边打方向盘边说:"刘珍,你再做买卖吧,我给你垫本。"

刘珍看着车窗外说:"我不想再做了,借你的钱我会还你的。"车窗外的世界银白一片,一场雪把什么都淹埋了。

武福太借钱四处碰壁,想抽支香烟都困难,愈法怀念在市场上做生意时的那些日日夜夜。他从来没想过这钱有会用尽的一天,天天挣天天花,跟河水似的。时至今日,他才开始思考这人世界的人情冷暖。眼见着刘珍早出晚归,回到家人累得像一摊泥,坐在哪里都能睡着,这才心里有些懊悔。想起以前自己花钱如流水,单给赵丽芳的钱细细算来,就够买一套楼房,现在重新回味这段情史,不免心灰意冷。他没想到柔情蜜意的赵丽芳竟是如此薄情寡义,为了这个女人自己和刘珍过得冷冷清清,心里不免后悔,无奈世上不卖后悔药。他每天把家烧得热热乎乎,专等刘珍晚上九点多下班回家。哪知刘珍越是在外面辛苦,回到家里见到他怨气越大,对武福太的殷勤一点不领情。

一场雪下得天气寒冷刺骨。

时近腊月,有钱人家开始置办起年货来。刘珍两个月总共开了一千六百元工资,给小满汇去五百,给小安交了二百元生活费,余下九百又要过年,还要计算着两个孩子下学期开学的费用。虽然离年还能开一个月工资,这千二八百对她来说只是杯水车薪。她真希望这年再迟过两月。

日子流水似的赶着过,刘珍在面馆洗碗虽然累点,但心里踏实。一帮小青年都尊称她一声刘姨,连小经理都叫她刘姨,心里暖乎乎的,钱挣不多但也省心不少,不像自己做生意卖出愁买,买回愁卖,没一天是轻松的。这小小的安逸让她觉得轻省。

下午一过两点,是饭店里最轻闲的时候,大家可以干点私活,五点前必须各就各位。刘珍本不想出去,坐在暖气旁独自想些心思,也是一种享受。小春秀硬拉着她逛商店,她想给母亲买件过年的衣服,自己掌握不准尺寸,看刘珍年纪高低和她母亲差不多,央求说:"刘姨帮个忙吗?"刘珍说怕冷。小春秀说:"把我的围巾围上。"刘珍知道她和小满同岁,感动这小女孩一片孝心,就答应给她当一回衣服架子。

金源是云川县城最大的商场,上下四层楼,一楼是超市,专卖干果海鲜、零食;二楼卖童装、内衣;三楼比较大众化,专卖成人服装;四楼是专给富人开的,全部卖高档衣服,一个裤头都不下五六百元,所以要数三楼人气最旺,毕竟普通人多。刘珍久不逛商场,屋内的灯光一下子有些适应不了,春秀拉着她的手,两人缠缠绵绵倒像是母女俩。

两个人走走看看,小姑娘的眼光倒比刘珍好,看上一件紫底黑绒团花的中山服。刘珍穿在身上不肥不瘦正合适,过年穿还挺喜庆。老板张嘴就要一百五,小春秀不干,只给六十,老板说一百再不能少了。刘珍心想砍到一百也差不多了。春秀说就六十不卖拉倒,说着拉刘珍要走。老板做出一副不情愿的样子说:"哎！算啦,赔就赔点吧,七十,不要就算啦!"最后七十成交。刘珍看着春秀小小年纪是那么老道成熟,自己做了大半辈子买卖,买起东西来倒像个傻子,觉得好笑。春秀拉着刘珍说:"刘姨,咱们上四楼看看吧,那里的衣服可好哩!贵得吓人。"

刘珍说:"不买看它干啥?"

"不买也养眼,看看又不要钱?"春秀撒娇说。

两个人乘电梯上了四楼,四楼人比较稀少,衣服上的标价是三楼的十倍。刘珍看上一件羊毛衫,标价一千五,她摸都没敢摸一下。春秀拉一下刘珍的衣袖神神叨叨地说:"刘姨,那边有个女人老看你。"刘珍回头问:哪个?"就那个,胖胖的,手里提着三个袋子。"刘珍这才看清,那女人白净面皮,小眼睛,身体胖胖的,五官还算端正。刘珍疑惑地看那女人,突然从收银台走过一个人让她有些慌乱,忙把目光收回来。那女人回头和男人说了句什么,径直走过来。

女人笑眯眯地问:"你是和大海在一起做过生意的吧?"说着向大海招招手,示意他过来。刘珍点点头,女人还是笑眯眯地拉住走过来的大海说,"我一看就像你,我们家有你好几张照片呢,我还以为——大海说是一个市场的,一起出门闹着玩呢,这我就理解了,男女朋友不可能个个都有那种关系,你说是吧?"刘珍窘迫得像个傻子,不知如何应答。女人亲热地拉一下刘珍的手说:"你现在还在市场吗?回头我把照片送给你?"

"不在,在广场对面的日日红面馆。"刘珍瞟一眼辛大海,他正尴尬地站在那里,眼睛不知往哪放。

"行,回头再联系,大海的朋友就是我的朋友,你的手机号我也知道,130——尾数是3583。"说完友善地笑笑,拉着辛大海走向楼梯。

女人的话让刘珍打了个寒战,这不是一个简单的女人。刘珍的心一下子像塞了一团乱麻,再无心溜达,女人的话像魔咒,在她的心里盘桓作响。

原来刘珍和辛大海去江南旅游时,皇都市那对老教师夫妇给他们拍照,为了便于联系留下大海的手机号。刘珍回来就把拍照的事丢到脑后,她的事情太多。不料老夫妇偏又是个办事认真的人,相片冲洗出来喜滋滋地就给大海打电话,刚好大海出去没带手机,女人就接了电话。老教师还以为是刘珍呢,直夸小夫妇俩真上相,言外之意还有炫耀他拍照的技术好。女人是谁?一听明白了三分,她按老教师的要求把地址告诉了,还不失礼貌地道了谢。过了五六天,照片寄来,女人偷偷地藏起来。老教师不见回音,又给大海打电话,问照片收到了吗?照得还行吧?大海一时没回过神问啥照片?老教师说:"你们夫妇俩的呀?那次旅游时照的呀,我是按你爱人说的地址寄的?你们没收到吗?"大海说:"噢!挺好,挺好!"挂了电话,他还以为是刘珍收了,也不敢声张,回到家里跟没事人似的。日子照常过着,女人对大海一如既往地好着。

今天的一幕让大海毛骨悚然,这到底是怎样的一个女人?算算照片的事,过去已有一月有余,这女人竟不露半点痕迹。她是怎样知道刘珍的手机号码的?女人深不可测的城府让辛大海直冒冷汗。

回到面馆,刘珍越想越生气,气自己窝囊,怎就混得这么狼狈?

过了有八九日,刘珍接到一个陌生的电话。那边说:"我是大海的爱人。"刘珍的眼前立刻浮现出一张白净面皮,上面哑着一双精明的小眼睛。她"啊"了一声找不到下文。那女人说,"你现在忙吗?我过去给你送照片去。"正好是下午三点,刘珍说不忙。

女人穿了一件暗黄色黑条纹的貂皮大衣,笑盈盈地走进面馆。刘珍说:"坐吧。"

女人就坐到刘珍的对面,从斜挎着的包里掏出一个黄色牛皮纸信封,说:"照得真好。"她又打量一番刘珍,"跟你现在就像是两个人。"刘珍忙接过信封,连看一眼的勇气都没有,把它装进白大褂里。女人看在眼里,微微地一笑说:"怎不看看,照得真好。"

刘珍的脸在发烧,她在内心里给自己鼓气,她没亏欠这女人的,用不着在她面前做贼心虚。可她就是找不到对答女人的言词。还是女人会来事,她把话锋一转说:"怎不做生意了?总比给人家打工强吧?"

"啊,做得太久,不想做啦。"刘珍这才转过神来,"喝水吗?"

"不喝。"女人摇摇头说,"一月能挣多少钱?"

"八百。"

"八百？"女人停了一下说，"孩子都大了吧？"

"大的上大学，小的读高中。"

"你爱人干啥呢？"

"在家坐着呢！"说完刘珍觉得失口，忙又补充说，"他爹刚过世，有些事还得料理。"

"噢，其实——"女人抿了一下嘴唇说。"其实，你还不如一个保姆挣得多呢？人家一天管吃管住，每月尽拿一千多。"

刘珍没有接女人的话，她暗想，要当保姆也不能给你们家当呀？她那天给大海打电话，她全听在耳里。两个人一时无话，女人说有事，还让刘珍有事找她，寒暄一阵儿就走了。

那些相片就像伤疤一样揪着刘珍的心，它们现在没有任何存在的理由。她悄悄地想把它们扔进屎坑。她把信封掏出来还是没忍住，蹲在便坑上像悼念亡灵般一张一张地翻看起来：大海搂着她的肩——一望无际的水面上显现出"水寨"的轮廓，这是在太湖上拍的；一张的背景是一丛粉红的鲜花，远处的亭阁上有许多游人，她记不起来这是在哪儿拍得了，大海牵着她的手……看着看着，泪珠模糊了双眼。她把照片一张一张地撕碎，全部丢进粪坑。

刘珍从厕所出来，看见李叶在饭店里等她，又是高兴又是惭愧，混到这份地步，她极不情愿见任何亲朋好友。

李叶见面就骂："刘珍，你个死货，咋连个电话也不打？"

刘珍笑笑说："忙嘛，哪有时间呢？"

李叶把手套脱在桌上说："眼看近年底了，你不准备做了？"

刘珍说："不想做啦。"

"是不是没钱？大家想想办法嘛？"

刘珍说："不想做啦。"

"真的？还有两个孩子呢，谁不眼红？做吧，我帮你。"李叶拍着桌子说。

"不做了。"刘珍坚决地说。

"那，你那棚子还不如租出去呢？"李叶有些难为情，好像在乘人之危。

刘珍看出李叶的心事，就说："你想用就用去吧，还用说吗？"

李叶说:"我不白用,一年给你三千。"

刘珍说:"李叶,你真是,咱们谁跟谁,用就用去吧,说钱干啥?"

"我知道你的难处,别推啦,我也是没法子,"说着李叶眼里泪汪汪地,"你看看,我一个不养活,这倒好一下子养活了仨,小的要吃奶,大的要吃饭,吃要吃好的,穿也不穿赖的,这不我寻思着你要是不做,把那地方租过来,让他小鳖犊子也吃吃苦头,养活他的孩子老婆。你几时用,我几时给你挪地。"

刘珍说:"行,你占去吧。"

李叶立马从包里拿出一沓钱递到刘珍手里。刘珍推辞不要,说:"李叶,你这是干吗? 拿我当啥人了?"

两个人推推让让,李叶哭了,刘珍也哭了。李叶说:"你就拿着吧,这眼看就要过年了,哪里都用钱,再说小满过完年一走,又不得拿钱?"

李叶说在刘珍的病处,她不再推让。两个人吵吵嚷嚷把一堆人的目光都吸引过来,以为在吵架。

送走李叶,刘珍一下子空落落的,像被人掏走了心似的难受。她把钱装进兜里,像揣了块重石。

时近年根,饭馆的生意依然红红火火。刘珍的活也依然繁累,人变得邋邋遢遢打不起精神。小满的一个电话,这才又让她有了点生气,日子也有了盼头。小满说:"妈,我们一月十七号放假,我十六号就能往家赶了。"刘珍挂了电话,暗自算算还有二十多天,眼里忍不住落起泪来。小满离家都快小半年了,她只顾忙,连孩子都忘了。这一说要回来,才感到揪心般的痛,想想女儿的小模样,竟想不起长啥样了? 就在刘珍心潮激荡的时候,一股寒流带进一个人来:清黄的嘴脸,干瘦的身架,年龄也就十七八岁。刘珍扭头一看厌恶地把脸偏向一边,这个孩子她认识,是赵丽芳的儿子。

这孩子进门就神神道道地往后厨转。服务员忙拦住问:"你找谁?"他一甩手说找你们经理! 春秀认识他,她一脸难看说:"呀,是赵彬? 打饥荒来了?"

"不就是百二八十块钱吗? 你们经理呢?"

小经理在里边听见外面的谈话,心里暗喜,急忙走出来。他估计赵彬这几顿饭是白吃了，今天突然说是打饥荒，就像是天上掉下馅饼了——白捡。他嘴上却说："彬子，算你有良心，知道哥这日子不好过？"说着从柜台后面拿出一个小本子，翻了几页说："总共二百八十元。"说着把手伸出来做了个要钱的姿势。

赵彬左右看看，做出一副神秘的笑脸，咧开两片污黑的嘴唇说："大哥，你看这个值多少钱？"他变戏法似的从身上掏出一只黄灿灿的镯子来。

小经理接在手上掂量掂量问："是真的？可别来糊弄我？"他的举动引过来好几个服务员，都用怀疑的目光瞧瞧镯子，再瞅瞅赵彬。赵彬急了说："不信你咬？"

小经理果然放到牙上咬咬，咬出好几个牙印。他用手掂量了一下，有些像真金。他越发怀疑这小子的东西来路不正，就说："你这个真不真我都不要，那也没几个钱，你拿钱就是了。"

赵彬这几天毒瘾犯得厉害，见小经理的态度，心里着急忙说："这可是一万多块钱的货呢，我只卖你一千，一千都跟白捡似的？"

小经理不敢要，心想：说不准你哪儿偷来的，我好端端惹一身臊，说："不要，不要，你拿走，没现钱你那饥荒改日再打。"

赵彬看出小经理的心思，压低声音说："你放心，这是我妈的，有事你找我，她不会跟她儿子过不去吧？"

小经理有些心动，这里只有刘珍年纪大些，他让刘珍给识别真伪。刘珍不情愿地走过去，她从小经理手上拿过镯子一看，脑袋嗡地一下，她又仔细地看看花纹，再翻上来看看里边，对口的一个边上有一个手刻的"珍"字。刘珍的心慌慌地急跳，她把目光移到赵彬的脸上。这孩子认识刘珍，对他母亲和武福太的事也心知肚明，所以见到刘珍难免尴尬，他干笑着说："刘姨？"

刘珍的手有些抖，咬牙切齿地问："这镯子是哪里来的？"刘珍的表情让大家呆住了。

赵彬也摸不着头脑，他天天跟赵丽芳要钱，这几天赵丽芳下了狠心不给，他就偷家里的东西，昨天卖了一只玉镯，才卖了五十元，没半个小时就抽完了。今天早晨回家又偷了这只金的，本想换些钱，走了几处没人敢买，才来小经理这儿放了个"血"价,"刘姨?"他又问了一声。

刘珍恶声又问:"你这镯子是哪里来的?"

"我妈的!"他一看势头不对,忙伸手来夺镯子。

刘珍一闪手把镯子藏在身后说:"你妈的?它是我的!"她回头冲着一群服务员喊,"赶快报110。"服务员们都不敢动,只是圆睁着双眼看他们两个人。

赵彬虽然当时不清楚镯子的来路,一看刘珍的表情心里猜出三二分,眼看到手的鸭子要飞掉,他哪里肯,急忙扑上来抢夺。刘珍也不是吃素的,她一举手从传饭的窗口把镯子扔了进去。赵彬现在的大脑完全被毒瘾控制着,不顾后果一心只想着钱,他急着往后厨奔。刘珍拉住死死不肯放手,两个人扭作一团。赵彬虽然是个大小伙子,因常年吸毒身体虚弱,和刘珍开战也占不了上风,他心里一急发出狠话:"你个臭女人,你等着老子收拾你。"他用脚狠劲蹬刘珍,刘珍就是不放手。两个都是仇人见面,疯了一般滚翻一张桌子,桌面上的油盐酱醋叮叮当当撒了一地。刘珍现在心里眼里全是恨,恨赵丽芳、恨武福太,现在又恨这小儿子。刘珍又喊:"快报110,抓贼!"

小经理怕闹翻整个厅堂,忙上前拉架说:"别打了,有话慢慢说?"

赵彬恶狠狠地说:"还我镯子?"

刘珍说:"不能放他,他是贼。"

小经理没法解围,围着扭打的两个人转。几个服务员尖声大气地叫作一团。两个人僵持了大约二十多分钟,远远地传来警车的呼叫声。赵彬心里发慌撒手想跑,刘珍哪里肯依,抓赵彬的手更紧。赵彬心急,杀刘珍的心都有了,他反手握住刘珍的脖子。就在这时,四五个警察突然闯进来,进门先把赵彬按住,反手拷上。刘珍这才爬起来,伤心的眼泪像决堤的洪水。她向警察指控赵彬是小偷,偷了她的镯子。人们这才想起扔进厨房的金镯子。没等警察走进厨房,胖师傅拎着那只镯子迎出来,冲着大家会心一笑。

警察把刘珍、小经理一起带到派出所录口供。胖师傅成了这件事件中的英雄,人们对胖师傅都尊重起来,连小经理都投来佩服的目光。不是胖师傅偷偷地报警,还不知道要闹出什么事呢?

小经理见刘珍披头散发也不去整理,一个劲地站在那里发呆,只当受了惊吓,特意安慰放了她的假。小经理说:"刘姨,你放心,是你的它跑不了,你回去吧,晚上的碗我来洗。"

刘珍边走边想:自己的镯子是怎么落到赵丽芳的手里?是这孩子偷的?还是武福太送的?还是?刘珍心里发狠道:不管怎样,我要让你赵丽芳的儿子坐牢,你不光偷我的镯子,你儿子还吸毒。想到这些痛快事,她不免心里有点激动,终于逮着个报仇雪恨的机会。她想到以此来打击赵丽芳,一颗郁闷的心快活起来,她长长地舒了几口气,真想痛痛快快地喊它几嗓子。

一时的痛快挽救不了一颗伤痕累累的心。刘珍独自走在凄冷的街灯下,脸上的泪水冰冰凉凉地淌着,她用手去摸,泪水竟结成了冰。

二十一　公理

　　刘珍在焦虑中度过每一天,这只金镯子的事情足以够她吐血。她相信法律是公正的,是自己的绝对不会判给别人。

　　这几天刘珍和武福太更是无话,不管他多么殷勤,她连眼皮都懒得抬一下。虽然那只镯子还没有定论,可武福太的嫌疑无疑是最大的。刘珍前前后后仔细想过,家里几时闹过贼?就算镯子是他送出去的,闹又能怎样?死猪不怕开水烫。

　　刘珍早晨七点半从家里准时出发。街面滑得像铺了镜子,为安全刘珍天天步行。事情过去十多天了,还是等不到音信,不管怎样,处理总得归还她镯子吧?对那只镯子的归属问题,刘珍从来没怀疑过。她边走边在心里嘀咕:要不要下午去派出所打听打听?

　　"刘姨,忙哪?"

　　刘珍冷不丁听到一声阴森森的问候。她猛一抬头,看见赵彬瞪着一对灰暗的眼睛,嘴角全是讥讽的笑意,骨瘦伶仃地站着,像个汉奸。这让刘珍始料不及,一时惊讶,嘴张了半天没说出话来。

　　"刘姨,让你失望了吧?以后说话办事想清楚了再说。"

　　刘珍顾不得与他纠缠,扭头就往巷口奔。嫌步行太慢,她招手拦下一辆出租车。

派出所在新城东北角，刘珍赶到时还没到上班时间，不过离八点也就差十几分钟，上班的人们稀稀啦啦地往里走。刘珍直接走进上次录口供的那间大办公室里。门是开着的，里面有一个值班的青年男子，一脸严肃地问："干啥？"

别看刘珍一路的怒气想要和人吵架的架势。进了这种地方，有一种自然的威慑力，明知道自己占理，士气还是短了三分。不得已，她和声说："我想问一下，那个偷镯子的案子？怎没和我说一声就把人放了？"

那个青年人上下打量一眼刘珍，不耐烦地说："人家办案还要跟你说吗？你是谁呀？"

青年警察的话重新激起刘珍的怒气。她急赤白脸地说："他偷的是我的镯子！"

那青年警察对刘珍的态度不屑理会，说："那你等办案的人吧。"说着提起文件夹走出去。刘珍一时傻眼，不知上哪儿找办案的人。就在她发呆的当口，走进一个人，让她突然有了一线希望。他正是那天录她和小经理口供的其中一个人。

刘珍见着这个人心里有些怨气，说："你们怎把人放了？我的镯子呢？"

那人仿佛想起什么似的，说："啊，案子结了，镯子是你丈夫卖给人家的。"

"你们胡说，那镯子是我的！"刘珍的情绪有些失控，她想到的是赵丽芳使坏，一定和这些人串通好了坑她，"赵丽芳是什么东西，你们去调查，她儿子不光偷我的镯子，还吸毒！"她在歇斯底里地控告。

这警察看出刘珍激动的情绪，以多年职业经验，对什么样的人，什么样的事，他总有一套迎刃而解的办法。他既不恼也不怒，正义凛然地说："你注意点言行，这东西按理是不让给人看的。"说着他打开抽屉拿出一份笔录，专指出一块让刘珍看。

……

问：那镯子是你卖给赵丽芳的吗？

答：不是，她说想戴几天。

238

问:你给她镯子时,是不是从她那里拿走两千块钱?

答:是。

问:这不是卖是什么?

答:钱是我向她借的。

问:借钱为什么还拿只镯子?

答:我——这——

刘珍几乎是绝望地说:"他们两个的事情我不清楚,那镯子是我的。"

"那我们管不了了,我们只知道武福太是你丈夫,他把镯子两千块钱卖给人家了,这案子不存在偷盗行为。"

刘珍一时欲哭无泪,她还不甘心说:"赵彬吸毒,应该管教。"

那人需要的效果达到了, 再不需要和眼前这个还算明智的女人多话,他冷冰冰地说:"这个不需要你操心,管好你自己就行了。"

从派出所出来,刘珍抬头望望,一阵天旋地转,她深一脚浅一脚地走着。打拼了十几年连身像样的衣服都没买过,就这一只镯子是属于她的,她当时还骄傲地想象着自己亲手把这只镯子戴到未来儿媳妇的手上,儿媳妇脸上升腾起的笑容该是怎样的灿烂? 这一切的幸福都毁于武福太一个人:她在心里一刀一刀地把武福太这个烂人杀了、剐了,一块一块地把他的肉扔出去喂野狗、喂饿狼,她还要把武福太的心挂起来,看着一点一点地往下滴黑水……

刘珍眼前一黑,晕倒在大街上。等她清醒时,发现自己躺在洁白的病床上,床边吊着的点滴正在一滴一滴很有节奏地滴着。一位文静的小护士趴在她面前和善地问:"你终于醒啦? 何必把自己累成这样呢?"

刘珍问:"我在医院?"

"嗯! 是一位捡垃圾的老大爷和一位出租车司机把你送来的,你晕了有三个小时呢?"

刘珍一时眼里全是泪,自言自语说:"就那样死了多好。"

小护士一时被她的话搞蒙了,呆了半天想起什么似的,说:"阿姨,你家在哪里? 你丈夫呢?"

"死了。"

"那孩子呢？"

一说孩子，刘珍又惦记起小满，这几天就要回来，心里虽然痛苦，但有了些暖意，笑着说："我女儿在西安上大学呢，这几天就要回来了。"

刘珍的话招来一病房人的同情，这么年纪轻轻就守寡，还供着两个念书的孩子，生活一定很艰难吧？小护士"咦"了一声说："阿姨，你躺着，我给你买点饭去。"

刘珍忙说："你别去，我不想吃。"

刘珍对面床上病人的家属，年纪比刘珍大些，忙说："我这儿有泡面，你将就着吃一顿吧？"说着用她自己的饭盒给刘珍泡方便面。大家的关心，温暖着刘珍灰暗的心情，她感激这世上还是好人多。

刘珍吃了一碗泡面，人精神了许多。她躺在那里看一个病房里的人，每一家人都和和气气，病人和家属都透着一股浓浓的亲情和一种责任、依赖，她羡慕的都有些忌妒了。手机不停地响着，刘珍拿起手机一看有五个未接来电，都是小经理的。他是真急，问："你干啥呢？也不打声招呼？"

"我在医院呢，"刘珍的声音弱弱地说，"刚清醒。"

"你咋啦？"小经理的语气变得柔和了些说。

"我也不知道，晕在大街上了。"派出所的事她不想提，那也是她人生中的一个污点。

"那你歇着，我们抽空过去看你。"

医院催刘珍交押金，刘珍问押多少？护士说先押五百。刘珍对护士说："我没事，你把今天的账结了就行。"

护士睁大眼睛说："还没事？都晕大街上了？"

刘珍笑笑说："没事，麻烦你给跑个腿。"她知道自己没什么大病，医院救死扶伤，但不是慈善机构，她住不起，要是真有个什么大病，她更待不起了。

刘珍拖着疲软的身躯，茫然地走出医院——何处是归宿？她实在没法和武福太同在一个屋檐下了。她漫无目的地走在灰暗干冷的大街上，人的呵气都能结成冰柱。刘珍往紧裹了裹呢子大衣，目光落在对面的一家水产门市：应该给母亲办点年货，再穷也不能冷落了母亲。

从水产门市出来天已麻黑。生了一天病，脚踩在地面上像踏着棉絮一般，手里又拎着鸡、鱼，每走一步都艰难，她只好打了一辆出租车。

母亲已经睡下，窗前黑咕隆咚，门从里边闩着。刘珍边拍边喊："妈，妈！"母亲的耳朵还算灵光，在屋里问谁？刘珍说："我，妈，是珍子！"

"是珍子？这大半夜的，是珍子？"

还不到八点，想必她老人家睡下有些时候了。屋里的灯亮了，母亲颤巍巍地把门打开，一股寒流冲进门里，老人的身体更佝偻了。刘珍忙挤进来赶紧把门关上。看到母亲乱蓬蓬的白发，一件旧棉袄罩着一副弯弓似的身体，心里一阵凄凉，忙把母亲推到炕上。老人裹着被子不安地问："咋的啦？和福太闹饥荒了？"

刘珍的眼泪差点掉出来，她转过身说："没有，想来看看您。"

"看也用不着半夜来吧？吓我一跳，我还以为是贼呢？"

刘珍心里不忍，母亲都这个岁数了，还要为她操心。她逗母亲说："您怕贼干啥？他还能把您偷了？白给人家都不要。"她边说边把大衣脱掉，坐到炕上暖身子，"妈，怎睡这么早？"

"几点啦？"老人这才想起来问。刘珍说才八点。老人一撇嘴笑说，"不睡白费电哩？你冷不冷？真不是闹饥荒？"

刘珍没事人似的说："不是，白天忙着上班，抽晚上来看看您，不难过吧？"

"没事，忙就别来啦，这大冷天，冻坏怎么办？"老人说着起来要给刘珍铺床。刘珍忙按住说我来。刘珍刚躺下，手机响了，她拿起来一看是武福太，随手关机。对武福太这个人，她现在恨都懒得去恨。

金镯子事件使武福太完全和赵丽芳决裂。他自知理亏，也没有更好的办法来补救，只等刘珍拿他问罪。他想好了，任由刘珍打他、骂他，甚至于断他一根手指也不反抗，只要刘珍能解气，能原谅他。他想问题从来都是一厢情愿，他还想：过了年他就出去挣钱，挣了钱的第一件事就是给刘珍买一只金镯子，买一只比那只更重的。这件事已经煎熬了他两三天，他天天回来看刘珍的脸色,就像罪犯等待判刑一样,明知道自己罪不可恕,还是对结果报以一线希望。

快晚上十点多钟了,还不见刘珍回家,他心里慌了。这些年尽管两个人一个屋里,一个屋外,但这个家还是完整的,两个人彼此都能感受到对方的存在,闻见对方的气息,每走进这个家门,心里是踏实的。他从来都没有像现在这么空虚过,慌乱过。他忍不住拨通刘珍的手机,响了两声断了,再拨关机。

他不住地往火炉里加炭块,希望刘珍能赶快回家。夜长得没了边际,武福太慢慢地想起和刘珍结婚这二十几年的日日夜夜。刚结婚时的刘珍漂亮大方,又有文化,村里人谁见谁夸。那时候的太阳仿佛专为他武福太一个人升起又降落,心里整天像灌了蜜似的。生了小满以后,两个人进城打拼,刚进城租了一间小南房,常天见不着太阳,两个人站在地上都回不转身,他们一起发誓,不管死活都要奋斗一套属于自己的房子。那时候一个饼子捭开两个人吃,喝几口开水就是一顿饭。小满吃着刘珍的奶,刘珍的脸瘦成细刀条,他看在眼里疼在心上,暗自发誓,无论多苦都要让老婆把白面、大米吃饱。生下小安以后,两个人开始做生意,先是他一个人用自行车驮着两个大篓子沿街巷卖菜卖水果,小安两岁的时候才有了个固定摊位。刘珍后面背着小安,旁边拉着小满,还要卖菜,那个小摊子既是"战场",又是摇篮,也是一个温馨的小团体。再后来……他愈想愈模糊,这种既心酸又温暖的日子,从什么时候开始不再在他的视线之内的?现在房子有了,不光白面大米,连猪肉都吃腻了,他却连小满和小安的成长过程都模糊不清了。武福太的眼角终于溢出了泪水。

好不容易熬到天亮,武福太连口水都没顾上喝,骑上刘珍那辆破自行车就去"日日红面馆"。面馆刚开门,还没生火,看门的老王说:"火还没着呢,吃饭啊?"武福太说我找刘珍。老王上下打量一眼说,"她不是住院了吗?"武福太赶紧到医院。费了好大劲才打听到刘珍昨天就走了。

武福太顾不得寒冷,一口气蹬着自行车行了十几里地,远远地瞭见村庄笼罩在烟雾之中。冬天是农民最幸福的日子,农活忙完,该收的收,该粜的粜,家里有吃的,手里有花的,觉睡足了才慢腾腾地起来,把火炉生得旺旺的,该玩的玩,该吃喝的吃喝。此刻这些景致与他无关,他既迫切又心生惧怕。以往那些瞒天过海的招数,现如今没有一招能解救他度过这一劫。

武福太抖抖嗦嗦推开门,母亲有些惊讶。看见女婿胡茬上结着一层薄雾似的冰霜,心疼起来,把一碗热乎乎的汤面端到炕上。她把火炉捅得更旺些,嘴里不住地念叨:"这大冷天,也不等阳坡高了,暖和暖和再出门?"她忙乎了半天,见女儿的脸始终瞅着窗外一言不发。武福太青紫着脸,手僵硬的连筷子都抓不住。

老人年迈但不糊涂,从女儿的脸上读出一点味道,斜女儿一眼说:"跟她老子一个调,犟驴。"

武福太讨好地说:"妈,不怨珍子,"他嗫嚅着冲刘珍说,"以后……"

刘珍脸沉得像窗外的天气,能冻出冰来,这一老一少的对话仿佛什么也没听见。

一碗面下肚,武福太的脸上转变了颜色,红里透着紫。他偷眼看一眼刘珍,对母亲说:"小安明天就要放假了,等小满回来家里就又热闹了。"

刘珍的心像被钢针蜇了一下,不由地滴出泪来。这上有老下有小的日子最是无奈:生活没有自我,个性像一团揉好的面,儿女就是模具,他们需要你长你就得长,他们需要你圆,你立马就得去掉棱角;一向能顶天立地的父母,仿佛也专门和你作对,变得弱不禁风,需要你张开羽翼为他们顶风遮雨,这是一种不可推卸的责任和义务。父母无法选择,儿女自己当初是可以选择要不要的。此刻她无端地恨起自己来:为什么要生孩子呢?

"听饭店的人说你病啦?"武福太把脸凑到刘珍的鼻子底下。

刘珍一阵厌恶,把脸扭向一边。

母亲停下手里的活说:"病啦?是感冒吗?来了也不和我说?"说着放下要洗的碗去找药。

刘珍对着武福太恶狠狠地说:"你走吧,明天我回家。"

武福太说:"珍子——"话到嘴边他自己也说不出口,其实武福太也不是个能言善辩的人。

"你走,听见没有?"刘珍指着武福太的鼻子说。

母亲被女儿的吼声吓了一跳,她怔了一下,看见手足无措的女婿有些可怜,恼怒地骂说:"你干啥呀这是?有话不能好好说?都那么大岁数了还这样?我和你爹一辈子都没像你们这样过?"

刘珍气愤地说:"您知道个啥?要不是有您和那两个王八蛋,我死的心都有了。我现在活成这样,都是你们害的!"她气得口不遮拦,终于把久积心头的话释放出来。说完委屈地呜呜咽咽地痛哭起来。

母亲愣在那里,她没想到事过二十多年,女儿对这件事还耿耿于怀。在她的眼里,刘珍和武福太的日子过得红红火火,今年女儿又考上了大学,作为女人还求什么呢?看着女儿泣不成声的样子只当是在任性,说:"这要吃有吃,要穿有穿,哪里就委屈着你了?你看福太像个欺负你的人?你那驴脾气我还不知道?"

"行,我走!"刘珍狠狠地瞪着母亲,此刻她连母亲也恨之入骨,这二十几年的新老旧账一起涌集心头。她跳下地穿上大衣摔门而出。母亲在后面喊:"珍子,珍子!你个冤家!"

走上大路,刘珍正好搭了一辆顺风车。

只一夜的时间,刘珍突然觉得这个家也陌生起来。她坐哪儿,往哪里走都好像有锋芒在刺痛。这房子、家具哪一样不是她亲手置办?不是她经常整理擦拭?有的东西伴随她二十多个春秋,可今天她厌恶得碰都不想碰。尤其是武福太进门的那一刻,她都不知道自己究竟该何去何从?

刘珍终于体力不支,又病倒了。

晚上,小安大包小裹回到家,见母亲昏昏沉沉地睡着,就站在头前问:"妈,你病啦?怎不去医院看看?"说着把脸贴在刘珍发烧的手背上。小安脸凉得像块冰,刘珍伸出另一只手一起给小安捂脸。看着小安冻得通红的小鼻子,她心疼起来,忙问:"不是明天放假吗?"

小安挨着母亲坐下说:"明天正式放假,今天就没课啦,我想你,等不到明天。"说着小安用手摸一下刘珍的脸说:"妈,你的脸好烫,去看看医生吧?"

刘珍看着小安,笑着说:"你就是妈的医生,现在好多了。"

小安亲昵地说："妈,再给你治治病,告诉你一个好消息,这次期末考试我又前进了二十名,老师说我再努努力,考大学很有希望。"

刘珍拍一下小安的头说："我就知道我儿子将来有出息。"

小安把嘴一撇说："得了吧,比起你的小满,我还差得远哩!"说起小满,他又问,"妈,我姐几时回来?"

"快了吧,要不你再打个电话问问?"刘珍说。

武福太忙着煮面。小安新奇地一努嘴说:"今天刮的是啥风?"

孩子是每个家庭的调节器,有了孩子,家里才有生气。小安回来,刘珍又觉得有了家的气息。她躺在那里开始盘算等小满回来,一起带着两个孩子上街买过年的衣服,再买些过年的吃食。

小满是一月十七号回家的,正好是腊月十五。刘珍打起精神在家里该洗的洗、该刷的刷、该蒸的蒸、该煮的煮、该炸的炸,把家里拾掇得一派过年的气氛。小满进门就嗅到了年的气息。刘珍看到半年没见的女儿出落成时尚的大姑娘,把走时的稚气都丢得差不多了,她眼里竟升腾起无数的泪花。小满放下皮箱就张开双臂拥抱母亲,母女俩亲热地抱在一起。

新年年年过,奇怪的是人们年年守着雷打不动的旧观念、旧习俗,百过不厌,还每年都感到有新意。今年过年刘珍打心眼里感到厌倦,仿佛这一生都在往一个年上奔,只有年到了,那三百六十五天的烦恼辛苦就到了尽头。殊不知,下一个三百六十五天依然是烦恼的,痛苦的,难熬的……

烦恼归烦恼,这年还得经心地过,不为别的,就为两个可爱的孩子。

新年的第一天,辛大海是刘珍家第一个先来造访的客人。武福太见大海衣着光鲜,手上戴着二十多克重的黄金戒指,嘴里抽着"红塔山",心里羡慕,他又是这几年在市场里最要好的朋友,嘴上愈发亲热了许多,非留大海吃饭。刘珍心里别扭,有心不搭理,又碍着两个男人的面子,只好说,你不是爱吃糖饼吗?话刚出口觉得自己是在犯贱,马上悻悻地走开。

辛大海的到来,刘珍别有一番心情,知道大海是诚心来看她的。自从下大雪那日一别再无联系,她心里有些感动,所以言不由衷地尽拣大海爱吃的做。武福太难得看见刘珍如此好心情,招呼得愈发来劲。两个人推杯换盏,喝得昏天黑地。辛大海一出手就大方地给了小满和小安每人三百块钱的压岁钱。两个孩子见钱多推让不敢拿,武福太醉眼蒙眬地说:"拿着,你大海叔现在掉进金窝里了!"

辛大海越发得意说:"小泉过了年就结婚,买了两室一厅的楼房,冰箱、彩电都买了……"说着说着悲从中来,竟泣不成声,哽咽着说,"刘珍,我谁都想请,就不想请你,我知道你现在讨厌我,看不起我?"突然他指着武福太的鼻子骂,"武福太,你不是人,刘珍这么好的女人让你坑苦了,你不好好过,也不让别人好好过?"武福太懵住了,直愣愣地看着辛大海。辛大海说:"武福太,你站着茅坑不拉屎!"

武福太僵着舌头说:"大海你醉啦。"

辛大海说:"我没醉,你和那婊子那点破事……"

打人怕打脸,骂人怕揭短,辛大海戳痛了武福太的疮疤,他拿起一只碗恶狠狠地说:"你再说?"两个男人都让刘珍伤感,尤其当着孩子们的面,她有些恼怒,一拍桌子喝道:"都给我住嘴,这大过年的成什么样子?"

两个男人一时都被刘珍镇住,武福太把碗放下竟也呜呜咽咽地哭起来。刘珍指使小满和小安把饭场收了,自己也未免伤心落泪。正在三个人伤痛各异,伤心一般的当间,刘珍的手机响了。刘珍刚喂了一声,那边就迫不及待地说:"大海在你那里吧?"

刘珍心里一怔,不知如何作答:"啊……"

"出门连手机也不带,我一猜肯定去你那儿了?"

刘珍稍微调整了一下心情说:"啊,在呢,和我们福太正喝酒呢,有点醉,你过来接一下吧?"

那边停了一下说:"行,你把地址说一下。"

"旧城西大街,小吉巷二十五号院。"挂了电话刘珍担心起辛大海的处境。

辛大海女人把车停在刘珍家的大门前,迟迟疑疑地走进当院。刘珍忙迎出来,见女人穿着一件墨绿貂皮大衣,脖子上围着一条大红丝巾,脚下一双黑皮高跟马靴,紧身黑裤裹着两条胖腿,装扮得像一只大红大绿的肥熊,见刘珍出来,摆出一脸笑说:"到底是走对了。"

刘珍客气地说:"冷吧? 快进屋。"

女人进到里屋,见大海横着躺在那里,眼角还水汪汪地挂着泪痕,用手拍了一下大海的腿,对刘珍说:"这人啥都好,就这点不好,嗜酒如命,一喝就醉,你看这,给你添麻烦了吧?"

刘珍干笑着说:"没事,是我们福太非让人家喝的。"她故意把福太叫得亲热,说,"你坐。"

小满和小安从沙发上站起来给女人让座。女人坐到沙发上说:"这是你的两个孩子?"

刘珍笑着点点头,女人故意看了刘珍一眼说:"随你,和你一样漂亮。"

刘珍给女人倒了一杯开水,又端一些糖果过来。

女人手里端着杯子,看一眼沉睡的辛大海,问刘珍:"还在那里干吗?"

刘珍也坐在沙发的一角说:"腊月就不去了。"

女人把目光盯到沉睡的武福太脸上,沉默了好一阵说:"这开年准备干啥?"

女人的话勾起刘珍被这个年麻痹了的心事,她不知怎样回答女人,这过了年自己应该干点啥? 她突然说:"那个,过了年再说。"

没等刘珍说完,女人忙抢着说:"要不就去我姐家吧? 我给你联系,我让她们多给你些工资。"

"谢谢,我,不麻烦你了。"刘珍说。两个女人坐了半天再找不到合适的话题,目光同时落在辛大海的身上。刘珍说:"我们俩能把他扶上车吧?"

女人突然说:"这人就是旧情难忘。"

女人的话让刘珍脸上一阵发热,她勉强随着女人一起去拉大海。大海睡得像一头酒足饭饱的猪。刘珍怕感冒,把大衣顶到大海的头上,女人在内心里惊讶了一下。大海哼哼叽叽被两个女人连拉带扶弄在车里后座上。女人坐驾驶座上后又把头探出来说:"想好了给我打电话。"

刘珍目送女人的车驶出巷口,心里有说不出的憋屈。

正月十三,小满的假期已满,回学校去了。十七日小安也开学了。随着两个孩子的开学,这年也就结束了,刘珍的好心情也随着结束了。

武福太想趁着孩子们不在,和刘珍重温旧好。夜晚,武福太屏息捕捉外间小炕上刘珍的一声一息。刘珍更是彻夜难眠,她想的问题和武福太截然不同,她在愁肠这以后的生计。武福太对她来说已是过客,两个人的积怨毕竟不是一天两天,就像一条细小裂缝,经过常年的风浊雨淋愈裂愈深,最终成为一条大沟,要想填平,谈何容易?

武福太幽灵一样轻飘飘地溜进厨房。刘珍以为他要喝水或是找吃食,佯装熟睡,万万没想到,他像一具僵尸一样钻进她的被窝。刘珍像被蜂蜇了一下,嗖地坐起来。

武福太拉住刘珍的手,喃喃地说:"珍子,珍子,你听我说……"

"你滚,你滚!"刘珍好像遇到了淫贼,眼里透出的尽是惊恐和慌乱,"你,你这是干吗?"

"珍子,珍子,咱们好好地过吧,看在孩子们的份上,我以后一定改?"

武福太的举止让刘珍无法适应。他愈是恳求,以往的种种愈像梦魇一般不住地在她的脑海里涌现,她已经习惯了武福太的冷漠。刘珍光着身子逃难似的逃进里屋,把门闩得死死的,无论武福太怎样哀求,她都不开。

二十二　家政

刘珍终于鼓足勇气走出这段不堪的婚姻。

她漫步在皇都市街头，心里空落落的有种无依无靠的感觉。她仔细留意街头巷尾各个商铺大大小小的招聘广告，最终被一则招聘家政服务的广告吸引。她觉得像她这个年龄，干饭店服务员年龄偏高点，学手艺又过了那个年岁，再就是洗碗摘菜的活儿，她已经有了前车之鉴，厌倦了饭店里的油煎火燎。家政服务，听起来还挺有点文化底蕴，可刘珍心里明白，这搞家政也就是给人家洗洗涮涮，说白了也就是个保姆。像她这个年龄段出来打工，也只有这条路好走了。

刘珍怀着忐忑的心情按广告上的地址找到一条小巷里。门面不大，看样子是由原来的住家改变而成的，门楣上挂着一个蓝底白字的大匾，中间四个大字"家政服务"，底部一行小字写着经营范围：钟点工、月嫂、全天服务、长期保姆……

刘珍从玻璃上看到里面有五六个人，有三个女人坐在靠墙的一排凳子上，有一男一女趴在柜台上正说着话。她走进去，知道柜台后面的人肯定是主事的，就径直走过去。坐柜台的是一位四十岁上下的男人，他向刘珍这边看了一眼，继续和那一男一女说话："肯定可靠，都是经过严格调查，专业培训才上

249

岗的。你们别听那些流言蜚语,被坑的都是为了省钱,从大街上雇了些不知底细的人。我们这里是正规的家政服务公司,是讲信用的企业。"

男人看女人,女人说:"那就雇吧,多花几个钱放心。"

柜台后面的男人看坐在凳子上的三个女人,三个女人立马抢着往过走。男人说:"花姐,你去吧。"

叫花姐的女人笑着说:"谢谢经理,我再不出工,家里就要住锅了。"说着她向身边两个女人点点头,跟着这一对男女走出去了。

经理对身边的两个女人说:"你们再等等,马上就会又有人来的。"他这才向着刘珍看过来:"找工作?"刘珍点点头。经理又问:"干过没有?"

刘珍在心里暗暗想了一下说:"干过,在饭店干过。"

经理冷笑一声说:"饭店怎能和家政一样?拿出身份证来。"

刘珍掏出身份证小心地递过去,经理看看身份证再看看刘珍,说:"干家政可是个辛苦活儿,你能干下去?"

刘珍说:"能,在家就是个受苦人,累点不怕,能挣钱就行。"

经理又说:"其实也好干,做女人的哪个在家不洗洗涮涮,做做饭,只是到了人家家里,注意别把家里的东西磕磕碰碰了,再就是找保姆雇工的都是有钱人,第一手脚要规矩,第二干活别偷懒,尽量做到人家满意为止。"

刘珍说:"这个不难,我能做到。"

经理把刘珍的身份证号码记在一个本子上,抬头看着她说:"交三百块钱押金。"

刘珍说:"啊?当个保姆还要交押金?"

经理说:"这是规定,你哪天不做了,再给你退回去。"刘珍不情愿地掏出三百块钱放到桌上。

经理笑着对其中一个女人说:"李姐,你带带她,出上一两回就能知道个大概了。"

叫李姐的女人和刘珍差不多大,她不情愿地说:"我这都两天没上工了,去哪儿带她去?"

刘珍讨好地笑笑说:"李姐,我这两天不挣钱都行。"刘珍不怪怨李姐对她的态度,这年头吃哪一行饭都是人满为患不容易。

不管怎样总算找到一份工作,心里稍微踏实了些。等了不到半小时,经理接到一个电话,有人用钟点工。经理说:"李姐,梅苑小区,东门,十二号楼,三单元十八层,你带着刘姐去。"

梅苑小区离家政公司有五六站地,刘珍跟着李姐,花一块钱坐公交车不到半小时就过去了。刚装修过的房子,屋里的油漆味还很刺鼻,主人打开门交代说:"就这屋子,你们给擦洗干净就行,得多少钱你们说个数。"

李姐很内行地里外衡量一下说:"有一百二十平吧?这么大的房子又是刚装修,要想擦洗得干干净净,就我们俩最起码也得五六天,"她看看男人再看看屋子,为难地说,"这,最低也得九百。"

男人睁大眼说:"那么多呀?再少点,太多了,再少点?"

李姐说:"你看我们这两个人呢,一干就是五六天,这每天平均下来也挣不了几个钱,再说我们回去还得交中间费,更没几个了,你既然说出来了再给你少五十。"

男人说:"行啦,不和你们计较了,八百,这也没少给了。"

男人走后,两个人开始干活。李姐欺负刘珍是新人,她专捡轻省的干,指挥刘珍干这干那。刘珍明知李姐是在故意为难她,也只能忍着。

刘珍跟着李姐在梅苑小区干了三天活,晚上就打地铺睡在人家家里。活儿一结束她又没地方睡了。李姐交了一百中间费,给了刘珍二百,她自己净装腰包五百元,这才对刘珍有了笑脸。刘珍虽然这次吃了亏,可她看到干这一行虽然苦点累点,但还是能挣到钱的。打算还是租个房子,这样才是长久之计。她托经理和几个姐妹们帮忙找房子。

经理经过这几天的接触,觉出刘珍是个实诚人,他对刘珍说:"刘姐,聚福苑别墅区有一家雇保姆的,工资给得挺高的,就是条件有些太苛刻,所以一直没有合适的人选,我看挺适合你,你也不用找房子了,人家吃住全管。"

刘珍心里有些打鼓,她说:"这么讲究的人家,我恐怕侍候不了?"

经理见刘珍开始犹豫,怕她不去,忙说:"这侍候了侍候不了去试试不就知道了。不去别把好差事耽误了。"这家人给的中间费特别高,条件就是人样要好,脾气要和善,长得干净利索,年龄不超过四十岁。经理物色了好长时间,就是没有合适的,人样好的脾气差,脾气好的人样又差些,眼看到嘴的葡萄吃不着,经理早就心急上火。刘珍年龄虽然有点超标,模样长得好看,人也不显老,只好试试了。

聚福苑是一片别墅小区,楼房庭院装修得一家比一家气派。刘珍按照经理交代的地址,来到十号楼一座独门小院。院里有藤架花池,南墙角不大的两棵果树枝叶凋零,正在等待春天的滋润。刘珍走进正门,早有女人迎在门口。那女人五十来岁,一脸雀斑,眉目还算周正,一嘴黄酥牙。她上下打量刘珍一眼,还算热情,说:"来啦?"

刘珍从来没见过这样的豪宅,心里难免有些局促,走进客厅,她把屁股稍稍搭在沙发上。客厅足有九十多平方米,都赶上乡间的小礼堂了。刘珍偷眼看一眼女主人,女主人正好也盯着她看,两个人尴尬地笑笑。刘珍觉得女主人眼神有些怪样,说不出是锐利还是幽怨。

女主人点点头说:"也没多少活,就是收拾收拾屋子,做做饭,工钱不会少你的,每月不算吃住一千。"

女人又问:"你几个孩子?"

刘珍看出这女人不是个刁钻难缠的主,也和着声说:"两个,儿子上高中,女儿去年才考上大学。"

"啊,挺好。"

两个人又谈了些家事,女主人一直没问刘珍关于丈夫的事,也不谈自己的丈夫。这让刘珍稍微有些感动,觉得这女人善解人意,有了在这里干事的信心。

吃过中午饭,饭是女主人亲自准备的。刘珍要去洗碗,女主人也没推让,这就算正式上工了。

刘珍渐渐地和女主人熟悉起来,女主人叫王玉凤,虽然身上有些贵妇特有的习性,但不是刁钻蛮横之辈。她收拾家的时候,在卧室里看到男主人的照片,方方正正一个大相框,是新补的婚纱照:女人穿着白纱礼服,脸上白白净

252

净倒年轻了许多;男人有些发福,剑眉大眼。刘珍怎看这个年纪再照婚纱照都有些滑稽,好像二婚。

　　星期五下午,玉凤开出一个菜单,让刘珍去菜市场购买。往日是卖主,今日变成了顾客,她终于有权力在别人的摊子上挑挑拣拣,比比画画了,可她总是不忍心像别人买自己的菜时那样随意挑拣,随意剥皮去叶地挑剔,她知道每卖出一份菜的艰辛和利润。她狠不下心剥皮去叶地挑,但她还是小心地拣最鲜亮的菜,这是她第一次完成主人交给她的任务,必须要干得出色。

　　星期六一大早,王玉凤要刘珍陪她去做美容。刘珍陪着王玉凤走进一家美容院,比贾美丽带她去的那家气派多了,外间大厅装潢得富丽堂皇,豪华沙发、大茶几,一人高的绿色植物,墙上名人字画、美人头像,人一走进去就能感受到一种既有文化又有气质的氛围。她们两个一走进来就有人热情地走过来,对着王玉凤笑盈盈地说:"您来啦? 李老师已经等您好久了。"说着把她们两个领上二楼。

　　王玉凤被带进一间专门的单间,一位姓李的美容师带着一个徒弟早已等在那里,这是王玉凤特意指定的美容师。王玉凤躺在一张美容床上闭着眼,任由李师傅和那徒弟在脸上清洗揉捏,还给王玉凤脸上涂了一层厚厚的像黄泥一样的东西,刘珍看着就恶心。王玉凤微微睁开眼,看到刘珍无聊地坐着,就对刘珍说:"要不你也做一个吧?"刘珍忙摇摇头说我不做。

　　她们俩的对话引起小徒弟的注意,她忙对刘珍说:"大姐,做一个吧,看看你这皮肤粗糙的,要是做完美容,保管你又年轻十岁。"

　　李师傅看看徒弟,又看看刘珍对王玉凤说:"就让小叶子给她弄吧,收她个半价。"王玉凤点点头,小徒弟欢喜地拉起刘珍把她按到一把美容椅上,笨拙地在刘珍的脸上做试验。刘珍明白小姑娘是拿她练手,心里有些不高兴,但为了配合女主人王玉凤,也就任由她笨手笨脚地揉捏。

　　主仆俩在美容院里做了一个上午美容,尽管刘珍做了小徒弟的试验品,当两个人一起站到镜子前,刘珍的容貌还是比女主人王玉凤亮丽了许多。刘珍不好意思地退出镜头,忙着为女主人提包拿外衣。

两个人从美容院走出来,王玉凤还是没忍住,忧怨地说:"我要是有你这样漂亮,这日子也不会这么苦了。"

"你还苦?"刘珍不解地问。

玉凤苦笑笑,抬手看看表说:"该回来了。"说完紧走几步,又回过头来问刘珍,"你看我还行吧?不是太难看吧?"

刘珍故意端详一下说:"挺好的,挺有风韵!"

"真的还行?"

刘珍点点头,闹不明白这有钱人,都半辈子的夫妻了,美不美有啥关系?大概是太无聊了吧?

回到家里正好十一点钟,王玉凤吩咐刘珍赶紧炖鱼、烧排骨,自己却进卧室换起衣服来。刘珍刚才的赞美又给了她自信。她先穿了一件淡绿色上衣,淡灰色裙子内衬黑色紧身裤,脚上套着一双大红棉拖鞋,在镜子前一照像个杂耍的小丑。她三把两把把衣服脱下来,生起自己的气来,又在衣柜里翻腾了一气,对自己完全失去了信心,抓出一件紫红羊毛衫随便套上,黑色紧身裤也懒得再换,趿拉着拖鞋走出来,这样反倒有了些居家的味道。

王玉凤走进厨房,不放心地看着刘珍做饭,有时指点指点,生怕她把饭菜做砸了。门砰地开了,一个和小安一样大的小姑娘跑进来,后面跟着一位中年男人。刘珍一看就知道是男主人回来了。她来了有些日子才见到男主人真实的容貌。小姑娘跑进来就抱住王玉凤亲热地说:"妈,想死我了。"

玉凤用手摸着女儿的脸,目光却落在男人的身上。男人自顾自地脱了外衣,换上拖鞋走进书房。

男主人姓何名秋生,和女人本是同村,在六十年代,家庭背景就是一个人的标志,它虽无形但有着操纵一个人一生的机能。何秋生的爷爷是老财主,他父亲新中国成立前在县城继承祖业,经营布行。这财主加资本家的身份搁在一起,到了何秋生这一代就成了十恶不赦的斗争对象。上学招老师白眼,受同学欺负,不让入团,不能上大学,更不能当兵,大队干活也是干最苦最累的。每每看到或听到"地主""资本家"这类字眼,都不自觉地要脸红心跳,像做贼似的心虚难堪。那个时代的姑娘找对象不管贫富,要绝对的"根正苗红",一听说成分不好,不管你生成潘安或是刘德华,连眼皮都没人抬一下。当时的何秋生对前途一片迷茫,对婚姻更是不敢奢求。更何况王玉凤十八九岁,全眉正脸,虽然一脸雀斑,那也只当是锦上添花。那个年代连肚子都填不饱,谁还计较什么牙齿的黄白周正。王玉凤能嫁给何秋生,简直是老天对他何秋生的恩赐。地主加资本家的儿子能娶妻生子,对何秋生一家如同皇恩浩荡。

　　谁知世事难料,十年河东十年河西,不知从什么时候起,地主的成分不再有人过多地关注。何秋生家在县城的那两间铺子政府退还补贴,何秋生就是用这笔钱在皇都市做起了建材生意。生意愈做愈大,现在拥有数百万的资产。何秋生中年春风得意,生意如日中天。随着生活的转变,人变得高贵起来,审美的眼光也有了质的升华。回头再看王玉凤,锦上添花的雀斑和那营养不良的黄牙,简直就是自然灾害,再加上生育了一双儿女,胸脯皮塌,两股干蔫无形,她的形象在外人面前简直让何秋生颜面大跌。不过何秋生有一好,不管外面彩旗怎样招展夺目,他只在其中游戏,做个赏花观景的过客。他在外边的情人能排一个连,其中也有几个真情要好的,但他从来没想过要动摇王玉凤的地位。母凭子贵,说实话,这全凭她为他生育了一双好儿女,儿子考上复旦,女儿漂亮活泼,在上高中。这也是别人撼不动她这个位置最牢固的基础。

　　不管王玉凤怎么用心,怎么娇柔,他都视而不见。刘珍从厨房看到男人的冷淡,心里暗自为女主人的处境担忧,可她是保姆,只好尽着自己的本分,围着大围裙默默地炒菜炖汤。王玉凤和女儿缠绵了一阵,放开女儿走进书房,过了一会儿又走出来。她吩咐刘珍排骨里多放点辣椒,他爱吃辣的。女儿爱吃清淡的,鱼汤里少放盐和味精。玉凤问刘珍会不会烙糖饼?刘珍略微谦虚了一下说:"会是会,就是烙得不好。"玉凤不放心地说:"那就我来吧。"刘珍隐隐地心疼起这个女人来:"做有钱人的女人也够累的!"

　　男主人何秋生吃中午饭时,才从书房里走出来。他对这位新来的保姆显然是有点估计不足,他吃惊地看着从厨房里走出走进的刘珍,不是围着围裙,倒像是走亲作客。他看得发呆,目光竟随着刘珍在厅堂和厨房之间穿梭。玉凤的热情渐渐暗淡下来,但她还是笑着拉一下丈夫说:"坐下吃饭,我做了你爱吃的糖饼,馅里放了玫瑰。"

男人这才坐下,脸上有种莫名的兴奋,高声喊:"晶儿,出来吃饭!"

做保姆的没有上桌吃饭的资格,可男主人非要刘珍也坐下来一起吃,说:"进了一家门,就是一家人,何必分得那么清楚?一起吃,一起吃。"

女主人玉凤脸上露出一丝凄苦,酸溜溜地说:"就一起吃吧,我们老何最懂得怜香惜玉啦。"

男主人何秋生给刘珍的影响很好,没有有钱人的架子。这让一直自尊惯了的刘珍心里很舒服。

这一个星期天对女主人王玉凤来说是幸福的,女儿围在身边叽叽喳喳,没完没了地诉说学校里的奇闻怪事;丈夫一个下午都坐在客厅里,陪着她和女儿说话,丈夫的眼里一直含着笑。刘珍做完家事也招过来一起说话。丈夫的口齿滔滔不绝,时不时地还讲几个冷艳的笑话,逗得刘珍和玉凤不住地咪咪笑。

他说:"人家说这少女是供品,少妇是极品,中年女人是奢侈品,老女人是废品。"说完看着两个中年女人哈哈大笑。

刘珍觉得这话编排得有点损,只是她和男主人还不太熟,勉强笑笑。

何秋生为自己的幽默心里暗自得意,又说:"你们也别不服,这女人就是一道茶文化,比方说这头道茶,嗅起来清香浓重,喝在嘴里有些苦涩。这二道茶哩,看似没头道茶浓酽,含在嘴里却绵滑润口,咽下去润心润肺,虽茶尽,但香韵在。这三道茶就不能品了,再喝就是不爱惜生命了。"

刘珍有些恼火,又碍着是主仆,只冷冷地问:"那男人呢?"

"这男人嘛——"见刘珍和他斗嘴,嘴皮子越发光滑了,也不管女儿在旁边说:"没结婚是滞销品,三十郎当是促销品,像我这种年龄是抢购品,六十一过那当然也是过时品了。"

玉凤笑着说:"看把你美得,你也想过有六十的时候?"这女人触动了心病,但在这种氛围中,心里还是欢喜的,她又对着刘珍说:"要我说,几时也别忘了少年的夫妻老来伴。"

刘珍说:"就是,男人和女人在一起过日子,这老辈人不是说了嘛,一个锅里搅稀稠,就像熬粥,愈熬愈稠愈香甜,这男人有几个能理解透的?"算是同病相怜,两个女人一下子结成联盟。

何秋生笑着说:"现在的人谁还经常喝一种米熬出的粥啊?要喝也喝'八宝粥'。"他看见两个女人都愤愤不平,马上回锋转舵说,"当然再华丽的粥,米还是主要原料。"

男主人的笑话虽然对女人有失尊重,但还是让刘珍感到新奇。她生命中遇到过的男人中,没有一个能像何秋生这样幽默风趣的。虽然他话里话外都是些庸俗的笑料,可现在的笑话中,哪个又离得了男女俗事。

愁苦的日子难熬,这欢快的时光不知不觉就过去了。三个人说笑之间,已到日落西山。再其乐融融刘珍也知道自己的使命,她忙起身去做饭,何秋生说:"那就熬粥吧!"

刘珍去厨房做饭,这份温馨还在女主人玉凤周围荡漾,她眷恋地守着这余音未尽的欢愉不肯移动。她望着丈夫还未消尽的欢颜,多想继续刚才的话题和氛围。她说:"今天,今天就不走了吧?"本来是想继续幽默来着,可话一到她这里就变得生涩灰暗起来。她真想冲进厨房替刘珍煮饭,把她换出来替自己守住眼看又要冷却的温馨。

何秋生说:"嗯!"他的手机响了,他拿起来走进卫生间去接。过了十几分钟从卫生间出来,匆匆忙忙说有个客户。

没了男人的家又显得空了一半,好在还有女儿在。这种亲情温馨是实实在在的,没有半点扭捏造作。玉凤走进女儿的房间看着她写作业。

晚饭极其简单,小米粥热剩菜。刚吃完饭还没来得及收拾,刘珍的手机响了,是小安打来的。小安问:"妈,你在哪里呢?"

刘珍听到小安的声音,鼻子不由地发酸:"我,我在皇都呢,你在哪儿呢?"

"我在家呢。"小安说,"你跑皇都干啥去了?爸说你有十几天没回家了,他很急的,说你不接他的电话?你们又吵架了吗?"

"没,没有,我在皇都打工呢。"

"打工? 打什么工?"

"嗯,嗯,在商场里卖货呢。"

"咋跑那么远? 家里没你都不像个家了。"小安撒娇说,"妈,回来吧!"

"我回去你喝西北风呀? 不念书啦?"

"妈,"小安的声音有些沙哑说,"妈,要不我不念书啦,你就供小满吧,反正我也不是那块料。"

刘珍在电话里怒道:"小安,你给我听好了,你要是有不念书的念头,我就死给你看。"她知道儿子是在心疼她,缓和了一下口气说,"你放心,我在这里活儿也不重,比在咱们那里挣钱又多,这何乐而不为呢? 你生活费还有吗?"

"那二百还没花呢,妈,你等着,等我挣了钱一定让你过好日子。"

小安的话让刘珍心里温暖,她含着眼泪笑说:"行啦你,挣了钱还不知认不认识我这个妈呢?"

"妈,瞧你说的,不认识天下所有的人,也得认识你呀?"

刘珍说:"安心学习,我挺好,行啦,我还有活儿呢。"

"晚上还干活吗?"

"不是啦,是我自己的事。"

"妈,你千万别委屈自己?"

挂了电话,刘珍的眼泪不知不觉淌出来。以前也有分别的时候,但从来没像现在这样伤心难过。玉凤和女儿一直在旁边听着,玉凤说:"你儿子挺懂事。"

刘珍抹尽眼泪苦笑笑说:"可顽皮呢,小时候和人家打架我不知赔过多少礼,道过多少歉,我这儿子可让人头痛哩。"嘴上这么说,可她心里却是甜蜜的。

"阿姨,你怎么撒谎呢?"晶晶问。刘珍一怔。"你怎说你在商场呢? 你是怕丢人吗?"

刘珍脸上一阵惭愧说:"也不是,我是怕他心里有负担,影响学习。"

"他上高三吗?"晶晶显然有了兴趣。

"不是，高一。"刘珍说。

"学习好吗？他姐姐都考上重点大学，他一定也不错？"

刘珍苦笑说："高中还是买的呢。"

"那你更应该守在他身边，怎跑这么远？"

"阿姨要挣钱哪！"

"等他考上大学再挣吗？钱就那么重要吗？"

晶晶幼稚的问题把刘珍难住了，这个一直生活在不知稻从田来，米从谷出的环境中的孩子，哪里晓得这没钱比死还难受的日子。

自从刘珍离开家，武福太独自守着一个空荡荡的屋子，真所谓是山穷水尽，这才真正意识到这个家要散了。过去这二十几年里，他从来没想过刘珍会从这个家里消失。在他的意识里老婆就是老婆，从来都没用心地去琢磨理解夫妻之间的含义和存在的关系，夫妻之间应有的那份责任和义务。自从和赵丽芳有了肌肤之亲，他一心经营着那份情感，在他的意识里那样的情感是新鲜的，脆弱的，所以才尽心尽力地去呵护，去培养。二十几年一成不变的夫妻生活使他麻木平和，这种"天经地义"的安稳使他丧失了为人夫、为人父的理智。

"失去了才知道珍贵"，当武福太清醒地意识到这一切的时候，再忏悔已经太晚。

武福太现在身无分文，别说喝酒，连买包劣质香烟的钱都拿不出。他怀念过去，尤其是进入市场摆摊的那段时光，他嘴里抽的香烟最差也就是"红山茶""哈德门"。只要出了刘珍的视线，他抽的就是"红塔山""芙蓉王"，要不然赵丽芳怎能看上他呢？一想到赵丽芳，武福太嘴里像含了一块带馊的肉，不知是该咽还是该吐。

小安只在家里待了一个晚上就回学校去了。女人就是一个磁场，一只火炉，有了她，家才有凝聚力，有温度。现在家里一下子变得冷冷清清，武福太又不会做饭，给小安做了一顿大米都烟在锅上了。小安自己动手煮了一碗挂面。

这些年生意做得把武福太惯得懒散成性。刘珍的出走，他不光精神受打击,生活也走进困境,不得不出去找份工作。做生意没本钱,靠脑力没文化,下煤矿又没勇气,只有当工地上的小工。每天三十元钱,一个月下来九百元,除去自己每月的花销,还是能剩余一些。他想好了:自己每月只花三百,其余的都攒起来等刘珍回来交给她。干活不是想干就能干,这几年养尊处优,身子变得娇嫩起来,半天小工做下来浑身酸痛,两手起水泡。好不容易熬到中午十二点,回到家累得像散了架,也顾不得满身泥土,倒头就睡。

日头偏西,武福太才睡醒,身上补足了元气,肚子开始咕噜咕噜地叫。他这才想起给自己做顿饭——白面片汤,他就会做这一种饭。

武福太的小工生涯就这样告一段落。他一口气喝下三大碗面片,又躺在沙发上为下一个工种出谋划策。

"收破烂!"

"有书报的卖?"

"有破铝破铁的卖?"

他立马冲出去,收破烂的已经走过大门。他冲着收破烂的老头喊:"喂,喂,收破烂的!"老头有六十来岁,推着一辆脚踏小三轮车,听到有人喊,回过头来问:"卖吗?"

武福太点点头,转身跑回院里,把小南房里的一些陈年旧货倒腾出来,有装蔬菜的纸箱、小安和小满的一些破书烂本。过去日子好过时,谁也不把它们放在心上。武福太像掏宝似的越搬越兴奋,大大小小的纸箱烂书本像小山一样堆了半院。老头看到墙角处有些破铁烂铝,小满和小安儿时的破小车,问这些也卖吗?武福太说卖。老头从小三轮车上拿出一杆秤,秤杆上的星星有些模糊不清,上面吊着一个官印似的小铁砣。武福太有些生气说:"你这秤能准?"

老头满脸诚实地说:"准,准,哪能不准呢?"武福太说:"那你先秤吧。"老头吭哧吭哧地用货绳捆了十来个纸箱一称,说:"十二斤。"

武福太冷笑一声,回屋拿出一杆三十斤的盘秤,用小钩钩起一称,二十五斤还高高的。老头一下子脸灰灰地干笑说:"是刚才看错了吧?"他故意把秤翻来覆去地看着说:"再秤。"

武福太说:"你行啦,别关公爷门前耍大刀啦,我做买卖有二十年啦!"

老头一时语塞,停了一会说:"行,就拿你的秤。"武福太这才满意。过了十几秤,总共有二百多斤,加上那些铁铝,总共卖了八十块零五角三分钱。五角三分老头说啥也不给,武福太硬要,说:"三分免了,五角得给。"

这八十元零五角钱,对现在的武福太来说,如同得到一个金元宝般珍贵。

二十三　宠辱

　　何秋生一下子签了两个大单，心情好得简直是晴空万里。回到家，一进门就向两个女人炫耀，说他一家伙挣了五十万。王玉凤随着丈夫的表情激动着。这虽然不关己事，刘珍照样为主人家能增财进宝高兴，但她内心不免有几分酸楚。人家手笔一挥就是几十万，像她这样的受苦人，撑死一年也挣不下两万。何秋生大方地对刘珍说："今天别做饭了，带你们去酒店。"

　　王玉凤高兴地冲着刘珍说："赶紧去收拾一下，好久没出去吃饭了。"

　　刘珍迟疑，人家夫妻出去吃饭，自己一个做保姆的一起去不太合适。何秋生玩笑说："赶紧的，这么好的模子又不是见不得人？一起出去热闹。"

　　王玉凤一向是以丈夫的意志为意志，一心在捕捉他的心思，小心翼翼地来维系着两个人的关系，她冲着刘珍眨一下眼，自己先进卧室换衣服去了。刘珍再不听话显得有些矫情，看着王玉凤兴乎乎地进去换衣服，她也走进自己的卧室把上次在贾美丽那儿买的那身行头换上。自从去年从江南回来，就一直没舍得穿，衣服压在包里有些皱巴巴的。何秋生瞅着刘珍说："等一会儿出去再买一身吧。"刘珍的脸不自觉地发热，知道人家看着寒酸，可自己却一直把它当宝供着。王玉凤一身光鲜地从卧室里走出来，笑盈盈地站在何秋生面前。何秋生的目光跃过王玉凤瞟在了刘珍的脸上。

何秋生开着一辆黑色"奥迪",两个女人一前一后坐着。王玉凤脸上荡漾着久违的幸福。有两年多了,或者更长的时间,她没有这样坐在丈夫的旁边兜风了。

何秋生从反光镜里不住地瞅着后排座上的刘珍,想象着这女人二九青春时的俏模样,鲜嫩的一定能掐出水来,竟感觉相见恨晚。他想:这女人都是花,花和花不同,有牡丹、有玫瑰、有狗尾巴草,像这样的好花偏偏生在背风沟里。他斜一眼旁边正春风得意的王玉凤,有些灰心丧气,独自冷笑一声。

何秋生把车停在皇都市最豪华最大的商场"红树林"。两个女人同时一怔,这吃饭怎跑到商场了? 何秋生说下车。

走进商场,王玉凤主动挽着何秋生的一只胳膊,何秋生开玩笑抬起另一只胳膊让刘珍挽,刘珍笑着摇头。王玉凤却很大方地笑说:"挽着,怕什么,他们男人不就这点虚荣吗?"刘珍也笑说:"我不敢,这专利是你的。"

三个人乘电梯上到二楼。都是高档服装,这些衣服仿佛和刘珍隔着一个世界,她陪着男女主人看看走走。走了一圈,何秋生问刘珍:"看上哪件了? "

刘珍说:"啊? "何秋生又问:"看上哪件了? "

王玉凤酸溜溜地说:"何老板请客,你拣最贵的挑。"她又对何秋生说,"我看上那件真丝旗袍啦,就两千的那件。"

何秋生慷慨地说:"看上就买。"

三个人又往回转,一个大隔间里都是旗袍,有绸缎的,丝绒的,花色样式一件比一件漂亮。玉凤看上一件紫底本色图案的丝绒旗袍。何秋生让刘珍选一件,刘珍不要。见刘珍执意不要,何秋生亲自给选择,他为刘珍看上一件玉青缎面旗袍。刘珍见开叉上到大腿,而且价格是她三个月的工资,忙说:"这种衣服我穿不出去,上哪儿穿呀?"

何秋生想想就说:"在家里穿,在家里穿穿也好。"

刘珍说:"这么贵的衣服就在家里穿? "她不再管主人两个,独自走进旁边的隔间里。里面尽是些春秋穿的套装,刘珍在一套银灰色套裙前站住。西式上衣,下套一件短裙,看上去又淡雅又庄重。刘珍的目光刚好被走进来的何秋生捕捉到,他冲着售货员说:"小姐,把这套衣服拿下来试试。"刘珍忙摆手说不用。何秋生有些不高兴，说："你什么意思？是不是瞧不起我？"

刘珍见主人何秋生生气了，心里倒过意不去，忙解释说："太贵啦？"

王玉凤提着个大红纸袋走过来，正好看到何秋生夸张的表情，心里咯噔一下，但她还是做出很平静的样子走过来，抓起标价看了一眼说："才两千六呀？"小姐把衣服拿下来问哪位试？王玉凤把衣服拿过来塞进刘珍怀里，把她推进试衣间。

刘珍扭捏着从试衣间出来，不敢直视何秋生夫妇。衣服不肥不瘦，正好显出身体的轮廓。何秋生满眼生笑，斜着眼看。卖衣服的小姑娘说："呀，您真像个模特儿。"十个人里有九个爱听好话，刘珍也不例外，听了小姑娘的话心里美滋滋的，不免瞅一眼身边的玉凤和何秋生。玉凤眼里满是忌妒，何秋生目不转睛地盯着她看，盯得刘珍好不自在，忙跑进试衣间把衣服换下来。刘珍从试衣间出来把衣服交给小姑娘，小姑娘问要吗？刘珍说不要。何秋生急道："要，要，怎不要？打包。"

小姑娘高兴地把衣服包起来，开了一张票说："二千六百八，您到这边交款。"她指指一边的收银台。

从商场出来，刘珍和王玉凤每人手里提着一个大纸袋，王玉凤照样挽着何秋生的胳膊，做出一副幸福的样子。刘珍走得漫不经心，纸袋提在手里像提着个手雷，提着不安，放下又不对。她这一生从来都不好占人家便宜，今天何秋生给了她这么大的恩惠，心里反而不踏实。

饭是在"宏宾楼"吃的，三个人包了一个雅间。小姐递上菜谱，何秋生很绅士地第一个让刘珍点。他的动作让刘珍尴尬，主人再表示平等，她也知道自己几斤几两。她看都没敢看，忙把菜谱推到王玉凤面前。刘珍的做法让玉凤满意，她傲慢地一笑，说："嘿，这种地方你不常来吧？"说着很熟练地点了几样菜，讨好地问何秋生："这红烧排骨、虾仁玉米是你最爱吃的。"

何秋生偏不领情，问刘珍："你爱吃啥自己点一个？"刘珍说我随便。

王玉凤虽然心里酸楚，但她害怕这样的温情一下子冷场，忙急着说："老何让你点,你就点一个吧。"

刘珍说:"你们吃啥我吃啥。"她在心底讨厌起王玉凤来:这旧时的妃子对皇帝也不过如此,夫妻之间用得着这样巴结吗?

吃饭时何秋生要了一瓶洋酒,喝在嘴里甜甜润润的,还带着一股幽幽的香味。何秋生一再劝酒,刘珍也喝得香甜,就多喝了几杯。谁知这洋酒看似糖水一般,可下到肚里就不是那么温顺了。坐在车上刘珍感觉自己要飘起来似的,脸上烧得像着了火,忍不住想用手去摸,再看王玉凤也有些醉态,她看着刘珍说:"你漂亮没钱,我有钱不漂亮,哈哈,哈哈哈……"

刘珍拍着王玉凤的肩说:"漂亮有啥用? 我要是有你一半钱多,让我变成猪八戒我都愿意。"

何秋生把两个女人带回家,已是晚上十点多钟。

两个女人相依着坐在后排座上。刘珍面若盛开的桃花,两个酒窝保持着永久的笑意。何秋生从反光镜中看得有些心醉。

王玉凤揪着何秋生的胳膊不放,何秋生只好先把她扶回卧室。王玉凤醉眼蒙眬地说:"秋生,和我一块睡吧!"

何秋生头也没回走出王玉凤的卧室,正好和晕晕惜惜走进来的刘珍撞个满怀。何秋生伸手拉住刘珍的胳膊,一脸淫笑着说:"哥今天陪你,好不好?"

刘珍现在虽然头重脚轻,可心里不糊涂,何秋生一路的殷勤她早以浑身不自在,再加上对武福太和辛大海的失望,她心中的男人们一律早以成了一丘之貉。何秋生的这一举动,使她愤怒地一甩他的手,骂道:"无耻。"

何秋生不甘心,两只手一起上来拥抱刘珍,他的手臂像钳子一样,把刘珍拥入怀中,在她的耳边说:"你不是缺钱吗? 要多少? 你说个数。"

刘珍气恼地说:"你再不松开我喊啦。"

何秋生依然不松手:"你喊吧,我不在乎。你也不想想,跟着我能亏待你吗?"

刘珍抬脚向后使劲一蹬,何秋生"嗷"的一声松开手。刘珍骂道:"流氓。"

趁何秋生龇牙咧嘴地抱着脚乱蹦之际,刘珍赶紧逃回卧室。

刘珍一进门急忙回身把门闩上，她靠到门上，这才感到两腿索索地发起颤来，心好像要从嗓子眼里蹦出来一样，咴咴跳个不停。她把耳朵贴到门上，没听到何秋生追上来，心里这才渐渐平静下来。羞辱和悲愤一起集上心头，想想自己现在这潦倒的日子何时是个头，汹涌的眼泪不由地顺着脸颊淌下来。

王玉凤起床的时候，刘珍已经在厨房里了。

刘珍把牛奶倒进杯子里，鸡蛋扒了皮放到盘子里，在微波炉里烤了几片面包，一切如常，等待主人们出来吃早餐。可她又害怕这两个人突然走出来，她不知道现在怎么面对何秋生，没想到何秋生看上去衣冠楚楚，其实却是个如此龌龊之人。虽然昨晚的事是何秋生恬不知耻，可刘珍心里总是觉得不得劲，感到有些羞愧难当。

"今天这么早？"

王玉凤的声音不大，却把刘珍吓了一跳。她冲女主人玉凤笑笑，竟不知所云，忙把目光移开，专心瞅着微波炉里的面包。王玉凤坐在餐桌旁，说："昨天的红酒怎么那么大劲，我都不知是怎么回来的。"

刘珍把面包端上来，说："就是……"她在心里给自己能再留下来做了个合理的理由，给何秋生做了个能接受的谅解：喝多了，酒多失德。

王玉凤觉得现在的家，虽然不似从前，但有了家的样。家里有了男人的气息，说明这个家是完整的。何秋生不光星期天接女儿回家，平时也常在家里吃晚饭，住宿的次数也多起来。王玉凤人丑但不傻，更不贪，只要能把男人的心收到这个家里，她天天能看着他出出进进就足够了。

刘珍依然干着那份工作，自己出门在外，工作不是那么好找。她尽量躲着何秋生，有时何秋生偷偷送她一个媚眼，她都装作没看见。何秋生以为她是在装矜持，从他的女人词典里，从来就没有女人逃过金钱这一关的。刘珍愈冷淡，何秋生在心里愈冷笑：比你漂亮的我也见过，我看你能矜持多久？

何秋生常年泡在一群俗艳浓情的女人堆里，突然遇着一个清静淡雅、素面朝天的刘珍，就像久吃肥肉浓酒的人，突然觉得青菜淡汤的味道更让人爽口爽心。

刘珍对他的不理不睬,更激起他对她的好奇。他试了几次,屡试不得手。他慢慢地觉出这个穷保姆骨子里,有一种刚硬的气度,不是用金钱能摧毁的。他在心里暗暗疑惑:她不是缺钱吗? 刘珍在何秋生的女人关里造起一座迷宫,他由不住想研究这个穷女人,对刘珍的拒绝和冷漠他不愠不恼,出奇地耐着性子等,等这个女人有一天矜持不下去,在他面前显露原形。

　　天气渐渐转暖,院子里的花草都在舒筋抖骨,破土出尖。观望阳光下的世界,尤其是墙角的那棵杏树,一夜之间竟是满树花蕾。

　　刘珍和女主人王玉凤一起把院子里的杂物清理干净,单等花红草绿早些到来,也好给这枯燥乏味的生活多些乐趣。

　　闲下来时,刘珍独自犯起愁肠。她估算着小满和小安的生活费不多了,这季节更换,两个孩子也该换衣服了。尤其是小满都成大姑娘了,出门在外穿得不体面会被人瞧不起。她想着咋向王玉凤开提前预支工资这个口。

　　"明天咱们再把那些葡萄架绑一下。"王玉凤见刘珍没有反应,又说,"发啥呆呢? "

　　"啊? "

　　"有心事? "

　　"啊,"刘珍为难地笑笑说,"我,我想和你支两个月的工资,给孩子们买点衣服,生活费也没有了。"

　　"你,你咋……"王玉凤惊讶地看着刘珍,在心里暗骂一句:傻子,何秋生有的是钱。王玉凤明白何秋生在外面往女人身上花钱不心疼,她现在倒愿意刘珍也能分得个一羹半碗,反正这种钱也省不下。

　　刘珍以为王玉凤不愿意,脸上有些挂不住,觉得不该开这个口,人家不同意也不过分,毕竟自己还没有挣到那份钱。

　　王玉凤见刘珍把头低下,更同情起这个比自己漂亮的女人,她能吸引住男人们的眼球,但她不会利用自己的资源。她问:"几时用? 现在吗? "

　　王玉凤最后一句话差点让刘珍感激涕零,她说:"要是不方便,过几天也行。"

　　玉凤没有再说什么,转身上了二楼的卧室。没过多久,她手里拿着三千块钱笑盈盈地走出来，刘珍的穷困让她心里无比踏实："这两千是借给你的，这一千是给你的奖金。"

"奖金？"刘珍问。不光刘珍不解，连玉凤自己也难解释这奖金的由来。她内心里暗暗升出些悲凉和酸楚，不光为自己，也为刘珍。

二十四　难堪

日子不紧不慢,眨眼已是桃红柳绿的光景。

王玉凤楼前的小院如同花园一般:两棵果树青果累累;当院的两丛芍药红粉鲜嫩,开得如火如荼;月季花争着和芍药比美,幽香飘散得满庭满院;门墙边上的葡萄架枝枝蔓蔓爬满藤架,挂着一串一串玛瑙似的小颗粒;藤架下摆着大理石几、石磴。每年的这个季节也是王玉凤活得最滋润的日子:坐在石几旁,沏一壶清茶,嗅着甜润润的玫瑰香,听知了的叫声。往年都是王玉凤独享、独赏,今年多了个刘珍,这小院的内容、情趣就多了许多。比如她坐在石几前看刘珍侍弄花草,偶尔两个人还议论议论这花的姿态、草的习性。更主要的是何秋生,在茶余饭后也会主动参与她们的谈话。只要何秋生在,王玉凤的笑声就像葡萄串一样,一串一串地往出冒。

这院子里的花草成了刘珍的伴,只要屋子里没事做,她就跑到院子里侍弄这些似有灵性的花草。一个人的时候,她可以和它们说说话,吐吐心中的不快,花好像很善解人意,还向她点点头。她还能感觉得到花的微笑,和它们在一起像和朋友们在一起一样,心情愉悦。刘珍正给花们浇水,王玉凤兴高采烈地奔过来说:"赶紧的,别浇了,一会儿我妹妹和妹夫要来,做饭吧。"

王玉凤指挥刘珍炖排骨烧鲤鱼,说再拌几个凉菜。刘珍问:"主食呢?"

王玉凤说:"我妹妹身体有些胖,不敢多吃肉,咱要不炸油条吧?"

两个人正在厨房里忙着,突然门铃响起来,王玉凤喜滋滋地跑过去开门。刘珍从门缝里一眼就望见走进来的两个人,她一下子惊呆了。只见王玉平和辛大海衣着鲜亮地走进来,大海还笑盈盈地叫了声"姐"。刘珍慌乱中不知所措,恨不能有个地缝立刻就钻进去。王玉凤喊:"刘珍,刘珍,他们来了。"

王玉平和辛大海同时把目光投向厨房,他们两对视一下,一起向这边走过来。三个人六只眼对到一起,都惊讶地看着对方。王玉平突然哈哈大笑起来,笑着说:"啊呀,真是有缘哪!"她拉住王玉凤说:"姐,我跟你说,她就是腊月里我和你说的那个,那个,真是巧啊。"

玉凤一听也吃了一惊,睁大眼睛看看刘珍,笑着说:"真的是她?"

刘珍手里攥着一把铲子,真想摔下走人,可她还是忍住了,只朝着他们冷冷地笑笑,点一下头继续干自己的活。

辛大海默默地退到客厅。这几个月刘珍像失踪了一样了无音信,没想到在这儿碰上了,真是天涯无处不相逢。老天竟是如此会捉弄人。

本来是一次欢天喜地的姐妹聚会,却变得别别扭扭。刘珍坚持在厨房吃饭,他们三个人也是各怀心思,一顿饭吃得冷冷清清。

晚上,刘珍躺在床上,心揉碎了又捏开,乱作一团。她在心里感慨:人啊,永远逃不过一个命字,她本想着逃离那个让她苦涩不堪的地方,远离那些让她灰心丧气、无法容忍的人群,来到这个人生地生的地方,再不用为那些肮脏丑陋的事情烦恼伤神。本来她有一种遁世的感觉,却没想到有些事情逃也逃不开,如影随形地拽着她不放手。今天的难堪,比何秋生对她的无礼,更让她感到屈辱。从王玉凤的表情上,她看到了她对她和辛大海的那段情史了如指掌。她们姐妹在她面前一哼一哈的对话,让她无地自容,可又无可奈何。看来这份差事她是不能再继续下去了,先有何秋生,现在又出来一个王玉平,都是使她作呕不能容忍的事情。

天快亮了,刘珍慢腾腾地走出房间,王玉凤已经在院子里浇花了。世界一如既往地平静,仿佛昨天的遭遇只是一场梦。

玉凤浇完花,进卫生间洗刷一气,出来坐在餐桌旁看刘珍热牛奶、烤面包。刘珍把液化灶关了，偷瞟一眼女主人王玉凤，王玉凤和昨天没什么两样，过厚的美白霜依然遮不住顽固的雀斑。她笑盈盈地说："那盆桃色月季总共开了三十六朵花，这次开得最多。"

刘珍开始怀疑自己昨天是不是做了一场梦？她把牛奶倒进杯子里，再看一眼王玉凤，王玉凤正在拨盆子里的鸡蛋。刘珍正在准备回答王玉凤的话，何秋生兴高采烈地走进来说："今天有文又歌和王小欢的演唱会，我好不容易搞了三张票。"说着他坐在王玉凤的对面。

王玉凤说："真的？人家那么大的腕，咱这小地方能请来？"

"银子不够添上钱，哪有不下雨的老天爷？"何秋生把一个鸡蛋塞进嘴里。

"听说人家文又歌不光是歌星，还是大学里的老师呢，没那么见钱眼开吧？"王玉凤说。

何秋生很有见识地说："你以为什么什么演出，什么什么会演，请名人谁谁来，都是白来啊？一上台这好那好，其实就是一好——钱好！"

刘珍把牛奶端上来，心里一直想着心事，他们的谈话一句也没听进去。何秋生吃完早餐，临出门时说："你们准备一下，下午六点我回来接你们。"

收拾完碗筷，王玉凤对刘珍说："你去市场买些肉馅。晚上咱们吃了饺子再去。"刘珍始终不敢接王玉凤的眼神，提了一只花竹篮匆匆忙忙离开家。

市场离小区有半里地，刘珍步行走了半个小时。市场的气氛让她有些兴奋，这才是她呼吸的地方。她每走过一个摊点都要站住看看，看人家摆水果，看人家秤黄瓜、西红柿。刘珍慢慢地走到肉摊前，说买两斤瘦肉磨成馅。卖肉的胖婶问："买瘦肉？吃馅是吧？就这一块五花肉吧？"她指着一块两斤见方的脖子肉说。

"那是五花肉吗？"刘珍用手一扒，上面盖着的薄薄一层瘦肉掉了下来。刘珍笑说，"那是脖子肉，你蒙不了我？"

胖婶不好意思地对刘珍说："看你文文静静的倒是个内行？"她这回指着一块好精肉说，"就这块吧？"

付过钱准备回家，昨天的事又涌上心头，王玉凤的表现让她琢磨不透。她在市场里走走停停,心里乱糟糟地没了主意,她的脚步停在一家卖水产的门市前。屋里飘出一股海味的腥臭,一扇大玻璃窗上贴着一方小广告,上面写着招收一名理货员。刘珍走进去,柜台后面探出一颗脑袋来,问买啥?男人有五十来岁,正在柜台下面往出搬箱子。刘珍说明来意,那男人说怕你干不了。刘珍问干啥?男人说:"搬货,有人买鱼杀杀鱼。"杀鱼刘珍没干过,但见过别人杀鱼,在鱼头上用一条木棒使劲一敲,鱼就乖乖地不动了,然后开膛破肚刮鳞。刘珍说我能干,一个月多少钱?那人说管一顿饭,每月八百,刘珍说八百太少,给一千我就干,那人说一千也行,就看你干了干不了?

离开市场,刘珍心里有了主意。

何秋生下午六点半回来接刘珍和王玉凤,刘珍推说头痛不去,何秋生有些扫兴。王玉凤倒兴高采烈,难得能单独和丈夫相处。

何秋生和王玉凤回来,刘珍已经睡下了。

早上刘珍照样做好早餐。等何秋生出了门,她提出要走的事。王玉凤很愕然。刘珍说:"对不起。"

"那什么……"进行这样的话题,王玉凤感觉很艰难,"其实我很,很感谢你,自从有了你,他才天天回家,家里有了男人,才算个真正的家。"

"这就够了吗?"刘珍替王玉凤感到悲哀。

"我知道凭我现在的力量是拉不住他的,他对我的态度你也看到了,我不恨你,就算是帮我个忙,只要你能把他天天拴在家里就行。"王玉凤哭了,她几乎是哀求着说。

做女人得有骨气,没骨气那就得有媚气。既无骨气又没媚气,那就得受气。刘珍对面前这个走进豆腐渣年段的女人既可怜又气恼:"这样你觉得幸福吗?我觉得很难堪。"她不管王玉凤再说什么,冲进卧室把昨晚收拾好的东西拎出来。她再不愿意看王玉凤乞怜的目光,这种目光最能挫败她作为同类的自尊。

王玉凤突然大声说:"你跟着何秋生不比跟着辛大海强?"刘珍的离开让她突然担忧到妹妹王玉平的安危。

刘珍回过头来直愣愣地盯住王玉凤,脑海里马上浮现出一张面团似的胖脸——王玉凤的妹妹王玉平。她有一种被人愚弄的感觉,羞愧、愤怒交织在一起令她恼羞成怒,狠声道:"所以你们姐俩一起来算计我?"

在刘珍的愤怒下,一向不善言辞的王玉凤更显得理屈词穷:"你别怪她,她是真心想和辛大海安安稳稳地过日子,这全是让那个死鬼吓怕了。她也很苦,她那死鬼男人在外面包了个二奶,还买了楼,生了孩子,玉平没办法,只好睁一只眼闭一只眼过着。谁知男人一死,那女人把楼房卖了,丢下孩子自己跑了,孩子都五岁了,给人有点大,自己带着天天看着闹心,没办法给了我弟弟五万块钱做抚养费,让他给带着,她也是怕大海再……"

刘珍听到她喃喃地叙述,不知是该同情这姐俩,还是安慰?女人为什么非要把自己的命运系在男人的身上?男人却像戏猫戏狗一样,凭心情来对待女人。刘珍看到王玉凤可怜巴巴地在等待她的回应,她心里有些不忍,想:钱是不是会把人变蠢?尤其是女人。

走出这座花园似的楼院,刘珍心里开始看不起女人,虽然她知道自己也是女人。

二十五　再生

　　水产门市的生意特火爆，老板、老板娘和刘珍三个人都忙不过来。老板娘胖得像个熊猫，常天腆着个大肚子，和干瘦的刘珍形成强烈的反差，好像家里的吃食都喂了她一个人，老板娘嘴上的行动永远快过身体十倍。她比刘珍小几岁，乍一看倒像刘珍的老姐，成天"刘姐剁鸡！刘姐杀鱼！"把刘珍喊得不得一会儿闲。

　　忙点累点刘珍不怕，她挣得就是份辛苦钱。再说这生意场上的忙闲轻重她已习惯，生意越忙人越精神，现在虽然是给别人打工，她也能找回这种感觉。她穿着老板给的一件打着"红梅味精"广告的蓝大褂，套着黄色橡胶手套给人杀鱼，动作娴熟麻利。她把一条鲤鱼去鳞开肚，装进食品袋递到一位老太太的手上，还没把腰伸直，老板娘又喊："刘姐，再搬一袋鸡！"刘珍忙着赶往冷库，库里库外简直是两重天，白蒙蒙的寒气一下子侵入肌骨，刘珍抱起一袋有五十多斤重的鸡袋赶紧退出来。她刚站稳，"刘姐，再搬一箱虾！"刘珍把鸡和虾搬到老板跟前，那边等着杀鱼的人已经排成长队。

　　老板姓张，是这市场里出了名的精细奸猾之人。先后雇了有十几个人，不是他炒人家，就是人家炒他，没一个能干到两个月的。这回连张老板也没想到，看上去文文弱弱的一个女人，干起活来干净利落，从来不耍猾使奸。他内心虽然是满意的,但做老板的眼光永远是挑剔的,手中永远拉着一根跨度很大的弦,他会因人制宜,你干得愈欢,他手中的发条上得愈紧。自从有了刘珍这样的雇员,老板娘得空就趴在柜台上"晒稀泥"。精明的老板娘只把钱匣子看管得苍蝇上去都能听到响动,顾客稀少时整理货物、打扫卫生都让刘珍一个人干。

好不容易顾客走干净,刘珍正在清理地上的一堆鱼杂碎,一位老太太气哼哼地走进来,把一条鱼摔到老板面前说:"你给我秤秤,这是多少?"

老板娘强笑着把鱼放到电子秤里,说:"二斤半。"老太太问:"一斤鱼多少钱?""四块五。"老板娘说。

老太太一下子有了精神,提高嗓门说:"一斤鱼四块五,这二斤半鱼你怎收我十六块五呢?"老板和老板娘同时一怔,老板率先反应过来,笑说:"这是去了内脏刮了鳞的。"

"这去啥也得够秤呀?"老太太说。

老板娘问:"您当时买了几斤?"

"你说三斤二两,这哪够三斤二两?我家那杆秤可是最准的。"老太太气得声音都有些抖了。

老板有些不耐烦说:"当时是三斤二两,这刮鳞去脏还要三斤二两?"

老太太说:"你去也是去些没用的,我花钱还买你那些垃圾不成?"

老板被气得脸都青了,说:"您买梨买水果,人家也给您去了皮去了核才秤吗?"

"这买鱼能跟买水果一样吗?"

刘珍被老太太逗乐了,连老板这样伶牙利齿的人都被老太太难住。她上前本想给解释清楚,说:"大娘,您误解了,这……"

她还没把话说完,老太太戗白说:"你别给我说啦,反正你们是一伙的。我告诉你们,我工商局有女婿,税务局里也有人哩,你少斤缺两我告你去。"

老板绕出柜台,把鱼塞到老太太手里说:"去,去北京告去。"说着往外推。

老太太气得脸都变了颜色,他愈往外推,老太太愈往里走,说:"你这是啥态度?少斤缺两还得理啦?欺负我老太太是不是?"哭着就用头撞老板。

刘珍知道老人犯糊涂，老板的态度有些过分，她忙上前拉住老太太说："大娘别生气，有话好说。"

　　这时外面有好多人往里探头，遇上这种人，有理说不清，老板娘见老太太耍泼，怕惹出事来不值当，忙出来把老板推进柜台，对老太太说："行啦，我服了您啦，缺多少？七两吧？四块五一斤，七两，三块一毛五，给您退三块一毛五行吗？"说完，从抽屉里数出三块一毛五分钱，递到老太太手上。

　　老太太得理不饶人，说："你给我记住，以后再少斤缺两，当心有人打烂你的头？"说完得意地走出去。

　　老板气得汗毛都竖起来啦，对老板娘说："白白给她三块多，得卖几条鱼才能挣回来？"

　　老板娘说："不给怎办？总不能因为三块钱出人命吧？再说让人听见，还真以为咱少了人家的呢。"

　　刘珍深有感触，这常在街面上混，啥人啥事都能遇上，这老太太是老糊涂，可有些不糊涂的故意来找茬，也没办法，任你再精明再明理，也只能是秀才遇上兵，有理说不清。

　　一天，刘珍刚给一位顾客杀完鱼，突然看见王玉凤走进来。不是王玉凤突然出现，她都快把这个女人忘记了。两个月不见，王玉凤人有些消瘦，不过精神还好，她说："刘珍！"眼里竟有了盈盈的泪花。

　　刘珍把手在蓝大褂上擦抹了几下，不知这玉凤又唱的哪一出，问："买鱼？"

　　王玉凤说："找你，找你有事。"

　　刘珍心里忽悠一下，忙问："啥事？"

　　王玉凤露出一脸兴奋，说："咱们出去说。"

　　刘珍见王玉凤的脸色喜气，提着的心放下来。她看看老板，老板板着脸说："这么忙，走不开。"

　　王玉凤瞪一眼老板，对刘珍说："走，咱不干啦。"这时刚好有人进来买鱼，刘珍为难地看看老板，老板脸沉得像冰，说："还不杀鱼？"

　　刘珍只好对王玉凤说："你等等。"

276

王玉凤等刘珍把鱼杀完,老板娘又说:"去搬两袋鸡来。"刘珍向王玉凤点点头去冷库搬鸡。王玉凤见刘珍抱着一袋鸡,腰弯成了弓,脸憋得通红,有些不忍,忙上前帮手。刘珍忙说:"不用,看脏了衣服。"王玉凤还是拉着鸡袋的一角帮着放过来。刘珍还没直腰呢,老板又说:"再搬两箱鸡腿。"

王玉凤一听恼了,冲着老板说:"你这是在使唤驴哩?"她大声冲着刘珍说:"刘珍,他这是使唤奴隶哩,走,咱不干啦!"

老板把脸一沉说:"你以为这是旅店?说来就来,说走就走?"

王玉凤也不示弱说:"咋得?你以为卖给你啦?"

刘珍说:"张老板,这是我朋友。"

谁知张老板把细长的脖子一梗,说:"谁管你朋友不朋友,你干活我付钱,少给你了吗?"

老板的话让刘珍在王玉凤面前难堪。她愣怔了一刻,突然把大褂一脱摔在地上,对老板说:"我不干了,你马上给我算工钱?"

老板顾不上买鸡的顾客,对刘珍恶狠狠地说:"你今天敢罢工,就别想拿这个月的工资。"

刘珍更气恼道:"你想得倒美,你一个子也少不了我的,不信你看看?"

王玉凤听到刘珍说自己是她的朋友,心中高兴,忙拉刘珍说:"走,咱不跟这种小人一般见识。"

刘珍不肯,说:"算了工钱再走。"

王玉凤本来心里没谱,不知道刘珍会不会跟她回去,一看刘珍和老板闹翻了,这正合她意,心里欢喜,忙说:"不就是几百块钱吗,就当是送他做压岁钱啦!"

"不该要的咱不要,该要的凭啥不要?"她又对老板说,"你现在就给我算工钱。"

老板指着刘珍说:"你干不满一个月别想算工资。"

刘珍发狠道:"干脆一句话,给不给?"

老板也干脆说:"不给!"

刘珍冷笑一声说:"行,我让你一个月不能营业。"说着她咋呼着往出轰顾客,"今天不营业啦,大家请回,请回。"她把顾客攮出去,把门从里闩上,指着老板的鼻子说:"你数着,今天是第一天,一个月头上再开业。"

老板被刘珍这一举动震蒙了,他没有想到像刘珍这样不声不吭的女人,撒起泼来竟同洪水猛兽般难以招架。他一贯的伎俩用在刘珍身上失灵了,这真要是闹上一月半载,那损失就不是三五百了。老板还是想压压刘珍的气焰,说:"没想到你这女人这么不讲理!"刘珍硬说是你不讲理。老板做出一副大度的样子说:"行啦,好男不跟女斗,我让你一回,这个月你干了二十天,给你一半四百。"刘珍坚决说:"一个子也不能少,五百四。"

老板把五百四十块钱扔在刘珍面前。刘珍不看老板的脸色,抓起钱拉着王玉凤就往外走。

走出门市,王玉凤不由地回过头来看刘珍,刚才的一幕,对她来说算得上惊心动魄了。这一场"胜利"她也算参与者,她这一辈子从来没这样痛快过,刘珍的人生让她着迷。心里暗想:这女人真有意思,何秋生的钱那么容易搞她不要,怎为这几个小钱玩起命来了。王玉凤问刘珍:"你现在住哪?"

刘珍说:"我在市场东面租了间小房子。"她这才想起来问,"你找我有啥事?"

王玉凤看看刘珍,有些难以开口。这么大个皇都市,想找一个保姆很容易,但要找一个像刘珍这样手脚干净、心地纯正、既不爱钱又肯干活、还能和她谈得来的保姆实在不易。但她来找她,除了这些还是略略有些私心,她看出刘珍做事想问题都是个很有分寸的人,把她放到屋里做诱饵,既有魅力又安全。她鼓足勇气说:"刘珍,回去吧,和我做个伴,你不知道这几天家里就我一个人,我,我给你涨工资,一个月一千五。"她看刘珍不语,又说,"两千。"

刘珍说:"你给我一万我也不会再回去了。"

王玉凤失望地看着刘珍,说:"不比你在这儿受人家的气强?"

刘珍有点生王玉凤的气,这份工作虽然不太尽人意,但它最起码能保障两个孩子每个月的生活费,这下可好,被她这一闹腾,她又成了个无业游民。她突然盯着王玉凤看了半天,说:"没想到你这个女人还挺有心机的?是成心的吧?"

王玉凤龇着一嘴黄牙诡秘地一笑，说："我这么好的老板你不要，还眷恋那份工作呀？"

刘珍说："你那里的工作不适合我。"说完丢下王玉凤掉头就走。

现在正是伏天，刘珍租住的小屋像蒸笼一样闷热，她把窗户上仅有的一扇小纱窗打开，屋里照样燥热难挨。好不容易有空睡个午觉，这该死的天气，刘珍气呼呼地拿起一本破杂志呼呼地扇，脸上虽然有些凉气，可心里照样燥热不安。她闭着眼等睡意，脑子里却翻江倒海想些没用的事。

躺到下午两点多，刘珍从炕上爬起来，从窗户上望见院子里上学的、打工的都开始行动，在院子里洗脸的、喝茶的，这都是出门的前奏。刘珍在心里痛骂：该死的王玉凤。

她想着下午再去家政服务公司看看，上次交了三百块钱的押金，只给介绍了王玉凤这一家工作，自己这有些日子没去了，他们不会不认账了吧？刘珍打心底里不喜欢干家政这一行，尤其有了王玉凤这一出，她对做保姆这一行打心眼里犯怵。可她坐不起呀，身上的使命催着她马不停蹄，不光两个孩子现在的生活是问题，小安眼看着就是二十大几的后生了，这娶妻生子的事也得考虑了。现在是工作挑她，不是她挑工作，有活干就成。

刘珍跳下地抓了一撮劣质红茶，就是五块钱一两的那种，泡了一大玻璃杯茶水。她提着杯子坐到门口，一手扇着凉，一手拿着茶杯，哧溜一口，哧溜一口地喝着，可大脑里照例翻腾着去家政公司的事。

房东王大妈手里也端着个杯子从正屋里走出来，笑盈盈地说："呀，小刘哎，咋今天这么有空？不上班去啦？"

刘珍心不在焉地"嗯"了一声。王大妈凑过来说："正好今天不出去，咱打几圈麻将，好几天凑不起人。"

刘珍对王大妈笑笑，说："我不会。"

王大妈失望地一撇嘴，说："这年份还有不会打麻将的，是怕输钱吧？"

刘珍说："真的不会。"

王大妈说："甭解释了，大妈理解，穷日子谁没过过？"

刘珍笑笑。她是真不会玩,不过也没必要和这老太太解释。像老太太这样的人,儿女早就成家立业,老头子又有两三千的退休金,每天起来除了吃饭什么事情都没有,只好自己找乐子。

"卖西瓜!卖西瓜!"

大门外传来小贩的叫卖声,老太太兴奋地说:"你听,卖西瓜的,出去看看。"说着率先走出去。

刘珍拿着杯子慢悠悠地跟着走出来,小贩四十来岁,头上顶着一顶泥纶遮阳帽,推着一辆平板脚踏三轮车,车上支着一顶大红太阳伞,伞下绿莹莹一板车西瓜,车前围了四五个人,有看的有买的。刘珍说:"看这西瓜是刚下蔓的,把子还绿莹莹的。"

小贩说:"那是,早晨刚从货栈接回来的。夜里才回来的货。"

刘珍的心忽悠一下,她想起皇都货栈,那个地方她熟悉。刘珍盯住小贩的板车看了半天,她问:"你这车是自己做的还是买的?"

小贩以为刘珍也是这条街上的闲大妈,想在胡同里讨口饭吃,培养人缘是必要的,他讨好地说:"这破车,旧货市场有的是。现在人家都闹摩托三轮,这种车就是咱这种没出息的人还在使用。大姐,你要个西瓜?"

刘珍摸摸裤兜,说:"我家里有呢,等吃完了再买。"她还没等自己的话音落地,人已经转回大门里。

下午三点多,货栈里已是人少车马稀。刘珍走进货栈,看着这个空旷的大院,还有那些没有发出去的菜,感觉到一种熟悉的气息扑面而来,她的鼻子酸酸的,眼里盈出涩涩的泪光来。她顶着毒辣辣的太阳,绕货栈转了一围,她看到一个过去给她拉过货的板车工人,坐在一个库房的门前纳凉。板车工看到她向这边瞟,忙跑过来问:"大姐,拉货?"刘珍对他笑笑摇摇头。板车工失望地又坐回到阴凉处。刘珍想,这拉货的活自己也能干。只是她早听说,干这一行也有地头蛇。

刘珍从货栈出来,浑身都有了精神,她又找回了过去的雄心勃勃。她知道一出货栈走四五站地就有一个旧货市场。她记的和王兰子她们一起接货时,从菜栈到水果市场就路过那个旧货市场。王兰子曾说,这个市场里的家具可便宜哩,都是那些有钱人赶时髦换下来的,说是旧货,有些东西和新的差不多。记得当时她还想着等有时间进去逛逛。

一出货栈,走过马路一直向北走,刘珍凭着记忆走走停下来看看,觉得不对劲就问问路边的人。就这样寻寻觅觅走了四十多分钟,她终于找到那个旧货市场。因是下午再加上天气太热,市场里稀稀啦啦没几个顾客。刘珍抬起手擦了一把脸上淌下来的汗水,从地上捡起一块硬纸片站在一个阴凉处使劲忽扇,纸片扇出的风都是热的。

旧货市场大概有一里路长,刘珍站在那里放眼望去,一眼望不到底。市场里经营的货物可算是花色齐全,凡是人们在日常生活中常用的东西,没有找不到的,比如家具、水暖、门窗、锅碗瓜盆、旧衣旧被褥、家电、二手车等等。只有你想不出的,没有买不到的。刘珍只歇了一小会儿,就迫不及待地走过来,千万种货物都不进她的眼,她一心只在平板车上。

远远地瞭见一堆旧门窗旁有两辆平板车,她惊喜地走过去。两辆平板车像风烛残年的老人,一辆车上的木板旧得用手一抠就掉木渣,车上的铁件锈迹斑斑。另一辆两条轮胎没一条是能用的,两只脚蹬早不知掉到哪里去了。老板光着上身,下身只穿了一件大裤衩,见刘珍观看,摇着膀子走过来问:"买车?"

刘珍说:"这车还能用?"

老板说:"咋不能用,修修不就能使了?"

老板见刘珍是个真买家,不想错过,又说:"便宜,给三百就卖。"

刘珍说:"我再看看。"

又往前走了一段,什么东西都有,就是看不到她想要的。刘珍有些灰心,有心返回去买一辆算了,推到修车铺修修也许能用。可她又不甘心,想着走到尽头再说。功夫不负苦心人,走到快到尽头的时候,她眼前一亮。路南的一个场地上排着好多旧自行车,自行车的边上停着三辆平板车,有两辆木板上还包着旧毯子。她走过去仔细查看车上的每个部件,有一辆还是七成新。刘珍问老板:"多少钱?"

老板说:"这辆五百。"

刘珍说："三百卖不卖？"

老板说："开啥玩笑呢？三百只能买一堆废铁。"

刘珍说："前面也有，人家就卖三百。"

老板不屑地说："他那是啥货，能跟这比？一口价，四百五，你买就掏钱，不买就走人。"

刘珍也说："四百，你卖我就推走，不卖算啦。"刘珍见老板还在犹豫，她转身要走。

老板头一点说："算啦，四百就四百。"

刘珍按按车轱辘里面的气还是满的。她付了钱，把车推到过道上，飞身骑上去，两只脚踏到脚蹬上，身子向前一挺，车子一下蹿出老远。

二十六　曙光

刘珍从货栈出来,推着一平板车蔬菜,仿佛日子又回到了从前。

蹬着车子到了一条离市场很远的巷子,她把车停到一堵南墙下,喇叭插在车把上,喇叭里一遍一遍地重复着她的录音——"卖菜!西红柿黄瓜!茄子萝卜!"

早晨出门时还雄心勃勃,这会儿站在车旁心里还是有些忐忑,会不会一斤都卖不出去呢?巷子北面是一片四层高的旧楼房,还是过去的红砖墙,铁框门窗,门窗上锈迹斑斑,南面都是平房,房屋老旧,一看就知道这里是个平民区。凭这几年在商场的经验,刘珍得出自己的结论,平民有平民的好,平民过日子一日三餐都要自己做饭,不像有钱人家,不是下馆子就是叫外卖,买东西习惯去超市、专卖店。像刘珍现在这样的流窜小商贩,人家连眼皮都不待抬的。等了有十几分钟,一个四十多岁的女人,从一扇小木门里出来,手里提着个小盆向车前走过来。刘珍忙笑脸相迎,热情地问:"买菜?要点啥?"

女人在车上看了一圈,拿起一个西红柿问:"这多少钱?"

刘珍说:"一块,新鲜的,刚摘的。"

女人问:"黄瓜呢?"

刘珍说:"一块五,称点吧,你看这还顶花带刺的呢。"她不敢多要价,每斤

283

只比批发价多加五角。刚开市，还在投石问路，只希望保本就行。

女人说："贵倒是不贵，昨天有个贩子一斤黄瓜要两块呢，幸亏我没买，来二斤黄瓜，三斤西红柿。"

刘珍给女人称西红柿的时候又围上来三四个人，有人说这菜挺新鲜。刘珍心里暗喜，她就是串巷子起家的，知道这串巷子就怕不聚人，一聚起人来，买卖就好做多了。果然有一个女人要称茄子，称完茄子说烧茄子没西红柿不行，又称了二斤西红柿。车前的人愈聚愈多，有买的有看的，刘珍渐渐地找回了过去的感觉，她手脚麻利地称菜找钱，一点也不显生疏。

刘珍没挪窝一口气卖出五六箱货，车前的人渐渐地稀少了，这条巷子里的人该买的已经买上了，再等下去也没人了。刘珍推着车子往巷子深处走，喇叭继续叫着："卖菜！西红柿黄瓜！茄子萝卜！"

刘珍屡走屡卖，从这条巷子拐到另一条巷子，不到一点，一车菜卖的就剩下三四个烂西红柿，两条断黄瓜。她坐在板车上，抓起一截黄瓜用手搓搓放进嘴里，感觉非常爽口，吃完又拿起一截。她不急着回家，边吃边回头看看空荡荡的车板，脸上洋溢出满足的笑容。不论有多辛苦，不管这买卖大小，自己给自己当老板，活得自在。

两根黄瓜解决了刘珍眼前的饥渴，她蹬着车往回赶，感觉浑身都是力气。她走到一个卖煎饼摊前，有心买个煎饼吃，犹豫了一下还是走过去了。她想着一个煎饼三块钱，一束挂面才一块五，能吃好几顿。

回到家，刘珍顾不得做饭，进门解下腰包就数钱，她知道自己这一车菜挣不下几个钱，别赔就行。货栈的行情她了如指掌，那些发货的大秤没有一杆是公平的，一秤少个三斤五斤很平常，十斤八斤常有的事。把分分毛毛都算上，总共挣了三十块钱。没赔钱她就够高兴了，还挣下三十块，她觉得日子又有了奔头。这几个月她干啥都觉得别扭，心里堵得慌，从来没有像今天这么敞亮过。她再也不用看着别人脸色，揣度人家的心思过日子了。

刘珍把钱装进衣服大兜里，这是她在背心上自己缝制的专门装钱用的。她一向是个精明的女人，明白大杂院里三教九流什么样的人都有，不得不提防。本来她想着数完钱再做饭，可屁股一沾炕再也不想挪了，索性躺下来睡午觉,等睡醒了连晚饭一块吃算了。

　　街道的大妈们就是一点好,个个都是热心肠。就拿王大妈来说,她看到刘珍一个女人家,每天推着一辆大板车早出晚归,脸晒成了猪肝色,找不到一点女人的相了。再加上刘珍在她这儿住了有三个多月,只看到她一个人出出进进,受苦受累。这要是换了别的女人,别说长得有模有样,就是长得不怎样也早动别的歪心思了,剩猪食还有个饿野狗呢。晚上刘珍闲下来,王大妈摇着一把破纸扇来屋里串门。她问:"你这一个女人家家的,就准备这样一个人过下去呀?"

　　刘珍说:"不过咋哩? 还有两个孩子呢。"

　　王大妈说:"你就没想过找个人帮衬帮衬? 死的已经死了,你守的个啥劲? 找个人帮衬着,你也用不着这么辛苦了。"

　　刘珍租房的时候说男人死了, 自己是为了给孩子们讨生活才出来打工的。王大妈信以为真,她说:"我老头子的弟弟去年刚死了老婆,今年刚好五十五岁,每月两千多块钱的工资,我看你是个正经女人才给你介绍的,人样跟我家老头子差不多,年轻时可是一表人才。"

　　刘珍看着王大妈笑了,她知道老人是好心,可给她介绍对象觉得是一件太可笑的事了。她说:"我这不过得挺好的? 自由自在的。"

　　王大妈说:"你个傻媳妇,像这样有工资的男人,人家抢还抢不到手呢。就我这小叔子,老婆的棺材还没抬出门呢,说媒的就找上门了,他是看不上人家冲着他的工资来的,才一直耽搁着。我昨天把你的情况和他说了,他也觉得你是个难得的好女人,才说要和你见见的。"

　　刘珍不好直接驳王大妈的面子,可又不能答应,她吞吞吐吐地说:"其实,其实我男人还活着! 只是,我们两个人感情不好。"

　　刘珍的话使王大妈圆睁两眼,她看着她:"真的? "

　　刘珍说:"真的。"

　　王大妈一脸失望,她说:"你这媳妇,亏了我这心啦。"接着一种市井的兴奋和好奇占据了她失望的情绪。她凑近刘珍的脸说,"你一来我就觉得你这媳妇有故事,你看,叫我猜着了吧? 是你男人出轨了吧? 我看你不像那种人。"

刘珍知道像王大妈这种女人是演绎的好手,给她画一条没腿的蛇,她就能给描成一条活灵活现的龙。她只好轻描淡写地说:"是两个人的性格不合,天天吵架,我烦了就出来躲躲,过段时间总是要回去的。"

王大妈一听,这才真正失望到家了,说:"噢,原来是这样啊! 出来耍耍他的性子也好。不过,这丈夫丈夫,离得不能超过一丈,尤其像现在这样的社会,男人身边没个女人管着,那可不行。"

刘珍说:"他不是那种人。"

王大妈说:"不是就好。你累一天了,睡吧。"说完摇着扇子走出去了。

刘珍躺在炕上真的有点想家了,除了武福太,她啥都想。想小满、想小安、想自家那个院子、想家里的一锅一灶、想县城、想市场里那个菜棚子……

刘珍正迷迷糊糊要入睡,放在枕边的手机响了。她立即清醒,忙抓起电话,这个时候打电话的人不是小满就是小安。她听到小安黏黏呼呼的声音:"妈,我明天学校放两天假,爸爸让我去看看你,说你不定成啥样了,他想你啦,我看见他看着你的相片偷偷哭呢,妈,我们都想你啦。"

刘珍放下电话,眼泪不由得潸潸往不掉。连她自己也没想到竟然还会为武福太掉眼泪。

早晨,刘珍五点准时起床,蹬着平板三轮车去货栈接菜。把菜接出来,她在货栈门口的小摊上吃了一碗刀削面。早饭她必须吃,要是一天不顺利,她要等到晚上才能吃上下一顿饭。

今天不顺,卖了大半上午还没卖出一半。刘珍心里着急,她想着今天要往远走走,定还能多卖点。她骑着板车来到一个小区,是那种 70 年代建起来的楼房。这里的住户大多是中产阶级,刘珍不去太高级的楼群,她了解富人的消费观。刘珍选了一处有利地形,把车停好,她拿出喇叭对着喊:"卖菜! 黄瓜芹菜! 茄子蒜薹! 韭菜芫荽!"喊完她把喇叭打开。喇叭里自动重复她刚才的话:

"卖菜! 黄瓜芹菜! 茄子蒜薹! 韭菜芫荽!"

有三四个人围上来,刘珍给人家称菜,没注意有一个香气扑鼻的女人站到她的身边。等把这些顾客打发走,她这才看到贾美丽花枝招展地站在那里笑。她见刘珍闲下来,放开声大笑起来,笑得腰都弯了。

"珍子,你你……不是给有钱人家当保姆吗?怎又干起这个了?瞧瞧你那张脸,都快变成张飞了!"贾美丽连说带笑地瞅着刘珍。

刘珍愠怒道:"要你管?"她问:"你咋在这儿了?"

贾美丽说:"我就住在这儿呀。上去坐吧?"

刘珍说:"我还有这些菜呢,本钱还在里头呢。"

贾美丽往里站站,站到伞下,突然苦笑着说:"你不进去也好,进去更难受,我那个儿媳妇,看见我一领回个朋友,恼得连坐都不让,怕人家有性病。"她看着刘珍问,"你咋好好的保姆不当,又干起这又脏又累的营生了呢?"

刘珍说:"一言难尽。"她就把在王玉凤家遇到的事情叙说了一遍。

贾美丽一惊一乍地说:"珍子!你傻呀?这么好的发财机会你又错过去了?"

刘珍斜她一眼,没说话。

贾美丽说:"你不干,把我介绍去。"她拉拉刘珍的胳膊说,"你快带我去,帮我介绍一下。"

刘珍说:"要去你自己去,我才没那么无聊哩。"

"那你把地址告诉我,我自己去。"说着她伸出手去。

刘珍说:"美丽!都快五十的人了,你咋还是那么不着调呀?"

贾美丽说:"我才没你那么愣呢,放着舒服日子不过,你看看你这过的叫啥日子?要不我请你吃饭吧?对面有个羊杂馆。"

刘珍说:"我没那个福气,这菜上午卖不了,放到明天就蔫了。"

在小区没卖出多少菜。刘珍抬手看看表,都快十二点了,她急忙告别贾美丽,去不远处的一所小学校大门口卖。现在正是家长接孩子的时候,刘珍瞅准这个时间肯定能卖点。

红卫小学是60年代的遗产,它的名字里还渗透着那个时代里的气息。看着"红卫"这两个字,人们不自觉地会想起毛主席会见红卫兵时的那个热烈的场景。刘珍没赶上那个时代,可她从别人嘴里听说过,从别人的嘴里她都能感觉到那种轰轰烈烈的场面。她赶到学校大门口,家长们已经围成一堆。刘珍看到墙根有几个卖小孩吃喝和玩具的小推车,她也把车停过去。站了还不到五分钟,就有人喊:城管来了!声音像防空警报,使这些小商贩哄地一下四散逃窜。刘珍见别人逃跑也急忙跨上车子落荒而逃。刚一下马路,迎面驶过来一辆黑色轿车,这一切来得太突然,她圆睁两眼大脑轰地一下。平板车随着撞击,一只轮胎斜倾着倒扣过来,绿莹莹的蔬菜像天女散花搬撒落一地。

刘珍醒来的时候,已经在医院的病床上了。她睁开眼奇怪地看着眼前洁净得一尘不染的屋子,她又转过头看到床前坐着一男一女两位中年人,女的穿着时髦,男的也是西装革履,不用猜肯定是城里人。床前的两个人同时惊喜地说:"醒啦?"

刘珍眼前又闪现出刚才那惊人的一幕,她害怕地抬抬胳膊蹬蹬腿,感觉有些疼。她龇着牙把一条胳膊抬到眼前,手腕至小胳膊都缠着白纱布,她攥攥手惊喜地说:"没断。"

女人也喜欢地说:"大姐,你别怕,腿和胳膊就是蹭起些皮肉,只是头上碰了个口子,医生说问题不大。"

刘珍这才注意到自己的头上像西瓜一样套着个网兜。她伸手轻轻地摸摸,也没觉得有多疼,听女人刚才的话,她对自己放心了。问:"我的菜呢?"

男人说:"菜?"刚才这两个人亲眼看到刘珍的车被他们撞翻,人当场晕迷不醒,头上的血顺着额头潺潺地淌下来。两口子当时吓蒙了,这人命关天,哪还顾得上她的菜呢,男人不好意思地说:"你的菜,还在那里呢。"

刘珍一听几乎要哭出来了:"那我的车呢?"

男人见刘珍急得都快掉眼泪了,忙掏出电话打出去,挂掉电话,他对刘珍说:"车我让人给你收起来了,人没事其他的都好说。"

刘珍说:"谢谢!"说着眼眶湿润,她这才想起自己还活着,能安全地活下来,她应该感谢谁呢?也许应该感谢一下身边的这位司机同志车下留情,没有痛痛快快地结束她的性命。反正她现在心情复杂,是要感谢一下的,谢天谢地自己还活着。

男人从身上掏出一沓钱来放到刘珍的手上,说:"你好好地养伤,等你伤好了咱们再谈。"

刘珍急忙坐起来把钱推回去说："你这是干啥？你把我送医院就挺感激了。其实责任不在你，是我怕城管跑得太急了。"

刘珍的话让这对夫妻非常惊讶，同时也有些感动，女人看看男人，忙扶住刘珍的肩说："大姐，现在像你这种人不多了。过两天我们再来看你。"

男人临走时给刘珍留下一张名片，说医院的押金交好了，出院时联系他。

刘珍在医院住了两天，腿上和胳膊上的皮伤都结了痂，只有头上的窟窿还带着肉线在向她宣布她还是个重伤员。她向医生请求出院。医生建议最好是抽了肉线再出院，怕感染。刘珍哪能住在心上，这一天的医药费不用说，她还惦记着她的菜和板车。

刘珍带着一些消炎药离开医院。她走出医院的第一件事，就是寻找她的板车，她掏出名片给男人打电话。男人叫徐日新，是皇都"新鑫机械厂"总经理。刘珍拨通他的号，听着电话那头"喂"了两声，她忙说："那个，徐经理，我的板车呢？"

男人大概听出是刘珍的声音，就说："噢，刘姐，我爱人说今天去看你呢，等你出院了，我派人把你的车给你送家去。"

刘珍说："我已经出院了，车在哪儿？我自己去取。"

男人惊讶地问："你出院啦？"

刘珍说："也没啥大事情，待在那里瞎耽误工夫。"

男人说："刘姐，你现在在哪？就在那儿别动，我派车去接你。"

新鑫机械厂在皇都市西南，原先是个国营厂，眼看快要倒闭了，招标搞承包，因厂子大，包袱重，别人都觉得是个烫手的山芋。徐日新当时是机械厂的一个车间主任，他头脑灵活，看出商机，就大胆地承包下来。从此厂子在他手里盘活了，现在厂里有员工一千多人，资产有几个亿，是皇都市最有名的明星企业。

刘珍被司机带上二楼，推开总经理办公室，徐日新正坐在办公桌后等她。他看看刘珍说："来啦？"

刘珍看着徐日新心里有些拘束，找不到别的话就直奔主题："我的车呢？"

徐日新问:"你的伤怎样了? 咋这么急着出院呢?"

刘珍对徐日新的关心感到温暖,她的心情略微放松了些,笑笑说:"皮肉伤,没事的。那个,我那些菜肯定蔫了吧?"

徐日新看看刘珍,笑着问:"你那些菜值多少钱?"

刘珍说:"至少也有五六百块钱。"

徐日新说:"我给你五百。"

刘珍忙说:"我不是来讹你的,我只是想把我的车推回去,明天好卖菜。"

徐日新看着刘珍头上的白纱布,和善地笑笑说:"刘姐你别急,我知道你是个什么样的人。要不这样吧,等你伤好了,你每天给我们食堂送一车菜,按市场价给你算。"

刘珍急忙摆手说:"徐经理,我知道你的心思,我说过啦,责任不全在你,你用不着这样。"

徐日新说:"刘姐你误会了,我们食堂有一千多名职工吃饭呢,每天要去菜市场买上千斤蔬菜。有你给送,他们也省了不少事呢,你也不用大热的天,天天跑街串巷了。"

刘珍欢喜地说:"真的? 你们每天都吃啥菜呢?"

徐日新说:"这都是管理员在管,他会给你开单子,你照着送就是了。"徐日新对司机说:"你带她去找老吴,就说是我说的。"

刘珍从新鑫机械厂出来,心情激动的就像个孩子。她把手里的单子再一次展开,放到眼底下使劲盯着,看了半天放到嘴上亲了一口,飞身骑上板车,兴冲冲地往家赶。

胳膊和腿上都是皮肉伤,三天一过都结痂好转,只是头上的口子肉线还在。刘珍等不及完全好,就把腿上和胳膊上的纱布拆掉了,头上罩着一块纱巾,依然早晨五点出门。

六月的早晨神清气爽,刘珍怀里揣着老吴给开出的单子,心花怒放,脚下生风,从住处到货栈少说也有一里半路,她只用了二十分钟。她按照单子上的花样和分量把菜购好,太阳正好升出楼顶。

刘珍跨上板车直奔新鑫机械厂。刘珍赶到机械厂时，食堂才开早饭。她把车停在食堂后门边，往里边探头，正好有人出来看到问，你找谁？刘珍说我找老吴。那人指指说在前厅呢。刘珍绕过去从前门进到餐厅，餐厅里人声鼎沸，吃早餐的人大概有二三百人。刘珍在人群中寻找老吴，她从东头一直寻到西头也没见到老吴的人影。人太多了，瞅得她都有些眼晕。刘珍往回返，一边走一边还在瞅，突然老吴笑眯眯地从对面走过来。原来刘珍没有看到老吴，老吴却先看到了她。老吴说："咋这么早？"

刘珍擦一把头上的汗，说："我怕耽误你们做饭呀？"她回头看看说："这么大的餐厅呀？"

老吴见刘珍满脸的汗，头上还有一块纱布，心里有些不落忍，问："吃饭了没？吃点饭再说。"

刘珍从老吴的眼神里看出老吴在可怜她，心里生出些羞涩，忙摆摆手说："吃啦，刚吃。"

老吴和刘珍一起走出来。他走到板车旁，搬开箱子看看，打开菜捆看看，几乎一个地方都没放过，看完说："卸吧。"

刘珍说："过过秤。"

老吴对刘珍笑笑说："一看你就是个实诚人，不用过了，以后你就把斤秤记到箱子上，或者开个单子就行了。不过也不是天天不过秤，哪天要是过出问题，你的饭碗可就砸啦。"

刘珍边往下搬菜边笑着说："肯定不会的。"

老吴看着刘珍把菜搬完说："好啦，你算算这一车菜多少钱，我给你打个条子，一月一结账。"

刘珍说："啊？一月一结账？"

老吴说："我们这里都走大账，你这几个钱天天算多麻烦。每月一结多省事，你放心，这么大的摊子能亏了你这几个小钱？"

刘珍不好意思地说："我不是那意思，我，我不怕您笑话，我没本钱。"

老吴盯着刘珍看了一会儿，说："哎！人这一辈子谁没个难处，你要是钱不够就到我这儿先支几个，月底一起算。"

刘珍说:"谢谢老吴。"

老吴说:"谢啥哩？穷日子谁没过过？"

刘珍的鼻子一酸,差点在老吴面前掉下眼泪来。她对着老吴点点头,把开好的单子交到老吴的手上。老吴从怀里掏出一个笔记本,撕下一页给刘珍开了个回单说:"你把这个收好,月底就凭它结账,你要是丢掉一张到时候就少一车的钱。"

从新鑫机械厂出来,抬腕看看表,时间还不到九点。刘珍顾不得劳累,立即又返到货栈。货栈里正是人声嘈杂的时候,刘珍顶着热浪,又采买了一板车,开始走街串巷。

刘珍的日子又有了奔头,她盘算着,每天给新鑫机械厂送一车货少说也能挣三百多,自己每天再转巷子挣个一二百,照这样下去再干三个月自己就能租一间铺子。要是租了铺子,自己一个人肯定是忙不过来,如果武福太有悔改之意,要不要把他也接来？他毕竟是孩子们的亲生父亲。